František Kožík

DER GRÖSSTE DER PIERROTS

František Kožík

DER GRÖSSTE DER PIERROTS

Roman

Aus dem Tschechischen übersetzt von
Marianne Pasetti-Swoboda

Wolfgang Krüger Verlag

Von František Kožík autorisierte deutsche Fassung.
Die tschechische Originalausgabe erschien 1939
unter dem Titel »Největší z Pierotů« im Verlag Klíč, Prag

Satz: Jung SatzCentrum, Lahnau
Druck und Bindung: Clausen & Bosse, Leck
Printed in Germany, 1991
ISBN 3-8105-1040-8

Prolog

An einem Abend im November des Jahres 1840 betrat ein ausgezehrter, schwarz gekleideter Mann die Ordination des Doktor Ricorda. Der Arzt musterte den Besucher forschend, die hohe Stirn, das blasse Gesicht, die schmalen Lippen.
»Sind Sie krank, Monsieur?«
»Ja, Herr Doktor. Ich glaube, ich muß sterben.«
»Und was fehlt Ihnen?«
»Ich bin schwermütig. Ich leide und weiß nicht warum. Ich quäle mich, das Herz tut mir weh. Ich fürchte mich vor den Menschen und vor mir selbst. Und ich kann nicht schlafen.«
»Daran stirbt man nicht. Ich weiß eine gute Arznei für Sie.«
»Welche wäre das?«
»Eine Arznei, die Sie von all dem heilt. Gehen Sie ins Theater und schauen Sie sich Deburau an!«
Der blasse Mann verneigte sich und sagte traurig:
»Ich bin Deburau, Doktor.«

Hier ruht,
der alles gesagt hat
und
der doch niemals sprach.

Grabinschrift Jean-Baptiste Gaspard Deburaus
auf dem Pariser Friedhof Père-Lachaise

1. Teil

Zwischen zwei Kriegen

Kaum ein Kind, das gegen Ende des 18. Jahrhunderts zur Welt kam, hatte eine unbeschwerte Kindheit.

Noch immer hallte das Echo der Guillotinen aus den Mauern der europäischen Städte. Kaum war ein Feldzug beendet, kaum hatten die Menschen begonnen aufzuatmen, mußten sie neuen Schießpulvergeruch ertragen.

Von allen Grenzen aus blickte man in Richtung Westen. Dort war der Mann, der über ihr Leben entschied: Napoleon Bonaparte.

Ein Glück war, daß Napoleon so viele Feinde hatte, doch unglücklicherweise erwiesen sie sich als naiv und entschlußlos. Die Soldaten kämpften wie die Löwen, aber die Herren, die sich in den Salons herumtrieben, die Brust ordensgeschmückt, Ministerialverordnungen im Genick, tauschten Komplimente aus, konnten sich nicht einigen, und in der Zwischenzeit verlor man ein Regiment nach dem anderen. Der Korse würde noch alle überrollen.

Das Regiment des Grafen Wallis, eines der ältesten österreichischen Regimenter, von Albrecht von Waldstein in Pommern gegründet, fand nach jahrelangem Herumziehen von den schlesischen Bergen bis zu den Grenzen Frankreichs endlich eine Bleibe im Kouřímer Gebiet bei Časlav, und eines seiner Bataillone ließ sich Ende des 18. Jahrhunderts in Kolín in Böhmen nieder.

Hauptmann de Peters bekam Quartier im Haus »Zu den drei Kronen« bei dem Fleischermeister Chudoba; der Soldat Philipp Deburau, der die Pferde des Hauptmanns versorgte, mußte sich mit einer armseligen Kammer neben dem Marstall im Hof begnügen. Er entstammte einer Komödiantenfamilie aus Amiens, war nach früher Ehe jung Witwer geworden, hatte Heimat und Familie verloren, und so konnten ihn Kameraden, die er zufällig in Mainz getroffen hatte, leicht überreden, sich anwerben zu lassen.

Bei den Chudobas diente Kateřina Grafová, ein junges Mädchen aus der Gegend von Časlav. Sie war hellblond, zart, konnte tanzen, hatte ein weiches Herz und war nah am Wasser gebaut; der stattliche Soldat Philipp Deburau tröstete sie gern. Neben diesem schüchternen Seelchen kam er sich stärker und mutiger vor. Da sie hingebungsvoll und geduldig war, fand er, sie würde eine gute Soldatenfrau abgeben.

Die Jungvermählten zogen zu den Kmochs, wo ihre erste Tochter zur Welt kam; nach der Patin, einer Tochter des Fleischhauers Chudoba, wurde sie Dorothea getauft. Obwohl in Bayern, Polen und Italien Krieg geführt wurde, blieb Deburau in der Garnison und wurde langsam in Kolín heimisch; die Leute hatten Mühe, seinen ungewöhnlichen Namen auszusprechen und nannten ihn Debrio, Debro und manchmal nur Dvořák, einfach deshalb, weil er auf einem Hof – tschechisch »dvůr« – lebte.

Der Krieg spielte sich in weiter Ferne ab, doch das Unglück lauert immer in der Nähe. In den heißen Julitagen des Jahres 1796, gerade zu einer Zeit, als sich die Familie Deburau um einen weiteren Sprößling vermehren sollte, brach ein Feuer aus, dem die halbe Stadt zum Opfer fiel. Philipp rettete seine Frau, die vor Schreck ohnmächtig geworden war, und das einjährige Töchterchen aus den Flammen; das Holzhaus brannte bis auf den Grund nieder. Um die größte Not zu lindern, gestattete die Kommandantur den verheirateten Soldaten, die obdachlos geworden waren, vorübergehend in der Kaserne zu wohnen.

Eine Woche nach dem Feuer schenkte Kateřina einem Jungen das Leben. Sie war von dem Schrecken noch wie betäubt und litt unter der ungastlichen Bleibe, wo sie sich vor den fremden Menschen genierte, und den Schmerzen kaum gewachsen war.

Am gleichen Tag, dem 31. Juli 1796, taufte der Militärkaplan den Säugling auf den Namen Jan Křititel Kašpar. Den letzten und wichtigsten Namen erhielt er nach dem Bäckermeister Steiner, der sein Pate war. Die Taufe wurde schnell vollzogen; denn in die Kirchenruine regnete es herein, und statt eines Gewölbes hatte der Täufling Gewitterwolken über sich.

Während sich das Leben des Jungen entfaltete, stießen Armeen aufeinander, siegten, wurden geschlagen. Die Feindseligkeit wuchs auf allen Seiten. Philipp Deburau war weder dem österreichischen Kaiser noch Napoleon zugetan. In dieser unruhigen Zeit kam – immer im Abstand von einem Jahr – noch zweimal Nachwuchs, der Sohn Štěpán und die Tochter Kateřina. Wie sollte er sie von seinem geringen Sold ernähren? Und was würde geschehen, wenn ihn während eines Feldzugs eine feindliche Kugel träfe? Teuflisch, wenn sie noch dazu aus einem französischen Gewehr abgefeuert würde!

Kateřina war mit seiner Entscheidung, den Dienst zu quittieren, einverstanden. Damit man ihnen trotzdem weiterhin in der Kaserne Unterkunft gewährte, blieb Deburau als Barbier beim Regiment; als altgedienter Soldat wußte er am besten, wie man einen Zopf geschickt unter dem Hut arrangiert. Philipp war den Offizieren und Kameraden des Bataillons stets zur Hand, und er verstand es auch, zur Ader zu lassen. Seine Kunststückchen mit Flaschen oder mit bunten Tüchern brachten Abwechslung in die langen Abende.

Im Sommer des Jahres 1799 bekam man in Kolín seltenen Besuch: Die ersten Truppen der russischen Armee kamen in die Stadt, gefolgt von einem Heer französischer Emigranten, die gegen Napoleon ins Feld zogen. Den ausgemusterten Soldaten Deburau teilte der Magistrat bedarfsweise dem Stab zu; er half bereitwillig, auch im Lazarett. Diesen Umstand machte er sich zunutze und erbat später ein Leumundszeugnis. Kurz darauf ersuchte er um Ausstellung eines Passes für Reisen durch österreichische Gebiete, um »mecha-

nische Kunst« zur Aufführung zu bringen. Dies erschien ihm als der ersehnte Ausweg aus dem kümmerlichen Dasein. In seinem Gedächtnis suchte er all die Kunststücke zusammen, die er je gemacht oder gesehen hatte, und bemühte sich, seine frühere Geschicklichkeit wiederzugewinnen. Als Kateřina jammerte, er könnte mit dem Herumwerfen bunter Hölzchen keine so große Familie ernähren, deutete er auf die Kinder, die sich auf dem Hof herumbalgten, übereinander hinwegsprangen und sich an Geschicklichkeitsübungen versuchten, wie er sie ihnen gezeigt hatte. Sie hatten das anmutige Gesicht und den graziösen Körper von der Mutter und vom Vater Gewandtheit und Kraft geerbt. Philipp war berauscht von der Vision einer eigenen Komödiantentruppe.
Deburaus Kinder konnten ebenso mühelos auf Händen gehen wie andere auf den Füßen, übers Seil zu balancieren verursachte ihnen längst keine Angst mehr, und für ein Stückchen Brot oder einen Apfel führten sie ihren Freunden Kunststücke vor, daß ihnen der Atem stockte. Kateřina nähte aus bunten Stoffresten hübsche Kostüme, und so manches Mal lieh sie der Vater an die Sonntagsvorstellungen von wandernden Gauklern aus. Das ältere Mädchen tanzte, die Jungen balancierten übers Seil und František Němeček – man munkelte im Ort, er sei ein unehelicher Sohn Philipps – mit ihnen; Deburau sagte, eine größere Gruppe habe bessere Erfolgsaussichten, und František würde schon für sich selbst sorgen. Kateřina fügte sich.
Der alte Italiener Giacomo, der als Clown mit einer Wandertruppe herumgereist war, hatte die Kinder der Deburaus ins Herz geschlossen; er erzählte ihnen von der italienischen Komödie, von dem Gebärdenspiel, das man Pantomime nannte und redete dem Vater zu, damit sein Glück zu versuchen. »Die Kinder sind noch klein«, gab Philipp zu bedenken, »und die Leute hier kennen das nicht. Wenn die Jungen auf dem Seil tanzen, staunt jeder. Du weißt selbst, was ein Possenreißer verdient und was ein wahrer Künstler!«
Der alte Clown dachte an seinen längst vergangenen Ruhm, der ihm nur noch wie ein wunderbarer Traum erschien, zuckte die Schultern,

nahm die kleine Dorothea auf den Arm und sah geduldig zu, wie die anderen Kinder übten. Ihre waghalsigen Sprünge beobachtete er halb wohlwollend, halb spöttisch. Kašpar mochte Giacomo besonders gern. Er beobachtete den alten Spaßmacher, seine kuriosen Grimassen und sein Schmunzeln sehr genau und, ohne sich dessen bewußt zu sein, ahmte der Junge seine Mimik nach, was der alte Giacomo überrascht und gerührt bemerkte.

Immer wenn er Zeit hatte, nahm Giacomo den Jungen beiseite und erzählte ihm von den ruhmreichen Zeiten der Komödie, von Künstlern, die mit den Händen und dem Gesicht zu reden verstanden, von Schauspielern, die Freunde wie auch Gegner der römischen Kaiser waren, von Tänzerinnen, die goldene Schätze hinterließen. Er berichtete von Komödianten, die zwar von der Kirche verfemt und von Königen verfolgt wurden, aber dennoch Lieblinge des Volkes waren.

Und wenn irgendwo in der Umgebung eine Jahrmarktvorstellung stattfand und Giacomo sich das Gesicht weiß schminkte und vor einem Spiegelscherben Grimassen ausprobierte, saß Kašpar zu seinen Füßen und himmelte ihn an.

»Du siehst aus wie ein Geist, Giacomo!«

»Nun ja«, sagte der Alte. »Mit mir wird einmal Schluß sein. Aber die Komödie und ihre Figuren werden ewig leben.«

Unterwegs

Philipp Deburau hielt es nicht mehr in Kolín aus. Die letzten Ersparnisse gingen zur Neige, und in der Gegend herrschte große Not. Jedem französischen Soldaten folgten gehässige Blicke, so als sei er schuld an all dem Leid, das Napoleon verursacht hatte.

Deburau reichte ein neues Gesuch um Genehmigung zu künstlerischen Auftritten ein. Man hatte Bedenken, sie ihm zu erteilen. Schließlich – im Sommer des Jahres 1802 – gab die Bezirksbehörde in Kouřím ihre Zustimmung, doch zugleich wollte man wissen, warum sich ein französischer Staatsangehöriger hier aufhielt und aufgrund welcher Bewilligung er sich überhaupt niedergelassen habe, denn das Gesetz verlangte, daß mittellose Bürger in ihre Heimatgemeinde zurückkehrten. Deburau und der unglücklichen Kateřina, die niemals damit gerechnet hatte, mit ihren vier Kindern und dem Stiefsohn František ihr Vaterland verlassen zu müssen, drohte die Ausweisung.

Ein einziger Hoffnungsschimmer erhellte die düsteren Tage. Philipp war mit Gefangenen zusammengetroffen und hatte dabei zufällig erfahren, daß ihm eine alte Tante in Amiens ein Häuschen vererbt hatte. Zunächst winkte er nur ab. Doch als man bei ihnen Ermittlungen anstellte, Dokumente verlangte und sie schließlich auswies, erinnerte er sich wieder an seine Erbschaft. In den Träumen von Eltern und Kindern tauchte das Häuschen in Amiens bald als Sommerschlößchen auf, in dem eine ratlose Dienerschaft danach Ausschau hielt, wer sich des verlassenen Herrensitzes annehmen würde.

Es hatte den Anschein, als würden sich die Horizonte lichten. Die Verbündeten waren vom Glück begünstigt. Die Soldaten kämpften verzweifelt; doch schließlich verdarben die Minister wieder alles, und Napoleon schloß einen Frieden zu seinen Bedingungen. Als Philipp erfuhr, daß der Friedensvertrag ausgerechnet in Amiens unterzeichnet würde, zuckte er zusammen. Dies erschien ihm als ein Wink des Schicksals. Er beschloß, sich auf den Weg zu seinem französischen Herrensitz zu machen.

Eines Abends verließen sie Kolín. An diesem Tag im Mai ließ der tief purpurrote Sonnenuntergang den Wasserspiegel der Elbe wie von Blut übergossen erscheinen. Als sie abfuhren – auf einem Militärtransporter in Richtung Prag –, erklang von der Kirche ein Lobgesang. Einige Laternen in der Umgebung der Stadt flimmerten auf und tauchten dann in der Dunkelheit unter. Kašpar schlief an der Schulter Giacomos ein und hörte im Halbschlaf die sonore Stimme

des Vaters, der neben dem Wagen ging und sich mit dem Kutscher unterhielt.
Adieu, Kolín! Werden wir dich noch einmal wiedersehen?

Die Tage vor der Abreise waren für Kašpar ein Fegefeuer, mit dem er sich dennoch nicht den Himmel erkaufte; zu seinem Leidwesen schaffte er es nicht, seinen ungelenken Körper so vielfältig einzusetzen wie sein Gesicht. Er war ungeschickt und plump.
»Hopp, hopp, noch einmal, spring!« schrie der Vater.
»Spring, Kašpar, ich bitte dich, spring!« rief die Mutter schluchzend, um ihn vor Schlägen zu bewahren.
Doch der Junge zitterte am ganzen Körper, denn er hatte Angst, nicht dort zu landen, wo er sollte, und mit dem Kopf aufzuschlagen. Seine Geschwister blickten verächtlich auf ihn herab.
Die ersten Auftritte an der böhmischen Grenze verliefen erfolgreich. Die Leute hier waren freundlich, und sie staunten über die Familientruppe, die einiges zu bieten hatte. Philipp hatte dem Wandergaukler, dem er früher für die Sonntagsvorstellungen seine Kinder geliehen hatte, alle Schärpen und Gürtel, Röcke und Bänder abgekauft; was er nicht bekommen konnte, hatten Kateřina und ihre Töchter genäht. Als Philipp Deburau in einem roten Hemd erschien, kräftig und selbstbewußt, als zwei stattliche, gewandte Jungen in gelben Seidenhemden und schwarzen, eng anliegenden Hosen ihm auf die Schulter sprangen, und als um sie herum zwei reizende junge Mädchen tanzten, denen an Stirn, Ohren, Hals, am Gürtel und überall da, wo sich etwas befestigen ließ, goldener Flitter funkelte, waren die ländlichen Zuschauer wie gebannt.
Schlimm wurde es, wenn der kleine Kašpar auftreten sollte. Weil er mager war, hatte der Vater ihm den Platz auf der Spitze der lebenden Pyramide zugewiesen, doch er zitterte vor Angst und fiel oft herunter, trotzdem biß er die Zähne zusammen, um das Weinen zu unterdrücken.
Als der Vater bemerkte, wie die Leute sich über Kašpars Stürze

amüsierten, kam er auf eine Idee. Wenn wir Giacomo nicht haben, machen wir eben aus Kašpar einen Hanswurst. Die Geschwister sahen ihn halb geringschätzig, halb mitleidig an. Doch Kašpar strahlte, weil er hoffte, nicht mehr auf die Schultern der anderen klettern oder übers Seil tänzeln zu müssen. Seine Freude war verfrüht. Daß man ihm das seidene Kostüm wegnahm und ihn in alte, geflickte Lumpen steckte, konnte er verschmerzen; gern schminkte er sich das Gesicht, wie er es bei Giacomo gesehen hatte, aber damit war seine Aufgabe noch nicht erfüllt. Fiel er früher gelegentlich herunter, mußte er jetzt jedes Mal fallen, und zwar immer so, daß er kopfüber aufschlug. Er wurde das genaue Gegenteil seiner leichtfüßigen, gelenkigen Brüder und Schwestern; sie waren wie Wölkchen, er wie aus Blei. Zu den Ohrfeigen hinter der Plane kamen die vor den Leuten. Sie gewöhnten sich daran, in ihm den Tolpatsch und Prügelknaben zu sehen. Alle mußten zum Lebensunterhalt beitragen. Sie mit ihrer Kraft und ihrer Geschicklichkeit, er mit seiner Fügsamkeit. Sie hielten das für gerecht.

Der arme Kašpar torkelte in Sackleinen hinter seinen imposanten Brüdern her, stolperte über die eigenen Füße, fiel auf die Nase und bekam dafür so kräftige Ohrfeigen, daß es glaubhaft wirkte, wenn er daraufhin einen Purzelbaum schlug. Alles, was die anderen leicht und elegant ausführten, machte er so unbeholfen wie möglich nach; sie erhoben sich wie Schmetterlinge, er fiel zu Boden wie ein Bleiklumpen. Nachdem seine Schwestern ihre Vorführung auf dem Seil beendet hatten, versuchte er sie nachzuahmen, und nach einer Weile lächerlicher Anstrengungen stürzte er ab.

Kašpar machte eine wertvolle Erfahrung: Es ist leichter, sich auspfeifen zu lassen, die Leute traurig zu stimmen, sie zu Tränen zu rühren, als sie zum Lachen zu bringen. Als sie über seine unfreiwilligen Stürze lachten, schien ihm nichts leichter als das; jetzt wurde es jedoch zur qualvollen Aufgabe. Er schmiß sich hin, so gut er konnte, doch keine Stimme ließ sich vernehmen. Furchtsam blickte er den Vater an. Der gebieterische Blick befahl ihm: Noch einmal!

Er erhob sich und wiederholte seinen Sturz, bis ihm der Kopf dröhnte.
Hurra, ein paar Stimmen begannen zu kichern. Er hätte sich am liebsten zerrissen, um sie zum Lachen zu bringen; bedeutete es doch Essen und eine kleine Pause. Ein Stück Brot mit Schweineschmalz und etwas Ruhe vor der Welt – das waren die schönsten Erlebnisse, die er sich noch vorstellen konnte.
Er stürzte also und stürzte, er stöhnte mit zerschundenem Gesicht, mit blutender Nase und manchmal mit einem geschwollenen Auge. Lacht doch, zum Teufel, lacht, ihr Lumpenpack in den ersten Reihen, inständig bitte ich euch, lacht, ihr kalten, gefühllosen Bestien! So lacht doch!

Das französische Erbe

»Sobald wir jenseits der Grenze sind, kaufen wir im nächsten Dorf eine Flasche Rotwein, heben sie dem Himmel entgegen, daß unsere Sonne auf sie fällt – und trinken sie dann aus. Und einen Schluck bekommt auch die Erde, damit wir mit ihr anstoßen können!« Doch je näher sie der französischen Grenze kamen, desto nachdenklicher und schweigsamer wurde Philipp Deburau.
Und dann war alles anders, als sie es sich vorgestellt hatten; die Sonne schien nicht, für den Wein fehlte das Geld, die Wege waren aufgeweicht und voller Morast, und vom Norden pfiff ein kalter Wind.
Hätte es nicht diesen naßkalten Empfang gegeben, wäre die Enttäuschung weniger schmerzlich ausgefallen. Denn die Menschen waren hier wohlhabend und freundlich. Vom Gesichtspunkt eines abgerissenen Clowns betrachtet, war es ein herrliches Publikum; wenn die Leute sahen, daß sich jemand bemühte, sie fröhlich zu stimmen, lachten sie. Kašpar brauchte hier nur die Hälfte seiner Stürze.
Es war höchste Zeit für eine Veränderung gewesen, denn Kašpar

hatte sich entschlossen davonzulaufen. Doch nun ließ sich das Komödiantendasein ertragen. Es wäre töricht, davonzulaufen, wenn sie in wenigen Tagen und Nächten das ererbte Schloß erreichen würden.

Amiens!

Das Ziel monatelanger Wanderschaft, der Traum vom Paradies von sieben Menschen, die Hunger gelitten, mit der Müdigkeit gekämpft und die Strapazen von langen Märschen und winterkalten Nächten erduldet hatten!

Amiens!

Eine wundervolle Zukunft, für die sie ihre Heimat aufgegeben hatten!

In jedem schönen Haus, das sie erblickten, glaubten sie ihren Besitz zu sehen, doch von jedem wandten sie sich wieder ab, weil es ihnen nicht prächtig genug erschien.

Der Bürgermeister von Amiens sah ihre Papiere durch, rief dann einen Gemeindediener und befahl ihm mürrisch, den Einwanderern ihr Erbe zu zeigen. Die Deburaus wagten es nicht, eine Frage zu stellen. Sie dankten und folgten schweigend dem Gemeindediener. Noch neugieriger betrachteten sie all die schönen Häuser, an denen er sie vorbeiführte, und warteten, daß ihr Begleiter die Hand heben und sagen würde: Hier!

Immer weiter entfernten sie sich von der Stadtmitte. Und dann kam der Augenblick, als der Mann stehenblieb. Zuerst streifte ein mitleidiger Blick die sonderbaren Fremden, dann hob er die Hand und sagte: »Hier!« Und ging rasch davon.

Keiner der sieben fiel in Ohnmacht, vielleicht deshalb, weil sie gewöhnt waren, der Gefahr ins Auge zu sehen und sich im letzten Moment zu retten. Keiner von ihnen sprach ein Wort, es herrschte eine Stille zwischen Lachen und Weinen. Dann gingen sie langsam näher, als hofften sie, daß sich etwas ändere und das häßliche Bild, das sie vor Augen hatten, verschwände.

Was sie sahen, war eine Ruine; ein paar Mauern waren kurz vor

dem Zusammenfallen, ein kaputter Zaun, ein eingebrochenes Dach und ringsum eine einzige Schutthalde. Selbst früher mußte das Haus eine Bruchbude gewesen sein.
Der älteste Sohn stieß mit dem Fuß gegen die Tür; sie sprang auf, und eine Staubwolke schlug ihnen entgegen. Kateřina warf einen Blick hinein: Spinnweben, Schmutz, Schimmel. Eine Weile wiegten sie sich in der Hoffnung, man könne das Gebäude renovieren.
»Nicht ein einziger Balken ist in Ordnung«, antwortete Vater Deburau auf ihre hoffnungsvolle Frage.
In dieser Minute verzieh Kašpar den Eltern und Geschwistern alle Kränkungen. Sie taten ihm leid. Er sah den Vater, wie er vor dem Trümmerhaufen herumstapfte, um die Wut aus sich herauszuschütteln, er sah die Mutter, wie sie sich umschaute, als frage sie sich, wofür sie bestraft werde. Er sah seine zwei widerspenstigen Brüder niedergeschlagen, und beide Schwestern, die, Kopf an Kopf gelehnt, im Weinen Zuflucht suchten. Sie alle waren so klein und schwach, sie, auf deren Mut und Kraft er immer so eifersüchtig gewesen war.
»Das ist wirklich großartig«, sagte er plötzlich, um sie aufzuheitern. »Wenigstens müssen wir das Komödiantendasein nicht aufgeben!«
Dies kam so unerwartet, daß sie tatsächlich zu lachen begannen.
»Würde es dir denn leid tun?« fragte der Vater aufrichtig überrascht.
»Es wäre schade«, entgegnete der Junge und schaute ihm in die Augen.
Der Vater streichelte Kašpar mit seiner harten, trockenen Hand.
František und Štěpán krochen durch das baufällige Haus. Alles, was sie in die Hand nahmen, war morsch, von überall zog Kälte herein.
Die Familie quartierte sich in einem Hof der Vorstadt ein und gab abends eine Vorstellung. Es war sonntags. Am Mittwoch darauf gelang es ihnen, das Erbe zu verkaufen. Plötzlich hatten sie mehr

Geld als je zuvor während ihrer Reise. Eine Woche erholten sie sich.
Die Francs schwanden dahin, und sie mußten sich entscheiden, wie es weitergehen sollte. Der Gutsbesitzer, in dessen Hof sie ihr Lager aufgeschlagen hatten, ließ sie wissen, daß es mit der Gastfreundschaft bald vorbei sei. Der Gemeindediener verriet ihnen, daß der Kommissar sie einsperren ließe, sobald sie kein Geld mehr hätten. Sie mußten also weg. Zurückkehren? Zweifellos.
Und so zählte Vater Deburau eines Tages sein letztes Geld und ging auf den Markt. Als er zurückkam, trottete hinter ihm langsam und schwerfällig ein magerer Gaul, und hinter dem Gaul ratterte ein überdachter Korbwagen. Alle waren begeistert. Die Stute für achtzehn Francs hatte gewiß schon einige erbitterte Schlachten hinter sich; sie war wie ausgedörrt und mit Narben übersät. Doch wurde sie sofort zum Liebling der ganzen Familie.
Nach einigen Tagen verließen die Deburaus Amiens und machten sich auf den Rückweg.

Sie gelangten nicht bis an die Grenze. Es war Anfang Dezember, ein warmer, feuchter Dezember ohne Schnee. Im nächsten Städtchen stießen sie auf eine Kolonne von Fuhrwerken, die in Richtung Paris unterwegs war. Napoleon Bonaparte wurde zum französischen Kaiser gekrönt! Der Geschäftssinn nahm die Zügel in die Hand und lenkte die Komödiantenkarre nach Süden. Wieder schlugen sie sich mit ihren Sprüngen und Purzelbäumen durch, und es ging ihnen gut.
Sie freuten sich auf die Großstadt, sprachen den Namen Paris mit angehaltenem Atem aus, stellten sich ein freundliches Publikum vor, fröhliche Stimmung, Haufen von Geld. Doch erwartete sie eine bittere Enttäuschung, denn die Polizei ließ keine verdächtigen Elemente in die Stadt. Vergeblich schaute der kleine Kašpar unter der feuchten Plane hervor, um wenigstens einen Blick auf die Türme der ersehnten Stadt zu erhaschen. Doch da es regnete und neblig

war, sah er nur die schwarze Mauer des Stadttors und die Gesichter der mürrischen Gardisten, die fluchten, sich die Regentropfen abwischten und den Komödianten bedeuteten, sich davonzuscheren und mit ihrem Karren dorthin zu ziehen, woher sie gekommen waren.

Sie mußten sich fügen. Philipp Deburau wendete das Gefährt, hielt unter einem dichtbelaubten Baum an, und sie warteten, bis es aufhörte zu regnen. Und dort unter diesem Baum fand die wichtigste Beratung ihres Lebens statt.

»Was meinst du«, fragte Philipp seine Frau, »sollen wir nach Böhmen zurückgehen?«

Nach Böhmen! Die Vorstellung einer mehrwöchigen Reise durch verödetes, ausgepowertes Land! Jetzt erschien diese Fahrt noch weiter und mühsamer.

Kateřina schaute in das kantige Gesicht ihres Mannes und antwortete Zustimmung suchend:

»Was sollten wir dort machen?«

»Aha.« Philipp nickte beifällig. »Und wohin mit uns?«

Schwere Regentropfen trommelten auf die Plane, und Kälte wehte in das Innere des Wagens.

»Hinunter. Dort soll es viel Sonne und Wärme geben.«

»In den Süden also«, sagte Philipp, und ohne seine Familie anzusehen, trieb er die Schindmähre an.

Vagabundenjahre

Der Schatten des französischen Kaisers folgte ihnen. Die Namen großer Schlachten drangen zu ihnen, führten ihnen scharenweise freudig erregte Zuschauer zu, anderswo herrschte wiederum gähnende Leere, die nach Leid und Wut roch.

Napoleon siegte bei Ulm über die Österreicher. Trafalgar war der Name der Niederlage in der Seeschlacht, doch dann kam der Ruhm von Austerlitz. Er stürzte in Neapel die Bourbonen, machte seinen Bruder Louis zum König von Holland, bezwang nach den Österreichern auch die Preußen und zog in Berlin ein. Auf einem einfachen Floß mitten auf der Memel teilte er sich mit Zar Alexander Europa; er besetzte Portugal, den Rest von Italien und wandte sich Spanien zu.

Deburaus Familie versuchte vergeblich, aus der Reichweite des Namens zu gelangen, der den Menschen den Schlaf raubte. Sie wurden zu Nomaden und zogen dorthin, wo es warm war und wo sie freigebigere Hände vermuteten; sie gingen den Kriegsschauplätzen und militärischen Stellungen aus dem Weg und suchten Volksfeste und Jahrmärkte.

Die Kinder reiften heran. Sie wurden zu erfahrenen Komödianten, deren Namen etwas bedeutete. Der Vater trat nicht mehr auf, die Leistungen der beiden Söhne wurden jedoch immer vollkommener. František Němeček, dessen Namen sie auf Plakaten in François Neumensek umänderten, wurde zum König des Zauberteppichs, auf dem das Publikum Wunder an Geschicklichkeit erleben konnte; Štěpán wurde der gelenkigste Springer des Kontinents – das jedenfalls behauptete Vater Deburau, wenn er das Publikum anlockte. Die ältere Tochter Kateřina begann man ihrer schneeweißen Haut und ihres dunklen, dichten Haares wegen die »schöne Ungarin« zu nennen. Die jüngere, hellblonde Dorothea tanzte wie eine Feder. Nur Kašpar taugte noch immer zu nichts. Er wurde zehn, zwölf, vierzehn, doch lernte er nicht mehr als ein paar Überschläge, die ihm für seine Aufgabe als Spaßmacher genügten. Weder der Vater noch die Brüder sahen es gern, wenn sie ihn dabei erwischten, wie er vor dem Spiegel Grimassen zog, wie er versuchte, seinen Gesichtsausdruck zu verändern, wie er seine Augenbrauen schwärzte und die Lippen rot schminkte, um sein blasses Gesicht interessanter erscheinen zu lassen. Wozu sollte das gut sein? Es genügte doch, sich das Gesicht einzumehlen und dann den Ohrfeigen feilzubieten.

Als sie das südfranzösische Küstengebiet durchquert hatten, versuchte Philipp Deburau sich mit seiner Familie nach Spanien durchzuschlagen. Doch auch dort fiel Napoleons Schatten auf sie. Gleich in der ersten Nacht sah Kašpar französische Soldaten ans Kreuz genagelt; in der zweiten Nacht metzelten die Kameraden der Gekreuzigten aus Rache das ganze Dorf nieder. In der dritten Nacht schliefen die Deburaus wieder unter französischem Himmel. Wenn sie am Leben bleiben wollten, mußten sie wohl oder übel weiterziehen.

Sie gingen nach Italien, doch überall schwelte heimlicher Haß. Die Leute tauschten im Vorbeigehen bedeutungsvolle Blicke und sprachen im Flüsterton miteinander. In Mantua wurde ein Mann hingerichtet, der in Tirol einen Aufstand gegen Napoleon angeführt hatte. Kašpar merkte sich seinen Namen: Andreas Hofer.

Es war nicht das erste Mal, daß sie einem so tiefen Haß begegneten. Sie hatten schon früher Gespräche von Landbewohnerinnen mit angehört, in Frankreich wie in Italien und Deutschland; sie alle haßten Napoleon, weil er ihnen die Männer und Söhne genommen hatte, und weil er immer mehr und mehr wollte.

Als Kašpar einmal mit dem Vater darüber sprach, versuchte der alte Deburau, es dem Sohn auf seine Weise zu erklären:

»Das ist so, Junge, als machtest du einen Salto und wolltest in der Luft anhalten. Dazu ist es dann zu spät. Und für Napoleon ist es auch zu spät!«

Die Vorstellung, daß Napoleon einen Salto macht, kam Kašpar drollig vor; ebenso der Gedanke, daß er den Sprung nicht richtig abmessen würde, um wieder auf den Füßen zu landen ... Aber es hatte den Anschein, daß der Kaiser geschmeidig und schnell wie ein Löwe war. Er mußte zwar bei Aspern eine Niederlage einstekken, siegte jedoch bei Wagram, und im Frieden von Schönbrunn schlug er Frankreich ein großes Stück vom Balkan zu. Da der Papst mit England freundschaftliche Beziehungen angeknüpft hatte, konfiszierte Napoleon einfach die Reste des Kirchenstaates.

Als der Papst ihn daraufhin mit dem Bann belegte, ließ er ihn gefangensetzen und nach Frankreich bringen.
Zu dieser Zeit waren die Deburaus weit weg, in der Türkei.
In Konstantinopel hatten sie die glänzendsten Auftritte. Einen Monat lang spielten sie auf einem ständig überfüllten Platz. Am dreißigsten Tag besuchte sie im Zelt ein hoher Beamter. Alle erschraken, weil sie meinten, unbekannte Gesetze der Andersgläubigen verletzt zu haben. Doch es zeigte sich, daß der Sultan persönlich sie in seinen Palast einlud, damit sie dort ihr Programm vorführten, mit dem sie schon einen ganzen Monat lang die Bürger von Konstantinopel begeistert hatten. Ein Gefolge von Wächtern geleitete sie durch viele Tore, Treppenhäuser und Türen, bewacht von Soldaten mit Lanzen in der Hand, bis sie schließlich in einen Saal gelangten, dessen Pracht sie überwältigte. Er war unendlich hoch, die Wände wie aus Gold, und in der Mitte sprudelte ein Springbrunnen. An dem einen Ende des Saales war ein breiter, undurchsichtiger, fast bis an die Decke reichender Vorhang gespannt.
Die Komödiantentruppe wartete, daß der Vorhang aufging und sie ihr erlauchtes Publikum zu sehen bekämen. Doch der Vorhang bewegte sich nicht. Ein Diener wies sie an zu beginnen.
Als sie sich später daran erinnerten, waren sie sich einig, daß dies ihre schlimmste Vorstellung gewesen war. Ohne Publikum! Was für ein Unsinn! Die Mädchen balancierten über das Seil und sprangen herunter – doch niemand spendete ihnen Applaus. Bisweilen, wenn die Jungen gefährliche Darbietungen zeigten, hörte man Geflüster. Sonst herrschte eisige Stille. Sprünge, Saltos und Arabesken, alles vor einem unbewegten Vorhang.
Während der gewagten Schlußnummer hatte der Vater einen persischen Stock mit einer sich gabelnden Stütze auf der Stirn, oben in zwei Aufhängern balancierten die beiden Brüder, auf deren Köpfe sich noch zusätzlich Kašpar stellte. Und von dort oben sah er... Sah, was kein Auge eines Sterblichen sehen durfte, ohne grausam bestraft zu werden: die Favoritinnen des Sultans! Kašpar sah sie nur

für den Augenblick, den er es schaffte, sich auf den Köpfen der Brüder zu halten. Doch dieser Augenblick genügte, daß ihn ein starker Duft von Weihrauch, Rosen und Ambra umwehte, und er von oben, über die Vorhangkante hinweg, einige schöne Frauengesichter erspähte, die den Blick auf den von ihrer Seite durchsichtigen Vorhang gerichtet hielten. Kašpars Auge erhaschte ihre bunten, perlenbestickten Gewänder, ihre langen, über die Schultern fallenden Haare, die nackten Brüste einiger Dienerinnen, die mit an langen Stangen befestigten Fächern wedelten ... doch der Vater warf den Stock ab und Kašpar mußte herunterspringen.

Weder, als sie mit reicher Belohnung den Sultanspalast verließen, noch später erzählte er den Brüdern von dem märchenhaften Anblick. Es blieb sein Geheimnis. Wohl zum ersten Mal in seinem Leben bedauerte Kašpar es nicht, daß ihm der gefährliche Gipfel der Menschenpyramide gehörte.

Voller Erinnerungen an die Türkei fuhren die Komödianten durch ärmlichere Gegenden wieder zurück. Abermals zogen sie durch Deutschland, und Kašpar bekam oft nichts außer Brot zu essen; es war trockener als früher, weil er sich das Weinen abgewöhnt hatte.

Nach acht Jahren Wanderleben kam die Familie wieder an die französische Grenze. Sie erfuhren, daß Napoleon Josephine verjagt hatte, und nun mit Marie Louise, der Tochter des Kaisers von Österreich, Hochzeit feierte.

Sie gewöhnten sich wieder an die französische Provinz und wandten zaghaft den Blick nach Paris. Es wurde Frühling, März, und 101 Kanonenschüsse verkündeten der Hauptstadt, daß dem Kaiser ein Sohn geboren worden war, ein Thronfolger, dem er bereits in der Wiege den Titel König von Rom verlieh.

Philipp Deburau traf eine Entscheidung. Wenn der Kaiser glücklich war, würde er sich wohlwollend zeigen, und ebenso seine Minister, Berater, Präfekten und selbst die kleinsten Beamten. Das war der richtige Zeitpunkt, um in die Stadt zu kommen, in ihren Augen die Heimat und das Paradies aller Künstler.

Willkommen in Paris

Paris!

Das also bist du, du Scheusal, an das ich im Süden und fern im Osten immer gedacht habe? Ich schlottere, wenn ich dich betrete. Ich schaue in die Gesichter deiner Häuser und Paläste. Die Fensterläden sind geschlossen. Willst du dich mir nicht zeigen?

Du sagst Paris und hörst die Namen seiner Könige und Revolutionäre, die Namen großer Maler, die gewiß besser malen als die Natur, Namen berühmter Schriftsteller, und vor allem Namen bekannter Sänger, Sängerinnen, Schauspieler...

Ehrfürchtig näherte sich der sechzehnjährige Jan Křititel Kašpar Deburau – der fortan Jean Baptiste Gaspard hieß – der Stadt. Paris blinzelte dem Fremdling mit den grünen Augen seiner Fensterläden zu, zuckte die moosbedeckten steinernen Schultern, aber forderte ihn zugleich auf: Komm! Jeder neue Blick, mit dem sich ihm die Stadt zeigte, war eine Liebeserklärung. Gaspard ballte in seinen Taschen hilflos die Fäuste. Ach, könnte ich dich doch erobern! Könnte ich es so weit bringen, daß sich wenigstens ein einziger deiner Winkel vor mir verneigt, daß mir wenigstens ein Stück dieses Steins gehört, mich wenigstens ein weibliches Augenpaar ansieht!

Im Angesicht der Stadt schmerzten ihn die Spaßmacher-Fußtritte doppelt, er schämte sich vor ihr, vor ihrer spöttischen Erwartung. Und aus Liebe zu Paris und aus Trotz erwachte in ihm ein großer Ehrgeiz.

Die Deburaus meinten anfangs, daß sie, wie andere Künstlerfamilien, in einem der verlassenen Säle des Louvre oder der Tuilerien Quartier beziehen könnten; doch Napoleon hatte endlich die Instandsetzung beider Residenzen angeordnet und die Gaukler vertrieben. Vater Deburau fand nun für seine Familie eine Zufluchtsstätte auf dem rechten Seine-Ufer in der Rue Saint-Maur Popincourt, einem Armenviertel, weit entfernt vom Zentrum und bewohnt von kleinen Handwerkern, Arbeitern und Leuten, unweit der Kasernen, inmitten von Kneipen, in die Soldaten zum Tanz gingen. Im Hof eines großen verwahrlosten Hauses schlug die Familie ihr Lager auf und begann wieder mit ihren Vorstellungen. Täglich kurz nach Einbruch der Dunkelheit – sonntags und feiertags schon am Nachmittag – lockte Vater Deburau die Passanten mit blumenreichen Worten zum Besuch der großartigen Schau. Und die Pariser ließen sich nicht lange bitten; es war eine goldene Zeit für alle Unternehmen dieser Art. Der ordnungsliebende Kaiser hatte zwar die kleinen Theater verboten, doch die so lange vom Krieg tyrannisierten Menschen sehnten sich nach Unterhaltung. Der Name Deburau wurde bald zu einem Begriff im Viertel. Die Jungen mit ihren halsbrecherischen Sprüngen und die Mädchen mit der Anmut ihrer Tänze waren in der ganzen Umgebung bekannt; und wenn am Sonntagabend der alte Deburau am Schluß der Vorstellung ein Feuerwerk veranstaltete, das ihn keine zwanzig Sous kostete, dachte man eine ganze Woche lang an diese hübsche Schau.

Der Komödiantenfamilie ging es wieder besser. Sie begann von größeren und farbenprächtigeren Aufführungen zu träumen, von einer eigenen Bude irgendwo an einem Boulevard, von Musik, einer Menagerie... Als sie die ersten paar Francs zusammengespart hatten, kauften sie eine Klarinette. Der Vater bestimmte, daß Gaspard sie spielen sollte. Da ihm dafür die schlimmsten Stürze von der Spitze der »ägyptischen Pyramide« erlassen wurden, sträubte er sich nicht, obwohl er keinen Unterricht bekam. Der Verkäufer erklärte ihm nur, wie das Instrument zu handhaben sei, und das mußte genügen. Gaspard spielte während der Aufführungen, so gut er konnte, was er sich selbst als Melodie ausgedacht hatte. Die Leute hörten ihm meist gar nicht zu und lachten nur bei falschen Tönen.

Der Vater nahm noch zwei Seiltänzer, das Ehepaar Godot, in die Truppe auf. Er ließ sich von ihrem berühmten Namen blenden und ahnte nicht, daß sie ihn längst vertrunken hatten und nun auch noch die Erinnerung daran vernichteten. Gaspard haßte sie, weil die Flasche, auf die sie schon nachmittags nicht verzichten konnten, in der Regel bedeutete, daß es an ein Wunder grenzte, wenn er sich bei der Abendvorstellung nicht das Genick brach. Selbst dem Vater tat er leid; doch das Publikum lachte und kam wieder, die Godots klammerten sich an die Deburaus, und Gaspard klammerte sich deshalb an die Klarinette.

Einmal machte er mit seinem Liedchen eine wichtige Erfahrung. François Neumensek, der König des Teppichs, arbeitete gerade mit dem nicht weniger berühmten Štěpán, nunmehr Etienne, und Gaspard spielte dazu einen Marsch. Plötzlich, mitten in der Darbietung, begannen die Zuschauer zu klatschen. Gaspard erschrak und hörte auf zu spielen. Beide Brüder hielten verlegen inne. Doch da griffen die Leute, die hinten auf dem Hofplatz standen, ein und feuerten die Unentschlossenen durch Zurufe an: »Noch einmal!« und »Spiel weiter!« Schließlich intonierten sie: »Daraus wird nichts, Lucettchen . . .!« Ihr Singen half Gaspard weiterzuspielen. Alle wiederholten das Couplet, das Gaspard in den Gassen aufgeschnappt hatte. »Daraus wird nichts, Lucettchen . . .« Der Text verriet unterschwellig den Widerstand der Menschen gegen den Krieg. Gaspard konnte nicht sonderlich gut singen, aber er begann Achtung vor den Liedern zu empfinden, als er erkannte, daß ein paar treffende Worte mit einer hübschen Melodie die Menschen in bestimmte Stimmungen bringen konnten.

Wenn er in freien Stunden durch die engen Gäßchen schlenderte, grübelte er angestrengt. Es war nicht schwer zu begreifen, daß man Paris nicht erobern konnte, ohne seine Bewohner genauestens zu kennen. Und Gaspard wollte sie kennenlernen, weil er viele von ihnen von Anfang an gern hatte. Die Armen kannte er gut, weil er unter ihnen lebte; er teilte ihre Not. Aber er studierte nicht nur die Menschen in seiner Umgebung. Oft ging er in die Kaiserlichen Gärten, um zu beobachten, wie sich die reichen Bürger und Offiziere benahmen, wie sie nach einer englischen Sitte, die gerade nach Paris vorgedrungen war, einander beim Zusammentreffen die Hände schüttelten. Er ging in Parks, zu Konzerten und Feuerwerken, blieb neugierig bei einer Gruppe stehen und hörte sich an, worüber man sich unterhielt. Es passierte mehrfach, daß Männer ihn bemerkten, sich leise gegenseitig aufmerksam machten und eilig auseinandergingen, als seien sie erschrocken. Worüber? Er begriff es erst, als ihn einmal ein dürrer, hochgewachsener Kerl an den Schultern packte. »Was hast du da eben gepfiffen?« – »Keine Ahnung«, entgegnete Gaspard wahrheitsgemäß. »Nimm dich bloß in acht – du Republikaner!« drohte ihm der baumlange Mensch und verschwand in der Menge. Das war seine erste Begegnung mit der Geheimpolizei; später konnte er sie auf den ersten Blick erkennen.

Aus jungenhafter Neugier wünschte er sich manchmal, auch den Kaiser zu sehen. Doch bald nach ihrer Ankunft in Paris war Napoleon nach Versailles gefahren. Seit etlichen Wochen marschierten durch Paris Regimenter, die für den Feldzug nach Rußland bestimmt waren, um Zar Alexander zu bestrafen, der Napoleon den Gehorsam verweigert hatte. Paris war ohne Militär, alles zog gegen Osten.

Mitte März fiel Moskau. Als die Nachricht Paris erreichte, erstrahlte die Stadt die ganze Nacht in Festbeleuchtung. Niemand wußte, daß sich Napoleon zu diesem Zeitpunkt schon längst auf dem Rückzug befand, daß Zehntausende, die als stattliche, gesunde Männer ausgezogen waren, an der Beresina gefallen waren, und daß die Anzahl der Gefallenen in der »Grande Armée« des ruhmreichen Kaisers eine halbe Million betrug.

Paris strahlte und Gaspard bewunderte die Pariser, wie sie den Sieg feierten, wie sie begeistert und fröhlich sein konnten, selbst in Kriegszeiten, und selbst dann noch, als sie ihren Kaiser mit der Armee den Gefahren des russischen Winters ausgesetzt wußten. Einzigartige Pariser!

Zehn Tage später traf die erste Nachricht von dem tragischen Ende des russischen Feldzugs ein. Die Festbeleuchtung erlosch.
Paris verstummte und wartete.
Bald kamen die ersten Kuriere in die Stadt. Von der Grenze bis Paris jagten einander Karossen, Kutschen und Leiterwagen voll abgehärmter, bärtiger Offiziere, die nicht einmal die Frauenkleider abgelegt hatten, in denen sie durch Rußland, Deutschland und Österreich geflohen waren. Tausende Meilen hinter ihnen kämpften sich die Grenadiere, der Stolz Frankreichs, durch Eis und Schneeverwehungen.
Gaspard sah es genau: Oft blickte er in tränenfeuchte Augen, doch dahinter spürte er erbitterten Trotz.
»Wer zurückkam, ist um zehn Jahre gealtert«, erzählten die Leute, die mit den Soldaten der geschlagenen Armee zusammengetroffen waren. Die Wachen hatten nicht einmal den Kaiser bei seiner Ankunft erkannt.
Gaspard ging auch manchmal am Tor zu den Tuilerien vorbei. Einmal erblickte er durch das Gitter den kleinen Sohn des Kaisers; er saß in einer silbernen Muschel, die von Damhirschen gezogen wurde. Doch Gaspard hatte nie die Gelegenheit, mehr zu sehen als das, was sich auf der Freitreppe zeigte. Die Vorstellungen über das höfische Leben, das er hinter den hohen Fenstern des kaiserlichen Palastes erahnte, blieben seinen Träumen überlassen.
Der Seiltänzer Godot, der sich mit seiner Frau im selben Haus wie die Deburaus eingemietet hatte, versuchte manchmal seine Entgleisungen wiedergutzumachen, und da er einige Statisten der Oper kannte, gelang es ihm, den wißbegierigen Gaspard dreimal mit ins Theater zu nehmen. Die Atmosphäre gefiel dem Jungen, er war verzaubert von all dem Gold, dem Plüsch, dem Duft. Doch »Orest« beeindruckte ihn nicht sonderlich, auch wenn Talma ihn spielte; die Tragödie wirkte auf ihn kalt und langatmig. Seiner Meinung nach hätte sich das alles kürzer und klarer sagen lassen. Da er hinter der Säule, wo Monsieur Godot ihn untergebracht hatte, die

Bühne kaum sah, richtete Gaspard sein Augenmerk auf die Zuschauer; sofern die Herren sich nicht ihren Nachbarinnen widmeten, saßen sie schläfrig da und lebten erst in der Pause auf, als sie ins Foyer eilten.
Auf dem Gang der Galerie geriet Gaspard unter junge Leute, die sich ziemlich unverblümt äußerten.
»Meinst du, er hat jetzt genug?«
»Er macht weiter. Er sammelt schon wieder neue Soldaten.«
»Die alte Armee wird's nicht mehr. Entweder kommt er zu Verstand, oder es bedeutet das Ende.«
»Achtung«, sagte einer der Gruppe und zeigte auf einen Mann mit pelzverbrämtem Mantel, der näherkam.
»Sie haben recht«, mischte er sich in das Gespräch. »Es reicht uns mit den Kriegssteuern. Das Anwerben muß endlich aufhören.«
»Da sind Sie im Irrtum, Monsieur«, entgegnete der junge Mann, der eben noch vom Ende gesprochen hatte. »Ein Wink von ihm, und wir sind alle zur Stelle.«
»Sie reden ohne Sinn und Verstand«, erwiderte der Herr im Mantel und schlug sich an die Stirn.
»Möglich«, lachte der junge Mann und fügte halblaut hinzu: »Aber wir lassen uns nicht hereinlegen!«
Es war für einen Fremden nicht leicht, die Einheimischen zu begreifen. Erst langsam erkannte Gaspard, daß Napoleon für jeden etwas anderes bedeutete, so als existiere er in mehrfacher Gestalt.

Begegnung mit dem Kaiser

Im Theater gab es wunderschöne Frauen. Er wählte eine von ihnen aus und ging dann lange hinter ihr her; die beiden Herren, die sie begleiteten, dachte er sich weg. Er sah nur ihre Schatten und folgte ihnen. An einer Straßenecke verlor er die Gruppe plötzlich aus den Augen. Er kehrte um, und alle Straßen zeigten ihm samtschwarze

Winkel, die auf Liebende warteten. Als ihn jedoch eine Frau ansprach, erschrak er.

»Wie alt bist du?« fragte sie lachend.

»Achtzehn«, murmelte er und lief davon.

Achtzehn werde ich, Mademoiselle – und die Liebe habe ich noch nicht kennengelernt. Ich war verliebt in blasse Mädchen, die am Wegrand spielten, während wir vorbeifuhren, ich sehnte mich nach den nackten Schultern der Haremsdamen, ich sah mich nach vielen Frauenröcken um, wo immer ich ihnen begegnete. Doch nur selten durfte ich hinter den geheimnisvollen Vorhang schauen, wie damals in Konstantinopel.

Aber hier brauchte man für die Liebe Geld. Geld oder Kühnheit. Beides fehlte ihm. Der Vater gab ihm nicht einen Sou, und er selbst verdiente nichts. Und Kühnheit? Irgendein Mädchen ansprechen? Die schlimmeren würden sagen: O ja, mein Kavalier, aber zeigen Sie mir zuvor Ihre Geldbörse! Und die besseren – nein, an die wagte er sich nicht. Er glühte manchmal vor Verlangen, wenn er sich in die Menschenmenge beim Palast drängte und dabei dicke Bürgersfrauen und lächelnde Modistinnen anstieß. Aber könnten zerlumpte, abgewetzte Hosen mit dem Seidenrock einer Grisette Bekanntschaft knüpfen, wenn jede von ihnen drei hübsche Studenten an ihrer Seite hat? Wie sollte man bei einer Gefallen erregen in einem Hemd, das höchstens einmal im Monat gewechselt wurde? Und stellte er vielleicht etwas vor? Was würde er antworten, wenn sich eine danach erkundigte? Ich spiele Klarinette. Ich kann mich so fallen lassen, daß es manchmal nicht allzu weh tut. Und heimlich, ganz heimlich denke ich daran, daß ich Komödien spielen möchte, Pantomimen. Zum Lachen!

Er tänzelte über das Seil im Hof der Rue Saint-Maur, schlug Purzelbäume und brachte die Leute mit einfältigen Grimassen zum Lachen. Wenn unter den Zuschauern eine hübsche Frau auftauchte, sah er sie mit verlangenden Augen an. Begegnete er einem einsamen Mädchen auf der Straße, warf er ihr einen bittenden Blick zu: Wollen Sie mich nicht haben? Nehmen Sie mich! Dies tat er wohl allzu beredt, denn manchmal lächelte eine, während andere erschraken. Doch keine erwiderte seinen Blick.

Die fröhlichste Gesellschaft hatte man bei Festen, die mit ihrem Glanz die Risse in des Kaisers Ruhm verschleiern sollten. Die Menschen wollten sich amüsieren, um dabei ihre Entbehrungen zu vergessen, und der Hof mußte es zulassen. Der Kaiser, der starrköpfig alle Friedensangebote ablehnte, wollte so dem Land gute Laune und Vertrauen zurückgeben.

All den kleinen Komödianten, Jongleuren und Akrobaten boten solche Festlichkeiten eine gute Gelegenheit, Geld zu verdienen. Auch die Familie Deburau eilte auf den Marktplatz, bereit, für ein paar Sous ihre Kunststücke zu zeigen.

An einem Tag im November veranstaltete der kaiserliche Hof ein Volksfest in Saint-Cloud. Das Wetter war zwar unfreundlich, doch die Deburaus machten sich trotzdem auf den Weg, um ihr Glück zu versuchen. Die Familie fuhr mit dem Wagen voraus, Gaspard eilte zu Fuß hinterher.

Die Wege waren morastig; es regnete unablässig, und Gaspard versuchte vergeblich, das Gesicht vor dem naßkalten Wind zu schützen. Er trabte am Straßenrand entlang, das Mäntelchen über den Kopf gezogen; die schwarzgelbe Komödiantenbluse flatterte im Wind. Neidvoll schaute er den vorbeifahrenden Kutschen nach, hinter deren Fenstern es warm und gemütlich sein mußte. Die hohen Räder drehten sich schnell, und jedes Gespann bespritzte Gaspard mit einem kalten Schwall schlammigen Pfützenwassers.

Der Himmel war so undurchdringlich grau, daß Gaspard überlegte, ob er nicht umkehren solle, denn die Vorstellung würde gewiß dürftig ausfallen; vielleicht wäre der Vater nicht allzu ärgerlich. Er blieb stehen und ließ eine weitere Kutsche vorbeifahren, deren Pferde im Galopp daherkamen. Dieses Mal erwartete ihn kein Schwall von

Morast. Im Gegenteil, die Kutsche verlangsamte ihre Fahrt und blieb ein paar Schritte vor ihm stehen. Der Wagenschlag wurde geöffnet.
Gaspard sah sich erstaunt um, wem diese überraschende, stumme Aufforderung galt. Doch er war allein auf der Straße und weit und breit um ihn nichts als Regen. Erregt näherte er sich der Kutsche und setzte einen Fuß auf das verzierte Trittbrett. Eine Hand packte ihn an den Schultern und half ihm hinein.
Gaspard wurde es schwarz vor den Augen. An der Kutschentür hatte er die Kaiserkrone und darunter ein großes, goldenes »N« gesehen.
Er saß ihm gegenüber. Gaspard wußte nicht, wie er auf den Sitz gelangt war, er wußte nicht, wohin mit den Händen, wohin mit den Beinen, wohin mit den Augen. Am liebsten wäre er in den Boden versunken; hätte er den Mut aufgebracht, wäre er kopfüber aus dem Wagen gesprungen. Er begriff nicht einmal, was ihn sein Gegenüber fragte. Er hörte eine Stimme, aber er erfaßte die Worte nicht. Erst die wiederholte Frage erweckte ihn zum Leben. Er zwinkerte mit den Augen, machte den Mund auf und stotterte:
»Ja, Eure Majestät!«
»Ich fragte, wohin Sie gehen«, lächelte Napoleon.
»Nach Saint-Cloud, Eure Majestät.«
Das war der Kaiser. Das also war der Kaiser! War es möglich, daß er, ein armseliger, heruntergekommener Spaßmacher, Napoleon gegenübersaß? Ein Gaukler, dem kein achtbarer Bürger auch nur die Hand geben würde! Und Napoleon, der Sieger von Austerlitz, von Wagram, von Italien, der Napoleon großer Generäle und getreuer Grenadiere! Der Mann, der Ruhm und Angst, Ehre und Haß gleichermaßen auf sich vereinte!
»Sie sind Artist?«
»Ja, Sire«, antwortete Gaspard artig.
»Was können Sie?«
»Ich springe, spiele Klarinette, baue Menschenpyramiden ...«

beschrieb Gaspard mit ausgedörrtem Gaumen seine Fertigkeiten und wurde sich bewußt, wie wenig das war. Er erinnerte sich jedoch, daß Napoleon erst kürzlich die Seiltänzerin Madame Saqui ausgezeichnet hatte und ihr von einer seiner Hofdamen eine Schärpe über die Schulter legen ließ. »Und ich tanze auf dem Seil«, setzte er deshalb noch rasch hinzu.
Napoleon fragte ihn, woher er komme und wie er heiße.
»Deburau!« wiederholte der Kaiser seinen Namen, und es war, als wäge er ihn ab. »Ein hübscher Rhythmus: Deburau!«
Er blickte aus dem Fenster in den Regen und verstummte. Gaspard nützte diesen Augenblick und betrachtete aufmerksam das Gesicht seines Gegenübers. Gesenkte Wimpern, ein Höcker auf der Nase, Haare, die unter dem Hut auf Stirn und Schläfen fielen, stark geschwungene Augenbrauen. Der für Eindrücke so empfängliche Gaspard meinte noch mehr zu sehen. Die herabgezogenen Mundwinkel zeugten von durchwachten Nächten. In der Tiefe des müden Blicks verbarg sich Grauen. Der Mann ihm gegenüber mußte in letzter Zeit viel gelitten haben. Vielleicht schaute er, wenn er allein war, in die Vergangenheit zurück und erschrak über das, was er angefangen hatte. Als er die Kutsche vor dem im Morast stehenden Possenreißer anhalten ließ, geschah es sicherlich aus einer Laune heraus; aber war es nicht auch Ausdruck von Einsamkeit und Trostlosigkeit?
Napoleon wandte sich ihm wieder zu, verwundert über den mitleidigen Blick. Sein Gesicht verwandelte sich blitzartig.
»Waren Sie in letzter Zeit im Theater?« fragte er in huldvollem Ton.
»Ja, Sire.«
»Was haben Sie sich angesehen?«
»Eine Tragödie.«
»Was halten Sie von der gegenwärtigen Tragödie?«
Nun nahm das Gesicht des Kaisers wieder den Ausdruck eines Mannes an, der gewohnt ist zu bestimmen, zu entscheiden, mit seinem

Willen die Welt zu regieren. Gaspards Feinfühligkeit sah darin die Lagerfeuer aller Schlachtfelder Europas lodern, das Flattern der Fahnen, die Hochrufe. Der Kaiser entfremdete sich ihm. Deshalb überlegte er sich keine höflichere Antwort, sondern sagte ganz ehrlich:

»Sie gefällt mir nicht.«

»Warum?«

»Sie ist kalt, als sei sie gar nicht für Menschen geschrieben, zu viele überflüssige Worte.«

Sein Mut machte ihn ein wenig verlegen, doch der Kaiser befreite ihn von seinen Zweifeln.

»Mir gefällt sie auch nicht«, sagte er müde. »Es sind aufgewärmte Imitationen der Antike ohne Leben und Geist.«

Gaspard war erleichtert. Er hatte sich gefürchtet, seine Meinung auszusprechen, als er an die Pracht der Logen und die stolzen Zuschauer dachte, und nun wurde er von Napoleon in seiner Einschätzung bestätigt!

»Ich habe keine Dichter«, lächelte der Kaiser betrübt. »Ich weiß nicht, wessen Schuld das ist!«

»Eure Majestät haben doch alles, was Sie sich wünschen«, erwiderte Gaspard fast vorwurfsvoll.

»Meinen Sie?« kam es bitter aus dem gegenüberliegenden Sitz, und es klang wie ein trauriger Scherz.

Nun hatte er wieder den Gesichtsausdruck eines Mannes, der sich entweder Selbstvorwürfe macht oder der am Ende seiner Kräfte ist und nach Menschen sucht, die noch an ihn glauben.

»Wenn Sie gestatten, Sire«, sagte Gaspard kühn, »ich mag am liebsten die Pantomime. Warum schreiben Ihre Autoren Tragödien und geben sich nicht mit dem Gebärdenspiel zufrieden?«

Der Kaiser lachte sonderbar erfreut.

»Wo haben Sie denn Pantomimen gesehen?«

»In unserem Viertel.«

»Ich leider nicht. Schade. Vielleicht haben Sie recht.«

Gaspard hätte gern weitergesprochen, doch er spürte, wie die Gedanken des Kaisers sich wieder anderen Dingen zuwandten.
Die Kutsche neigte sich zur Seite, als sie nach rechts in ein Tor einbogen und in den Hof hineinfuhren. Die Pferde hielten an. Ein Grenadier öffnete den Wagenschlag.
»Laufen Sie nur!« ermunterte der Kaiser Gaspard, der es nicht wagte, sich vom Sitz zu erheben.
Die Silhouette des Kaisers verschwand im inneren Tor; den Kopf gesenkt, den Blick zu Boden gerichtet, die Hände auf dem Rücken verschränkt.
Gaspard begann zu laufen und suchte zwischen den Zelten und Buden am Rand der Promenade nach seinen Eltern und Geschwistern. Sie waren alle in gedrückter Stimmung, der Regen hatte das Publikum verscheucht. Gaspard stürzte aufgeregt zu ihnen.
»Ich habe mit dem Kaiser gesprochen. Bin mit ihm in der Kutsche gefahren.«
Der Vater winkte nur ab. Die Mutter stritt mit den Godots und hörte nicht zu. Doch Dorothée und Catherine kamen zu Gaspard gelaufen und fragten begierig:
»Mach keine Witze! Lügst du auch nicht? Was hat er gesagt?«
»Er war einsam. Deshalb hat er mich mitgenommen.«
»Und was hast du ihm gesagt?«
»Ich? Ich habe ihm gesagt, daß ich Pantomimen spielen werde.«

Alltag in Paris

Ihr unbekümmerten Pariser! Wie habt ihr euch verändert!
Wie lange ist es her, daß ihr die Siege eures Kaisers gefeiert habt, ihr begeisterten Patrioten, ihr bis zum letzten Atemzug treuen Anhänger Napoleons! Oder galt euer Patriotismus nur dem Kriegsglück – und als es ihn verließ, habt ihr mit der Hoffnung auf Erfolg auch die Liebe zu eurem Land verloren?

Nach der Niederlage bei Leipzig überstürzten sich die Ereignisse. Die Verbündeten überschritten den Rhein, von den Pyrenäen näherte sich Wellington mit den Engländern. Napoleon siegte noch da und dort durch Überraschungsangriffe, doch sein Heer schmolz dahin. Die Verbündeten drangen nach Paris vor.

Als Gaspard sich über ihre Siege wunderte, erklärte ihm der Vater:

»Sie kämpfen für ihre Freiheit, du Dummkopf. Und Napoleon? Der kämpft nur dafür, sich die Macht zu erhalten.«

Gaspard hatte während seines Wanderlebens die Ursprünge der Auflehnung gegen die Gewalt kennengelernt und erwartete jetzt das gleiche Verlangen nach Ehre und Freiheit von den Franzosen. Doch sie verbrannten keine Stadt wie die Russen, als sie Moskau aufgaben. Eine Handvoll Studenten und junge Arbeiter errichteten in Clichy ein paar Barrikaden. Sonst dachte kein Mensch auch nur an Gegenwehr. Wie mußte dem Kaiser zumute sein, fragte sich Gaspard, als ihn das Heer im Stich ließ? Als ihn der Senat vom Thron stürzte und den Feinden den Einzug nach Paris gestattete? In Fontainebleau versammelte der Kaiser angeblich seine letzten Getreuen und wollte Paris angreifen. Doch nicht einmal die Generäle wollten ihm noch länger dienen. Aus Paris durfte niemand mehr heraus; dafür schickte sich jedermann an, die feindliche Armee willkommen zu heißen. Jetzt waren sie nur noch zwanzig, zehn, fünf Meilen vor Paris! In kleinen Gruppen tauchten schon junge Burschen auf, die zu rufen wagten: »Es leben die Bourbonen!«

Und dann begannen die Ereignisse plötzlich die Gedanken zu überholen.

Die Kosaken waren auf dem Montmartre! Die Nachricht verbreitete sich blitzschnell in Paris. Gaspard rannte zu seinem Aussichtsplatz. Im Dämmerlicht sah er ihre Lagerfeuer. Auch Preußen waren dort. Hier, über der Stadt, trafen sie zusammen, um sich Paris zu teilen. Gaspard rannte wieder zurück. An diesem Abend ging überhaupt niemand gemächlich. Alle jagten nach Neuigkeiten, nach Profiten. In der Rue Saint-Maur fand keine Vorstellung statt. Den Deburaus graute es vor der Zukunft, denn schon ein Tag ohne Einnahmen bedeutete Not.

Doch es ging besser, als man sich vorgestellt hatte. Die Russen und Preußen zogen in Paris ein, als hätten sie die Stadt von einem Joch befreit. Und die Stadt feierte sie.

»Es lebe Zar Alexander!« riefen die Menschen den russischen Offizieren zu.

»Es leben die schönen Pariserinnen!« gaben sie zurück. Sie benahmen sich nicht wie Eroberer, sondern wie Leute, die zum Vergnügen in das mondäne, leichtlebige Paris gekommen waren. Sie waren neugierig auf die Stadt; wann hätten sie sich je träumen lassen, so leicht hineinzukommen!

Fanatische Bourbonenanhänger, die hinter dem Stadttor warteten, stürzten sich auf den ersten Reiterzug und küßten den Offizieren die staubigen Stiefel. Aus den Fenstern winkten junge Mädchen.

Wer in diesen Apriltagen nach Paris kam, mußte den Eindruck gewinnen, es ginge um eine nationale Feier und nicht um die Kapitulation einer gedemütigten Stadt. Außerdem hatte es den Anschein, als würden die Okkupationsarmeen vorzügliche Kunden liefern. Warum sich also nicht vergnügen? Während der ersten beiden Tage wurde zwar nirgends Theater gespielt – doch nur, damit die Pariser ihre Neugier stillen konnten, damit alle die Gelegenheit hatten zuzusehen, wie die Preußen ihre Wachablösung zelebrierten, wie die Russen am Lagerfeuer sangen, wie die zaristischen Offiziere sich der Straßen und Plätze bemächtigten. Am dritten Tag öffneten die Theater wieder, und mit den Parisern amüsierten sich ihre siegreichen Gäste. Nur die Bankherren, Kaufleute und Spekulanten amüsierten sich nicht; sie mußten aus dem »Umschwung« Kapital schlagen, mußten bestellen, verkaufen und aus endlosen weißen Stoffballen Fahnen, Kokarden, Halstücher zuschneiden lassen.

Eines Abends kehrte der achtzehnjährige Gaspard zerrauft und mit aufgeplatzter Schläfe nach Hause zurück; das Halstuch war an der Brust voller Blut.

Der Vater mußte seine ganze Autorität aufwenden, um ihn zum Auftreten zu bewegen. Aber es war schwer, herumzuspringen und Possen zu reißen, wenn man, wie Gaspard, ständig den Trupp französischer Gefangener, geführt von einer preußischen Eskorte, vor sich sah.

Die französischen Soldaten hatten sich aufeinandergestützt dahingeschleppt, erschöpft, blutbefleckt, mit abgerissenen Verbänden, unrasiert, abgemagert. Doch am schlimmsten waren ihre unsteten Blicke. Sie irrten über Häuser, Schaufenster und über die Menschen, die lachend auf den Gehsteigen spazierten. Es schienen Soldaten vom Land zu sein, denn in ihren Augen stand die verwunderte Frage: Das also ist Paris? Für diese Menschen wollten wir unser Leben geben?

Gaspards achtzehnjähriges Herz empörte sich gegen diese Kränkung. Er schaute sich um und erkannte in den Augen vieler Männer die gleiche Erniedrigung, die er selbst empfand.

Und plötzlich rief jemand laut: »Kameraden!«

Und ein anderer: »Befreien wir unsere Soldaten! Los!«

Eine Schar von Arbeitern stürzte den preußischen Bajonetten und Säbeln entgegen. Sie hatten nichts als ihre Fäuste. Sofort fielen einige blutend zu Boden. Der preußische Offizier gab einen Befehl, und eine Reihe der Eskorte drängte die Angreifer auf den Gehsteig zurück. Gaspard sprang wütend auf das Pferd des Offiziers zu, bekam jedoch einen Säbelhieb und brach zusammen. Als er sich wieder erhob, hatte sich der Zug bereits entfernt. Polizisten schafften Ordnung: Sie nahmen die Angreifer fest. Auch ihn packte jemand, doch Gaspard riß sich los und verschwand in der Menge. Und die Pariser, die aus den beleuchteten Läden und die auf dem Weg ins Theater oder ins Restaurant, sie klatschten dem preußischen Kommando Beifall. Sie klatschten, als hätten sie gerade eine gelungene Farce gesehen.

Gaspard rannte weg, einen bitteren Geschmack im Mund. Von ferne hörte er noch das schreckliche »Vivat!«, das die Pariser den fremden Soldaten zuriefen.
Er bereute, daß er jemals Franzose sein wollte.
Doch die schmerzende Wunde an der Schläfe bestätigte ihm, daß er es bereits geworden war.

Alles, was an Bonaparte und die Grande Armée erinnerte, war verboten, ebenso alles, was an die Revolution erinnerte. Jedes Andenken wurde als Majestätsbeleidigung betrachtet. Gaspard war Zeuge, wie sich mehr als die Hälfte der Stadt bereitwillig anpaßte. Die gleichen Leute, die etlichen Tage zuvor »Es lebe der Kaiser!« gerufen hatten, riefen nun »Es lebe der König!« und hatten gewiß einige Jahre zuvor »Es lebe die Republik!« geschrien. Aber es gab auch solche, die nicht so leicht und unbekümmert Abschied nahmen. Selbst den Menschen, die Napoleon rigoros verurteilt hatten, wurde der Verbannte auf der Insel Elba zum Symbol des Kampfes gegen die Reaktion der Bourbonen. Sein Name erinnerte an unerfüllte Hoffnungen. Sie dachten an die ersten Jahres seines Ruhms, nicht an Willkürherrschaft und Niederlagen. All dies schien besser als die Rückkehr zum Königtum, das nicht nur die Zeiten des Konsulats und des Kaiserreichs verhöhnte, sondern vor allem das Andenken an die vergeblichen Opfer der Revolution, an alle Schmerzen, die das Land auf dem Weg zur Befreiung von den Bourbonen erlitten hatte. Eine neue Verschwörung begann sich zu bilden.
Porträts von Bonaparte, die viele Menschen in der Nacht heimlich wegwarfen, wurden anderswo heimlich teuer verkauft. Auch bei den Deburaus wurde eine Brosche mit dem Porträt des Kaisers aufbewahrt, obgleich der alte Deburau noch aus seiner Kolíner Zeit einige Gönner in Adelskreisen hatte, die damals dort in der Emigration lebten.
Gaspard und seine Freunde vom Boulevard summten ein Lied-

chen, das sich wie eine Lawine verbreitete. Die Polizei kam nicht dagegen an. Die Melodie war so eingängig, daß man sie nur einmal gehört haben mußte, um sie wiederholen zu können.

Der Feind muß zahlen Stück für Stück
Was er durch Raub an sich gebracht
Die Wahrheit kehrt ins Land zurück
Der Freiheit Flamme hält nun Wacht.

»Wer hat dieses Lied geschrieben?« fragte Gaspard.
»Béranger«, lautete die Antwort.
»Und dieses?«
»Auch Béranger!«
Immer hieß es Béranger! Gaspard liebte seine kleinen Lieder, weil hinter den Worten stets ein verborgener Sinn steckte. Er konnte jetzt auf Anhieb die Kraftvollen, Aufrechten erkennen, die einfachen Leute, die nicht schwankten wie Rohre im Wind, die nicht wie Schmeißfliegen die fettesten Brocken umschwirrten. Es hieß, die Aristokraten hätten Béranger aufgefordert, Lieder zu schreiben, die den König verherrlichten, sie würden ihn dafür gut bezahlen. Doch er antwortete, er brauche ihr Geld nicht; er würde ihnen umsonst Lieder komponieren, sobald der König Frankreich die Freiheit und das Glück wiedergäbe. Diese Geschichte verbreitete sich durch alle Vorstädte, und Gaspard faßte einen Entschluß: Wenn ich es schaffe, Künstler zu werden, dann werde ich für diese einfachen und armen Leute spielen, für die leidenden, unterdrückten, ehrlichen und aufrechten Menschen.
Er gab den Ehrgeiz auf, die städtischen Boulevards zu erobern. Es drängte ihn, sich ganz für die Vorstadtviertel einzusetzen.
Aber wie sollte er das mit Purzelbäumen und dem Einstecken von Fußtritten zustande bringen?

Als der Winter hereinbrach, kam es in der Komödiantentruppe in der Rue Saint-Maur immer öfter zu Streitigkeiten. Die Godots tranken so viel, daß die Vorstellungen zu einem Spiel des Zufalls wurden. Vater Deburau war auch als Komödiant ein wenig soldatisch geblieben und verlangte strengste Disziplin. Außerdem konnte er nicht ungerührt mit ansehen, wie Gaspard sich bei den durch die Trunkenbolde verursachten ständigen Stürzen überall Verletzungen zuzog. Seine Kinder, die nunmehr als Erwachsene auch Selbstbewußtsein entwickelt hatten, drohten wegzugehen, wenn er nicht Abhilfe schaffen würde. Der Vater sah zwar voraus, daß seine Söhne und Töchter eines Tages eigene Wege einschlagen würden, fand es jedoch dafür noch zu früh. So drohte er Godot ein paarmal, doch als er sah, daß sich nichts änderte, trennte er sich von beiden.
Die Godots saßen auf der Straße; sie wollten sich jedoch nicht die wahre Ursache ihres Scheiterns eingestehen, und beschuldigten Deburau, er habe aus Neid gehandelt. Mehrmals kamen sie mitten in der Nacht und krakeelten unter den Fenstern im Hof von Saint-Maur, bis Philipp einmal die Wut packte. Er lief hinaus und verjagte Godot mit Faustschlägen.
Das Nachspiel fand am Weihnachtsabend statt. Durch die Straßen eilten fröhliche Menschen, die Lebensmittelgeschäfte und Weinstuben waren gedrängt voll. Mutter Kateřina hatte einen Truthahn zubereitet. Er lag mitten auf dem Tisch, knusprig und rosig, mit Pilzen gefüllt. Daneben standen zwei Flaschen mit gutem Wein, und der ganze Raum duftete nach aufgeschnittener Ananas.
Vor Einbruch der Dunkelheit kamen plötzlich drei Polizisten ins Haus.
Der Sergeant grüßte kurz und sagte dann:
»Wo haben Sie Bonaparte?«
»Wir haben keinen Bonaparte«, entgegnete der Vater.
»Sie halten ein Schmuckstück mit dem Bild des abgesetzten Kaisers versteckt«, behauptete der Sergeant. »Das ist eine strafbare Handlung. Gestehen Sie!«

Vater Deburau schüttelte den Kopf, die ganze Familie bezeugte, daß die Anschuldigung falsch sei.
Auf einen Wink des Sergeanten begannen die anderen zwei mit der Suche. Sie gingen zielsicher vor. Die napoleonische Brosche lag in einer kleinen Truhe unter dem Fenster, nicht einmal richtig versteckt, denn keiner hatte sie für besonders wertvoll gehalten.
»Im Namen des Gesetzes – Sie sind verhaftet«, erklärte der Sergeant.
»Aber Messieurs, es ist doch Weihnachten!« rief Kateřina, und Dorothee begann zu weinen.
»Die Brosche gehört mir!« schrie Gaspard und trat vor den Polizeibeamten. »Ich habe sie mir gekauft. Und ich habe sie dort versteckt!«
»Schwatz keinen Unsinn!« fuhr ihn der Polizist an. »Laut Anzeige von Monsieur Godot ist der Besitzer Philipp Deburau. Befehl ist Befehl. Ich muß ihn abführen.«
»Warten Sie damit bis morgen«, bat Kateřina und zeigte auf das vorbereitete Abendessen.
»Unmöglich, Madame. Gehen wir!«
Gaspard lief mit bis zum Gefängnis und versuchte weiter, den Sergeanten zu überzeugen. Doch der hatte kein Ohr für ihn. Schließlich befahl auch der Vater dem Sohn, nach Hause zu gehen und sich um die Mutter zu kümmern.
»Sie können mir nichts tun«, versicherte er.
»Sie dürfen dir nichts tun!« rief Gaspard dem Vater schluchzend nach, als er hinter dem schweren Tor verschwand. »Und mit Godot werde ich noch abrechnen!«
Gaspard kehrte nach Hause zurück, doch er erstickte fast an seiner Wut. Ja, Haß fehlte ihm noch, den hatte er bisher in seiner wahren Stärke noch nicht kennengelernt; nun nagte er an ihm, verzehrte ihn. Godot in der Hand haben, diesen rachsüchtigen Teufel, diesen Betrüger und Denunzianten!
Dieser Judas war schuld daran, daß an diesem Abend bei den

Deburaus niemand weder den zartrosa Truthahn noch die Ananas anrührte. Er war schuld daran, daß sich unter ihnen Trauer und Ratlosigkeit ausbreiteten.
Am nächsten Tag spielten sie, doch alle waren wie seelenlos. Die Vorstellung machte ihnen keinen Spaß. Die Mutter, von weit weniger künstlerischem Ehrgeiz als der Vater, schaffte es in ihrem Kummer nicht, sie zusammenzuhalten. Die Geschwister begannen wieder davon zu träumen, eigene Wege zu gehen. Étienne und Dorothée, schon als Kinder gute Reiter, sehnten sich nach einer Karriere als Kunstreiter im Zirkus, François Neumensek sprach sogar von London und seinen Theatern.
Nach vierzehn Tagen bekamen sie aus dem Gefängnis eine Nachricht: Der Seiltänzer Philipp Deburau war wegen Majestätsbeleidigung zu drei Monaten Kerker verurteilt worden.
Wo sind Sie, mein verehrter Monsieur Béranger, um ein neues Lied über diese Ungerechtigkeit zu schreiben? Drei Monate für diesen Firlefanz in der Truhe! Wissen Sie, was das für arme Komödianten heißt? Gaspard Deburau hatte einen Grund mehr, die Bourbonen zu hassen.

Waterloo

Paris läßt sich gern überraschen, wie eine Tänzerin auf einem Ball: Sie kokettiert mit dem einen und erwartet einen ganz anderen. Die Stadt heftete ihre neugierigen Blicke auf Wien und auf die Herren, die dort Beratungen abhielten; und plötzlich stand hinter ihr ein bekannter Kavalier.
Es war wiederum März, und alles spielte sich wie im vergangenen Jahr ab. Nur das »Es lebe der König!« änderte sich wieder in »Es lebe der Kaiser!« Doch Gaspard konnte nun schon erkennen, wer es aufrichtig meinte und wer nur davon ablenken wollte, daß sein Hut eine dunklere Stelle aufwies, die von der weißen Kokarde herrührte.

Der Kaiser kehrte aus Elba zurück! Während König Louis ins Ausland floh, zog Napoleon in Paris ein.
Aus den Vorstädten strömten Menschen in Hochstimmung auf die Boulevards; der König hatte sich abermals als Feind des Volkes erwiesen, und nach dieser bitteren Erfahrung waren sie bereit, dem Kaiser noch einmal Vertrauen zu schenken. Arbeiter und Handwerker verbrüderten sich mit den Soldaten. Und die vielen Napoleonbilder! Wie hatte den Spitzeln der Bourbonen das alles entgehen können?
Die Gefängnistore öffneten sich, und Philipp Deburau, abgemagert und mit noch heiserer Stimme, doch in Siegerlaune, kehrte nach Hause zurück. Er stillte seinen Hunger und setzte sich dann mit der Gitarre unter das aufgespannte Seil. Seine Kinder veranstalteten ihm zu Ehren eine besondere Vorstellung. Ganz Paris, so schien es, befand sich in einem Freudentaumel.
Doch die Bürger bereiteten dem Kaiser eine Niederlage, noch vor den Feinden bei Waterloo. Sie sehnten sich nach Wohlstand und nicht nach einem Abenteuer auf Leben oder Tod. Hundert Tage vergingen in wechselnden Jubelrufen und Beschwerden, in Vertrauensbeweisen und Befürchtungen. Napoleon mußte erkennen, daß der Beifall des Volkes nicht mehr dem Kaiser galt, sondern der Hoffnung auf ein besseres Leben. Diesem Verlangen suchte er im letzten Augenblick durch neue freiheitliche Bestimmungen in der Verfassung Rechnung zu tragen. Aber es war zu spät. Die Verbündeten zogen bereits durch Belgien, und hinter Napoleons Rücken schlossen sich Adel und Hochfinanz noch fester zusammen. Und dann gab es noch eine weitere Front gegen den Kaiser: die vielen Witwen und Waisen, wie sie auch Deburau aus den Straßen um Saint-Maur nur allzu gut kannte. Unter jedem Dach wurde jemand beweint. Die Trauer war ein stärkerer Verbündeter als drei Zaren. Millionen Toter verweigerten einen neuen Krieg und forderten die Lebenden auf, keinen Schritt zurückzuweichen.
Der 18. Juni 1815 brachte die Entscheidung bei Waterloo.

Die Verbündeten hielten ihren zweiten triumphalen Einzug in Paris. Für diese Gelegenheit hatte man schon wertvolle Erfahrungen gesammelt. Man wußte, was den Gästen gefiel, was zu tragen war, welche Lieder anzustimmen waren, wie die Willkommensrufe heißen mußten. Mit den Dragonern flossen Ströme von Gold in die Stadt, die sich verteilten und in Theatern, Restaurants und Spielsalons versiegten. Alle Mädchen, die meinten, ihnen stünden die orangefarbenen Blüten der Unschuld nicht besonders, frohlockten. Und mit ihnen auch all die ehrbaren Handschuhmacherinnen, Hutmacherinnen, Schneiderinnen. Denn jeder Offizier wollte sich unbedingt mit einer Geliebten schmücken, die elegant ausstaffiert sein mußte, wenn er sich mit ihr in einer Theaterloge zeigte und danach bei Véry soupierte. Die Spielsalons hatten goldene Zeiten, und die Juweliere waren ausverkauft. Es waren vierzig fette Tage. Zar Alexander gab in dieser Zeit angeblich eineinhalb Millionen Rubel aus, aber das war noch nichts gegen Marschall Blücher, der drei Millionen verpulverte. Solche Freudenbotschaften machten rasch die Runde; daß diese Millionen aus dem verarmten Frankreich in die Taschen der Sieger geflossen waren, geriet dabei in Vergessenheit.

Auch andere Gerüchte kursierten, freilich nur in den Stadtvierteln, deren Bewohner nichts zu verlieren hatten. Von einem Selbstmordversuch Napoleons mit Gift, das er in seinem Ring bei sich trug, das aber seine Wirkung verloren hatte. Von der letzten Parade seiner Grenadiere in Fontainebleau und seinem Tränenausbruch, als er zum Schluß die Fahne geküßt hatte. Und von der kleinen Insel St. Helena, einem Felsen im Meer, auf den ihn die Engländer verbannt und ihm damit jede Fluchtmöglichkeit genommen hatten. Doch die Menschen trauerten, weil mit Napoleon auch die Hoffnung auf die wenigen Freiheiten schwanden, die ihnen Louis XVIII. niemals gewähren würde.
Und abermals wendete sich alles. Wie beim Roulette: Gerade –

Ungerade – und wieder Gerade. Gerade, das waren die weißen Fahnen, Kokarden und Federbüsche. Wieder wurden die Freiheiten aufgehoben, und man begann, alte Rechnungen zu begleichen. Die Anhänger Bonapartes ließen nun endgültig die Maske fallen, und es war leicht, Jagd auf sie zu machen. Verdienste, Kunst, Noblesse, Klugheit – das alles war für die bourbonischen Häscher nebensächlich. Wichtig war allein, ob sich jemand einer liberalen Gesinnung verdächtig machte. Die Tochter Marie Antoinettes, die Herzogin von Angoulême, forderte Rache, Hunderte von Herzögen und Herzoginnen forderten Rache.

In der Rue Saint-Maur erschien Monsieur Godot wieder auf der Bildfläche. Seine Frau hatte sich von ihm getrennt, und er war berufsmäßiger Denunziant und Erpresser geworden. Bisweilen versuchte er an Ecken zu schreien: »Nieder mit den Bourbonen!« Wer sich verleiten ließ, in den Ruf einzustimmen, wurde nach wenigen Schritten verhaftet.

Und da Monsieur Godot Vater Deburau nicht verzeihen konnte, daß er ihn um seinen Verdienst gebracht hatte, holte er wieder die Polizei. Vergeblich waren Bitten und Hinweise auf seine Krankheit, die sich verschlimmert hatte; er wurde noch rigoroser abgeführt als das erste Mal.

Im April des Jahres 1816 war es regnerisch und kalt wie im November. Die Luft schlug sich als kalter Nebel nieder.

Wieder einmal machte Gaspard sich auf den Weg zum Gefängnis Bicêtre, um zu erfahren, ob der Vater erneut verurteilt würde. Doch immer vergebens, auch wenn er lange vor dem Tor auf und ab ginge, um auf einen Richter oder einen Wachposten zu treffen.

Eines Abends hatte er jedoch Glück. Die Dämmerung war schon hereingebrochen, als in einem Gang des Gebäudes ein Licht aufblinkte und nach einer Weile im Torschloß ein Schlüssel rasselte.

Gaspard lief zum Tor.

Ein junger Mann kam heraus, in der Hand ein Bündel Papiere. Er

warf dem Wachposten, der ihm geöffnet hatte, einige Worte zu, beide lachten, dann schloß sich das Tor wieder. Gaspard klopfte und brachte seine Frage stammelnd hervor, die der Mann hinter dem Tor unflätig beantwortete und sich entfernte. Seine Schritte hallten gedämpft in dem Gewölbegang wider.
Gaspard lehnte sich ermattet an das eisenbeschlagene Holztor.
»Was ist mit Ihnen?« fragte eine junge Stimme. »Wen haben Sie drin?«
»Sie haben meinen Vater eingesperrt«, antwortete Gaspard.
»Was hat er getan?«
»Nichts.«
»So?« lächelte der junge Mann. »Und was wollen Sie machen? Das Gefängnis niederreißen?«
»Vater ist krank«, sagte Gaspard betrübt.
»Sicher haben sie ihn ins Krankenhaus gebracht.«
»Diese Leute? Die kümmern sich um niemanden.«
Der unbekannte junge Mann zuckte die Schultern und wandte sich zum Gehen. Doch dann machte er kehrt.
»Jetzt schlafen alle, und Sie erfahren nichts. Wer sind Sie?«
»Ein Schauspieler«, sagte Gaspard beherzt.
»Ich mag Schauspieler. Ich bin Advokat. Kommen Sie mit mir auf ein Glas Wein, morgen helfe ich Ihnen.«
»Wirklich?« fragte Gaspard ungläubig.
»Ich kenne den Gefängnisdirektor. Kommen Sie!« forderte ihn der junge Advokat auf, und Gaspard meinte aus seiner Stimme Erleichterung herauszuhören, weil er nun Gesellschaft gefunden hatte.
»Wohin gehen wir?«
»Zu ›Mutter Cadet‹«, entschied der junge Mann.
Zu Gaspards Erleichterung war es eine einfache Wirtschaft. An zwei Tischen hockten Fuhrleute und würfelten, an einem anderen saßen langhaarige Maler mit einigen jungen Frauen.
»Hier haben Sie alle!« sagte der Advokat, als er den eifrigen Blick seines Gefährten bemerkte. »Sängerinnen vom Theater Montpar-

nasse, Liebhaber des Bobineau, und Farbenkleckser aus dem ganzen Viertel. Hier geht es immer lustig zu. Deshalb komme ich gern her.«
Bobineau, Montparnasse, lauter erlauchte Begriffe, zu denen der arme Gaukler aus Saint-Maur nur schüchtern den Blick erhob, wenn er unter ihren Anschlagzetteln vorbeikam.
»An welchem Theater sind Sie?« erkundigte sich sein Begleiter.
»Ich?« Gaspard stockte. Sollte er lügen? Dieser junge Mann mit dem hellen, langen Haar, das ihm bisweilen in die Stirn fiel, mit dem traurigen Blick und dem weichen Mund gefiel ihm. Er würde nicht übertreiben.
»Ich bin Seiltänzer«, sagte er. »Soll ich jetzt gehen?«
Der Advokat begann zu lachen.
»Aber warum denn? Ich esse gern mit einem Seiltänzer zu Abend. Entschuldigen Sie, aber bisher ist mir das noch nicht passiert. Glauben Sie mir, ich schätze solche Vorführungen sehr, besonders nachts bei Fackelbeleuchtung...« Er winkte der Bedienung. »Gestatten Sie, daß ich etwas bestelle?«
Das junge Mädchen beugte sich lächelnd über den Tisch.
»Eingemachtes Kaninchen mit Kraut«, empfahl er. »Das ist eine Spezialität des Hauses.«
»Außerdem noch etwas?« Die Kellnerin lächelte anmutig.
»Gewiß. Weißwein wird dazu vortrefflich passen.«
Das Mädchen lachte, wandte sich an Gaspard und strich ihm über die Wange. Dann ging sie.
»Sie erröten ja noch!« staunte der Advokat. »Mögen Sie keine Mädchen?«
»Aber ja.«
»Hier können Sie sich eine aussuchen.«
»Ich bin nicht schön und obendrein arm.«
Die Kellnerin brachte die Speisen und den Wein. Sie begannen zu essen; Gaspard verheimlichte nicht, daß er Hunger hatte.
»Mögen Sie Gedichte?« erkundigte sich der Advokat.

»Ich mag Lieder gern.«
»Dürfte ich Ihnen dann etwas vorlesen?«
»Freilich«, Gaspard wurde verlegen.
Sein Begleiter wurde nachdenklich und senkte den Blick. Dann nahm er einen tiefen Schluck und lächelte.
»Haben wir uns eigentlich schon vorgestellt?«
»Ich habe es nicht gewagt...«
»Wie heißen Sie, mein Künstlerfreund?«
»Gaspard Deburau. Aber ich trete unter meinem zweiten Vornamen Baptiste auf.«
»Ich heiße Eugène Hugo.«
Die Gegenwart seines neuen Bekannten machte Gaspard ein wenig beklommen; doch er war froh, in eine Umgebung gekommen zu sein, deren Menschen ihm zusagten. Er schwieg und hörte Eugène Hugo zu, dessen Welt ihm fremd war. Doch er begriff, daß der junge Mann unglücklich war, weil er nicht den Erfolg hatte, nach dem er sich sehnte. Eugène las ihm ein Gedicht vor, und in dem Glauben, Gaspard habe seine Verse nicht verstanden, erläuterte er ihm die Vorzüge einer großen Leidenschaft.
»Bist du zu wahrer Leidenschaft fähig? Einer Leidenschaft, der du alles opfern würdest?«
Deburau wußte es nicht. Er hatte schon so viel Trauriges, Grausames und Quälendes erlebt, so viel ungestillte Sehnsucht verspürt, daß er sich nicht vorstellen konnte, was ihn noch mehr erniedrigen, umwerfen oder überraschen könnte.

Als die Deburaus nach drei Monaten den Vater aus dem Gefängnis nach Hause brachten, geschwächt, aber mit ungebrochenem Mut, brannten an den Straßenkreuzungen Holzstöße, und auf ihnen starben die Ideen Lamenais', seine Forderungen nach sozialer Gerechtigkeit, nach Demokratie. »Bérangers Lieder verbrennen nicht«, beruhigte Gaspard den Vater. »Es genügt, einen Refrain zu pfeifen, und man versteht einander...« Doch der Vater schüttelte den

Kopf: »Wir müssen aufpassen. Der Weg zum Ruhm führt nicht durchs Gefängnis.« Und er schrieb Bittbriefe an Mitglieder des Adels, die als Emigranten nach Kolín gekommen waren und denen er Gefälligkeiten erwiesen hatte, und hoffte auf ihre Hilfe.

Über Napoleon sprach man auf verschiedenste Weise. Möglich, daß er bei den einfachen Leuten bald in Vergessenheit geraten würde. Aber es war auffällig, mit welchem Haß die Gebildeten über ihn redeten, wie sie seine Grausamkeit, seine Borniertheit und seine Selbstsucht anprangerten. Er konnte sich nicht mehr wehren; deshalb machten sie ihn zum Sündenbock für alle eigenen Fehler und Versäumnisse. Warum wurde so laut getrommelt? Was sollte damit übertönt werden? Wessen Missetaten oder Irrlehren wollte man vertuschen?

Und so wurde Napoleon wieder zum Symbol des Widerstands, zum Symbol aller kühnen Bestrebungen, an dessen Spitze er selbst nie stand. Die Regierung reagierte darauf mit einer drakonischen Maßnahme, die das Volk einschüchtern sollte. Man ließ den ehemaligen Günstling Bonapartes, Marschall Ney, verurteilen und erschießen.

Damit goß man Öl ins Feuer.

Gaspard Deburau saß oft mit den Jugendlichen des Viertels auf Höfen, Brücken und Bordsteinen zusammen und summte mit den anderen:

»Erzähl uns von ihm, Großmütterchen ...«

Ein Polizist kam, doch keiner rührte sich. Das Couplet wurde weitergesungen. Der Polizist hörte eine Weile zu und ging dann seiner Wege. Nichts Anstößiges.

Und die Jungen der Vorstadt sangen, mit strahlenden Augen: »Erzähl uns von ihm, Großmütterchen ...«

Eine zweite Freundschaft

Die Rückkehr des Vaters ließ die Familie wieder zusammenwachsen. Die Brüder stellten den Gedanken an Wanderschaft zurück und machten sich mit neuem Schwung an die Arbeit, erfanden neue Tricks, trainierten unermüdlich und hatten dabei das Gefühl, als schlage erst jetzt ihre Stunde, als habe mit dem Ende der Kriege ihr künstlerischer Aufstieg begonnen.

Nur Gaspard wurde mit jedem Monat unruhiger. Die anderen entwickelten sich, während er auf der Stelle trat, unzufrieden, überflüssig. Seine Brüder würden auch ohne seine Mitwirkung Erfolg haben, er jedoch brachte es nicht einmal mit ihnen zu etwas. Für seinen Wunsch nach stummen Pantomimen hatten sie nicht mehr Verständnis als in der Kinderzeit. Was tun? Die Familie verlassen, das wagte er nicht. Doch in seinen freien Stunden lief er oft dorthin, wo die Fassaden der kleinen Theater mit Plakaten der Pantomimen und mit Namen bekannter Schauspieler lockten.

Der Boulevard du Temple, vor mehr als hundert Jahren von Louis XIV. gebaut, war nach der Festung der Tempelritter benannt. Der Orden wurde im 14. Jahrhundert verboten, und seine Großmeister endeten auf dem Scheiterhaufen, doch sein Name verband sich für immer mit dem Ort, wo alle fröhlichen Pariser Zuflucht fanden, reiche wie arme. Hierher kamen Kaufleute, Gaukler, Komödianten, Tierbändiger, alle, die etwas zur Schau zu stellen hatten. Louis XV. erschien noch mit Madame Dubarry auf dem Boulevard, doch unter seinem Nachfolger wurde er von Arbeitern, kleinen Handwerkern und Studenten mit Beschlag belegt. Das Publikum liebte seine Komödianten, weil sie ihm auserlesene Unterhaltung boten, für die sie anderswo teuer bezahlen mußten. Hier herrschte bei Tag und Nacht reges Leben, aus den Buden erklangen Klarinetten und Zimbeln, Gesang und Geschrei. Die großen Theater in der Stadtmitte neideten den Buden in der Vorstadt ihren Erfolg und erwirkten bei den Behörden das Verbot von Schauspielaufführungen; so zog in die winzigen Theater das Gebärdenspiel ein. Der Erfolg blieb ihnen treu. Napoleon hatte die kleinen Bühnen, soweit er sie nicht auflöste, einer strikten Zensur unterstellt. Deshalb atmeten die Direktoren nach seinem Sturz auf, und im Repertoire wurde das Ende des Krieges gefeiert. Der Bourbone verschärfte dann allerdings die Zensur noch weiter. Seine Ratgeber schürten seine Ängste mit dem Hinweis, daß die Vorstellungen dieser kleinen Theater für die Arbeiterschaft zur Schule der Revolution werden könnten.

An einem Feiertag besuchte Gaspard Eugène Hugo, und sie promenierten zusammen über den Boulevard du Temple. Ströme von Menschen schoben sich durch die Straße, von allen Seiten ertönten schrille Einladungen, am Schießstand knallte es, und wer nicht trank, der lachte und sang.

»In diesem roten Mantel«, der Ausrufer vor dem kleinen Theater zeigte auf die Seiltänzerin Madame Saqui, »entführt der Held die Geliebte, und in diesem goldenen Umhang flieht er aus dem Gefängnis. Haben Sie je solch herrliche Kostüme gesehen? Und dabei kann ich Ihnen nicht einmal das Prachtstück zeigen, das unsere berühmteste Seiltänzerin, Madame Saqui trägt!«

Kraftprotze in Trikots ließen ihre Muskeln spielen, blähten den Brustkorb und verbogen dicke Nägel. Neben ihnen hüpften Tänzerinnen, deren Röckchen im Schein der qualmenden Fackeln silbrig aufblitzten.

»Hört zu, Leute!« rief ein Komödiant von einem kleinen Balkon über dem Eingang. »Ich hatte drei Hemden! Zwei habe ich bereits verkauft – und da sagt man, die Geschäfte gingen schlecht!«

Gaspard schlenderte mit Eugène durch die Verkaufsstände, Buden und Baracken, überall kochte und brodelte es. Kinder kletterten ihren Vätern und Müttern auf die Schultern, hübsche Verkäuferinnen lächelten den Kunden zu.

»Wenn wir hier spielen könnten!« träumte Gaspard laut. »Soviel können wir auch.«

Eine Kneipe neben der anderen, ein kleines Theater neben dem anderen. Hier konnte man den Kaiser ebenso wie den König vergessen und sich an Fröhlichkeit berauschen, zumindest an der Fröhlichkeit der anderen.

Eugène stürzte auf jemanden zu und begrüßte ihn. Er stellte vor: »Monsieur Clément Longval – Monsieur Gaspard Deburau.«

Sie beschlossen, in ein Café zu gehen. Mindestens zehn gab es in nächster Nähe. »Zum dürren Baum« hieß das erste. Der Fußboden war mit Zigarrenasche bedeckt, die Luft voll von Tabaksqualm, die Wände waren mit Spiegeln verkleidet, oben glänzend, unten matt und abgeblättert.

Clément Longval war älter als Eugène, mit männlicherem Gesicht und dennoch feineren Zügen; Eugène sah man sein aufbrausendes Naturell an den Augen an, während Longval ruhig wirkte und mit leiser, nachdenklicher Stimme sprach. Sobald ein anderer das Wort ergriff, verstummte er und hörte aufmerksam zu. Er schien lieber im Hintergrund zu bleiben, als ins grelle Licht zu treten. Nur bisweilen entschlüpfte ihm ein Lächeln, das wie eine Erinnerung an etwas Schönes wirkte.

»Erzählen Sie, Longval!« drängte Eugène. »Wir möchten auch vergnügt sein.«

»Mir ist etwas zugestoßen, was nur in Romanen vorkommt«, gestand Longval lächelnd.

»Haben Sie festgestellt, daß Ihr Vater aus einer gräflichen Familie stammt? Haben Sie einen Schatz gefunden?«

»Nichts dergleichen. Habe ich Ihnen nicht einmal von meiner Liebe zu einem kleinen Mädchen erzählt, Eugène?«

»Kein Wort davon«, rief Eugène. »Schämen Sie sich!«

»Ich war damals neun. Ich wohnte mit meiner Mutter in Villefort und erlebte den Roman einer Kinderliebe mit einem Mädchen, das noch jünger war als ich. Uns gehörten alle Hügel, Bäume und Bäche.«

»Sie haben sie doch nicht etwa wiedergetroffen?«

»Meinen Sie nicht, daß dies Schicksal ist?«
»Wenn sie schön ist, nehmen Sie's als Schicksal!«
»Was hält Monsieur Deburau davon?« wandte sich Longval höflich an Gaspard.
»Mit ihm spielt das Schicksal inzwischen Verstecken«, antwortete Eugène an seiner Stelle. »Monsieur Deburau ist Schauspieler. Er hat sich gerade um Aufnahme in die Truppe des Theaters der dressierten Hunde beworben, hatte aber kein Glück.«
»Ich liebe das Theater«, sagte Longval und blickte Gaspard freundlich an. »Mögen Sie Bücher?«
»Ja«, gestand Gaspard schüchtern.
»Falls Sie einmal mit mir einen Spaziergang machen möchten – ich habe immer ein bis zwei Bücher bei mir –, könnten wir uns über Literatur unterhalten. Eugène fordere ich dazu nicht auf, er hat nur oberflächliche Interessen.«
»Eugène schreibt doch Gedichte«, wandte Gaspard ein.
»Freilich«, lächelte Longval. »Wir warten mit Spannung auf sein erstes Buch.« Er erhob sich. »Also, Monsieur Deburau, ich bin gewöhnlich gegen zehn Uhr am Haupteingang zu den Tuilerien. Falls Ihnen das passen sollte?« Er reichte ihm die Hand zum Abschied.
Gaspard drückte sie fest. Nun hatte er schon den zweiten Freund gewonnen. Was für ein Reichtum, wenn man zwanzig Jahre alt ist!
Weder Eugène noch Clément Longval hätten ihre Beziehung zu Gaspard als Freundschaft empfunden. Doch für ihn bedeuteten beide viel. Trotz aller Widrigkeiten und Härten des Lebens, die ihm widerfahren waren, besaß er die Fähigkeit, sein Herz an seine Mitmenschen zu verlieren. Vielleicht gerade weil er in seiner Jugend herumgestoßen wurde wie ein Stein, der anderen im Weg lag, hatten sich in ihm nicht ausgelebte Gefühle angestaut. Er war bereit, sich mit seinem ganzen Wesen demjenigen anzuschließen, der für ihn einen offenen Blick und ein liebevolles Wort bereit

hatte. Er konnte auch hassen; oft wiederholte er bei sich: Vergiß niemals Godot! Doch für Güte war er um so dankbarer. Er lechzte förmlich nach Freundlichkeit und ließ sich davon bedingungslos gefangennehmen.
Eugène blieb ihm ein wenig fremd; Gaspard merkte, daß der junge Advokat sich seiner schämte. Bei Clément hingegen, obgleich er eleganter gekleidet war als Eugène, beobachtete er das nie. Wenn sie sich trafen und gemächlich die breiten Wege durch die Tuilerien schritten, konnte er seinen schäbigen Anzug und seine abgetragenen Schuhe ganz vergessen.
Aus dem Vertrauen zu Longval und aus dem Wunsch, ihm auch etwas zu bedeuten, entstand das Verlangen, ihm gewachsen zu sein, ihm so nahe wie möglich zu kommen. Er hatte einiges nachzuholen. Sein Lehrmeister war das Leben, und Gaspard konnte in Menschen besser lesen als in Büchern.
»Dein Glück, daß du mich gefunden hast«, meinte Clément lächelnd. »Ich bin selbst so oft einsam, daß es mich freut, wenn ich mit jemandem über Kunst, über Bücher reden kann . . .«
»Warum hast du dich dem nicht mehr gewidmet?«
»Der Literatur? Leider konnte ich das nicht.«
Es gab mehrere dunkle Punkte, wenn man auf Cléments Privatleben zu sprechen kam.
»Mißliche Familienverhältnisse«, erklärte er, oder er verstummte und lenkte das Gespräch rasch in eine andere Richtung. Gaspard unterließ deshalb weitere Fragen.
Clément brachte in der Tasche seines Überziehers jedesmal ein anderes Buch mit. Vergil, Catull, aber auch Corneille, Racine, sogar Beaumarchais und Rabelais. Gaspard drang Schritt für Schritt in eine neue Welt ein. Auch wenn er sich die Namen nicht alle merkte, lernte er, die Welt reicher und tiefer zu sehen als bisher.
Ein Blatt ist herabgefallen – hätte er sich früher einfach gesagt, wenn ihm ein so alltäglicher Vorgang überhaupt beachtenswert erschienen wäre. Jetzt konnte er mehr darin erkennen. Die Augen

sagten ihm etwas über das sterbende rote Gebilde, das ein Lufthauch herabwehte. Seine Seele erfaßte den Augenblick, in dem die Kälte einen Blattstiel vom Zweig löste, und er hörte, wie das Blatt still auf den welken Rasen herunterschwebte.

Er teilte die Menschen nicht mehr in gute und böse ein, sondern prüfte bei jedem zunächst das Äußere und suchte dann nach dem, was in der Tiefe lag. Er lernte es, die Menschen mehr zu schätzen.

Als Longval ihn mit Fragen überhäufte, geriet er in Verlegenheit. Vielleicht hatte er mehr als seine Altersgenossen erlebt, doch nichts davon erschien ihm bedeutsam. Wenn man über das Seil geht, auch wenn darunter der Abgrund gähnt, ist es nur für den Zuschauer interessant; man muß die Füße immer gleichmäßig aufsetzen, Schritt für Schritt.

»Zu Hause haben wir wenig gesprochen, Kameraden hatte ich auf unseren Wanderschaften keine, fast hätte ich das Reden verlernt.«

»Dir war nicht klar, wer du eigentlich bist«, stellte Longval vorsichtig fest. »Du warst in deinem eigenen Leben mehr Zuschauer als Akteur.«

Gaspard zuckte die Achseln.

»Aber du wirst dich für irgendeine Rolle entscheiden müssen«, ermunterte ihn Longval.

»Kannst du mir etwas über die Pantomime erzählen?« fragte Gaspard eifrig. »Immer hat sie mich gereizt, schon seit meiner Kindheit.«

Clément Longval wußte wenig, doch besorgte er sich Bücher, las sie und konnte bei späteren Zusammenkünften Dinge erzählen, die Gaspard wie Abenteuergeschichten verschlang.

»Ein gewisser Livius Andronicus soll die Pantomime erfunden haben.«

»Wie hat er das gemacht?«

»Er trug Gedichte vor. Da seine Stimme leicht ermüdete, ließ er

die Gedichte von einem jungen Sklaven singen, und er selbst führte sie vor, spielte sie, verstehst du? Und allen gefiel das.«
»Wann war das?«
»Ach, vor ewigen Zeiten. Im zweiten Jahrhundert vor Christi Geburt.«
»Wie haben diese Menschen wohl gespielt?« wollte Gaspard wissen.
»Sie waren wahrscheinlich hervorragende Komödianten, denn sie waren berühmt und hatten ihre Schulen. Ihnen lag die Zunge in jeder Fingerspitze, wie Cassiodor über sie schrieb. Sie waren sehr gebildet, in Philosophie, in der Musik und der Rhetorik.«
»Obwohl sie nur durch Gebärden spielten?«
»Es scheint so. In den großen Amphitheatern gaben die Zuschauer der Pantomime wohl den Vorzug, da sie so besser verstehen konnten. In Rom lebten zudem viele Völker, und die Sprache der Pantomime verstanden alle.«
Deburau hörte gespannt zu; Cléments Berichte freuten und bestärkten ihn.
»Wo ist das alles geblieben?« fragte er.
»Irgendwann im 6. Jahrhundert kamen Komödianten aus Italien nach Frankreich. Doch Karl der Große hat sie verjagt. Mehr Informationen konnte ich nicht finden. Für tausend Jahre waren sie wie vom Erdboden verschwunden.«
»Nicht einmal in Italien haben sie sich gehalten?«
»Vielleicht in Marionettentheatern. Doch die Figuren erwachten wieder zum Leben. Einige Jahrzehnte vor Molière traten im Hotel Bourbon wieder italienische Schauspieler auf. Das war die Commedia dell'arte. Kennst du ihre Figuren? Arlecchino, Pantalone, Dottore, Capitano. Ich habe eine Notiz gefunden, daß ein gewisser Fiorillo als Scaramouche eine Viertelstunde schweigen konnte und dennoch die Zuschauer ununterbrochen zum Lachen brachte. Als Louis XV. in seiner Kindheit einmal krank war, hat man angeblich Scaramouche geholt, um ihn zu beruhigen.«

»Pantalone, Dottore, Capitano«, wiederholte Gaspard. Es waren die gleichen Namen, die der alte Giacomo verehrungsvoll genannt hatte.

»Auch Pedrolino«, ergänzte Clément. »Die komische Figur. Pierre. Pierrot. Molière hat ihn in seinem Don Juan. Und vor ihm Cyrano.«

»Ach, wüßte ich doch so viel wie du!« Gaspard griff sich an die Schläfen. »Um wieviel klarer könnte ich denken! Um wieviel leichter erkennen, was ich eigentlich will!«

»In den kleinen Theatern spielen sie ab und zu eine Pantomime. Aber ich glaube, daß sie ausstirbt. Das wahre Theater braucht das Wort. Wie möchtest du denn spielen?«

»Bis jetzt weiß ich es nicht«, antwortete Gaspard unzufrieden.

»Dann komm mal her«, Clément zog ihn hinter einen Strauch auf den Rasen. »Spiel mir was vor. Deklamiere etwas! Was kannst du denn?«

»Deklamieren? Nichts.«

»Du hast nichts einstudiert? Du hast doch Talma gesehen!«

»Mindestens zehnmal.«

»Dann wiederhole irgendeine seiner Szenen. In welcher Rolle hat er dir am besten gefallen?«

»Als Othello.«

»Also bitte – ich warte.«

Gaspard sah sich ratlos um.

»Ich kann den Text nicht.«

»Dann denk ihn dir aus ... Hier liegt deine Frau, sie hat dich betrogen – oder du bist zumindest davon überzeugt –, du gehst auf sie zu – also spiel!«

Clément lehnte sich an einen Baum und wartete.

Gaspard warf sich Cléments Mantel über die Schulter. Er schritt aus. Worte! Worte! Woher soll er sie nehmen? Sein Gedächtnis sucht vergeblich. Er geht also wortlos. Im Gebüsch ist das Lager, auf dem seine Frau schlafend liegt.

Haß steht in Othellos Gesicht. Nun hat er sie erblickt. Ein paar rasche Schritte. Wie ruhig sie atmet. Das süße Gesicht, der friedliche Mund. Sein Ausdruck wird weich, auf seinen Lippen liegt Rührung. Er vergißt, welch Schreckensbotschaft ihn hergetrieben hat. Mitfühlend beugt er sich über ihre geschlossenen Augen.
Sein Schatten fällt auf ihr Gesicht. Das erregt ihn. Wessen Schatten ist das eigentlich? Er entsinnt sich. Der Liebreiz auf ihren Lippen, das ist Verstellung. Die schneeweiße Stirn gehörte einem anderen. Sie hatte sich ihm ganz hingegeben! Haßerfüllter Schmerz bricht erneut in ihm aus und zeichnet jeden Zug seines Gesichts. Seine Gestalt durchströmen Wellen der Erregung wie im Fieberschauer.
Sie gehört doch mir, ich habe ihr alles gegeben, mich selbst, voll und ganz. Wenn ich sie nicht haben kann, läßt es meine Liebe nicht zu, daß sie einem anderen gehört. Wie soll ich sie mir erhalten?
Ein grausamer Einfall durchzuckt ihn wie ein Blitz. Othello ist selbst erschrocken und birgt den Kopf in der Armbeuge. Er fürchtet sich, den Blick zu erheben, damit dieser Gedanke ihn nicht überwältigt. Geh lieber weg! Er weicht einen Schritt zurück. Doch der zweite ist schon schwankend. Selbst durch den Mantel sieht er sie. Aber nicht schlafend; fröhlich und munter in den Armen eines fremden Mannes. Das Gift der Demütigung schäumt durch sein Blut. Sich rächen! Sie retten, für sich retten!
Es ist, als führe ihn jemand; das sind nicht Schritte aus eigenem Willen, das ist jemand in ihm, der ihm befiehlt und an das Lager zieht.
Wieder beugt er sich über den wunderbaren weiblichen Körper, über das liebliche Gesicht. Nimm Abschied von ihr, nimm Abschied mit einem letzten traurigen, irren Blick. Langsam strekken sich die Hände aus – wie zu einem Gebet, zu einem Heiligtum. Die Finger spüren die seidige Haut. Sie drücken zu. Nicht im Haß, sondern mit dem letzten Aufflackern einer wahnsinnigen, unbarmherzigen Liebe, mit unendlichem Schmerz, der langsam über das

Gesicht zuckt, sich dann des ganzen Körpers bemächtigt und ihn auf die Knie schleudert.

Othello fällt zu Boden. Das Gesicht ist versteinert. Er wagt es nicht, hinter sich zu schauen, Tränen rinnen ihm über die Wangen. Ende.

Gaspard kniet noch immer.

Clément trat zu ihm und legte ihm die Hand auf die Schulter. Gaspard zuckte zusammen.

»Das war furchterregend«, sagte Clément.

»Entschuldige. Noch kann ich gar nichts«, flüsterte Gaspard. »Mir ist kein einziges Wort eingefallen.«

»Wirklich? Das habe ich überhaupt nicht bemerkt.«

Gaspard musterte ihn mißtrauisch.

»Tatsächlich«, beteuerte Clément, »und ich weiß auch schon, was mit dir los ist. Du bist ein echter Schauspieler und mimst in deinem eigenen Leben den Zuschauer. Es drängt dich danach, dein Wesen ganz ins Spiel einzubringen, und darin lebst du dich voll aus.«

Im Handstand auf die Bühne

Ungefähr zu der Zeit, als die Familie Deburau nach Paris kam, begann auf dem Boulevard du Temple das Direktorenpaar Bertrand und Fabien seine Theatertätigkeit aufzunehmen. Der eine hatte in seiner Jugend Butter vom Land in die Stadt gebracht, der andere Holz und später Regenschirme verkauft; beide jedoch waren leidenschaftliche Theaterliebhaber und erwirkten vom Polizeipräfekten die Erlaubnis, Athleten und Akrobaten in einem Gebäude auftreten zu lassen, das sie »Funambules« – was »Seiltänzer« bedeutet – nannten. Dort hatte Gaspard seinerzeit die Vorführung der dressierten Hunde gesehen, und dort begann man auch kurz vor Napoleons Sturz kleine Stegreifkomödien ohne Dialoge zu spielen.

Seit Bestehen des Funambules tobte der Konkurrenzkampf mit dem kleinen Theater nebenan, das die berühmte Seiltänzerin Madame Saqui leitete. Böse Zungen behaupteten, der Haß zwischen den Direktoren beider Unternehmen stammte aus der Zeit, als Madame Saqui auf offenem Boulevard Bertrand einen Erpresser genannt hatte, der den Leuten gepanschte Butter andrehe; aus Rachedurst habe Bertrand dann das Gebäude in der Nachbarschaft erworben und zum Theater umbauen lassen, um Madame Saqui mit seinem Erfolg auszustechen. Doch solche Gerüchte sind in der Welt der Komödianten gang und gäbe. In Wahrheit hatten sich Bertrand und Fabien mit ihren Aufführungen längst etabliert, als das Ehepaar Saqui sein kleines Café in ein Theater für Akrobaten umwandelte. Doch es entsprach den Tatsachen, daß zwischen beiden Nachbarn eine haßerfüllte Konkurrenz herrschte.
Bertrand und Fabien mußten sich deshalb oft um Verstärkung für ihre Truppe bemühen. Sie bewiesen dabei keinen schlechten Geschmack. Der sechsundzwanzigjährige Prosper spielte im Varieté den Löwen in »Pyramos und Thisbe«, eine Rolle, in der er nur brüllen mußte, jedoch keine Lorbeeren ernten konnte. Um sich die zu verdienen, stellte er sich im Funambules vor. Er war schön gewachsen, hatte ein ausdrucksvolles Gesicht, geschmeidige Bewegungen. Bertrand engagierte ihn für fünfzehn Francs die Woche unter der Bedingung, daß er seinen allzu bürgerlichen Namen änderte. Prosper Lemaître wählte den nordisch klingenden Namen »Frédéric«, unter dem er in der Eröffnungsvorstellung des neuen Theaters, »Harlekins Geburt«, auftrat. Nach ihm engagierte Bertrand Mademoiselle Charton, berühmt dadurch, daß sie auf den Treppen des Theaters Gaité – »auf den Treppen zum Ruhm«, wie sie sagte – einen Sohn zur Welt gebracht hatte. Dennoch fehlte es der Truppe an Artisten und Schauspielern.
Der junge Mann, der für die Requisiten zu sorgen hatte, kam eines Tages zu spät zur Probe. Bertrand, der von seinen Angestellten Pünktlichkeit verlangte, forderte eine Erklärung.

»Entschuldigen Sie, aber ich habe glänzende Artisten gesehen und darüber alles vergessen.«
»Lüge nicht«, herrschte ihn Bertrand an. »Wo kann es so glänzende Artisten geben, daß man eine Probe vergißt?«
»Im Hof von Saint-Maur. Glauben Sie mir, Monsieur Bertrand, sie sind besser als unsere.«
»Besser als meine Artisten?« fragte der Direktor ungläubig. Ein Gedanke durchfuhr ihn. »Oder etwa bei dieser liederlichen Hupfdohle nebenan?«
»Viel besser!«
»Die möchte ich sehen! Wann haben sie Vorstellung?«
»Sie treten im Freien auf. Sie treffen sie mit Sicherheit an.«
»Probt allein weiter«, befahl Bertrand.
Nach einer Weile betrat er mit ebenso argwöhnischem wie neugierigem Blick den Hofplatz von Saint-Maur. Fast die gesamte Familie Deburau befand sich gerade in der Luft; zwei prächtige junge Männer, kraftvoll und gelenkig, zwei graziöse Mädchen, geschmeidig und kühn, und noch ein junger Bursche, der ständig versuchte, die Geschwister nachzuahmen, doch immer hinfiel, sich kugelte und mit erbosten, zugleich auch versöhnlichen Grimassen das spärliche Publikum zum Lachen brachte.
Es war in der Tat eine hervorragende akrobatische Vorführung.
Bertrand traf umgehend und energisch seine Entscheidung. Er erkannte, daß der Prinzipal der Truppe der Vater der Burschen und Mädchen war, ein alter Komödiant, der unter dem Seil auf der Gitarre klimperte. Er trat zu ihm.
»Hören Sie«, sprach er ihn an, »wieviel verdienen Sie am Tag?«
Der alte Deburau unterbrach das Spiel und sah zu dem Störenfried hoch.
»Was geht Sie das an?« gab er barsch zur Antwort.
»Vielleicht bringe ich Ihnen Glück.« Bertrand ließ sich nicht von dem groben Ton abschrecken.
»Glück – uns?« Vater Deburau erhob sich. »Manchmal nehmen wir

zwölf, manchmal fünfzehn Francs ein. Das genügt uns. Wir sind in Paris, der Heimat der Künstler, und wir, Monsieur, sind stolz darauf, Künstler zu sein. Ist es nicht so?« wandte er sich an Gaspard, der sich neugierig hinzugesellt hatte.

»Wissen Sie, mit wem Sie sprechen?« konterte Bertrand ebenso hochmütig. »Mit dem Direktor des Theaters Funambules am Boulevard du Temple! Ich biete Ihrer Familie hundertfünfzehn Francs die Woche!«

Vater Deburau wurde hellwach. »Wieviel ist das pro Tag?«

»Etwas mehr als sechzehn Francs.«

»Reichlich wenig«, sagte der Alte zu Bertrands Überraschung.

»Wie das? Es ist doch mehr, als Sie hier einnehmen.«

»Aber hier sind wir unsere eigenen Herren! Wir sind frei! Glauben Sie nur ja nicht, daß wir das ganze Leben auf diesem Hof verbracht haben! Meine Kinder könnten Ihnen erzählen, was sie schon alles gesehen haben. Wir waren in Konstantinopel, haben vor dem Sultan im Harem gearbeitet. Wer von Ihren Springfröschen kann ähnliches vorweisen?«

»Eben weil Sie etwas wert sind, biete ich Ihnen an, in meine Truppe einzutreten. Hundertfünfzehn Francs!«

»Damit Sie nicht sagen, ich ließe nicht mit mir reden! Wenn Sie hundertdreißig geben und die Kostüme stellen, gehört die Familie Deburau Ihnen.«

»Adieu!« Bertrand wandte sich zum Gehen.

»Wir sind doch keine kleinen Kinder«, hielt Vater Deburau ihn zurück. »Hundertzwanzig und die Kostüme und basta!«

»Einhundertfünfzehn ohne Kostüme«, beharrte Bertrand.

»Ich sehe, daß ich den Familienrat einberufen muß«, lenkte Vater Deburau ein. »Die Jungen sind gerade fertig. Sie werden uns begleiten.«

Er winkte seine Kinder heran und führte den Besucher in die Wirtschaft gegenüber.

»Wir brauchen heute den Gesellschaftsraum«, verkündete er großspurig. »Wir haben eine wichtige Besprechung. Kommt, Kinder«, wandte er sich an seine Söhne, »der Direktor eines der besten Theater von Paris ist zu uns gekommen und hat ein ehrenvolles Angebot gemacht.« Und zum Schankwirt: »Zwei gute versiegelte Flaschen Wein. Monsieur bezahlt.«

Den Raum zierte ein Wandgemälde, das Ritter im Zweikampf darstellte und den Titel trug »Tod dem Kredit!«, zum ständigen Ärgernis der Komödianten. Dort leerten sie im Laufe einer hitzigen Diskussion zwei Flaschen. Die dritte bestellte Vater Deburau auf seine Rechnung.

»Monsieur Bertrand« sagte er, als sie ihre Vereinbarung mit einem Handschlag besiegelten, »Sie haben heute fünf erstklassige Künstler erworben.«

»Nur vier«, verbesserte Bertrand, »diesen hier rechne ich nicht mit«, und zeigte dabei auf Gaspard.

Der Vater beugte sich zu Gaspard und legte ihm mitfühlend die Hand auf die Schulter.

»Sie haben recht, er ist ein Tolpatsch. Aber ich mache Sie darauf aufmerksam, daß er als Spaßmacher nicht schlecht ist.«

»Von mir aus«, Bertrand hob seufzend die Hand. »Ich nehme ihn dazu. Er kann vielleicht in Pantomimen mitspielen.«

Gaspard Deburau gelangte plötzlich in eine Umgebung, die er bisher nur von ferne anzuschauen gewagt hatte.

Bertrand bereitete der Familie in seinem Theater ein glanzvolles Debüt. Der deklassierte Gaspard trat nicht mehr mit ihnen auf. Er bekam bescheidene Rollen in stummen Auftritten, war jedoch insgesamt mehr Bühnenarbeiter als Schauspieler. Er kümmerte sich um die Teppiche, befestigte das Drahtseil, sorgte für die Requisiten. Dabei schaute er sich mit wachen Augen um, wo er etwas dazulernen konnte. Schüchtern machte er sich mit Bertrands Ensemble bekannt, das ihn geflissentlich übersah. Er lernte Leclerque kennen, der nur durch Muskelspiel seinen Gesichtsausdruck von

Freude in Wut, von Stolz in Demut und Tränen verwandeln konnte. Er machte die Bekanntschaft von Godard, der gern vor einem Auftritt die Zuschauer ansprach, insbesondere die weiblichen. Bertrand hatte auch zur Bereicherung seines Programms einen gewissen Lecoque engagiert, der unter dem Namen Ambrosio einen gegen Feuer gefeiten Mann darstellte. Er erzählte dem Publikum, daß er seine Eltern nicht kenne, da ihn ein Strom vulkanischer Lava in einen Landstrich der Indianer mitgerissen habe. In Wahrheit arbeiteten seine Eltern in einer Werkstatt für Asbest, und das brachte den Sohn auf den Einfall, daraus Geld zu schlagen; eingewickelt in eine Hülle aus Asbest, hielt er es minutenlang in den Flammen einer tragbaren Feuerstelle aus, während hinter den Kulissen Feuerwehrleute seine tollkühnen Leistungen mit Eimern voll Wasser überwachten.

Bertrand registrierte sehr wohl, wie Worte von der Bühne das Publikum fesselten und animierten. Er besuchte auch andere Theater und machte sich seine Gedanken über Frédéric, den jungen Mann mit der angenehmen Stimme und einem offenkundigen schauspielerischen Talent. Also forderte er seine Autoren auf, Szenen für zwei Personen zu schreiben, lustige wie ernste Auftritte, mit Dialogen. Er hatte sich nicht geirrt, die Zuschauer nahmen es begeistert auf, und Frédéric, der Held dieser Szenen, wurde zum Liebling eines Publikums, das vier Sous Eintritt bezahlte, sich jedoch für hundert Francs amüsierte und für tausend Francs dankbar war. Und es ließ sich nicht täuschen; entweder man bezauberte es, dann gehörte es einem und hielt die Treue bis in den Tod – oder es durchschaute den Scharlatan und pfiff ihn aus.

Gaspard teilte diese Bewunderung; sie galt zur Hälfte Frédéric, zur Hälfte dem Publikum. Und von beiden lernte er.

Doch nicht alle Artisten billigten das Urteil ihres Direktors, sie sahen darin ein Zugeständnis an den schlechten Geschmack. Selbst das Gebärdenspiel ging ihnen zu weit, und sie bedauerten, auf ihre Saltos und Überschläge verzichten zu müssen, die so viel Schweiß

gekostet hatten. So einigte man sich auf eine besondere Darbietungsform, die sie selbst »Sprungpantomime« nannten.
Dazu meinte der alte Äquilibrist Denis: »Auch das ist ein Zugeständnis an das Publikum. Kommen wir ihm entgegen, spielen wir für sie Komödien. Doch wir sind Sprungakrobaten, und unsere Kunst bleibt uns. Das Theater der Masse, die Sprünge der Kunst.«
Gaspard, als unbedeutendstes Mitglied der Truppe, wurde zwar nicht gefragt, hatte jedoch den Gedanken an eine inhaltsreiche, rührende und fröhliche Pantomime ständig im Kopf. Nur bekam er kaum Gelegenheit, etwas auszuprobieren, denn die Sprungpantomime hatte eine sehr einfache Handlung. Allerdings mußten ihre Darsteller außer der schauspielerischen Leistung, dem Ausdruck von Stimmungen und Gefühlen, auch akrobatische Kunststücke vollbringen.
Eine solche Sprungpantomime lief nach folgendem Schema ab: Harlekin erschien jammernd auf der Bühne. Nachdem er sein Leid ausgiebig geklagt hatte, machte er drei Überschläge. Darauf kam Kolombine, versuchte Harlekin zu versöhnen, und er, aus Freude über den glücklichen Ausgang, machte einen Hopser, begleitet von einem »Fehlsprung«. Dann erschien der komische Liebhaber, eröffnete seine Liebeswerbung mit einem schüchternen Sprung wie ein Hasenfuß und machte dann einen Salto mortale nach rückwärts. Als Zugabe trat noch ein Betrunkener auf, und den spielte ausgerechnet Gaspard Deburau als erste Rolle auf der Bühne des Funambules. Er kam auf Händen herein und vollführte anschließend den »Sprung eines Trunkenbolds«, das heißt: Er sprang aus dem Handstand auf die Füße und wieder in den Handstand zurück. Mit der Versöhnung von Harlekin und Kolombine endete das Spiel, und alle Personen verließen die Bühne so, wie sie gekommen waren. Deburau also wieder auf Händen. Natürlich hatte er kaum Gelegenheit, sein Gesicht zu zeigen – und wenn, dann nur dem Boden zugekehrt.

Dennoch war er außer sich vor Glück, daß für ihn endlich die ersehnte Theaterlaufbahn begann. Die erste Sprungpantomime erblickte das Licht der Bühnenwelt, und Gaspard Deburau – unter dem Künstlernamen Baptiste – betrat zum ersten Mal die Bretter, die die Welt bedeuten.
Und er betrat sie auf Händen gehend.

Die Sprungpantomime hatte beim Publikum des Boulevards du Temple großen Erfolg.
Longval kam, um sie sich anzusehen, Eugène nie. Gaspard nahm es ihm nicht übel; das war kein Theater für Kavaliere, die an Plüschlogen gewöhnt waren.
Es gab Tage, an denen Eugène sich verleugnen ließ; dann wieder gab es Nächte, in denen er Gaspard durch Kneipen schleppte, ihm abwechselnd seine Gedichte vorlas oder ihm sein Leid klagte. Auf diese Weise lernte Gaspard viele Cafés und Tanzkneipen kennen; so machte er Bekanntschaft mit vielen bemerkenswerten Leuten, die aus der Menge auftauchten und wieder verschwanden, soziale und politische Reformatoren, skurrile Schriftsteller, einen Menschen, dessen einzige Beschäftigung darin bestand, verlorene Gegenstände aufzufinden, und einen anderen, der jedes Plakat, jeden Anschlag herunterriß. Er lernte viele Betrunkene kennen, berauscht vom Alkohol, von Fröhlichkeit oder Trauer. Er saß mit Leuten zusammen, die alles verloren hatten, was sie besaßen, und mit anderen, die nie auch nur einen Sou eingebüßt hatten.
Eines Tages schlenderte er mit Eugène durch die Gäßchen der Altstadt. Sein Begleiter erschien ihm zuweilen niedergeschlagen, dann wieder fieberhaft erregt.
»Ist dir etwas zugestoßen?« fragte Gaspard besorgt.
»Es wird dir dumm vorkommen, Gaspard, aber ich sehe Gespenster.«
»Unsinn! Du bist doch ein erwachsener Mensch.«
»Jede Nacht kommen schwarze Katzen zu mir ins Zimmer. Ein

andermal sind es schwarze Hunde. Dann klopft jemand bei mir. Und wenn ich Licht mache, sehe ich nichts.«

»Du bist übermüdet, Eugène. Deine Phantasie ist überreizt.«

»Tagsüber sage ich mir das auch. Aber in der Nacht ist es wieder ganz anders. Ich muß dem Glauben schenken.«

»Wem?«

»Der Kartenlegerin. Daß Longval für mich eine Gefahr bedeutet.«

»Eugène, du bist verrückt! Du wirst doch diesem Geschwätz nicht glauben!«

»Aber ich weiß nicht, wie ich das loswerden soll.«

»Geh zu einem Arzt!«

Beunruhigt suchte Gaspard am nächsten Tag Eugène auf. Er fand ihn in besserer Verfassung vor, da der Arzt ihn beruhigt hatte. Dennoch schien er von einem selbstgefälligen Trotz beherrscht.

»Ich habe mit Julie Héritier gesprochen.«

»Wer ist das?«

»Longvals Schatz. Dieses herrliche Mädchen muß ich haben, wer immer mir da im Weg stehen sollte.«

»Schlag dir das aus dem Kopf!« warnte ihn Gaspard. »Beherrsche dich! Sonst geistern die Gespenster des schlechten Gewissens durch deine Träume!«

»Ich mache, was ich will!« erregte sich Eugène.

»Du bist auf dem Irrweg«, sagte Gaspard mitleidig. »Versprich mir, daß du Longvals Mädchen in Ruhe läßt – sonst gehe ich!«

Eugène bebte vor Wut, in seinen Augen lag ein krankhafter Glanz.

»Geh nur! Ich hab genug von dir! Und komm ja nicht wieder hierher!«

Gaspard entgegnete enttäuscht:

»Ich komme nicht wieder. Du brauchst gar nicht so zu brüllen. Damit willst du dein schlechtes Gewissen übertönen. Aber das

gelingt niemandem, Eugène. Das Gewissen läßt sich nicht zum Schweigen bringen.«
»Verschwinde!« schrie Eugène außer sich.
Gaspard schloß die Tür hinter sich. Eine Weile blieb er noch auf dem Gang stehen. Das Mitgefühl drängte ihn, umzukehren, doch die Demütigung ließ ihn gehen.
Langsam stieg er die Treppen hinunter.

Auf eigenem Weg

Die häufigste Rolle, die Gaspard zu spielen hatte, war der Räuber, der einem unschuldigen Opfer Angst einjagen sollte. Sorgfältig klebte er sich einen struppigen Bart an, setzte sich eine zerzauste Perücke auf und schwärzte sich die Augenbrauen mit einem angesengten Korken; die gruseligen Überfälle auf Reisende durch den Urwald erschienen ihm jedoch eher zum Lachen als zum Fürchten, und dementsprechend fiel auch seine Leistung aus. Sein längliches Gesicht in der Räubermaske wirkte so komisch, daß die Leute nicht etwa von Grauen, sondern von Lachkrämpfen geschüttelt wurden.
Vater Deburau und die übrigen Söhne fühlten sich von dieser Schmach mit betroffen: »Schäm dich, Gaspard! Du machst uns immer nur Schande!«
Seit ihrem Eintritt in das Funambules hatte die Familie Deburau die ebenso zahlreiche Komödiantenfamilie Charigni zum Gegner; sie waren Rivalen in allen Sparten, denn Pepé Charigni war Seiltänzer, Lange spielte den Cassandre, Joiny den Leander, Felix den Harlekin, Nanette die Kolombine, und Marion, die hübscheste von allen, die Zofe. Jeder unprogrammäßige Lacherfolg Gaspards, wenn er die ernste Szene zur komischen machte, gab ihnen Gelegenheit zu betonen, daß sie keinen solchen Tölpel aufzuweisen hätten.
Gaspard nahm die Vorwürfe hin, er grämte sich, suchte nach einem

Weg, wie er es allen recht machen könnte, ohne ihn zu finden. Er überlegte, welche Rolle ihm besser liegen würde als dieser Räuber, an dessen Blutrünstigkeit niemand glauben mochte.
Oft blieb sein Blick an Monsieur Blanchard hängen, der den dressierten Hund Pluto vorführte und gelegentlich eine Figur verkörperte, die man Pierrot nannte. Er war in den verschiedensten Kostümen gewöhnlich der Diener von Monsieur Cassandre. Auf dem Kopf trug er meist einen spitzen Hut mit umgeschlagener Krempe, darum nannte ihn das Publikum nicht Pierrot, sondern Corniche – Gesims. Alle Mitspieler jagten ihn, versetzten ihm Fußtritte, schlugen ihn, und er ließ es sich geduldig gefallen. Etwas an dieser Figur zog Gaspard an.
»Was gefällt dir nicht?« fragte ihn Direktor Fabien während einer Probe, als er sah, wie Gaspard den Kopf schüttelte und auf die Stuhllehne hieb.
»Entschuldigen Sie«, sagte Gaspard erschrocken. »Aber warum läßt sich der dumme Diener das alles gefallen?«
»Weil er ein Diener ist und dumm.«
»Niemand ist so dumm, daß er gleichgültig Schläge einsteckt.«
Fabien überlegte, ließ jedoch nichts ändern.
Blanchard nahm seinen Schauspielerberuf nicht übermäßig ernst, es war ihm gleich, was und wie er spielte, den Rest der Zeit verbrachte er in den umliegenden Kneipen, wo er sich von jedem die Zeche bezahlen ließ, der dazu bereit war. Auf der Bühne bewegte er sich gedankenlos; im Leben suchte er nicht nach Wegen, die dauerhaften Erfolg verhießen.
Direktor Bertrand mußte eine Kinderrolle in dem Stück »Die eiserne Maske« besetzen und brachte seine Nichte, die knapp vierzehnjährige Virginia ins Theater; sie sah wie ein Engel aus, war jedoch strohdumm. Beides wirkte auf Blanchard höchst anziehend.
In der Pause vor der letzten Vorstellung hörte Bertrand einen angsterfüllten Schrei; er lief in das Kellergeschoß und fand dort das verstörte Mädchen in Blanchards gewaltsamer Umarmung.

Nicht nur als Onkel, sondern auch als Direktor packte ihn die Wut. Er stürzte sich auf Blanchard; der zeigte, daß er Schläge erwidern konnte. Der Bruch ließ sich nicht wieder kitten. Blanchard wurde im Einverständnis mit Fabien fristlos entlassen.
Abends spielte man die Pantomime »Harlekin als Arzt.«
Das Publikum hatte in völlig anderer Version von dem Streit erfahren. Blanchard selbst war rasch von einer Kneipe zur anderen gelaufen und hatte seinen Saufkumpanen erklärt, Bertrand habe ihn ungerechterweise hinausgeworfen. Als Pierrot-Corniche, der freilich nur eine unbedeutende Rolle hatte, nicht auf der Bühne erschien, ertönte aus dem Publikum eine erregte Stimme:
»Wo ist Blanchard?«
Mit gefalteten Händen wandte Bertrand sich flehend an Fabien:
»Ich bitte dich, erklär du's! Ich kann nicht!«
Im Funambules hatten die Zuschauer das Recht, nicht nur ihre schrankenlose Bewunderung, sondern auch ihr Mißfallen lautstark zu äußern. Fabiens Stimme zitterte vor Erregung, als er in den Saal ging und um Ruhe bat.
»Meine Herren«, begann er nachdrücklich, »Monsieur Blanchard, nach dem Sie rufen, ist zwar ein talentierter Schauspieler, doch kein guter Mensch, wie sich gezeigt hat.«
»Das ist uns gleich«, antwortete es aus dem Saal. »Wir wollen Blanchard!«
»Er ist sogar ein Schurke«, verkündete Fabien mit erhobener Stimme.
»Und du bist der zweite! Schluß mit dem Gerede! Wo ist Blanchard?«
»Meine Herren«, rief Fabien verzweifelt, der – ebenso wie der erblaßte Bertrand hinter der Bühne – um den guten Ruf ihres kleinen Theaters fürchtete. »Haben Sie Mademoiselle Virginia in der ›Eisernen Maske‹ gesehen?«
»Was haben Kinder damit zu schaffen?«
»Diesen Unschuldsengel wollte Monsieur Blanchard verderben«,

mußte Fabien bekennen. »Direktor Bertrand hat ihn auf frischer Tat ertappt.«

Diese Mitteilung zeigte ihre Wirkung. Der Zuschauerraum verstummte. Und eine Stimme machte sich Luft:

»So eine Bestie!«

Leises Raunen bestätigte, daß das Publikum seine Meinung änderte. Fabien nützte das rasch aus.

»Wer von Ihnen hat nicht eine Schwester, Tochter oder Nichte?« sagte er. »Und wer würde nicht einen Menschen hinauswerfen, der Vertrauen mißbraucht und versucht, Ihre Schwester, Tochter oder Nichte zu vergewaltigen?«

Wiederum schlug ihm Mitgefühl entgegen.

»Ich bin sicher, daß mein Partner als anständiger Mann gehandelt hat. Er hätte den Täter auch der Polizei ausliefern können. Doch er hat sich damit zufriedengegeben, ihn aus den Reihen der ehrenhaften Künstler auszuschließen, die unsere Truppe bilden.«

»Bravo!« rief man zufrieden. »Es lebe Bertrand!«

In diese Beifallsäußerungen mischten sich jedoch Unmutsäußerungen: »Und wer soll jetzt den Pierrot spielen?«

Fabien sah ein, daß die Zuschauer ein Recht auf Fortsetzung der Vorstellung hatten und daß er ihnen entgegenkommen mußte, wenn er das Theater retten wollte.

»Natürlich haben wir daran gedacht«, log er. »Die Rolle des Pierrot haben wir Monsieur...« – er machte eine kurze Pause, in der er schnell die Gesichter der spielfreien Ensemblemitglieder Revue passieren ließ – »Monsieur Baptiste aus der Familie Deburau anvertraut.«

Ein paar Leute, die sich an den Namen Baptiste in Verbindung mit dem grotesken Räuber erinnerten, lachten auf.

»Dieser junge Mann«, fuhr Fabien besänftigend dort, »den übrigens sogar Frédéric schätzt, hat mir erst kürzlich seine Auffassung von der Rolle des Pierrot erläutert. Wir würden es sehr begrüßen, wenn Sie Ihr gerechtes Urteil dazu abgeben.«

Nunmehr war er sicher, daß er das Publikum, zum Kritiker erhoben, beschwichtigen konnte. Er verabschiedete sich mit einer Verbeugung.

Bertrand nahm die Lösung ohne Zögern an.

»Nun mach schon! Zieh dich um!« rief er Gaspard zu, der alles mitangehört hatte.

Gaspard zögerte.

»Hörst du nicht?« drängte der Vater. »Wenn du es schaffst, wird uns Monsieur Bertrand drei Francs wöchentlich zulegen, ist es nicht so?« Und leiser füge er hinzu: »Gaspard, halte dich gut!«

Das klang ermunternd, aber zugleich auch drohend.

Es kam der Augenblick, den der unglückliche Gaspard sich bisher nur in seinen kühnsten Träumen ausgemalt hatte. Er kam so plötzlich, wie es im Theater eben geschieht; das Pech oder der Fehler des einen bietet einem anderen eine Chance, und die mußte man nützen.

Rasch zog er Blanchards Kostüm an, schminkte sich, setzte den Hut auf. Jede Sekunde mußte für ein Dutzend Gedanken ausreichen. Was er über die antike Komödie gehört und gelesen hatte ... über Italien ...

»Warum schminkst du dich so blaß?« wunderte sich der Harlekin Felix.

»Ist das nicht besser?«

»Bei so einer kleinen Rolle kommt's nicht drauf an. Es genügt, wenn wir das Publikum beruhigen.«

»Auf die Bühne!« brüllte Bertrand.

Zum erstenmal ging Deburau in der Rolle des Pierrot hinaus. Er trug ein buntes Gewand und den spitzen Hut; darunter das ernste, jämmerlich magere Gesicht.

Cassandre befiehlt in der Sprache des Gebärdenspiels: Bürste mir den Mantel ab! Pierrot tritt bereitwillig näher, bürstet zuvorkommend die Schulterpartie, beseitigt behutsam jedes Flöckchen. Cassandre ist ungeduldig, knufft den Diener, stößt ihn. Pierrots

Gesicht neigt sich demütig lächelnd. Als Gaspard jedoch einer Ohrfeige ausweicht und sich bückt, nimmt er vom Boden den Kehricht auf und streut ihn seelenruhig seinem Herrn über den Mantel.

Das Publikum quittierte den unerwarteten Mut Pierrots mit einer Lachsalve.

Cassandre – gespielt von Lange Charigni – blitzt der Zorn in den Augen auf; er treibt den Diener mit einem heftigeren Schlag an, als es auf der Bühne notwendig ist. Pierrot beendet sein Werk; doch als sich sein Herr umwendet, stolpert er wie zufällig und zahlt es ihm mit einem Fußtritt heim. Das unschuldige Gesicht hält dem wütenden Blick Cassandres stand. Der ganze Saal lachte, und der Auftritt endete mit Applaus.

»Es ist ein Erfolg«, befand Vater Deburau hinter den Kulissen.

»Er ist verrückt geworden!« tobte Lange, als er von der Bühne zurückkam. »So wurde es nie gespielt. Das sind dumme Hanswurstereien! Clownerien!«

Die ganze Familie Charigni wiederholte es im Chor.

Doch Vater Deburau zwinkerte Bertrand zu und hob drei Finger.

»Drei Francs? Abgemacht?«

Bertrand stimmte mit saurer Miene zu.

Es war nicht viel geschehen. So wenig, daß es fast niemand bemerkte. Eine der unbedeutenden Rollen in einer Pantomime im Funambules, die des einfältigen Dieners von Cassandre, hatte sich ein wenig verändert; die Figur, deren Rücken für Schläge geschaffen war, besah sich den Menschen, der sie austeilte, und in ihm erwachte der Gedanke an Vergeltung. Der Diener machte seinen Herrn lächerlich.

Nicht einmal alle Schauspieler schenkten dem Vorgang Beachtung. Sie hatten nichts dagegen, daß Gaspard, der bereit gewesen war, einzuspringen, dann und wann die Rolle des Dieners spielte. Held der Pantomime blieb sowieso Harlekin.

Gaspard wußte, daß die Leistung eines Abends für alle übrigen nur eine gelungene Episode darstellte und daß keiner seiner Kollegen darin mehr sah. Er wollte sich jedoch nicht damit zufriedengeben und war von dem Verlangen erfüllt, so viel wie möglich zu lernen. Er übte zu Hause, auf der Straße und im Theater. Im Funambules und anderswo beobachtete er aufmerksam die Menschen, die nach seiner Meinung wirkliche Künstler waren. Er achtete auf ihren Gang, ihre Körperhaltung, lange Stunden probierte er, wie sich Gedanken durch Arm- und Handbewegungen am deutlichsten darstellen ließen, wie man sie mit dem Gesichtsausdruck verbinden mußte. Er erkannte die wichtige Funktion, die dem Gedächtnis zukam; für die Rollen in der Pantomime gab es weder eine Textvorlage noch irgendwelche Stichworte. Folglich mußte man sich den Handlungsablauf und die erfolgreichen Szenen genau einprägen. Gaspard spielte seine Rolle, die auf der Bühne nur wenige Augenblicke dauerte, manchmal auch auf der Straße, unter den Menschen weiter. Er bemerkte es oft erst beschämt an den erstaunten Blicken der Passanten.

Obwohl Gaspards auf ein paar kurze Momente beschränkter Erfolg niemanden gefährdete, fühlte sich die Familie Charigni dadurch benachteiligt, daß ein Mitglied der feindlichen Deburaus von der letzten zur vorletzten Rolle aufgerückt war.

In den engen Garderoben des kleinen Theaters kam es zu Streitigkeiten zwischen beiden Clans, zu Drohungen und sogar zu bösartigen Handgreiflichkeiten.

Joigny, in der Rolle des Leander, versetzte einmal auf der Bühne Pierrot einen so heftigen Schlag, daß es Gaspard schwarz vor den Augen wurde, er taumelte auf die Hinterbühne, über das weiße Kinn rann das Blut.

Vater Deburau stürzte sich mit geballter Faust auf Joigny; da Pepé und Lange den Bruder verteidigten, mischten sich auch François und Etienne in das Handgemenge. Durch die wilde Schlägerei begann der Kulissenraum zu wackeln. Sie droschen mit Fäusten, Füßen, Kopfstößen, Ellbogen und Requisiten aufeinander ein. Die

so lange aufgestaute Eifersucht entlud sich. Dorothée raufte sich mit Nanette, Cathérine geriet sich mit Marion in die Haare.
Bertrand und Fabien versuchten vergebens, die Kampfhähne zu trennen; schließlich mußte man die Polizei rufen. Erst dann ließen die Gegner voneinander ab, außer Atem, zerfetzte Kostüme, die Haut von weiblichen Fingernägeln zerkratzt, die Gesichter von Fausthieben geschwollen.
Es war klar, daß die beiden Familien nicht weiter in einem Theater nebeneinander arbeiten konnten. Für Bertrand und Fabien bedeutete es eine schwierige Rechenaufgabe, wen sie von diesen zweimal fünf Personen entbehren und auf wen sie nicht mehr verzichten konnten. Fabien stellte die Bedingung, daß die kleine Marion Charigni bleiben sollte. Wenn sie jedoch der gesamten Familie Charigni den Vorzug gäben, ginge mit Vater Deburau auch Gaspard, genannt Baptiste, der in der Pantomime fehlen würde. Und gespielte Auftritte gewannen beim Publikum gegenüber den Nummern der Seiltänzer deutlich an Beliebtheit. So fällten die Direktoren ein salomonisches Urteil, das auch die Prinzipale der Familien als gerecht anerkannten. Das Theater trennte sich von allen, Marion und Gaspard ausgenommen.
So schied Gaspard Deburau von seiner Familie, die ihn ohne Bedauern hergab, da er bei ihren Produktionen entbehrlich war. Und Gaspard begann seinen eigenen Weg.

Der Abschied der Deburaus vom Funambules zog das Auseinandergehen der ganzen Familientruppe nach sich. François Neumensek fühlte sich nicht als Deburau; er hatte Mademoiselle Malleto kennengelernt und wollte heiraten. Er bat darum, die Truppe verlassen zu dürfen, er wollte sich selbständig machen. Etienne folgte seinem Beispiel. Cathérine wollte tanzen, und Dorothée liebte Pferde und den Zirkus.
Vater Deburau tröstete sich damit, daß alle seine Kinder ihren Fähigkeiten entsprechend zum Erfolg aufbrachen, überredete sie

jedoch noch zu einer letzten Tournee durchs Land, die sich für die Truppe, im Glanz des Pariser Ruhms, sicher lohnen würde. Nur die Mutter lehnte es ab, mitzufahren. Die Pariser Jahre hatten sie sehr verändert. Ihr Lächeln war ihr verlorengegangen, ebenso ihr stilles, besänftigendes Wesen. Sie litt unter schrecklichem Heimweh nach Böhmen und wollte nicht mehr durch fremde Gegenden ziehen und jede Nacht anderswo schlafen. Also beschloß sie, mit Gaspard in Paris zu bleiben.

Gaspard fand ein kleines Zimmer in der Rue du Faubourg du Temple. Stolz führte er die Mutter in seine neue Behausung und versuchte dabei, sich alle Unzulänglichkeiten wegzudenken.

Der Verputz des Hauses war von unbestimmter Farbe, so daß man es ebenso für rot wie für blau halten konnte. Die verrostete Eingangstür führte in einen dunklen Treppenaufgang, dessen Wände ständig von einer schwärzlich perlenden Feuchtigkeitsschicht bedeckt waren. Die Treppen knarrten bei jedem Schritt, als würden sie bald einbrechen.

Wollen Sie hereinkommen? Dann müssen Sie gut aufpassen. Sie treten nämlich nicht ins Zimmer, sondern sozusagen direkt ins Bett, das in der engen Mansarde bis an die Tür reicht. Wenn Sie dem Bett ausweichen, fallen Sie auf das Sofa und stoßen dabei mit der Stirn an den Schrank. Möglich, daß Sie sich vor einer Verletzung bewahren und auf dem Boden ein freies Plätzchen finden. Dann bleiben Sie sicherheitshalber gebückt stehen und richten sich lieber nicht auf. Vielleicht haben Sie nicht bemerkt, daß es sich um eine richtige Mansarde handelt, direkt unter dem Dach gelegen, was der Zimmerdecke eine starke Schräge gibt. Die Vorhänge sind durchlöchert und geflickt; die Blumentapete an den Wänden ist abgeschabt, teilweise abgeblättert, und aus den Rissen rieselt der Kalk herunter.

Gaspard war mit seiner ersten eigenen Behausung zufrieden; der Mutter gefiel es hier nicht, so ging sie oft zu ihren ehemaligen Nachbarinnen nach Saint-Maur und kehrte manchmal erst am übernäch-

sten Tag zurück. Gaspard kannte die Gründe für ihre Niedergeschlagenheit: ein Gefühl von Leere, Trauer um die verlorene Jugend, die Heimat und das Bewußtsein, allmählich auch Mann und Kinder zu verlieren, zu deren Beruf sie keinen Zugang gefunden hatte.
So war er in seiner Kammer meist allein, ganz so wie er es sich früher sehnlichst gewünscht hatte.
Er war allerdings zu viel allein.
Einmal, als er fünf Vorstellungen der »Belagerung der Festung« hintereinander gespielt hatte, kam er in der Nacht nach Hause. Als er die Tür öffnete, sah er in dem dunklen Zimmer eine Gestalt. Da die Mansarde kein Fenster hatte, sondern nur eine Dachluke, waren nur die Beine des Unbekannten schemenhaft auszumachen.
»Wer ist da?« schrie Gaspard auf.
»Ich. Eugène. Mach Licht!«
Das Flämmchen der Kerze flackerte und überzog Eugènes Gesicht mit einem matten Schein.
»Was ist passiert?«
»Eine große Neuigkeit. Du wirst staunen. Erinnerst du dich, was ich dir über Longval sagte?«
»Läßt dich das immer noch nicht ruhen?«
»Erst jetzt. Ich habe Monsieur Longval durchschaut. Darum habe ich ihn in der Hand.« Eugène ballte die Faust.
Gaspard war müde und sank auf das durchgesessene Sofa. Er wartete, welche neue Torheit Eugène eingefallen war.
»Weißt du, wer dieser empfindsame, gebildete, vornehme Monsieur Clément Longval in Wirklichkeit ist?«
Gaspard seufzte ungeduldig.
»Der Sohn des Pariser Henkers!«
»Eugène!« rief Gaspard mitfühlend. »Kannst du deine Phantasie nicht ein wenig zügeln?«
»Ich wußte, daß du mir nicht glauben würdest. Aber ich kann es dir beweisen. Sein richtiger Name ist Clément Sanson.«

»Ist das möglich?« fragte Gaspard ungläubig.
»Erinnere dich an sein Schweigen, an seine ständigen Ausflüchte ... Warst du jemals bei ihm? War überhaupt mal jemand bei ihm?«
Eugène begann hämisch und zugleich kindisch zu lachen.
Gaspard dachte nach. Ihm fielen die mitunter rätselhaften Antworten Cléments ein, seine zwischen Trauer und Lachen wechselnden Stimmungen. Diese Erklärung war jedoch zu kraß. Wie konnte Clément von alten Dichtern erzählen? Ein Henker? Sohn eines Menschen, der die ganze Königsfamilie, unzählige Adlige, Robespierre, Charlotte Corday guillotiniert hatte?
»Woher weißt du das, und womit kannst du es beweisen?«
»Sein Vater ist gestorben. Clément mußte zum Notar wegen des Testaments. Er sitzt in der Falle, rettungslos.«
»Warum?« widersprach Gaspard. »Wenn es stimmt, kann ich verstehen, daß er es verheimlichen wollte. Er liebt die Kunst doch über alles! Sicher möchte er anders leben.«
»Das ist ja gerade der Betrug!« Eugène sprang auf. »Er wollte nicht dort bleiben, wo er hingehört. Er wollte von den anderen nehmen, was ihm nicht zusteht. Jetzt weißt du, warum ich vor ihm gewarnt wurde.«
»Sicherlich hat er Schweres durchgemacht. Stell dir vor, du wärst geboren wie er...«
»Das Schicksal muß sich erfüllen.« Und Eugène fuhr giftig raunend fort: »Weil dieses Amt erblich ist – und Clément ist der einzige Sohn!«
»Das ist doch nicht möglich!«
»Begreift du jetzt, was er seiner armen, lieben Julie Héritier angetan hat?«
»Er wollte eben glücklich sein«, wandte Gaspard ein. »Vielleicht hoffte er, dieses Erbe nicht antreten zu müssen.«
»Ich bin gekommen, um dich zu warnen«, grinste Eugène, »und du verteidigst ihn noch.«

»Ich bin sowieso geringer als er.«
»Mag sein. Aber Julie muß es unbedingt erfahren.«
Gaspard ergriff Eugènes Arm.
»Das darfst du nicht. Du würdest sie zugrunde richten – und ihn auch!«
Eugène erschauerte, sein Gesicht erstarrte, er wies mit dem Finger nach oben.
»Hast du gehört?«
»Was denn?«
»Eine Katze ist vom Dach gefallen«, flüsterte der Unglücksmensch. »Das bedeutet den Teufel im Haus. Jetzt knistert das Feuer. Hörst du? Das war ein Zeichen.« Eine Weile verharrte er noch in dieser verkrampften Haltung und sank dann erschlafft auf das Sofa.
Gaspard setzte sich neben ihn, versuchte, ihn durch bedächtiges Zureden zu beruhigen.
Die Kerze war heruntergebrannt.
Eugène erhob sich blinzelnd und schaute Gaspard ins Gesicht.
»Du hast recht«, flüsterte er. »Ich werde nicht zu Julie gehen und ihr sagen, wer Clément ist. Ich mache etwas weit Besseres.« Er ging zur Tür und öffnete sie. »Ich werde sie zur nächsten Hinrichtung einladen!«
Er lächelte, und als Gaspard ihn zurückhalten wollte, schlug er die Tür heftig zu.

Schauspieler auf dem Seil

Die kleinen Dialogszenen, durch die sich die Pantomime und die Auftritte der Akrobaten bunter gestalteten, gefielen dem Publikum im Funambules; die Besucher standen scharenweise vor der Kasse, während es am Theatereingang der Madame Saqui immer weniger wurden. Die eifersüchtige Seiltänzerin reichte bei den Behörden eine Beschwerde ein. Das Ministerialbüro drohte Bertrand mit der

Schließung seines Theaters, wenn er die Dialoge auf seiner Bühne nicht abschaffte.
Frédéric fühlte sich am meisten davon betroffen und begann sich unverzüglich nach etwas Neuem umzusehen. Doch Frédéric war der Publikumsliebling, so daß Bertrand und Fabien sich den Kopf zerbrachen, wie sie dieses Manko ausgleichen könnten. Sie ließen die Erklärungen der Szenen und die Dialoge auf Tafeln schreiben, die gezeigt wurden; da das Verbot nur für die Bühne galt, fanden die Dialoge häufig hinter den Kulissen statt. Doch all das genügte Frédéric nicht; Bertrand begann Eintrittskarten zu verschenken, und antichambrierte bei den Behörden, um zumindest für Stücke mit zwei, drei Schauspielern eine Genehmigung zu erhalten.
»Ohne Dialoge fesseln wir das Publikum nicht.« Das war Frédérics feste Überzeugung. »Der Zuschauerraum ist wie eine Frau. Man muß sie mit fester Hand einfangen, sie an sich ziehen, daß sie kaum Luft bekommt, und sie mit einem Schlag in Besitz nehmen. Wenn man schüchtern vorgeht und ohne Selbstvertrauen, wird sie einem nie gehören. Deshalb brauchen wir das Wort!«
Frédéric hat gut reden, dachte Gaspard. Bei Duellen spielte er immer die Rolle des getreuen Söldners, der ehrenhaft bis zum Ende ausharrt. Um wieviel schlechter war er, Gaspard, dran, wenn er den bösen Verräter darstellte und mit einem Kopfschuß fallen mußte. Wie sollte man das Publikum mit fester Hand einfangen, wenn es doch seine Freude daran hatte, daß man ins Gras beißt, und man dann obendrein noch ausgepfiffen wurde! Einmal wagte er es, Duelle und sämtliche Zweikämpfe zu verurteilen, und Bertrand beschimpfte ihn dafür. Doch Frédéric verteidigte ihn:
»Duelle sind geistlos. Unser Publikum würde etwas Besseres verdienen.« Gaspard war ihm dankbar, weil ihn das aus der Schar der unbekannten Schauspieler heraushob. »In Frankreich ist der Pulverdampf verflogen. Man sollte auch im Funambules auslüften.«
Die Direktoren widmeten den Stücken mit Harlekin mehr Aufmerksamkeit, auch wenn Frédéric in den Pantomimen von dem

zurückgekehrten Felix Charigni vertreten wurde. Das Publikum nahm »Harlekin als Statue« ebenso gut auf wie »Harlekin im Grabe«. Es genügte, irgendein altes Thema zu nehmen, die Figur des Harlekin einzuarbeiten, und das Stück war fertig. Die Schauspieler gewöhnten sich so an ihre Rollen, daß sie nach wenigen Proben jede Handlung spielen konnten. Mehr Zeit durften sie dafür auch nicht erübrigen, da das Interesse des Publikums sehr schnell nachließ und dauernd neue Stücke angesetzt werden mußten.

Die Autoren hatten in der Tat alle Hände voll zu tun. Es gab viele, und sie wanderten von Theater zu Theater. Was Bobineau ablehnte, nahm das Funambules manchmal an und umgekehrt. Es waren auch jüngere Schriftsteller darunter, die sich bereits einen Namen gemacht hatten, jedoch auf dem Boulevard du Temple nur mit ihrem Vornamen zeichneten. Bertrand war darüber ungehalten und meinte, mit den zwanzig Francs Honorar habe er auch das Recht auf die Familiennamen erworben. Da er die Wünsche der Autoren nicht ignorieren durfte, ließ er auf den Plakaten drucken, was sie verlangten, ging aber dann auf dem Boulevard herum und posaunte überall aus:

»Bei diesem Louis, der für die Pantomime zeichnet, handelt sich's um Lambert!«

Im Schatten der Harlekine Frédéric und Felix übersah man die zierliche Gestalt des Pierrot. Gaspard Deburau – weiterhin unter dem Namen Baptiste – gab seinen glücklicheren Kollegen in kleinen Episoden als Diener, Bote und Polizist hingebungsvoll die Stichworte.

Und er träumte weiter von einer großen Rolle im Kostüm Harlekins oder Pierrots.

Obgleich er sich vor einem Zusammentreffen mit Clément fürchtete, machte sich Gaspard mehrmals zur Wohnung der Sansons in der Rue des Marchands auf. Eines Nachmittags gelang es ihm, Clément anzutreffen. Er verließ gerade das Haus, schien jedoch nicht

traurig. Im Gegenteil, Gaspard fand ihn noch eleganter, und auf seinem Gesicht spiegelte sich kühler Stolz.
Gaspard ließ ihn passieren, folgte ihm eine Weile und rief erst dann:
»Guten Tag, Clément!«
Longval zuckte zusammen, wandte sich abrupt um; sein überraschter Blick verriet alles, was er durch sein Äußeres und den hochmütigen Gesichtsausdruck mit Erfolg verborgen hatte. Gaspard bemühte sich jedoch, kein Mitleid zu zeigen, und begrüßte ihn so herzlich wie möglich:
»Ich habe dich lange nicht gesehen. Wohin gehst du?«
»Ins Café.«
»Du bist an zwanzig Cafés vorbeigekommen und in keines hineingegangen.«
»Bist du mir gefolgt?« Clément lächelte begreifend.
»Ich scheute mich, dich anzusprechen«, gestand Gaspard. »Darf ich dich begleiten?«
Clément nickte.
Der Kellner brachte Wein.
»Ich habe mir in letzter Zeit jede Geselligkeit abgewöhnt«, bemerkte Clément ironisch.
Gaspard meinte, einen Kranken vor sich zu haben, der unverschuldet einen schweren Unfall erlitten hatte und dafür jeden verantwortlich machte, der ihm über den Weg lief.
»Die Herren hier«, fuhr Clément im gleichen Tonfall fort, »sind alle gute Freunde. Du darfst dich ruhig umsehen, keiner würdigt mich noch eines Blickes. Ein Traum meiner Kindheit ist in Erfüllung gegangen. Ich bin unsichtbar geworden.«
»Du hast viel erdulden müssen«, sagte Gaspard mitfühlend.
»Geschah mir vermutlich recht. Ich habe sie belogen. Aber ich wollte ja bloß wie ein Mensch leben, weiter nichts.«
»Du hast niemandem etwas getan.«
»Was ist das für eine Welt«, seufzte Clément, »in der alles festge-

legt, registriert und verbrieft ist – und es kein Entkommen gibt. Bei uns darf nichts geändert werden, nicht einmal so ein Handwerk. Leben wir nicht immer noch im Mittelalter?«

»Gerade deshalb versteht dich jeder vernünftige Mensch«, versicherte Gaspard.

»Glaub doch das nicht! Aber das alles ist Vaters Schuld. Warum wollte er, daß man mich die Ilias und die Aeneis lehrte? Warum hat er meine Bücher nicht ins Feuer geworfen und mir erlaubt, ins Theater zu gehen? Jetzt ist sowieso alles dahin, und ich bin ein Ausgestoßener.«

»Ich bin stolz darauf, dich zu kennen, Clément«, beteuerte Gaspard. »Für mich ist das eine Ehre.«

»Du bist ein guter Mensch, aber helfen kannst du mir nicht. Warum war ich nicht von Kindesbeinen an ein Rohling, der Käfer auf Nadeln spießt und Hunde und Katzen quält? Woher habe ich mein Zartgefühl?«

»War dein Vater brutal?« unterbrach ihn Gaspard.

Clément stockte.

»Er war ein anständiger Mensch, meine Mutter auch. Als sie mir erklären mußten, was unser Beruf eigentlich bedeutet, war das für sie ein schwerer Augenblick.«

»Und muß es denn sein, daß auch du...?«

»Großvater hat damit angefangen, dann folgte Vater. Die ganze französische Geschichte ist durch ihre Hände gegangen. Wir haben Diplome, Rechte, Familienprivilegien. Es ließ sich gar nicht vermeiden, daß auch ich die Nachfolge antrete. Aber ich wollte die Welt kennenlernen und leben. Deshalb habe ich einen anderen Namen angenommen. Ich wollte schreiben. Doch von dem Augenblick an, da Vater mich in die Kammer führte – und mir dieses schreckliche Ding zeigte...«

Clément versank in Gedanken an diese Erinnerung und fuhr dann mit traurigem Lächeln fort:

»Ich war eigentlich nicht so verstört, wie Vater erwartet hatte. Doktor Guillotin war ein scharfsinniger Mensch und letztendlich ein Menschenfreund. Er dachte nicht an Hinrichtungen, sondern wollte dem Verurteilten nur die Qualen ersparen. Vater hat mir dann oft von Helden wie von Feiglingen erzählt... er war allen so nahe, fühlte mit ihnen, sprach mit ihnen auf ihrem letzten Weg. Insbesondere die Frauen seien mutig gewesen, sagte er. Wen er haßte, das waren die Zuschauer, die unter dem Schafott standen, blutdürstig und lüstern nach dem grausamen Spektakel. Das wären die wahren Henker, sagte mein Vater.«

Gaspard lauschte mit angehaltenem Atem.

»Die Leute hatten oft Grund für ihren Haß«, bemerkte er.

»Strafe muß noch nicht gleichbedeutend mit einem grausamen Schauspiel sein. Und es ist grausam, dieser Aufzug – und die Vollstreckung vor so vielen Augen... Auch das ist Mittelalter... Sie kommen freiwillig und raufen sich um einen guten Platz. Doch vor dem Henker empfinden sie dann Abscheu.«

Er verstummte. Gaspard hätte ihn gern nach Julie gefragt. Doch Clément, froh, daß er mit jemandem reden konnte, begann selbst von ihr zu sprechen.

»Schon als ich achtzehn war und den Blicken der Mädchen anmerkte, daß ich nicht gerade häßlich bin, ahnte ich, wie die Zukunft aussehen würde. Dabei hatte ich solche Freude daran, spazierenzugehen und mit ihnen Blicke zu wechseln! Trotzdem wußte ich genau, daß diese schöne Welt für mich verboten ist.«

»Aber dein Vater und deine Mutter lebten doch glücklich miteinander?«

»Mutter wußte, daß Vater ein anständiger Mensch war. Ja, sie lebten gut zusammen. Doch die Mädchen, nach denen ich mich sehnte... Julie hat es bereits erfahren!«

Gaspard senkte den Kopf. Eugène hatte also sein Vorhaben schon ausgeführt.

»Wir hatten ein Rendezvous am Pont Neuf. Sie trug ein weißes Kleid. Ich lief ihr entgegen. Doch sie stand reglos da und sah mich feindselig an. ›Warum haben Sie mir Ihren Namen verheimlicht?‹ wollte sie wissen. Einen Augenblick hoffte ich auf ihr Mitgefühl. Ich dachte, sie würde mich ausfragen. Doch sie war nur gekommen, um sich zu rächen. Ihr Blick war hart wie Stein. Sie ging davon, als sei ich überhaupt nicht vorhanden.«

Eine Weile saßen sie schweigend da.

»Und weiter?« erkundigte sich Gaspard schließlich.

»Was blieb mir übrig, als zu beten, daß in Frankreich kein Verbrechen geschieht?«

»Du hast deine Bücher«, versuchte Gaspard ihn aufzumuntern. »Du sagtest, in ihnen stecke so viel Leben. Komm doch mal zu uns ins Theater.«

»Willst du mich zum Lachen bringen?«

»Ich werde es versuchen.«

Als sie das Café verlassen hatten, streckte Gaspard ihm die Hand hin.

»Weißt du, was du da tust?« fragte Clément Sanson lächelnd.

»Sind wir denn nicht Freunde?« entgegnete Gaspard Deburau.

Gaspard spürte die tiefreichende Tragödie, die sich um ihn herum abspielte; was seine Kollegen aus dem Theater mit einer Handbewegung abtun konnten, war für ihn eine seelische Last für viele Abende. Er verfiel nicht so rasch in Trauer wie sie und hatte nicht gleich Tränen in den Augen, doch wenn ihn etwas anrührte, verschwand es nicht schlagartig.

»Was hast du für ein seltsames Naturell?« fragten sie ihn.

»Ich stamme aus Kolín«, gab er zur Antwort.

»Und was heißt das?«

Er erklärte ungern. Zwar hatte er sich eine gewisse Zärtlichkeit zu seiner fernen Kindheit und der Gegend bewahrt, in der er und seine Mutter geboren wurden, doch konnte er sich nicht mehr vorstellen, anderswo zu leben als in Paris. Wann immer er den Namen seines Heimatlandes Böhmen erwähnte – also Bohème, was ihm die

Bezeichnung »Bohémien« eintrug –, lächelten sie, begannen vom Nomadenleben zu sprechen, weil sie ihn für einen Zigeuner hielten. Er selbst wußte wenig über das Königreich Böhmen. Ein paar Eindrücke und Stimmungen, die in ihm zurückgeblieben waren, geschaffen für Augenblicke der Wehmut, nicht um zu renommieren.

Das Repertoire im Funambules hatte sich inzwischen wieder verändert. Frédéric genügten die Harlekinaden nicht mehr, und so erfand er für sich eine eigenständige Figur, den Blaubart, der nachfolgend variiert als Rotbart, Weißbart, Schwarzbart in die verschiedenen Farcen eingebaut wurde.

Bertrand hatte endlich die Erlaubnis erwirkt, Spielszenen für drei Personen herauszubringen. Der Minister hatte – im Interesse der großen Theater – daran die Bedingung geknüpft, daß alle Mitwirkenden vor Beginn der Vorstellung ein paar Kunststücke auf dem Seil vorführen müßten. Achtung, wollte der Herr Minister damit sagen, ihr auf dem Vorstadt-Boulevard nehmt euch viele Freiheiten heraus, vergeßt aber nicht, daß ihr keine Schauspieler seid, sondern Akrobaten, Seiltänzer!

Bertrand las das betrübliche Dokument dem Ensemble vor, und die Komödianten knirschten mit den Zähnen. Zum Glück zeigte sich, daß fast alle eine seiltänzerische Praxis hinter sich hatten; die einzige Ausnahme war Frédéric. Er verkündete trotzig, der Minister könne ihn mit keiner noch so dummen Verfügung vom Theater abbringen. Sie spannten ein Seil, und er begann zu üben.

Gaspard Deburau hatte das nicht abgeschreckt. Er wußte, daß er sich auf dem Seil halten konnte. Bertrand zog ihn jedoch nicht zur Probe heran.

»Ich brauche für die Dialogszenen neue Schauspieler, wirkliche Künstler. Deshalb muß ich die Truppe der Gebärdenspieler verkleinern«, erklärte er ihm. »Du spielst noch die Rolle im ›Arimane‹ zu Ende und gehst dann.«

»Aber ich kann mich auf dem Seil bewegen«, beteuerte Gaspard.

»Dafür würde ich eher deine Brüder brauchen.«

»Die Leute pfeifen nicht mehr, wenn ich den Räuber spiele. Und über meinen Diener lachen sie immer. Haben Sie vergessen, wie ich für Monsieur Blanchard eingesprungen bin?« erinnerte er verzweifelt an seine Verdienste.
»Das ist lange her, am Theater blickt man nicht zurück, sondern nach vorn«, beschied ihn Direktor Bertrand kühl und sachlich.
Gaspard wandte sich an Frédéric, doch der war ausschließlich damit beschäftigt, das Gleichgewicht auf dem Seil zu halten. Felix, der zweite Held des Theaters, mochte Gaspard nicht.
»Heul dich bei deiner Mama aus«, wehrte er ungeduldig ab, »Klageweiber haben nichts im Theater zu suchen.«
Warum, zum Teufel, konnte er nicht fluchen und mit unflätigen Redensarten antworten? Siehst du, Gaspard, du liebst dein Publikum, aber gelernt hast du nichts von ihm. Und wenn dich jemand anschreit, flattert dein Herz, und du bist wie eine Saite, in die jemand mit groben Fingern greift, dann beginnt sie zu schwingen und kann nicht aufhören. Das sind, du armer Tropf, deine Elbe-Windungen und dein böhmisches Schilfrohr. Du hast nicht von klein auf Wein getrunken, wie die Kinder hier.
Freudlos beobachtete Gaspard seine Kollegen beim Spannen des Seils.
»Komm und halte!« rief jemand, und folgsam ging er hin.
Die ersten Schritte. Es klappte. Manche Komödianten waren hervorragende Seiltänzer und täuschten absichtlich Unsicherheit vor, um ihre Vergangenheit zu verschleiern, die sie heute geringschätzten. Andere stellten ostentativ ihre Geschicklichkeit zur Schau.
Frédéric kam an die Reihe. Alle erklärten ihm, zeigten ihm, drückten ihm einen langen Stab in die Hand.
Frédéric machte die ersten Schritte.
Deburau wünschte ihm nichts Böses. Doch beim fünften Schritt fiel der göttliche Harlekin vom Seil. Der bewunderte, gelenkige Frédéric flog wie eine reife Birne herunter und blieb am Boden liegen. Er stöhnte.

Erschrocken liefen alle zu ihm.
»Jetzt sollten mich die Verkäuferinnen unseres Boulevards sehen.«
Er lächelte und wurde ohnmächtig.
Sie riefen den Arzt. Er stellte fest, daß Frédéric sich den Fuß verrenkt hatte.
Tags darauf spielte er zwar, lehnte es jedoch ab, aufs Seil zu steigen.
»Soll der Minister selbst drauf tanzen!«
»Aber was werden wir machen?« Bertrand faßte sich an den Kopf. »Die schließen uns das Theater.«
»Ich geh zum Zirkus Olympia, zu den Gebrüdern Franconi, dort darf man sprechen. Das wird für mich besser sein und auch für euch! Versucht nicht, mich zu überreden! Ich habe mich entschieden.«
»Gut«, stimmte Bertrand zu. »Aber wer soll an deiner Stelle spielen?«
»Felix.«
»Dann brauche ich noch einen.«
»Dort hast du ihn«, Frédéric zeigte auf Gaspard. »Er kann seiltanzen.«
»Hast du nicht das bißchen, was du konntest, auch schon verlernt?« Das war als Aufforderung an Gaspard gemeint.
Deburau war im Nu auf der Leiter und lief über das Seil, als hätte er Feuer unter den Sohlen. Er hatte schon schlimmere Spaziergänge durch die Luft erlebt.
»Dann soll er eben bleiben«, sagte Felix, von Gaspards Begeisterung beeindruckt.
»Danke, Monsieur«, erwiderte Gaspard erleichtert. »Ich wußte ja, daß Sie ein Herz haben.«
Felix blickte überrascht hoch.
»Ich wollte dich doch nicht hinauswerfen«, brummte er. »Gaspard bleibt hier!«
Bertrand und Fabien stimmten zu.

»Siehst du«, meinte Frédéric. »Des einen Leid ist des anderen Freud.«
»Es tut mir leid um Ihren Fuß«, erwiderte Gaspard mitfühlend. »Aber vielleicht ist es auch zu etwas gut.«
»Danke für die Prophezeiung.«
Als nach ein paar Tagen Vater Deburau mit seinen Kindern vom Land zurückkehrte, küßte Gaspard ihm zur Begrüßung die Hand. Der Vater erschrak. Dankte ihm der Sohn nun für alle Ohrfeigen, mit denen er ihn dazu gebracht hatte, das Seiltanzen zu lernen?
Er hatte ihm damit seine Theaterlaufbahn gerettet.

Eine harte Prüfung

»Deburau, die Leiter!«
»Deburau, bring mir den Puder!«
»Deburau, hol mir rasch Wein!«
»Deburau, kämm die Perücke!«
Gaspard war im Theater, atmete den Staub der Bühne ein, schmierte sich Abend für Abend Schminke ins Gesicht, zog seine bunten Fetzen an, machte ein paar Schritte auf der Bühne und verschwand wieder; er blieb unbeachtet, unbekannt, der Letzte der Letzten. Wenn es einmal im Monat zum Pierrot kam, zu einem immer ausdruckslosen Pierrot im spitzen Hut mit umgeklappter Krempe, lachten die Leute im Parterre und auf dem Juchhe oft über seine Stürze, aber sie applaudierten Harlekin, der ihn wollüstig treten durfte. Es waren weder Rollen noch Stücke, in denen Pierrot sich hervortun konnte, und es gab auch keinen Cassandre mehr zum Herumalbern. Wäre eines Abends auf der Bühne anstelle von Gaspard ein anderer erschienen, hätte ihm niemand eine Träne nachgeweint.
Er gehörte zum Fundus des Theaters, freilich mehr als Requisite,

weniger als Schauspieler. Dann und wann wurde er sogar gebraucht, vor allem wenn jemand erkrankte oder die Vorstellung versäumte; doch Bertrand und Fabien übersahen seine Fähigkeit, die er als Pierrot unter Beweis gestellt hatte, und so überlegten sie nicht weiter, ob aus diesem seltsamen jungen Mann einmal etwas werden könnte.
Nur Felix, der Harlekin des Theaters, beobachtete ihn manchmal aufmerksam. Gaspard, der Felix und seine Launen kannte, erschrak eher vor diesen Blicken, als daß sie ihn freuten. Und selbst wenn er darin Zuneigung entdeckt hätte, so beschränkte sie sich auf diese gelegentliche Betrachtung seiner Gesten.
Auf Frédérics Sturz folgten weitere. Monsieur Filibert brach sich sogar das Bein, und Mademoiselle Flora, die Gaspard in ihrem schneeweißen Gewand als Kolombine so gut gefiel, verrenkte sich die Schulter. Die Polizei ordnete danach auf Veranlassung der Behörden an, in Zukunft brauchten die Schauspieler nur symbolisch den Fuß auf das Seil zu setzen, damit sie sich ihres Ursprungs bewußt blieben und ihre dramatischen Künste nicht zu hoch einschätzten. Das Seil blieb jedoch an der Decke über den Köpfen der Komödianten hängen als demütigendes Mahnmal. Sie haßten diese tote Schlange, und »Seil« wurde in ihrem Jargon zu einem verpönten Wort. Wer es gebrauchte, mußte eine Strafe zahlen.
Immerhin nahmen die Schauspieler jetzt einen festen Platz zwischen Akrobaten und den übrigen Artisten ein. Doch Gaspard spielte seine unbeachteten Rollen weiter.
Er bewegte sich in märchenhaften Kulissen, er band sich Spitzenkragen um den Hals und legte rosa Puder auf. Er sollte die Menschen in gute Laune versetzen. Doch was sollte er antworten, wenn ihn jemand gefragt hätte: Deburau, wie verbringst du die Abende? Wohin gehst du, wenn du nach den anderen aufgeräumt, dem Pförtner eine Gute Nacht gewünscht und die Tür hinter dir zugemacht hast?
Besonders schlimm war jener Abend, als Clément Sanson am Theaterausgang, eng an die Wand gedrückt, auf ihn wartete.

»Clément!« rief Gaspard erfreut, »du warst doch nicht etwa im Theater?«
Doch sein Freund sah ihn nur traurig an. Er nahm ihn am Arm und zog ihn in eine stillere Gasse.
»Gaspard, es ist das eingetreten, wovor ich mich am meisten gefürchtet habe. Morgen – morgen ist eine Hinrichtung.«
Wie weggefegt war der Duft von Puder und Schminke. Dort Spiel und Lachen, Wein unter den Bänken. Und hier die düstere Seite des Lebens.
»Du hast doch Helfer? Das sind gewiß erfahrene Leute!«
»Ja, aber ich muß dabeisein.«
»Wer ist der arme Teufel?«
»Er heißt Foulard. Ist noch keine zwanzig. Er hat zwei Frauen umgebracht.«
»Eifersucht?«
»Raubmord. Er hat ihnen Ohrringe und Uhren gestohlen.«
»Also ein richtiger Verbrecher.« Gaspard war erleichtert.
»Dennoch graust mir. Mit ihm auf dem Wagen fahren – vor aller Augen!«
Sie gingen durch dunkle, unbeleuchtete Gassen, wandten sich nach Osten, vorbei an dem düsteren Gebäude des Gefängnisses Roquette und gelangten zum Friedhof Père-Lachaise.
»Ist deine Mutter zu Hause?« fragte Clément.
»Sie ist bei den anderen. Vater wohnt wieder im Hof, wie früher.«
»Könntest du bei mir übernachten?« bat Clément.
»Herzlich gern«, entgegnete Gaspard lächelnd. »Die ... ist sie noch bei dir?«
»Nein«, beruhigte ihn Clément, »die Helfer haben sie schon weggebracht und aufgestellt. Es berührt dich, nicht wahr? Und dabei gehst du nur neben dem Henker, und ich habe ihn in mir! Schrecklich, daß beides in einem Menschen vereint sein kann.«
»Unsinn, Clément! Im Gegenteil, du hast damit nichts gemein. Wir gehen zu dir, und ich werde die ganze Nacht bei dir bleiben.«

»Ich danke dir, Gaspard. Du mußt dich selbst schon genau kennen, wenn du andere so gut verstehen kannst.«

Sie gelangten zu Sansons Häuschen in der Rue des Marchands und traten ein.

»Willkommen im Hause des Exekutors«, sagte Clément. »Durch Dekret, bestätigt vom König, der Republik und dem Kaiser, darf niemand den Vollstrecker richterlicher Urteilssprüche als Henker bezeichnen. Aber keiner nennt dieses Handwerk anders.«

Er brachte kaltes Fleisch, Brot und Wein.

Gaspard sah sich um. An der reichen Einrichtung war der frühere Wohlstand zu erkennen. In dem großen Bücherschrank standen Reihen wertvoller Bücher.

»Wer ist das?« erkundigte sich Gaspard und zeigte auf das Porträt eines älteren Mannes mit Vollbart.

»Großvater. Er hatte es besser«, lächelte Clément säuerlich. »Damals genügte es, daß irgendein Mädchen den Verurteilten heiratete, um die Exekution zu verhindern. Noch vom Richterblock konnte sie ihn wegführen.«

»Mancher ging vielleicht ungern mit«, versuchte Gaspard zu scherzen.

»Stell dir vor«, fuhr Clément fort, »der gute Alte hat bei der Nationalversammlung Widerspruch eingelegt gegen den Gesetzesvorschlag, die Todesstrafe abzuschaffen! Er befürchtete, der arme Exekutor müßte dann verhungern.«

»Wann war das?«

»Beschwerde erhoben hat er im Februar 1790.«

»Er wußte ja nicht, was kommen würde.«

»Ein Jahr später reichte er eine neue Bittschrift ein. Es sei unmöglich, mit dem Beil so viele Köpfe abzuschlagen, wie die Versammlung das verfügte. Und dann ist Doktor Guillotin auf den Plan getreten. Das hätte Großvater sich nicht vorgestellt«, fügte Clément hinzu, während er das alte Porträt ansah, »daß er ein paar Monate später auch seinen König enthauptet wegkarren würde ...«

»Mußt du allein – das Fallbeil hinuntersausen lassen?«
»Ja, allein. Den Rest besorgen die Helfer.«
»Vielleicht schaffst du es mit geschlossenen Augen?«
»Ich habe Angst«, gestand der jüngste Sanson und schüttelte den Kopf. »Ich könnte mich schlagen für mein oder eines Fremden Recht auf Leben und Tod. Aber dies hier auszuführen – vor den Augen so vieler Menschen ... Ich werde in Ohnmacht fallen. Ich schaffe das nicht. Verletze dabei vielleicht noch den Verurteilten.«
»Clément«, unterbrach ihn Gaspard, »würde es dir Mut machen, wenn ich ...?« Er beugte sich zu einem Ohr. »Damit es deine Vorfahren nicht hören!«
Clément sah ihn betroffen an. »Das würdest du fertigbringen?«
»Auf mich kommt es nicht an. Wenn es dir hilft ...?«
»Du bist großherzig, Gaspard. Auf dein Wohl!«
Sie tranken. Und die Dunkelheit stand vor den Fenstern und lauschte gespannt.

Als der Morgen dämmerte, verließen zwei Männer das Haus der Sansons; einer von ihnen trug eine schwarze Redingote, der andere das Gewand eines Helfers. An der Ecke erwarteten sie zwei weitere Helfer mit dem Karren. Sie trieben die Pferde an und setzten sich in Bewegung. Das eine Paar unterhielt sich laut, das andre verharrte in düsterem Schweigen, wechselte nur ab und zu ein kurzes Wort.
»Ich bin fast vierzig und zum erstenmal auf diesem Weg«, murrte Clément. »Glaubst du, daß die Leute mich schon bemerkt haben?«
»Keiner hat sich auch nur umgedreht.«
Clément trat vorsichtig auf, damit seine Absätze möglichst wenig Lärm verursachten. Doch auch Gaspard zog sich die Mütze tief ins Gesicht. Wem lag schon an dem letzten Komödianten einer Vorstadtbude? Und dennoch überfiel ihn Scham.

»Denk an deinen Vater«, flüsterte er, als er sah, wie die Angst Clément peinigte.
Der Wagen hielt vor dem Gefängnis.
Gaspard musterte Clément, dessen Stirn schweißbedeckt war.
»Komm, Bruder«, sagte er und faßte ihn unter den Arm.
Einer der Helfer läutete am Tor und sagte, zum Wagen gewandt:
»Wir warten auf Sie, Patron!«
Der Pförtner öffnete mit einer tiefen Verbeugung, wie sie nur verehrten oder gefürchteten Gästen zuteil wird.
»Ich dachte, die Helfer begleiten mich«, flüsterte Sanson.
»Das macht nichts. Komm!«
Der Pförtner übergab sie dem Wachposten, der sie zur Zelle des Verurteilten führte. Schon auf dem Gang hörten sie ihn laut beichten. Die Tür wurde geöffnet. Sie betraten die Zelle.
Foulard kniete vor einem Armenpriester, der mit gesenktem Kopf auf der Pritsche saß. Erschrocken streifte der Verurteilte die Neuankömmlinge mit einem Blick und fuhr fort, seine Beichte hervorzustoßen. »Ich habe den Namen Gottes mißbraucht, ich habe gelästert, ich habe den Feiertag nicht geheiligt . . .«
Sanson verneigte sich stumm vor dem Priester und blieb mit verschränkten Armen unter dem Fenster stehen.
Die Beichte war beendet.
Der Kerkermeister reichte Clément eine große Schere. Sie setzten den Verurteilten in die Mitte der Zelle, und einer der Wächter legte ihm ein reines weißes Tuch um die Schultern. Clément zitterte die Hand; als er die Schere ansetzen wollte, berührte er damit den Hals des Verurteilten. Der schluchzte auf, und Clément zog die Hand weg.
»Erlauben Sie, Patron«, sagte Gaspard und nahm Clément behutsam die Schere weg.
Er streichelte dem Verurteilten über die Wange, hob das Kinn an, so daß die angsterfüllten Augen auf Gaspard gerichtet waren, und lächelte:

»Du wirst dich doch nicht fürchten? Das tut überhaupt nicht weh.«
»Nein?« fragte der Junge vertrauensvoll.
»Kein bißchen«, tröstete ihn Gaspard.
Auf das weiße Tuch fielen braune Locken.
Wenn der arme Kerl schon sterben muß, dachte Gaspard, so tue ich jedenfalls alles, um es ihm zu erleichtern.
»Du hattest keinen Vater, nicht wahr?« fragte er unvermittelt.
Foulard schüttelte den Kopf. »Meine Mutter kenne ich auch nicht.«
Gaspard legte die Schere weg. Man konnte hören, wie sich die Wächter vor der Zellentür unterhielten.
»Fertig, Patron«, sagte er. »Wir können gehen.«
Der Kerkermeister warf dem Verurteilten einen Kittel über die Schultern. Isidor Foulard machte ein paar Schritte, doch dann drehte er sich noch einmal nach seiner Zelle um, seinem letzten Zuhause. Bei einem Schauspieler in der Rolle eines zum Tode Verurteilten habe ich diesen Blick zurück noch nie gesehen, dachte Gaspard.
Sie gingen hinaus, bestiegen den Karren. Zwei Helfer vorn, mit dem Rücken zu den Pferden Foulard, dann Clément mit dem dritten Helfer. Sechs berittene Soldaten bildeten die Spitze. Der Zug setzte sich in Bewegung. Inzwischen war es bald Mittag geworden, und so erregten sie mehr Aufsehen. Die Leute blieben stehen und äußerten sich über die Jugend des Verurteilten. Manche hatten von ihm gehört oder gelesen und riefen ihm Beschimpfungen nach.
Sie fuhren nun durch belebtere Straßen. Auf den Gehsteigen und in den Cafés wimmelte es jetzt von Menschen, Fenster öffneten sich, Clément erschrak vor den Blicken, die immer zuerst auf seine schwarze Gestalt fielen und erst danach den Verurteilten suchten. Zuweilen schaute er in ein Gesicht, das ihm bekannt vorkam und in dem es überrascht aufzublitzen schien, um dann sofort weiterzuverbreiten: Seht nur, das ist doch Clément Longval!

Er versuchte, an andere Dinge zu denken. Doch die Menschenmenge, die sich ihnen anschloß und sie begleitete, ließ das kaum zu. Hufe klapperten, die hölzernen Räder ratterten über das Pflaster, das Stimmengewirr schwoll an – all dies nahm er in einem Dämmerzustand wahr. Dankbar stützte er sich auf Gaspard.
Eine weiße Sonne schien matt durch den kalten Nebel, die Dächer waren schwarz und feucht.
Auf einmal tauchte vor ihnen die dunkle Silhouette der Guillotine auf.
Der Verurteilte wandte sich instinktiv ab.
Die Menschenmenge scharte sich um das Gerüst, das hier seit dem Abend wartete. Der Karren blieb stehen.
Clément und Gaspard stiegen aus. Die Helfer halfen dem Verurteilten herunter, der zu zittern begann. Doch Gaspard lächelte ihm aufmunternd zu. Foulard nickte scheu. Gaspard faßte ihn am Ellbogen, streifte die Menge unter dem Gerüst mit einem Blick und gab ihm wortlos zu verstehen: Kopf hoch, keine Angst!
Foulard konnte das aus Deburaus Gesichtsausdruck deutlich ablesen. Er hob den Kopf und ging mit festen, ein wenig verkrampften Schritten das Treppchen hinauf. Dort nahmen sich wieder die Helfer seiner an. Sie bedeuteten ihm, sich niederzuknien, banden ihm die Hände zusammen und legten seinen Kopf in die runde Vertiefung. Foulard lag reglos, doch seine Augen suchten den Menschen, der ihm letzte Kraft gab.
Deburau legte in seinen Blick alle Intensität, die er aufbringen konnte: Es ist unvermeidlich! Nimm die Strafe an, füge dich, nur so kann dir vergeben werden! Du hast mich zur Seite, der mit dir fühlt!
Etwas wie ein dankbares Lächeln erschien in den verdrehten Augen des jungen Mörders.
Dann gab der Helfer das Zeichen, und Clément, die Augen geschlossen, zog am Strick. Ein scharfes, metallisches Geräusch, ähnlich einem Schuß, hallte über den Platz. Aus der Menge, die für

eine Weile verstummt war, kam anerkennendes Gemurmel. Clément ging langsam die Treppchen hinunter. Gaspard holte ihn ein und half ihm in den Wagen. Sie warteten, bis die Helfer ihre letzten Pflichten erledigt hatten.

Als sich der Karren erneut in Bewegung setzte, sagte Clément: »Du hast zwei gute Werke getan, Gaspard. An mir – und an ihm. Möge der Himmel es dir lohnen!«

»Der Himmel?« Gaspard lachte. »Der kümmert sich wenig um uns Menschen.«

Er sah unwillkürlich nach oben. Auf dem Balkon des Hauses, an dem sie vorbeifuhren, stand Eugène Hugo, umgeben von einer Schar elegant gekleideter Stutzer.

»Bravo, Sanson, bravo!« erklang Eugènes schrille Stimme.

»Fahr zu!« rief Gaspard, und der Henkersknecht trieb die Pferde an.

Cléments Gesicht war wie versteinert.

»Jetzt hast du es hinter dir. Vergiß es!« sagte Gaspard.

Der Karren hielt vor dem Friedhof Sainte Madeleine.

»Wenn Sie wollen, Patron, erledigen wir das auch allein«, erbot sich einer der Helfer.

Clément zog das Geld, das er in der Manteltasche bereithielt, heraus und drückte es in die offene Hand.

Der Wagen passierte das Tor, Clément und Gaspard wandten sich zum Gehen, als ein junger Bursche auf sie zugelaufen kam, sie mit einem raschen Blick musterte und sich dann näherte: »Sie gestatten?« Damit legte er die Hand auf Cléments Ärmel.

»Hast du den Verstand verloren?« Clément wandte sich brüsk ab.

»Glücksbringer«, lächelte der Junge und öffnete die Hand. Es lagen kleine Knochen darin.

»Danke!« rief er und lief davon.

»Du mußt Geduld haben«, sagte Gaspard. »Jeder Schmerz vergeht.«

»Adieu, Gaspard, es ist besser, ich bleibe allein.«
»Wie du willst.«
»Und ich habe nichts, womit ich mich dankbar erweisen kann. Außer vielleicht – wenn du willst – als Glücksbringer...«
Und er hielt ihm den Ärmel hin, da er es nicht wagte, ihm die Hand zu reichen.
Gaspard drückte ihm die Hand wie immer.
Sie gingen auseinander, mischten sich unter den riesigen, gleichgültigen Ameisenhaufen von Paris.

Margot

Das kleine Theater Funambules befand sich in ständigem Auf und Ab; wenn die Behörden das Programm einschränkten, wanderte das Publikum prompt ab, um anderswo auf seine Kosten zu kommen; wenn das Repertoire reichhaltiger wurde, klingelte auch die Kasse. Die Aufführung kleiner Stücke wirkte sich belebend auf das Programm und den Besuch aus. Die Direktoren dachten dann nicht mehr an Entlassungen, sondern sahen sich sogar nach Verstärkung um. Mit Frédéric konnte man nicht mehr rechnen; er blieb zwar nicht im Zirkus, wo er hätte reiten und wie im Funambules auch seiltanzen müssen, doch sein Talent bahnte ihm den Weg ins Theater Odéon. Die Direktoren des Funambules suchten also weiter und engagierten die Komödiantenfamilie Blondin und Loyal. Zudem besaßen sie eine glückliche Hand bei der Stückwahl, und ihre Künstler verstanden es, das Publikum zu fesseln; deshalb waren sie ihrer Konkurrenz, der Nachbarin Madame Saqui, stets überlegen, auch wenn diese ihr Seiltänzerprogramm durch Pantomimen bereicherte. Während im Funambules die Direktoren die Saaleinrichtung erneuern und sogar die Fassade neu tünchen ließen – immer bei Nacht, um den Theaterbetrieb nicht zu stören –, war der Saal bei Madame Saqui gähnend leer.

Dennoch – oder gerade deshalb – kam es zu einer Annäherung der beiden Unternehmen. Vorausgegangen war die Hochzeit von Felix Charigni mit der Nichte von Madame Saqui, zu der Bertrand als Trauzeuge gebeten wurde. Und kurz danach suchte ihn Monsieur Saqui auf.
»Nanu?« fragte Bertrand verwundert und sah seinen Kompagnon an. »Sie kommen in unser Theater? Zu mir?«
Monsieur Saqui, der schüchterne Ehemann einer berühmten Frau, wirkte devot und gedrückt, als sei die Last der Sorgen zu schwer für ihn.
»Ich bin gekommen, um mich bei Ihnen zu entschuldigen«, gestand er zerknirscht. »Vor ein paar Jahren habe ich Sie beleidigt. Ich wäre froh, wenn Sie mir vergeben würden.«
»Ich habe ein gutes Gedächtnis«, antwortete Bertrand und streifte Fabien mit einem triumphierenden Seitenblick. Das war seine Stunde! »Beleidigt hat mich Ihre Frau, und das in einer Weise, die man nicht vergessen kann.«
»Sie haben ja recht«, gab Monsieur Saqui zu. »Meine Frau ist eine große Künstlerin. Alle sagen das, und Sie stellen es sicher nicht in Abrede. Auch sie läßt sich entschuldigen und bittet Sie, die Worte zu vergessen, die sie Ihnen damals in ihrer Erregung sagte.«
Bertrand konnte zufrieden sein mit dieser bedingungslosen Kapitulation.
»Ihre Frau hat sich mir gegenüber wirklich zu viel herausgenommen. Die Reue kommt ein wenig spät. Aber ich bin ja kein solcher Unmensch, daß ich nicht verzeihen könnte. Wenn ich Sie richtig verstehe, möchte Ihre Frau, daß ich ihr irgendwie behilflich bin.«
»Allerdings«, bejahte das kleine Männchen erleichtert. »Ihr Theater fügt uns fortlaufend Schaden zu.«
»Moment mal!« griff Fabien erbost ein. »Sie wollten die Konkurrenz, nun haben Sie sie. Doch sie füllt unsere Kasse im Gegensatz zu Ihrer. Wir haben keinen Grund zur Klage.«

»Ich bin gekommen«, stotterte Saqui, »ich bin gekommen, um Ihnen eine Geschäftsverbindung vorzuschlagen.«
»Eine Verbindung zwischen Ihrem Cabaret und unserem literarischen Theater?« entrüstete sich Fabien. »Ja, kürzlich erst hat uns ein Autor gesagt, das Programm unseres Theaters kommt der Literatur sehr nahe.«
Saqui senkte traurig den Kopf und erwiderte beklommen:
»Meine Frau wiederholt jeden Abend vor dem Einschlafen die gleichen Worte: ›Nur sie können uns retten‹!«
Bertrand war gerührt.
»Fabien, diese Dame ist tatsächlich eine Künstlerin. Wenn wir zur Literatur gehören, müssen wir großherzig sein. Im Namen der Kunst – wir werden Sie retten!«
Für Gaspard war diese Veränderung vor allem deshalb bemerkenswert, da zu den neuen Mitgliedern des Theaters nun auch seine Schwester, »die schöne Ungarin« Cathérine gehörte. František Něměček, längst unter dem Namen François Neumensek bekannt, und Dorothée waren im Zirkus Olympia untergekommen. Étienne war mit einem Zirkus nach Belgien gegangen. Die Rückkehr des Vaters und seine chronische Lungenkrankheit gaben der Mutter ihre Lebendigkeit zurück. Sie sorgte für ihn, und Erinnerungen an die glückliche Liebe der Jugendzeit versöhnten sie mit der feindlichen Welt. Die Familie wurde zwar in alle Himmelsrichtungen zerstreut, doch der Erfolg schien ihre Mitglieder zu begleiten. Die harte Schule des Vaters trug ihre Früchte.
Nur Gaspard blieb am Ort. Frédérics Weg zum Odéon bestärkte auch ihn in seinem Willen, Hindernisse zu überwinden. Doch sein Hindernis schien unüberwindbar: Felix in der Rolle des Harlekins, dem das Publikum im Funambules zu Füßen lag. Deburau verehrte Felix und haßte Harlekin. Und die zweite, ebenso kontinuierliche Schwierigkeit war die feste Absicht der königlichen Behörden, die kleinen Vorstadtbühnen nicht hochkommen zu lassen. Die Polizei stellte die unangemeldete und amtlich nicht genehmigte Fusion

der beiden Theater fest und ließ das Theater der Akrobaten für einige Zeit schließen. Anderen Unternehmen erging es nicht besser. Kaum hatten sie sich ein wenig etabliert, gab es schon wieder das Verbot, in einer Pantomime mehr als zwei oder drei Schauspieler auftreten zu lassen. Die Theater kämpften, und die Zuschauer halfen ihnen dabei. Sie nahmen es widerspruchslos hin, daß der gleiche Schauspieler nach schnellen Umzügen den Beschuldigten, den Verteidiger und den Kläger spielte. Bereitwillig ließen sie sich vorgaukeln, es seien mehrere Personen auf der Bühne, die sich im Schrank, unter dem Bett oder dem Tisch versteckt hatten. Doch das Funambules kehrte zu den »Belagerungen der Festung« und zu den Sprungpantomimen zurück.
In den Pantomimen traten Felix, Filibért, Flora und Marion auf. Wie sollte man da noch an Gaspard denken und an seinen Traum vom Pierrot!

Das Leben zeigte sich nicht freundlicher als die Bühne. Gaspard konnte sich vom Unglück anderer nicht abwenden; in einer Welt, in der Überzeugungen rascher wechselten als Kokarden, lernte er, Treue zu schätzen.
Mehrmals machte er sich auf den Weg zu Clément Sanson. Doch er traf ihn nie an und erfuhr von den Nachbarn, Sanson gehe regelmäßig in Spielsalons, spiele um große Summen und käme meist erst gegen Morgen nach Hause.
Der kranke Eugène Hugo wohnte jetzt bei seinem Bruder in der Rue du Dragon. Gaspard überwand seine Scheu und begab sich dorthin. Voll Besorgnis stieg er die Treppen des Hauses Nummer elf hinauf.
Victor Hugo war ein hübscher junger Mann, ein wenig mager, mit einem kühnen, funkelnden Blick und lockig gekräuseltem Haar.
»Ich bin Ihnen sehr dankbar für Ihr Kommen. Eugène hat Sie öfters erwähnt. Er war wohl viel mit Ihnen zusammen.«
»Wie geht es ihm?«

»Er hat schlimme Fieberanfälle. Der Arzt sagt, es sei eine ernste seelische Krankheit.«

Gaspard sah sich um. Er war überrascht, wie karg die Wohnung eingerichtet war.

»Schauen Sie mal zu Eugène hinein?« forderte Victor ihn auf und öffnete die Tür zu dem zweiten Zimmer. Einige kostbare Stücke zeugten von besseren Tagen; der Fußboden war jedoch gefliest und strömte Kälte aus. Das hölzerne Bett lag im Schatten, abgedunkelt durch ein Stück Stoff, das man vor das Fenster gehängt hatte. Eugène saß steif zurückgelehnt in einem Sessel, aus dessen geblümtem Bezug Roßhaar hervorquoll.

Gaspard gewöhnte sich rasch an das Dämmerlicht und gewahrte nun ein schönes, hellblondes Mädchen, das sich aus dem Armstuhl erhob.

»Monsieur Deburau«, stellte Victor vor. »Meine Verlobte, Mademoiselle Adèle Foucher.«

Gaspard küßte ihr flüchtig die Hand.

»Gaspard!« rief der Kranke im Lehnstuhl.

»Bleiben Sie nur sitzen, Eugène!« Adèle drückte ihn an den Schultern in den Lehnstuhl zurück. Eugène schmiegte die Wange an die weiße Hand, die ihm das Kopfkissen zurechtrückte.

»Ich lasse Sie jetzt allein, ja?«

»Aber Sie kommen zurück, Adèle?« flehte Eugène.

»Ich komme zurück. Seien Sie vernünftig.«

Sie verließ mit Victor das Zimmer.

»Gefällt dir Adèle?« fragte Eugène hastig, als er mit Gaspard allein war.

»Ein schönes Mädchen«, sagte Gaspard.

»Soll ich dir mein Geheimnis verraten? Ich liebe sie.«

»Nicht mehr Julie?«

»Sie ist Persephone, die Erzteufelin, Frau des Boalberito.«

»Was redest du da, Eugène?« Gaspard beugte sich mitleidig zu ihm.

»Das verstehst du nicht!« rief Eugène unwillig. Dann zog er Gaspard näher zu sich und flüsterte: »Ich kenne schon die ganze Familie der Hölle. Das ist eine Wissenschaft, keine Phantasie. Eurinom, der Fürst des Todes, hat sich in meinem Bruder inkarniert.«
»Und wer sagt dir solche Dinge?«
»Der berühmte Berbiguier hat bewiesen, daß es Höllenteufel gibt. Erinnerst du dich, wie die Katze vom Dach gefallen ist? Hör mal«, und er bohrte den Zeigefinger direkt in Gaspards Gesicht, »bist du nicht auch einer von ihnen? Mir fehlt bisher Leonard, der Herr des Sabbats, und Pan, der Herr des Fegefeuers ...«
»Eugène«, Gaspard legte ihm die Hand auf das zerwühlte Haar, »erinnerst du dich, wie schön es war, wenn wir zusammen in den kleinen Schenken an der Avenue d'Orléans saßen? Abends begleitete ich dich – und du hast mir unter den Laternen deine Gedichte vorgetragen ...« Er sah ihm in die verwirrten Augen. Kleine Lichter glommen darin auf und erloschen wieder. Lag noch Verstand dahinter? »Erinnere dich, Eugène! Auch Clément saß dort mit uns zusammen, aber er war kein Teufel, er war unser guter Freund.« Die kleinen Lichter in den Augen begannen zu tanzen, das Gesicht zeigte schmerzhafte Denkanstrengung, die Lippen verzogen sich zum Weinen.
»Ich kann nichts dafür, Gaspard. Das Leben flößt mir Grauen ein. Aber warum kränken mich alle?«
»Dein Bruder sorgt sich um dich.«
»Der schadet mir am meisten. Er schreibt schlechte Verse und hat Erfolg. Ihm geht es nur darum, daß niemand etwas von mir veröffentlicht.«
»Soll ich mit ihm sprechen?«
»Mit bösen Geistern darf man nicht direkt reden.«
»Nicht alle Menschen sind Teufel. Du wirst von einem so schönen Geschöpf gepflegt.«
»Adèle!« Das Gesicht des Kranken bekam einen glückseligen Aus-

druck. »Die gehört nicht in diesen Bund. Ich werde sie heiraten. Ich werde sie vor dem Teufel retten, und sie befreit mich aus der Hölle.«

»Hat dir das auch dein Berbiguier gesagt?«

»Das haben mir die Teufel selbst gesagt. Sie mögen mich. Ich kann ohne Adèle nicht leben, Gaspard.«

Eugène senkte den Kopf und begann leise zu weinen.

Die Tür öffnete sich. Victor winkte Gaspard zu.

»Auf Wiedersehen«, Deburau berührte Eugènes Arm.

Im Vorzimmer blieben Victor und Gaspard stehen.

»Hat er Ihnen auch von den höllischen Mächten erzählt?«

»Auch von seinen Gedichten. Er trägt wohl schwer an seinem Mißerfolg.«

»Niemand würde es ihm mehr wünschen als ich, daß aus ihm ein Dichter wird.«

»Er braucht dringend einen guten Arzt«, riet Gaspard.

»Gewiß«, stimmte Victor zu. Selbst im Dämmerlicht des Raumes war zu erkennen, wie verlegen er wurde. »Nur – Sie haben ja gesehen . . . Wir leben nicht gerade üppig.«

»Schade, daß ich Ihnen nicht helfen kann«, sagte Gaspard einfach.

»So habe ich es nicht gemeint«, protestierte Victor und verbeugte sich.

»Gute Nacht«, Deburau verbeugte sich ebenfalls.

An diesem Abend brannte im Lyrischen Theater zum ersten Mal die Gasbeleuchtung, und die Komödianten im Funambules beeilten sich, schnell fertig zu werden. Alle Schauspieler interessierten sich für die Neuerung. Das »Drury Lane« in London hatte sie angeblich bereits eingeführt, und zwar erfolgreich. Doch es meldeten sich auch skeptische Stimmen: Sobald irgendein Theater niederbrennt, werden alle gern zum Öl zurückkehren.

Dennoch kürzten sie die letzte Vorstellung ab, um sich dieses Wunder ansehen zu können. Deburau kam mit, doppelt stolz, da die neue Erfindung von seinem Landsmann, einem gewissen Winter, stammte. Mit Schauspielern aus anderen Theatern umkreisten sie das Gebäude und stürzten nach Schluß der Vorstellung hinein, um die festliche Beleuchtung in Augenschein zu nehmen.

Ja, es war ein schönes, weißes Licht, das die Gesichter zwar ungewöhnlich blaß erscheinen ließ, aber den Zuschauerraum mit einem Rosenkranz leuchtender Tränen einrahmte, die man abblenden und wieder aufblenden konnte. Die Leute sprachen darüber mehr als über die Vorstellung.

»Gaspard!« rief eine bekannte Stimme.

Er drehte sich um und sah Clément Sanson in einem funkelnagelneuen Frack mit einem schneeweißen Vorhemd und einer matten Perle auf der Krawatte. Das abgemagerte Gesicht hatte graue Schatten unter den Augen, doch die Augen selbst funkelten. Müdigkeit, gepaart mit Begierde.

»Clément«, Gaspard holte tief Luft. »Wo warst du so lange?«

Clément ließ sich in der Garderobe seinen Überzieher geben und führte Gaspard hinaus.

»Ich sollte mich bei dir entschuldigen, nicht wahr?«

Gaspard verneinte.

»Ich weiß, du bist ein bescheidener Freund«, fuhr Clément ernst fort, doch mit einer neuen Leichtigkeit in der Stimme, die fast angeheitert klang. »Du bist zur Stelle, wenn du gebraucht wirst, und du meldest dich nicht, wenn man dich vergißt. Aber ich habe dich nicht vergessen. Ich habe dich vielmehr geschont.«

Gaspard sah ihn fragend an.

»Du stehst am Anfang deines Lebens und deiner Arbeit. Mich erwartet nichts mehr. Deshalb bin ich dir lieber aus dem Weg gegangen.«

Gaspard nickte verständnisvoll und wollte sich verabschieden, doch Clément hielt ihn zurück.

»Warte! Ich nehme zwar deine Großmut an. Aber wenn uns der

Zufall heute schon zusammengeführt hat, so leiste mir diese Nacht Gesellschaft.«
»Ich bin nicht richtig angezogen.«
»Willst du meinen Paletot?«
»Da würde ich noch lächerlicher aussehen.«
»Gehen wir dorthin, wo sich niemand darum kümmert.«
Er winkte einer Kutsche und nannte die Adresse.
»Vielleicht überrascht es dich, wenn du dich an unseren Virgil unter den Platanen der Tuilerien erinnerst. Aber du hast Verständnis für alles. Kannst du auch allein fröhlich sein? Ich gebe dir eine Rolle. Sei heute glücklich! Schaffst du das? Versprichst du es mir?«
Die Kutsche hielt vor einem hohen Gebäude mit einer stattlichen Fassade und einer großen, grün abgeschirmten Laterne.
»Komm, mein Freund«, sagte Clément. »Glaub mir, ich bin froh, daß du bei mir bist. Darum amüsier dich, als sei zwischen uns kein Schatten gefallen. Du machst mir damit eine Freude.«
Sie durchquerten einen schmalen Gang und gelangten in einen hellerleuchteten Saal, voll von Spiegeln und Stimmengewirr. An den Wänden, die mit grünem Atlas bespannt waren, flackerten in mehrarmigen Leuchtern lange Kerzen. Die Fenster waren mit starken Platten verschalt und zusätzlich mit Schlössern versehen. An den Türen hingen schwere Samtportieren.
Gaspard sah sich die hier versammelten Leute an. Die Herren waren ähnlich wie Clément gekleidet. Die Damen trugen prächtige Kleider, hatten karminrot geschminkte Lippen, mit Kohle nachgezeichnete Augenbrauen, schwarzgetuschte Wimpern. Bewegte sich eine von ihnen, wirbelte eine Duftwolke von Amber und Puder hoch. Sie saßen in Fauteuils, die Beine übereinandergeschlagen, die Köpfe unnatürlich verdreht, andere standen lachend in kleinen Gruppen zusammen, manche wiederum drängten sich um einen großen Tisch inmitten des Saales, an dem man Karten spielte. Vor den Spielern lag viel Geld aufgehäuft. Selbst der kleinste Bruch entsprach Gaspards Jahresverdienst.

Clément sah Gaspard an, was er zu dem für ihn neuen, unbekannten Schauspiel zu sagen hatte, konnte ihn jedoch nicht mehr zu Wort kommen lassen, denn nach ein paar Schritten stürmte eine Schar junger Männer und Frauen heran, drängte sich um Clément, begrüßte ihn, zwei der Frauen umarmten und küßten ihn.
»Vergeßt meinen Freund nicht!« rief Clément lachend. »Er ist mein treuer Gefährte!«
Gaspard wäre am liebsten verschwunden. Sein Blick blieb an dem Gesicht eines jungen Mädchens hängen, in deren Augen, im Gegensatz zu den anderen, ein bescheidener Ausdruck lag, der ihm weniger Angst machte. Sie merkte das und ergriff seinen Arm. Doch auch ihr Mund war karminrot geschminkt, ihre Arme gepudert.
»Margot, ich lasse Gaspard in deiner Obhut«, lachte Clément. »Heitere ihn auf!«
Margot war schön, ihr Kleid schmiegte sich leicht an ihre Figur, und als sie ausschritt, kamen kirschrote Strümpfe zum Vorschein. Lachend beugte sie sich zu Gaspard, doch erschien sie ihm weder berechnend noch erfahren.
»Spielen wir?« fragten die jungen Männer, die Clément umringten.
»Zuerst das Abendessen!«
Alle nahmen an einem Tisch in der Ecke Platz, und Clément bestellte:
»Pastete, Beefsteak, Käse, Kuchen! Und Wein – den Moulin-au-Vent!«
Er lachte, antwortete launig auf Bemerkungen der Männer und drückte zwei schöne Frauen an sich. Er betäubt sich, dachte Gaspard, als er die exaltierte Stimme wahrnahm.
»Kennen Sie Monsieur Clément schon lange?« fragte Margot.
»Sehr lange«, Gaspard lächelte, als Clément ihn von gegenüber aufmunternd ansah.
»Sind Sie auch so reich?«
»Aber nein!« Gaspard erschrak.

Doch Cléments Blicke befahlen Margot, seinen Freund nicht aus der allgemeinen Fröhlichkeit ausbrechen zu lassen.
»Zum Wohl!« rief er und streckte Gaspard über den Tisch die Hand hin. »Auf das Wohl aller schönen Frauen!«
»Zum Wohl!« antwortete Gaspard und drückte dem Mädchen neben sich die Hand.
Er spürte etwas Zartes, Feuchtes auf der Wange. Margot hatte ihn geküßt.
»Und nun wird gespielt!« befahlt Clément nach dem hastig eingenommenen Essen.
Alle eilten zu dem Tisch in der Mitte des Saales; dort rollte auf einer Scheibe über rote und schwarze Fächer die Roulettkugel. Am Tischende entfernten sich die Kartenspieler. Clément nahm dort Platz, ihm gegenüber einige seiner Bekannten, darunter auch Frauen.
»Komm, spiel mit!« forderte er Gaspard auf.
»Ich kann's nicht.«
»Dann amüsier dich!«
Er griff in ein Häufchen Banknoten und nötigte sie seinem Freund auf. Gaspard steckte sie vorsichtig in die Tasche und wagte kaum, sie anzusehen.
Das Spiel hatte inzwischen begonnen. Clément teilte die Karten aus und machte dabei ständig Witze. Die Schar seiner Getreuen lachte über jedes seiner Worte. Margot nahm Gaspard an der Hand.
»Gehen wir!«
Sie führte ihn zurück an den Tisch, an dem sie zu Abend gegessen hatten. Von irgendwoher erklang leises Gitarrenspiel und einschmeichelnder Gesang.
»Trink, Freundchen«, forderte Margot ihn auf. »Auf wessen Wohl?«
»Auf das Wohl aller schönen Frauen«, wiederholte Gaspard, und es klang, als denke er tatsächlich an sie.
»Aller?« Sie schmiegte sich an ihn.

Gaspard umarmte sie und umspannte fest ihre Taille. Noch nie hatte er ein so anmutiges Mädchen im Arm gehalten. Verlangen loderte in ihm auf, und er sprach den Wunsch aus, der ihn erfüllte:

»Ich möchte dich heiraten.«

Sie musterte ihn mißtrauisch, ob er sich über sie lustig machen wollte, doch als sie seinen jugendlichen Überschwang erkannte, lachte sie auf.

»Mich? Bist du von Sinnen?«

Noch einmal sah sie ihn lange an, stand unvermittelt auf und nahm ihn wieder bei der Hand. Sie führte ihn zu einer Tür, die durch eine Portiere verdeckt war. Durch ein Zimmer, in dem sich zwei Pärchen eng umschlungen hielten, gingen sie hinaus in einen Vorraum, von dem Treppen nach oben führten. Eine Frau kam ihnen entgegen, der Margot eine Bemerkung zuwarf. Dann gelangten sie auf einen mit einem dicken, flauschigen Teppich ausgelegten Gang. Sie öffnete eine der Türen und zog ihn herein.

»Du willst mit mir allein sein, stimmt's?« flüsterte sie.

Er sah sich um wie im Traum. Noch nie war er auf diese Weise einer Frau gefolgt. Er zitterte vor Ungeduld, und zugleich hatte er Angst.

Der Raum erinnerte an eine kleine, möblierte Höhle: über dem Bett ein brennendes Öllämpchen, an den Wänden marmorierte Tapeten, überall starker, betäubender Duft. Auf einem kleinen Tisch standen zwei leere Kerzenleuchter, die Sessellehnen waren abgewetzt, vor dem Bett lag ein bunter, abgetretener Teppich.

Ehe Gaspard zur Besinnung kam, stand Margot hinter ihm. Sie hatte jetzt ein Gewand an, dessen Namen Gaspard nicht kannte; sie wirkte darin noch anziehender. Sie schmiegte sich an ihn, umarmte ihn, drückte ihn fest an sich.

»Willst du mich wirklich?«

Er meinte aus ihrer Stimme etwas wie Spott herauszuhören, einen leisen, zärtlichen Spott, aus dem auch Angst und Trauer klang.

Sie setzte sich auf das Bett und ließ sich in die Kissen sinken. Gaspard ging auf Zehenspitzen zu ihr. Als sie ihm den nackten Arm entgegenstreckte, kniete er nieder und küßte sie.
»Daran bin ich nicht gewöhnt, mein Lieber«, sagte sie widerspenstig.
»Ich bin auch nicht daran gewöhnt«, flüsterte Gaspard.
»Hab keine Angst.« Sie lächelte traurig und zärtlich. »Ich könnte dich nicht umarmen, wenn du mir nicht gefallen würdest, wenn ich dich nicht zumindest heute abend gern hätte ...«
»Nur heute abend?« Er stutzte.
»Du glaubst, du wirst mich auch morgen liebhaben?« fragte sie lächelnd, um die beabsichtigte Wirkung zu mildern.
Bitterkeit erfüllte ihn.
»Heute abend ich, morgen ein anderer?«
»Ich laß mir keine Vorwürfe machen!« Sie stieß ihn unwillig von sich. »Komm wieder, wenn du mir ein Schloß schenken kannst. Wovon soll ich denn leben?«
Gaspard beobachtete sie, aufrecht im Bett sitzend, ihm wieder unerreichbar. Auf ihrer Haut spiegelte sich der gelbe Schein der Öllampe.
»Verschwinde!« sagte sie voller Scham, den Tränen nahe.
Das ewig gleiche Spiel: Ist die Erfüllung des Verlangens nahe, beginnt man sich zu quälen und sich zu widersetzen; kaum rückt sie wieder in die Ferne, erwacht die Begierde von neuem.
»Verschwinde!« wiederholte sie.
Er stürzte sich auf sie, küßte sie leidenschaftlich und nahm sie so begehrlich und hungrig in Besitz, daß sie vor Wonne und Schmerz aufstöhnte. Als habe sie eine stürmische Welle der Lust auf ein ruhiges Gestade getragen, lag sie dann still in seinen Armen.
Er küßte ihr dankbar die Hände und das Haar.
»Du bist wie ein kleiner Junge. Wie alt bist du eigentlich?«
»Vierundzwanzig. Und du?«
»Ich bin schon alt, Kleiner. Achtzehn.«

Bei diesen schroffen Worten wurde ihre Stimme wieder rauh. Aber sie küßte ihn dennoch.
Als sie sich erhoben, wagte er nicht, ihr Geld anzubieten. Doch sie selbst fragte ihn unbefangen: »Kannst du mir etwas geben?« Und sie drängte sich an ihn, diesmal nicht leidenschaftlich, sondern eher schwesterlich.
Er griff in die Tasche. Dort steckten die drei Banknoten von Clément.
»Ich würde dir gern alles geben«, sagte er und reichte ihr einen der Scheine. »Aber den Rest brauche ich selber nötig.«
»Mehr kannst du mir nicht geben?« fragte sie aus Gewohnheit.
Er verargte es ihr nicht. Nur wer nicht wußte, wie schwer es ist, immer satt zu essen zu haben, konnte sich entrüsten. Menschen aber, die sich ihr Brot auf der Straße verdienen, verstehen einander.
»Was ich habe, brauche ich für einen kranken Freund. Wenn ich einmal Geld haben werde ...«
»Schon gut«, sagte sie ohne Groll. »Gehen wir?«
Auf der Treppe hörten sie aus dem Saal erregten Lärm. Rasch durchquerten sie das kleine Zimmer.
Clément hatte nichts mehr vor sich auf dem Tisch liegen; seine Mitspieler stopften sich haufenweise Banknoten in die Taschen.
»Ich habe es genau gesehen!« Clément zeigte auf einen von ihnen. »Er hat den anderen durch Zeichen meine Karten verraten! Ich vertrage keine solchen Betrugsmanöver!«
»Nimm dich in acht«, warnte einer der Spieler. »Du gehst entschieden zu weit!«
Die Frau, der Gaspard auf der Treppe begegnet war, lief von einem zum anderen, bat um Ruhe und drohte schließlich mit der Polizei.
»Die hole ich selbst!« rief Clément und steuerte auf den Ausgang zu.
Die Frau bedeutete einem der Mädchen in ihrer Nähe, ihn zurückzuhalten.

»Geh nicht!« Die Mädchen hängten sich an seinen Hals. »Bleib! Wir wollen mit dir trinken!«
Der Unruhestifter, der den ganzen Streit vom Zaun gebrochen hatte, wollte sich damit nicht abfinden.
»Hier wird ehrlich gespielt! Er kann froh sein, daß er mit uns überhaupt spielen darf. Wir wissen sehr wohl, daß er...«
»Du Schuft!« rief Clément und sprang auf ihn zu.
Der Mann holte aus, um Clément zu schlagen, doch Margot, die neben ihm stand, hängte sich an seine Schulter und biß ihn ins Handgelenk.
»Du Biest!« Der Mann schrie wütend auf und packte das Mädchen am Genick.
Mit einem Satz war Deburau zur Stelle, packte den überraschten Raufbold um die Taille und schleuderte ihn beiseite. Der Mann taumelte und suchte mit verglastem Blick, wer es gewagt hatte, Hand an ihn zu legen. Drohend ging er auf diesen schlanken jungen Mann zu, der ihm fest in die Augen schaute.
»Was fällt dir ein?« schrie er.
»Oh, das ist nicht der Rede wert«, lächelte Gaspard entschuldigend und schaute verlegen in die Runde. Dies geschah so unerwartet, daß alle in Lachen ausbrachen. Selbst der erboste Spieler musterte Gaspard fassungslos und winkte nur ab. Verkniffen zischte er:
»Hau ab, du – Zuhälter!«
Deburau verneigte sich.
»Nimm deinen Freund und verschwindet beide«, flüsterte Margot. Dabei drückte sie ihm fest die Hand, als wolle sie ihn nicht weglassen.
Gaspard nahm Clément am Arm und führte ihn aus dem Saal. Als der Pförtner draußen Clément den Überzieher reichte, waren nur noch Gitarrenklänge und fröhliches Lachen zu hören.
Die Nacht verblaßte. Ein trüber Morgen dämmerte herauf.
»Ich hoffe, du hast den Abend angenehm verbracht«, sagte Clément erschöpft.

»Gewiß, Clément. Aber dir haben sie alles Geld abgenommen.«
»Ungefähr fünftausend.«
»Du bist wahnsinnig«, rief Gaspard entsetzt. »Ich habe noch dein Geld...«
»Unsinn«, brummte Clément. »Was ich hab, hab ich. Wenn ich bankrott bin, ist Schluß.«
»Du willst doch weiterleben«, redete Gaspard ihm zu.
Clément fixierte ihn neugierig, als könne er von Gaspards Gesicht Kraft und Hilfe ablesen.
»Wenn du bankrott bist, lernst du vielleicht die Freude an Dingen kennen, die nichts kosten, Freude an allem Schönen auf dieser Welt.«
»Du – du weißt das?«
Er überlegte. Doch er spürte, wie aus seinem Gesicht die Überzeugung schwand. Nein, nicht einmal er selbst wußte, auf welchem Weg sein Ziel lag.
»Wir müssen beide noch lernen«, lächelte er.
»Ich werde daran denken«, entgegnete Clément, wandte sich um und ging mit unsicheren, schwankenden Schritten davon.

Eine außergewöhnliche schauspielerische Leistung

Gaspard brachte die zwei Banknoten nicht zu den Hugos, wie er beabsichtigt hatte; seit der Rückkehr von seiner letzten Reise über Land war der Vater nicht mehr ganz gesund geworden. Er kränkelte, und jeder Sou wurde benötigt. Trotzdem blieb er nicht untätig; er hatte bei den Komödianten einen guten Namen, und sie vertrauten ihm. Durch die Erwähnung seiner Verdienste um die Emigranten gewann er das Wohlwollen des Hofes und wurde ausersehen, bei Festlichkeiten auf den Champs-Élysées für Unterhaltung zu sorgen. Er zeigte sich versöhnlich und vermittelte auch den

Charignis Auftritte, als sie ohne Engagement waren. Sie wußten das zu schätzen und luden ihn zur Hochzeit ihres Sohnes Pepé ein. Doch als es Frühling wurde, bekam der Vater Fieberanfälle, seine Kräfte schwanden.

»Spannt mir ein Seil, Kinder«, bat er mit versagender Stimme, als Gaspard und die Schwestern um sein Bett standen, »aber ein recht langes, damit es bis zum Himmel reicht.«

Er hatte die melancholische Munterkeit des Komödianten, doch seine Leiden trug er mit der Tapferkeit des Soldaten. Die Kinder legten Geld zusammen für den Arzt, der glaubte, es handle sich um die Spanische Grippe. Er verschrieb Medikamente, wies ihn jedoch schließlich ins Krankenhaus ein.

»Haben Sie dafür Geld?« erkundigte er sich.

Gaspard bejahte.

Dorothée sah die Mutter an, die ihren lebendigen, freundlichen Gesichtsausdruck wieder verloren hatte und Hoffnungslosigkeit ausstrahlte.

»Kannst du veranlassen, daß Vater weggebracht wird? Ich habe nämlich Probe, und dann ...«

»Ist er noch immer verliebt?«

Dorothée nickte.

Im russischen Heer, das vor etlichen Jahren in Paris einmarschiert war, dienten viele Polen, unter ihnen der junge Oberst Graf Dobrowski. Er war nun mit einer Gesandtschaftsdelegation zurückgekehrt und besuchte an einem festlichen Abend den Zirkus Olympia. Die traumhaft schöne Blondine auf dem Rücken des temperamentvollen Rappen bezauberte ihn. Er besuchte die Vorstellung ein zweites und ein drittes Mal und machte dann der graziösen Kunstreiterin in der Garderobe seine Aufwartung. Dorothée war wohlerzogen. Sie lächelte, als der Graf seine Komplimente vorbrachte, lehnte es jedoch ab, mit ihm zu Abend zu essen, obwohl der Oberst nicht zu den weinseligen Gecken gehörte, die meinten, ganz Paris gehöre zur Kriegsbeute.

»Der Graf reist ab, weißt du?« erklärte sie Gaspard. »Ich möchte mich von ihm verabschieden. Er kehrt nach Polen zurück.«
Sie hatte feuchte Augen.
»Lauf nur zu, Dorothée, ich werde alles für Vater veranlassen.«
»Das Krankenhaus ist für einen Komödianten schlimmer als das Gefängnis«, protestierte der Vater mit heiserer Stimme. »Gaspard, du begehst eine Sünde!«
»Die Entscheidung hat der Arzt getroffen. Er hat es angeordnet. Und es wird dir bald besser gehen, du bist dort gut aufgehoben.«
Der Vater winkte ab.
»Also fahren wir, in Gottes Namen!«
»Wir kommen dich bald besuchen. Und in Kürze bist du wieder zu Hause.«
»Meinen Kopf würde ich darauf nicht verwetten.«
Als sie abfuhren, sah ihnen die Mutter traurig nach. Gaspard wurde es schwer ums Herz, als könne er die Mutter noch vor dem Vater verlieren.
»Auf Wiedersehen, Vater!« verabschiedete er sich am Tor des Krankenhauses.
»Alles was recht ist, du bist ein guter Sohn«, brummte der alte Deburau.
Gaspard lächelte ihm zu, als wolle er sagen: Das liegt doch an den Eltern. Und er lächelte, bis die Tragbahre im Treppenhaus verschwunden war. Erst dann gab er der Müdigkeit nach.
Ein wenig später klopfte er an die Tür in der Rue du Dragon.
»Sie sind das?« Mademoiselle Foucher war verwundert. »Weder Victor noch Eugène sind zu Hause.«
»Geht es Eugène besser?«
»Nicht nennenswert. Victor ist auf der Suche nach ärztlicher Betreuung.«
»Eugène hat mir einmal hundert Francs geliehen«, erklärte er im Brustton der Überzeugung. »Ich bitte um Verzeihung, daß ich das Geld nicht früher zurückzahlen konnte.«

Und er gab Adèle die Banknote.
»Danke«, sagte sie leise. »Wenn Sie vielleicht abends wiederkommen könnten ...«
»Das muß nicht sein«, lehnte er hastig ab. »Ich habe Vorstellung.«

Dorothée war einige Tage sehr traurig, auch wenn der galante Pole beteuert hatte, stets an sie zu denken. Ohne zu lächeln, ritt sie Abend für Abend durch die Manege und vergaß sogar, ihren Rappen zu streicheln. Um so glücklicher war ihr Lachen, als sie vom Pferd absprang und ihrem Geliebten direkt in die Arme fiel.
Seine Delegation hatte sich noch im Heerlager einige Kilometer außerhalb von Paris aufgehalten. Graf Dobrowski, ganz im Bann seiner schönen Erinnerungen, malte sich die anmutige Dorothée als Gutsherrin aus und machte kurz entschlossen kehrt, um sich die Braut zu holen.
Die einsame, vom Trübsinn befallene Mutter konnte nur mit Mühe die Freude ihrer Tochter teilen, als diese ihr ankündigte, sie würde Gräfin. Schwester Cathérine hingegen weinte vor Freude, und auch Gaspard war den Tränen nahe.
»Du gönnst es mir, nicht wahr?« fragte ihn Dorothée.
»Und ob«, versicherte er, »aber nicht du, sondern auch der Graf hat allen Anlaß, stolz zu sein!« Er lachte. »Wer hat ihn schon in Paris gekannt? Heute kennt jeder im Umkreis vom Temple seinen Namen, weil er Mademoiselle Deburau zur Frau nimmt.«
Der Oberst schüttelte auch Gaspard die Hand, ließ der Mutter ein üppiges Abendessen bringen, er selbst fuhr jedoch mit Dorothée ins Hotel. Viele Dinge waren noch zu erledigen, ehe sie früh am nächsten Morgen abreisten. Dorothée hatte nur darauf bestanden, daß Gaspard ihr noch über den Gesundheitszustand des Vaters berichten sollte.
Gaspard war während des ganzen Abends in rosiger Laune und bereitete sich auf seinen munteren Auftritt an der Friedhofsmauer vor. Als sich jedoch ungefähr in der Mitte des Stücks Kolombine

und Harlekin wie zwei Schmetterlinge umschwirrten, öffnete sich plötzlich die Saaltür, ein paar Leute stürzten von der Straße herein und riefen: »Der Kaiser ist tot! Napoleon ist gestorben!«
Die Schmetterlinge auf der Bühne ließen die Flügel hängen. Die Menschen verstummten und erhoben sich voller Trauer. Napoleon, diese Verkörperung von Ruhm, Revanche, Auflehnung gegen die Monarchie, war dahingegangen.
Trauer herrschte in allen Straßen. Da die Menschen Angst hatten zu reden, schritten sie stumm aus wie hinter einem Leichenwagen. Solche Trauerzüge durchquerten die Stadt zu Tausenden.
»Wir haben uns damit getröstet, daß er an uns denkt«, sagte Felix in der Garderobe. »Vielleicht war das gar nicht der Fall. Aber es hat uns geholfen.«
»Wer wird sein Nachfolger?« sekundierte Filibert. Hier fühlten sie sich sicher und fürchteten sich nicht, offen miteinander zu reden.
»Wer auf dem Thron sitzt, ist immer oben«, warf Deburau leise ein, wie er es von Studenten auf der Straße gehört hatte.
»Ich spreche nicht von der Thronfolge«, sagte Filibert unwirsch, »sondern vom Platz in unserem Herzen.«
Auch wenn Napoleon ihnen nie geholfen hatte, war sein Name im Laufe der Geschichte zum Ausdruck der Hoffnung geworden. Überall auf den Straßen erklangen wieder napoleonische Lieder, Polizei ließ sich jedoch nirgends blicken.
Nur die Republikaner äußerten sich fester und entschlossener, wenn sie den Kleingläubigen sagten:
»Ein Nachfolger? Eine neue Hoffnung? Das sind *wir!*«
Nahezu alle, denen Gaspard begegnete, hatten traurige Gesichter; nur selten fand er schadenfrohe Genugtuung.
Die allgemeine Stimmung erfaßte auch die Menschen, die in Napoleon kein Leitbild sahen, vielleicht deshalb, weil er nicht als Soldat gefallen war, sondern ohnmächtig als Gefangener sterben mußte.

Gaspard war gespannt, was sein Vater dazu sagen würde.
Auch im Krankenhaus herrschte Aufregung. Trotz der späten Stunde ging er ruhig durch die Pforte und stieg die Treppen zu einem langen, kalten Gang empor, den Gefängniskorridoren nicht unähnlich.
Eine alte Pflegerin kam gerade aus dem Saal. Auch ihr Blick war umflort.
»Wen suchen Sie?« fragte sie.
»Meinen Vater, Philipp Deburau!«
In ihrem Gesicht spiegelte sich Erstaunen, fast hätte sie zu lachen begonnen.
»Du hast dich aber beeilt, mein Junge!«
»Darf ich ihn besuchen?«
Die Pflegerin schlug die Hände zusammen.
»Aber der ist doch längst tot.«
»Das ist nicht möglich«, stammelte Gaspard. Er war wie betäubt.
»Wann ist das geschehen?«
»Heute morgen. Er ist schon in der Kapelle aufgebahrt.«
Und sie entfernte sich kopfschüttelnd, als sei es ihr unverständlich, warum man sie an einem so ernsten Tag mit Kleinigkeiten belästigte.
Der Vater tot? Schon seit dem Morgen? Da hatten sie gerade Dorothées Verlobung gefeiert.
»Bitte warten Sie!« rief er der Pflegerin nach und rannte hinter ihr her. »Hatte er Schmerzen?« erkundigte er sich flehentlich.
»Nicht im geringsten, er ist verlöscht wie ein Flämmchen«, beruhigte sie ihn. »Morgen wird er bestattet.«
Gaspard war ihr dankbar für den Trost.
Er verließ das Krankenhaus. Auf den Straßen waren in dieser Nacht nicht weniger Menschen unterwegs als sonst, nur Gaspard erschien auf einmal alles verändert. Er hatte keinen Vater mehr.
Er ging nach Hause.
Vor der Mutter blieb er stehen.

»Vater ist gestorben.« Sie erriet es aus seinem Blick, noch ehe er etwas gesagt hatte. Sie setzte sich, legte die Hände in den Schoß, die Augen blieben trocken. Sie weinte nach innen.
»Wir müssen das Dorothée mitteilen«, schluchzte Cathérine.
»Bleib nur zu Hause, ich sage es ihr morgen.«
In dieser Nacht fand er keinen Schlaf und machte sich zeitig auf in die Stadt, wo ihm die schwerste Aufgabe bevorstand. Er war aufgeregt und hätte sich mit seinem Kummer am liebsten irgendwo versteckt. Doch Dorothée wartete. Durfte er ihr sagen, daß der Vater gestorben ist, und sie ihr neues Leben mit einem schwarzen Tag beginnen lassen?
Rue du Montorgueil. Hôtel de la Bretagne. Wohnt hier Graf Dobrowski? Kann ich mit ihm sprechen? Ein Gang. Eine Tür.
Dorothée war zart besaitet, sie hatte das beste Herz von allen. Verdiente sie nicht ein wenig Glück?
Sie kam angelaufen, in einem grünen Hauskleid, mit ihrem goldblonden Haar sah sie wie eine Nixe aus.
»Wie geht es Papa? Sprich, Gaspard, so sprich schon!«
Zum Teufel, sag etwas, Gaspard! Merkst du denn nicht, daß du Dorothée mit deinem Schweigen erschreckst?
»Ist es schlimmer geworden? Du siehst so seltsam aus?«
Gaspards Gesicht verzog sich zu einem breiten Lächeln.
»Ich hab wenig geschlafen, Schwesterchen, das ist alles! Aber Vater geht es besser. Er freut sich schon auf zu Hause.«
»Du ahnst nicht, wie glücklich ich darüber bin! Ich hätte nicht wegfahren können, wenn es ihm schlechter gegangen wäre. Du mußt ihm sagen, daß ich nicht gern abgereist bin, aber anders kann ich nicht nach Polen kommen.«
»Vater sagte, du sollst ruhig abfahren. Nach der Geburt deines ersten Sohnes will er dich besuchen.«
»Du weinst ja!« rief sie erschrocken.
»Vor Glück, Dorothée. Wenn du einen Sohn hast, kommt Papa und bringt ihm das Seiltanzen bei.«

»Ich sag's dem Oberst«, lachte Dorothée. »Und weine nicht, wir werden uns doch wiedersehen. Ich komme bestimmt einmal nach Paris. Grüß alle, Étienne, Cathérine, François und Mama hundertmal . . . «
»Gewiß, Dorothée, ich richte es ihnen aus . . . «
»Und das gib Mama als Beihilfe – und das Papa – vom Grafen – sie sollen sparsam damit umgehen . . . «
Sie umarmten sich.
»Viel Glück, Schwesterchen! Hals- und Beinbruch!«
»Hals- und Beinbruch, Gaspard, auf der Bühne! Und dank dir für die gute Nachricht!«
Gaspard ging die Treppen hinunter. Er verließ das Hotel. Langsam wanderte er durch die Straßen. Tiefe Trauer überfiel ihn, die um so größer wurde, weil er sie nicht mit der Schwester geteilt, sondern für sich behalten hatte.
Doch zugleich erfüllte ihn höchste Befriedigung. Dorothée würde nicht verzweifelt abreisen. Er hatte ihr anstelle von Tränen Freude und Lachen mitgegeben. Und wenn sie es einmal erfährt, dort in der Ferne, wird es nicht mehr so weh tun.
Du vergibst mir, Vater, nicht wahr? Könntest du sprechen, hättest du mir das gleiche geraten.
Und Gaspard ging durch die Straßen, niedergeschlagen, einsam, doch seine Zufriedenheit machte ihn reich.

Abschied

»Monsieur Jean Baptiste Gaspard Deburau wird gebeten, sich unverzüglich in das Leichenschauhaus Morgue zum Zweck der Identifizierung einer Ertrunkenen zu begeben.«
Die Seine, dieser bleierne Fluß, zieht unter den Brücken dahin. Der Fluß schweigt. An seinem Ufer geht ein Mensch. Verrate mir, Fluß, wen hast du mir genommen?

Die Wasseroberfläche spiegelt Ungewißheit wider.
Viele Qualen können wir allein ertragen. Doch gibt es Augenblicke, da es gut ist, neben sich eine Freundesschulter zu spüren.
Gaspard verläßt das Ufer und macht sich auf die Suche.
Es ist noch früh, Clément wird sicher zu Hause sein.
Vor Sansons Haus steht ein Wagen, beladen mit Möbeln, die Gaspard kennt. Die Tür ist offen, und im Vorraum ertönt eine fremde Stimme.
»Ist das alles?«
»Sie haben ein Bild vergessen«, hört er Clément antworten.
»Das nehme ich selbst.«
Der Gerichtsvollzieher, das Bild unter dem Arm, kommt heraus. Exekutor!
»Auch ein Gläubiger?« fragt er, als er Gaspard erblickt.
Der schüttelt den Kopf. Er hört, wie die Wagenräder davonrattern. Dann traut er sich herein.
»Ich habe ihm die Guillotine angeboten«, sagt Clément lachend inmitten der leeren Wohnung, und auch sein Lachen ist leer. »Sie wollten sie nicht. Wenn du als Gläubiger kommst, wirst du tatsächlich bei mir nicht viel finden.«
»Ich habe dir einmal meine Hilfe geliehen. Heute komme ich, die Schuld anmahnen.«
»Ich hab so wenig«, Clément lächelte argwöhnisch.
»Mutter ist seit vielen Tagen nicht mehr nach Hause gekommen. Sie haben mich in die Morgue vorgeladen.«
»Was soll ich dabei?«
»Aber Clément«, Gaspard war gekränkt. »Willst du mich nicht begleiten?«
»Verzeih, Gaspard!«
Sie verlassen das Haus.
»Schließt du nicht ab?«
»Wozu? Sie haben nichts zurückgelassen.«
»Reich ein Gesuch um Unterstützung ein.«

»Ich werde etwas anderes unternehmen, aber das tut jetzt nichts zur Sache. Jetzt stehe ich ganz zu deiner Verfügung.«
»Weißt du«, versucht Gaspard ihm zu erklären, als sie zum Ufer zurückkehrten, »es ist ein schreckliches Gefühl, einem solchen Ziel entgegenzugehen. Alles ist möglich. Mutter hatte Vater wirklich sehr gern, und wir sind ihr alle weggelaufen. Sie hat ihre Heimat und auch uns verloren. Ich gehe von einem Begräbnis zum anderen. Das Leben wird von Tag zu Tag schwerer.«
Die Hand des Freundes auf der Schulter geleitet ihn bis zur Morgue.
Die Holztür mündet in einen schwarzen Vorraum. Ein alter Angestellter kommt ihnen entgegen. Er gibt die Tatsachen bekannt:
»Nach den polizeilichen Dossiers über vermißte Personen könnte die ertrunkene Person Ihre Mutter sein. Sie trug die Kleider, die Sie beschrieben haben... Sie befand sich jedoch schon sehr lange im Wasser«, fügt er mit einem mitleidigen Blick hinzu, als wolle er sich entschuldigen.
Vor der Tür zum Kühlraum trennt sich Gaspard von Clément und geht allein weiter.
Schwarze Fliesen. Kälte. Kälte.
Auf einem Brett liegt eine mit einem Leinentuch zugedeckte Gestalt. Der Alte enthüllt ihr Gesicht und sieht Gaspard fragend an. Ihm gerinnt das Blut in den Adern. Er sieht in eine amorphe Masse. Er weiß nicht, ob er diesem Anblick standhalten oder sich abwenden soll.
»Ist sie es?« fragt der Alte.
»Nein«, sagt Gaspard tonlos.
»Der Kleidung nach...«
»Nein«, wiederholt Gaspard, den Blick immer noch auf das schreckliche Gesicht geheftet.
»Sind Sie sicher?«
»Das ist sie nicht!«
Er möchte es herausschreien. Er wird es beschwören, vor wem

auch immer. Seine Mutter ist fröhlich, reinlich, immer lächelnd. Ihr hättet sie sehen sollen, wenn sie den roten, mit silbernen Perlen bestickten Rock anzog und den Gong schlug. Beginn der Vorstellung! Mutter hatte Augen wie zwei blaue Blüten mit einem Tautropfen. Auch als sie älter wurde, war sie immer lieb und herzensgut. Das war nicht seine Mutter.

»War sie es?« empfängt ihn Clément an der Tür.

»Zum Glück nicht«, antwortet Gaspard mit fester Stimme.

»Aber wohin mag sie gegangen sein?«

Wohin ist sie gegangen, Gaspard?

»Ich glaube«, sagt Gaspard weich, »Mama hat sich auf den Weg nach Hause gemacht. Wir alle laufen unseren Zielen nach, sie aber kam nicht mit, die Arme. Paris ist ihr fremd geblieben. Bestimmt ist sie unterwegs nach Böhmen. Wie gern hätte ich ihr geholfen. Aber sie wird ankommen. Sicher wird sie ankommen. Glaubst du nicht?«

Clément stimmt ihm mitfühlend zu.

Dorothée war in Polen. Étienne in Belgien – wer konnte garantieren, ob sich die Wege der Komödianten noch einmal kreuzen würden? François, der eigentlich nicht Gaspards Bruder war, hatte sich ihm entfremdet. Um in einer Welt leben zu können, die anderen gehörte, brauchte man alle Kräfte, und ein armer Kerl mußte egoistisch sein. Die schöne Cathérine heiratete aufs Land. Gaspard vereinsamte immer mehr und wurde immer unzufriedener, weil er spielen wollte und ihm das nicht vergönnt war.

Mehrmals wollte er sich auf den Weg zu den Hugos machen, um zu erfahren, wie es Eugène ging, doch er scheute sich, den Anschein zu erwecken, er wolle Schuld eintreiben. Die schlechte Nachricht erfuhr er jedoch durch eine schriftliche Mitteilung, die Victor oder seine junge Frau ins Theater Funambules geschickt hatten.

Nach mehreren, von Schreikrämpfen begleiteten Anfällen Eugènes habe der Arzt die unwiderrufliche Entscheidung getroffen, daß der

Kranke in eine Anstalt müsse, da er seiner Sinne und Handlungen nicht mehr mächtig sei. Er befände sich nun in St. Marcel, wo Besuche verboten sind.
Den wenigen Zeilen lag – als Aufmerksamkeit oder zum Dank – eine kleine Zeichnung bei, auf deren Rückseite stand: »Watteaus Skizze zum Porträt eines Schauspielers der italienischen Komödie, das im Besitz des Malers David ist.«
Die Visitenkarte und das Bildchen brachte man Gaspard vor der Vorstellung in die Garderobe. Nachdenklich betrachtete er sein eigenes Gesicht in dem Spiegelscherben auf dem Schminktisch, doch er sah weder seine Augen noch die Perücke über der Stirn.
Sehe ich nicht dieser Skizze ähnlich?
Er langte in den Topf mit weißer Schminke und verrieb sie. Er glich seine Gesichtszüge der Zeichnung an, ließ die Mundwinkel hängen und preßte die grellrot gemalten Lippen zusammen. Dann riß er die Augen weit auf. Und nun zeigte das Gesicht den Ausdruck, der sich durch kein Muskelspiel erzielen läßt, der von innen kommt, aus der Seele.
Warum ist ihm die Maske des Dieners Pierrot von allen die liebste? Ihn verlangt es nicht danach, den wohlhabenden, herrischen Cassandre zu spielen. Leander, der immer auf gleiche Weise Kolombine den Hof macht, ist zwar den Frauen im Publikum besonders sympathisch, doch sein Spiel bleibt dünn, einförmig. Alte Ärzte, Soldaten und Wirte haben so wenig mitzuteilen. Und er hat den Eindruck, daß er inzwischen vieles weiß, was er den anderen nicht vorenthalten sollte. Er möchte das Leben spielen. Ein Diener, mag er Pierrot oder anders heißen, kennt das Leben von allen Seiten. Er dient und ist arm; deshalb muß er erfinderisch sein. Er muß katzbuckeln und die Launen seines Herrn ertragen; deshalb packt ihn Wut, Schadenfreude, und er kämpft mit allen Mitteln. Aber er kennt auch die einfachen Freuden des Lebens, die Freude an einem Hauch von Freiheit, an Blumen und Wolken, die keinem Herrn ausgeliefert sind. Er ist voll Verlangen. Er sehnt sich nach

Frauen, die für ihn unerreichbar bleiben, und deshalb weiß er mehr über die Liebe als die Menschen, die sie besitzen, sofern sie sich darüber im klaren sind. Cassandre, Leander oder Harlekin sind schöne Figuren, aber sie gleichen den Menschen nicht. Der Diener Pierrot dagegen ist denen verwandt, die ihn anschauen kommen, die sich plagen, die Wut empfinden, die sich recht und schlecht durchschlagen, die mit der Not ringen, die bei jedem Schritt vom Leben lernen.

Auf den Bühnen des Komödiantenboulevards tauchten da und dort ein paar Pierrots auf. Sie waren närrisch, wollten die Leute um jeden Preis zum Lachen bringen, agierten plump und derb. So sieht Gaspard seine Figur nicht. Ein armer Kerl geht nicht so verschwenderisch mit sich um. Wer Erfahrung besitzt, kapselt sich mehr ab. Er läßt die Welt ihren Gang gehen, läßt sie sich drehen, beobachtet sie, und im richtigen Augenblick entschließt er sich schnell, greift großmütig oder berechnend ein, beschützt jemanden oder rächt sich.

»Spielst du oder spielst du nicht?« fragte Bertrand manchmal verärgert, wenn Gaspard in irgendeiner Pantomime als Pierrot aufgetreten war, was selten genug vorkam.

Gaspards Ruhe unterschied sich verblüffend von dem, was seine Vorgänger oder Monsieur Saqui im benachbarten Theater boten. Aufmerksamen Zuschauern entging das nicht, und auf dem Boulevard fiel zuweilen sogar die Bemerkung:

»Ich bin ruhig wie – wie Baptiste!«

Der Direktor hielt es für Mangel an schauspielerischem Können, und Pierrot durfte nicht auf größere Rollen hoffen.

Doch Gaspard fand diesen Weg für sich am besten.

Wieder machte er sich über das kleine Porträt von Watteau Gedanken. Was fehlt mir noch, um die anderen zu überzeugen? Worin bin ich zu wenig beredt? Worin irre ich?

Er suchte vor dem Spiegel den passendsten Ausdruck.

»Deburau!« riefen sie von der Bühne.

Pierrots Maske verschwand, und der alte Griesgram mit dunkelroten Lippen und krauser Perücke eilte auf die Bühne.
Eines Tages verbreitete sich die Nachricht, daß vier Sergeanten aus der Festung La Rochelle, die dem König den Gehorsam verweigert hatten, hingerichtet würden.
Gaspard machte sich auf den Weg zu Clément und traf ihn vor gepackten Koffern an. Er wirkte nicht niedergeschlagen, wie Gaspard erwartet hatte, im Gegenteil, auf seinem Gesicht lag ein strahlend heiterer, befreiter Ausdruck.
»Das ist schön von dir, daß du gekommen bist, Gaspard«, begrüßte er ihn. »Du ersparst mir einen Weg.«
Er deutete auf ein großes Dokument, das auf dem Fensterbrett lag.
»... Gesuch stattgegeben und entbinden Clément Sanson ...« las Deburau.
»Sie haben es bewilligt?« freute er sich. »Was wirst du jetzt machen?«
»Ich fahre weg. Sie haben mir eine kleine Abfindung gegeben. Ich werde irgendwo ein Stück Acker pachten, wo mich niemand kennt. Und ich werde säen, pflügen, ernten. Du hast mir einen guten Rat gegeben: Ich fange neu an.«
»Das wird dir allein besser gelingen«, entfuhr es Gaspard. »Werden wir uns irgendwann wiedersehen?«
»Ich denke, das wird nicht möglich sein«, erwiderte Clément wie erwartet. »Für mich führt kein Weg zurück. Verstehst du das?«
»Wie sollte ich nicht? Wie sollte ich dir nicht ein besseres Leben wünschen? Dann nehmen wir also Abschied!«
Sie umarmten sich. Ein letzter Blick in vertrauensvolle Augen.
Die leere Straße. Adieu Clément! Ich eile zum Rendezvous mit der Einsamkeit.
Nach Ende der Vorstellung wartete Deburau über eine Stunde, ob der Freund ihn nicht abholen würde.
Doch er wartete vergebens.

Ein teuer erkaufter Erfolg

Gaspard Deburau war am Ende seiner Kräfte. Er hatte einen harten Schädel, er war widerstandsfähig und tapfer; doch er hatte zu viele Schläge eingesteckt, und es gab nichts, woran er sich klammern konnte. Die Welt war feindlich, Gaspard hatte den Glauben an die Gerechtigkeit verloren. Auf Schritt und Tritt sah er die Willkür der Mächtigen und die Erbärmlichkeit der Unterdrückten, die Schwachen, Gebrochenen.

Man kann lange kämpfen. Aber etwas muß da sein, das man lieben kann. Man braucht irgendein Wesen, dem man Gefühle entgegenbringen kann und von dem man weiß, daß es zumindest eine gute Eigenschaft hat, nämlich die, uns zu lieben. So ein Wesen gab es für Gaspard nicht mehr.

Felix Charigni, der Harlekin des Funambules, ist krank. Er liegt in der Garderobe, Kompressen auf dem Magen und stöhnt.

»Zum Teufel! Habt ihr das gehört? Frédéric spielt den Hamlet. Frédéric spielt Shakespeare, und ich bin hiergeblieben und liege da wie ein verprügelter Hund.«

Die Direktoren Bertrand und Fabien beugen sich über ihn.

»Schon gut. Aber was wird abends sein? Reiß dich zusammen! Wegen ein bißchen Schmerzen werden wir doch nicht das Theater schließen.«

»Wegen ein bißchen Schmerzen?« jammert Felix. »Ich habe eine Klapperschlange oder einen Hummer im Bauch!«

»Der Arzt sagt, du kannst spielen.«

»Ein Dummkopf! Glaubt ihr, ich würde hier liegen wie ein Stück Holz, wenn ich die Leute schon die Treppen herauftrampeln höre?« Er versucht aufzustehen. »Ich kann nicht, ich kann nicht! Ich verbrenne! Holt eine Droschke! Bringt mich ins Krankenhaus!«

»Aber die Vorstellung!« schreit Bertrand. »Was sollen wir machen?«
»Ihr müßt umbesetzen.«
»Und wer soll den Harlekin spielen?«
Felix nennt einen Schauspieler nach dem anderen, doch er muß selbst den Kopf schütteln. Nein, der hat Beine wie aus Marmor. Der taugt als Grabstein, aber nicht als Harlekin. Der kann sein Gesicht nicht verziehen. Der fürchtet sich, zurückzuschlagen.
»Ich weiß schon.« Er atmet erleichtert auf, nachdem er fast das ganze Ensemble aufgezählt hat. »Ruft Deburau!«
»Deburau – als Harlekin?« Bertrand greift sich an den Kopf. »Er hat ihn noch nie gespielt. Du hast den Hummer im Hirn und nicht im Bauch.«
»Ruft ihn und beeilt euch, sonst laufen euch die Leute davon!«
Gaspard erscheint erschrocken, glaubt, er habe etwas angestellt. Hoffentlich gibt es nur eine Strafe. Oder wollen sie ihn gleich hinauswerfen?
»Gaspard«, sagt Felix und reibt sich den Magen. »Da hast du meine Perücke und mein Kostüm. Du wirst den Harlekin spielen. Ich glaube, meine letzte Stunde hat geschlagen.«
Ein schlechter Scherz, denkt Gaspard. Außer einigen flüchtigen Blicken hat er von Felix bisher nichts erfahren außer Schimpfworten, Vorwürfen und Wutausbrüchen.
»Hast du gehört?« brüllt Direktor Bertrand.
Gaspard fängt mit einem Griff die bunten Fetzen und die Perücke auf. Mit zwei Schritten ist er aus dem Zimmer. Er rennt durch den Gang, wirft sich auf die Bank und reißt sich das Hemd herunter.
Die Schauspieler, die sich im gleichen Raum befinden, schauen ihn an, als sei er nicht bei Sinnen.
»Hast du den Verstand verloren?«
»Ich spiele den Harlekin«, stottert Gaspard wie im Fieber.
»Wird es zwei Harlekins geben?« lachen sie.
»Felix ist krank.«

Die Schauspieler kichern, doch Bertrand stürzt herein und ruft Gaspard zu: »Schnell! Schnell!«
Gaspard hat bereits die Perücke auf, das Herz schlägt ihm unter dem bunten Kostüm wie die größte Glocke von Notre Dame, nur hundertmal schneller, ein Wunder, daß ihm die Brust nicht zerspringt.
»Felix hat ihn ausgesucht. Haltet den Mund!« schreit der Direktor nervös. »Deburau, lauf schnell zu Felix, er will noch mit dir reden.«
Deburau eilt mit der hämmernden Glocke in der Brust zu Felix.
»Diese Schmerzen!« Felix windet sich. »Bist du fertig?«
»Ich muß mich nur umschminken!«
»Nimm meine Paste! Inzwischen sag ich dir... Du hast mich immer genau beobachtet, nicht wahr?«
»Ja«, Deburau holt tief Luft. »Ich sehe Ihnen jeden Abend von Anfang bis Ende zu.«
»Das weiß ich. Deshalb habe ich dich ausgesucht. Du hast Freude am Spielen. Kennst du jede meiner Bewegungen?«
»Ich kenne sie genau.«
Felix ist beruhigt und sagt dann mit ernster Stimme:
»Ich bin ein ehrlicher Komödiant. Ich hätte irgendeinen Tolpatsch aussuchen können, um zu beweisen, daß Bertrand ohne mich nicht spielen kann. Aber mir ist das Theater wichtiger. Deshalb habe ich dich genommen.«
»Ach«, entfährt es Deburau wie ein Aufschrei.
»Ach oder weh, das bleibt sich gleich. Sobald du auf der Bühne bist, mußt du dir sagen: Der alte Felix weiß, wie gefährlich es ist, wenn ein anderer die Chance hat zu zeigen, daß er das gleiche zustande bringt wie er. Aber er glaubt an mein Talent und weiß, daß ich es verdiene. Sag laut: Felix glaubt an mein Talent!«
»Felix glaubt an mein Talent.«
»Wiederhol das, sobald du vor die Leute trittst!«
»Herzlichen Dank...«

»Scher dich zum Teufel!« flucht Felix. »Wo ist die Kutsche? Dieser Satan Bertrand wartet, bis ich verrecke, damit er sich die Droschke sparen kann, was?«
»Die Droschke ist da«, meldet der Pförtner.
»Ich helfe Ihnen, Monsieur«, bietet sich Gaspard an.
»Raus auf die Bühne!« schreit Felix.
Der Pförtner, der Direktor und die alte Platzanweiserin helfen ihm durch die Tür. Noch einmal dreht der Komödiant sich um: »Damit ich's nicht vergesse!« Und er spuckt aus der Entfernung Gaspard über die Schulter. »Das wirst du mir bezahlen, Aglaia!« Das war die gängige Redensart unter den Schauspielern vom Boulevard du Temple.
Gaspard pudert sich das Gesicht.
Er hat Angst. Seine Eingeweide verkrampfen sich. Also nicht der Pierrot, der Harlekin ist dein Schicksal, denkt er. Aber weißt du, wie wichtig dieser Schritt ist? Du lieber Himmel! Ich, Gaspard Deburau, spiele heute den Harlekin, den Fréderic und Felix gespielt haben!
Aber es ist keine Zeit mehr, weder für Angst noch für Stolz.
Bertrand kommt zurück. »Wir fangen an! Auf die Bühne!«
Gaspard spuckt auf sein Spiegelbild: »Das wirst du mir bezahlen, Aglaia!«

Das Rampenlicht empfängt ihn. Hinter der Bühne läßt Gaspard das Lampenfieber zurück. Die Szene betritt Harlekin. Wie sollte er die Rolle nicht kennen? Hundertmal hat er sie gesehen, hundertmal sie im Geist wiederholt.
Einige verwegene Sprünge hinter der entfliehenden Kolombine. Schon ist er bei ihr und umkreist sie mit wiegenden Schritten. Er fängt die zugeworfene Rose auf. Er will sie umarmen. Doch Achtung, der Rivale erscheint. Verstecken wir uns!
Gaspard ist vom Spielen berauscht. Nur in kurzen Augenblicken leuchtet in seinem Inneren das Fragezeichen auf: Ist es nicht voll-

kommen falsch? Irrst du dich nicht? Doch der Anflug von Unsicherheit verliert sich, und Gaspard hat wieder Felix vor Augen, der ihm vertraut – und der ihn führt, ja, er verfolgt jeden Schritt, jede Geste, jeden Gesichtsausdruck.

Die Aufregung hinter den Kulissen legt sich. Man kann sich setzen und aufatmen.

»Ganz der Felix«, flüstert Fabien begeistert Bertrand zu.

Gaspard segelt auf den Flügeln des Stolzes. Für ihn, der immer im Hintergrund stand, ist das ein schwindelerregendes Gefühl, zu wissen, daß alles um ihn herum seinetwegen spielt, daß er im Mittelpunkt des Bühnengeschehens steht, daß alle Lichter blinken, damit sein Sieg zu sehen ist; und das Wichtigste: Sein geliebtes Publikum, um das er Felix so beneidete, hat nun die Augen auf ihn gerichtet, lacht mit ihm, hat Freude daran, wenn es ihm gelingt, Kolombine einen Kuß zu stehlen, und es schaut finster, wenn er in Gefahr ist.

Nie zuvor ist eine Vorstellung so schnell über die Bühne gegangen.

Er kann es nicht fassen, daß schon Schluß ist. Vorhang auf! – will er rufen, es wird weitergespielt! Doch der Vorhang fliegt von allein hoch, da die Leute begeistert klatschen. Alles ist wie sonst, die Primadonna verneigt sich kokett und wirft Kußhändchen in die geschmeichelten Logen, die übrigen danken auf gewohnte Weise – nur Gaspard steht da und starrt mit verglasten Augen in den Zuschauerraum.

Jemand versetzt ihm einen Stoß, und plötzlich steht er allein mit Kolombine vor dem Vorhang. Die Leute lachen und hören nicht auf zu applaudieren. Sie rufen etwas. In der Proszeniumsloge sitzt eine schöne Frau. Gaspard sieht jedoch nicht ihr Gesicht. Er sieht nur kleine, weiße Hände, die klatschen ... Wie hatte er nach diesem Anblick gehungert!

Wohin er schaut, sieht er überall leuchtende, auf ihn gerichtete Augen. Und viele Hände strecken sich ihm entgegen und hören nicht auf, Beifall zu klatschen. Was rufen die dort hinten? »Bravo,

bravo ...« Danke, danke, jede Hand möchte er dankbar küssen. Der Ruhm breitet sich gnädig über ihn, der lange verweigerte und ersehnte Ruhm und bringt Erfolg, Leben, endlich Leben! Deutlich hört er nun: »Bravo, bravo ... Felix, bravo, Felix!«
Armer Gaspard! Sie halten dich für Felix. Wie sollst du ihnen sagen, daß du es bist, Deburau?
Er dankt noch. Heute hat er Felix gespielt. Hat seine Leistung kopiert. Er hat so gut gespielt, daß die Leute die Umbesetzung nicht einmal bemerkt haben.
Noch einige letzte Schreie.
»Mach schon! Du wirst dich doch hier nicht bis zum Morgen verbeugen!« ruft ihm der Beleuchter zu.
Beschämt läuft er von der Bühne. Was weißt denn du, du Niemand, wie einem zumute ist, wenn man Schauspielerruhm schmeckt! Hast du dich schon jemals vor dem Parterre und den Logen als Harlekin verbeugt? Darauf habe ich zwanzig Jahre gewartet, mein Lieber! Ich müßte dir das erklären, dann würden dir die Augen aufgehen.
Euch allen müßte ich erklären, was das für zwanzig Jahre waren – denkt Gaspard in der Garderobe. Niemand sagt ihm etwas, alle sind wie üblich in Eile und reden noch weniger als sonst. Gut, sagt Gaspard die Erfahrung, dir hat der Ruhm gehört, weil sich hier bereits sein treuer Begleiter zeigt, der Neid.
Direktor Bertrand kommt.
»Da hast du ein Stück Seife«, sagt er und legt es an den Rand des Waschbeckens.
Gaspard hüpft das Herz vor Freude. Das hatte der Direktor bisher noch keinem gebracht. Ja, heute hat er es sich erkämpft, daß man ihn zur Kenntnis nimmt.
»Danke, Monsieur Bertrand.«
Als er die Seife ergreifen will, drückt ihm der Direktor noch ein paar Münzen in die Hand.
»Du hast Glück gehabt«, sagt er. »Du warst von Felix nicht zu unterscheiden. Mach dir einen feuchtfröhlichen Abend!«

Gaspard beeilt sich auch, um rasch fertig zu sein. Er muß durch die Straßen laufen. Zwanzig Jahre ist er den Weg der Fußtritte und Schläge gegangen, hat Fetzen gegen Fetzen vertauscht, Trauer gegen Trauer. Heute geht er durch Paris als Harlekin, dem abends das ganze Funambules zugejubelt hat.

Gern hätte er die Kollegen gebeten, ihm zu verzeihen, ihnen gesagt, daß er sich ein wenig Erfolg ehrlich verdient habe; aber die Menschen sind einander gewöhnlich zu fremd, um sich selbstverständliche, aufrichtige Dinge zu sagen.

Die warme, dunkle Sommernacht umfängt ihn. Nach dem muffigen Geruch der ungesunden Garderoben ist es hier draußen erquikkend wie Quellwasser. Akazienduft weht ihm ins Gesicht.

»Es war schön, Monsieur Deburau, glauben Sie mir«, hört er hinter sich eine Stimme. Es ist die junge Logenschließerin. »Und ich habe schon viel gesehen. Sie haben genausogut gespielt wie Monsieur Felix.«

Gaspard hätte sie am liebsten umarmt und geküßt.

»Ach ja«, sagt er nur, »gute Nacht!«

In der Hosentasche klingeln die Francs vom Direktor. Vorwärts! Heute gehört uns der ganze Boulevard. Von wem lassen wir uns einschenken?

Eine Frau und ein Mann gehen vorbei. Waren Sie es nicht, die mir vor einer Weile applaudiert haben? Sie müssen es noch wissen. Ich war heute der tapfere Harlekin, erkennen Sie mich nicht?

Dann sieht er plötzlich Direktor Bertrand aus dem Hinterausgang kommen.

Er bleibt stehen, weil ihm der Pförtner nachläuft, der Felix ins Krankenhaus gebracht hat. Er muß gute Nachrichten haben, denn der Direktor beginnt zu lächeln.

»Hörst du?« ruft er Gaspard zu. »Die Sorgen sind wir los! Felix wird morgen spielen!«

»Er ist schon – schon wieder gesund?« stottert Gaspard. Etwas in ihm sträubt sich, weiterzudenken.

»Sag ich doch. Sie haben ihm wohl einen Löffel Öl gegeben – und bald darauf waren die Schmerzen vorbei. Morgen ist wieder alles in Ordnung.«

Er tippt mit dem Stock an seinen Hut und geht.

Der Pförtner verschwindet im Theater.

Gaspard steht wie erstarrt da und schaut der schwankenden Silhouette Bertrands nach.

Dann läuft er ihm mit ein paar schnellen Schritten nach.

»Herr Direktor!«

Der Stock stützt sich auf den Gehsteig.

»Herr Direktor«, Gaspard bleibt neben ihm stehen. »Das bedeutet – meinen Sie –, daß Felix den Harlekin weiterspielen wird?«

»Auf Teufel komm raus!«

»Aber – für immer?«

»Das hoffe ich stark. Wer sonst sollte ihn spielen?« Und dabei sieht er Gaspard forschend an.

»Ich dachte, daß – vielleicht – manchmal ...«

»Willst etwa du ihn spielen? Meinst du, Felix würde das hinnehmen? Nicht ein einziges Mal!«

Gaspard sinkt tiefer und tiefer.

»Ich will ihm nichts wegnehmen. Ich dachte nur – vielleicht später – oder falls er wieder krank würde ...«

»Wir werden in der Garderobe Öl bereitstellen. Du hast die Leute gehört! Ich habe großes Interesse daran, daß Felix täglich auf der Bühne steht.«

»Sie haben mir die Seife gebracht ... mir schien, als ob ich – vielleicht auch etwas anderes kann!« bettelt er wie ein Kind.

»Mach du nur ruhig das, was du kannst!«

Gaspard findet keine Worte mehr für weitere Bitten. Nur seine hängenden Schultern sind beredt. Bertrand bemerkt das.

»Grämt dich das? Unsinn! Du darfst nicht übertreiben. Wenn du jemanden nachmachen kannst, bedeutet das noch längst nicht, daß du auch ein Schauspieler bist.«

Er klopft ihm mit dem Stock auf die Schulter.
»Geh nur ruhig etwas trinken – und sei froh, daß Felix so schnell wieder gesund geworden ist. Diese Verrücktheit schlag dir aus dem Kopf!«
Und wieder tippt er mit dem Stock an seinen Hut.
Deburau bleibt allein vor der geschlossenen Theaterpforte zurück. Jedes einzelne Wort des Direktors fiel wie ein Stein in ein offenes Grab. Doch in dem Grab lag kein Toter. Ein lebendiger Mensch liegt dort. Und jeder Stein sagt ihm: Ende. Nach oben kommst du nicht. Ende. Die Welt braucht dich nicht.

»Zum Weißen Bären«

Völlig anders, als Deburau es sich vorgestellt hatte, ging er den Boulevard entlang. Hohl klangen alle Geräusche um ihn herum, Lichter tauchten aus der Dunkelheit auf und fielen wieder in sie zurück – und er ging, als schiebe ihn jemand – mit langsamen, schweren Schritten. Er bog unvermittelt um Ecken, lief ziellos weiter. Und die Nacht führte ihn wie absichtlich durch enge Gäßchen, vorbei an baufälligen Häusern, wo aus niedrigen schwarzen Gängen das Elend herauswehte. Er stolperte über Steine, bisweilen klirrte unter dem Fuß ein Stück Blech. Auf den Dächern knatterten Windfähnchen in die Stille hinein. Eine Frau sprach ihn an, doch war es, als hätte sie einen Schatten angesprochen.
Wie hatte sich das alles abgespielt? Es war eine Verstrickung aus einer Komödie – und er hatte sie nicht durchschaut! Sie hatten ihn mit Harlekin überlistet. Er durfte kennenlernen, wonach er sich seit vielen Jahren verzehrte. Sie hatten ihm ein belegtes Brot gereicht – und als der arme, hungrige Teufel hineinbeißen wollte, rissen sie ihm den Bissen vom Mund. Solange er nicht wußte, wie berauschend der Erfolg auf der Bühne ist, quälte ihn nur die Ungewißheit. Jetzt aber war es weit schlimmer. Und wie würde es morgen sein?

Morgen ... Er kommt ins Theater. Felix lobt ihn, weil er der Aufführung nicht geschadet hat. Vielleicht macht der Direktor abfällige Bemerkungen über den vermessenen Hanswurst aus dem Zigeunerland, und Felix lacht ihn auch noch aus. Und wieder die rote Nase und die struppige Perücke – und während Harlekin mit Kolombine dahinschwebt, wird er ein paar Sekunden lang auf der Bühne den Tölpel mimen. Abend für Abend! Dann erscheint er zur Abwechslung als brutaler Soldat und wieder als Trunkenbold, und ewig die rote Nase und ewig der Letzte der Letzten, und die Leute werden nie erfahren, daß er ihnen viel mehr und viel Besseres bieten könnte.

Er begann über sich zu lachen, über alles, was ihm im Leben widerfahren war. Irgendwo tief im Hinterkopf, unter einer hermetisch verschlossenen Bleiplatte, rasten seine Gedanken wild hin und her, Schmetterlinge, deren Flügel geknickt waren und die bald zu Boden fallen würden. Und über diesem drückenden Bleikäfig flatterten da und dort Gefühle und Lachen auf.

Lange irrte Gaspard so ziellos umher. Dann und wann bemerkte er, daß er an den Ausgangspunkt zurückgekehrt war oder an den gleichen Häusern vorbeiging. Er stolperte über dieselben Steine. Er erkannte dieselben kleinen Läden wieder.

Nein, er ist nicht mehr so tapfer wie früher. Wieder ausgepfiffen werden? Wieder Demütigungen ohne Ende ertragen?

Feigling, riefen ihm die gelben Fenster der Kneipe zu. Couplets und Gelächter drangen durch die trüben Fensterscheiben. Er sah sich um. Rue des Ours. Das war nicht weit vom Theater entfernt. So war er ständig im Kreis herumgelaufen. Die Kneipe »Zum Weißen Bären«.

Er drückte die Klinke herunter, die andere Hand griff nach den Francs in der Tasche, die er heute als falscher Harlekin verdient hatte. Als Kopie Harlekins.

Es war eine kleine Wirtschaft mit kahlen Wänden und gestampftem Lehmboden. Dennoch wirkte sie behaglich. Sie war vollbesetzt, die

Menschen in dichte Rauchwolken gehüllt. Die Leute, die Deburau dort vorfand, waren aber keine Vagabunden und Würfelspieler, wie er erwartet hatte. Am Nebentisch saßen Fechtlehrer, ihre Rapiere hatten sie unter dem Tisch über Kreuz zusammengelegt. Auf der anderen Seite debattierten etwa zehn junge Männer über ein literarisches Problem, alle hielten Bücher in der Hand und bekräftigten ihre Meinung durch rasch herausgesuchte Zitate. Und ganz hinten, in der Nähe des Schanktisches, stritt sich Fancioulle, der bekannte Vaudevillespieler dieses Viertels, mit seiner Frau. Auch einige junge Frauen saßen da, vermutlich Freundinnen der Studenten, die sich mit Kirschlikör stärkten.

Die Besonderheit dieser Wirtschaft waren maskierte Kellnerinnen. Als eine mit blauer Gesichtsmaske an Gaspards Tisch stehenblieb, versetzt ihn das in Aufregung. Eine Erinnerung an das verlorene Spiel? Oder das Geheimnis seiner Zukunft? Er verfolgte jeden Schritt der Dunkelhaarigen, und als sie mit einer Flasche Wein zurückkam, sah er ihr scheu und begehrlich in die Augen, als wolle er sein Schicksal herauslesen. Halb zugekniffen lachten sie ihn an. Ein gutes Omen?

Streitende Stimmen drangen bis zu ihm.

»Das Gas ist daran schuld! Das Gas!«

»Unsinn! Es ist das Durcheinander in den Theatern!«

»Ein Brand nach dem anderen! Das gab es zu Zeiten der Öllampen nicht!«

Es waren Theaterbesucher, die sich über die neue Beleuchtung der Pariser Theater ereiferten, einerseits eine Attraktion, andererseits aber eine ständige Gefahr. Jede Woche brannte es irgendwo.

Einer der Fechtmeister mischte sich in das Gespräch, mit tiefer, ernster Stimme wie ein biblischer Prophet:

»Meine jungen Freunde, es gibt noch andere Feuer, die wir im Theater erleben.«

»Was meinen Sie damit?«

»Die Feuer der Seele.«

Nur zwei Mädchen lachten. Die anderen musterten ihn aufmerksam. Das Mädchen in der Maske trat heran und fragte mit neugierigem Blick auf den einsamen Gast:
»Noch eine Flasche?«
»Sicher.« Gaspard klimperte mit den restlichen Francs, ein Geschenk der Zuschauer zum Dank dafür, daß er in ihnen ein kleines, kaltes Flämmchen entfacht hatte. Zwei Flaschen Wein aus Arbois, das genügte für einen Abend in der Rolle des Harlekin. Eigentlich war es sogar reichlich, Gaspard hätte es sich gern etwas kosten lassen, um spielen zu dürfen.
Sein Gesicht war unruhig, seine Miene verschlossen. Bisweilen überkam ihn die Lust zu lachen. Er flüsterte sinnlose Worte vor sich hin.
»Sie haben recht, Meister«, wandte sich ein kleiner, grauhaariger Mann mit warmer Stimme an den Fechtlehrer. »Wenn ich mich hundeelend fühle, gehe ich ins Theater. Und ich verlasse es als anderer Mensch.«
»Das Theater ist eine weltliche Kirche, in der sich die menschliche Seele dem Wahren und Schönen zuwendet«, bestätigte der Fechtmeister.
Fancioulle fand, er habe lange genug geschwiegen. Er nahm die Gitarre zur Hand und strich über die Saiten.
»Du weißt, was du singen sollst?« rief ihm jemand zu.
Er nickte und lächelte melancholisch.
Die Gitarre stimmte eine Melodie an. Eine alte, brüchige Stimme fiel ein:
»Der Fährmann ruft: Sankt Helena!
Dort ist die Stätte seiner Leiden!«
Gaspard versank immer mehr in seiner Traurigkeit. Er sah der dunkelhaarigen Kellnerin nicht mehr in die Augen. Die Zukunft versank in schmutzigem Rauch, schmutzig wie das Wasser der Seine. Er schüttelte sich bei dieser Vorstellung. Nein, es war nicht die Seine. Es war das Meer – und ein Boot segelte dahin.

»Schau, Schiffer! Was siehst du am Ufer dort?
Es flattert die schwarze Fahne!
Düstere Schatten ziehn drohend herauf.
Ist der Kaiser auch tot, sein Ruhm bleibt bestehn!
Selbst Feinde wird man heut weinen sehn!«

Der alte Fechter nickte: »Der Ruhm ist eine heikle Sache, nicht jeder ist dafür geschaffen. Auch Talma wird gehen, sein Ruhm verlöschen.«
»Doch wieviel Glück hat er geschenkt«, warf ein anderer ein und hob sein Glas. »Auf seine Gesundheit! Dank für alles, was er uns geschenkt hat!«
Alle standen auf und hoben die Gläser.
»Für seinen Richard!« sagte der Grauhaarige.
»Für seinen Hamlet!« erinnerte ein anderer, und alle leerten ihr Glas.
»Trinken Sie mit uns, Monsieur!« wandte sich ein Student fast drohend an Gaspard. »Oder lieben Sie unsere Schauspieler etwa nicht?«
Gaspard erhob sich. Ein Gedanke durchzuckte sein Hirn: Talmas Kunst als Pantomime darstellen! Aber welcher Weg führte dahin, und wo hatte er sich verirrt?
»Für seinen Othello!« sagte ein Student, und wieder hoben alle ihre Gläser. Gaspard leerte das letzte Glas, die Augen brannten ihm.
Im Rauch stiegen ständig neue Namen auf, jeder von ihnen bedeutete ein großes, schönes Geschenk, während Gaspards Wein bereits bitter schmeckte, denn er sah die Leere und Vergeblichkeit seines ganzen Lebens vor sich – ihm war es nicht vergönnt, den Menschen jemals etwas zu schenken.
»Für seinen Cid!« riefen die Leute, erhoben sich wieder und tranken abermals auf den großen Schauspieler.
Über Gaspards Weg wehte eine schwarze Fahne.
»Für Harlekin!« rief er plötzlich mit trotziger, gehässiger Stimme.

Alle wandten sich ihm zu.
Doch er sah nichts mehr, leerte noch sein Glas, legte eine Handvoll Münzen auf den Tisch und schwankte zur Tür.
Die Leute an den Tischen lachten nicht. Ihre Blicke waren teilnehmend; vielleicht hätten sie gern geholfen. Doch Gaspard lehnte sich schwer gegen die Tür und verschwand.
Die Kellnerin mit der blauen Maske machte hinter ihm die Tür zu.
»Er hat zu viel getrunken«, sagte der Fechtmeister ernst. »Vielleicht ist ihm etwas Trauriges widerfahren.«

Selbstmord

Gaspard zieht wiederum durch Straßen und Gassen, noch zielloser, noch unsicherer als zuvor. Neben ihm geht ein zweiter Betrunkener; der im Hemd mit der roten Nase aus dem Funambules, der ewige Saufbold aller Harlekinaden. Eine Figur, die den Menschen weder Wärme noch Licht und nicht einmal ein Lachen schenkt und die nur als Zielscheibe für Fußtritte dient. So gehen sie nebeneinander. Der eine – erloschen, niedergeschmettert. Nie wird aus mir etwas werden, weder Arbeit noch Glück sind mir bestimmt, keinem nütze ich, keiner denkt an mich, keinem mache ich Freude, keinem gebe ich etwas. Und der zweite – dreist und zudringlich. Ewig, sagt er, ewig wirst du mir gehören.
Wehre dich, sammle Mut! Aber wozu? Wenn du etwas vor dir hast, wofür du kämpfen kannst, gut. Aber wenn sie dir von vornherein jedes Ziel genommen haben?
Hinter den Fenstern, an denen er vorbeigeht, leben Menschen. Sie ruhen schlafend aus. Ehepaare, Liebespaare, Familien, Seite an Seite. Andere sind vielleicht allein, doch wenn sie morgens aufstehen, begegnen sie bekannten Gesichtern. Sie haben Eltern, Kinder. Nur er, selbst wenn er die ganze Welt absuchte, fände niemanden.

Was tun? Weißt du immer noch nicht, was dir das Leben souffliert, du miserabler Schauspieler?
Er begreift nicht. Er will nicht. Er sträubt sich, zu begreifen.
Doch als er um die Ecke biegt, springt ihm ein Kerl entgegen. Ein betrunkener, häßlicher, magerer Kerl, die Augen erloschen nach vergeblichem Bitten, den Mund verzerrt. Jetzt stehen sie einander gegenüber. Von der entfernt stehenden Laterne fällt nur ein schwacher Lichtschein hierher. Aber dennoch erkennen sie einander. Die hohe, eigenwillige Stirn, das schlecht gekämmte Haar, die spitz hervortretenden Backenknochen, der traurige Mund. Das bist du, sagt Deburau. Und der Mann ihm gegenüber sagt es ihm, der Mann im Spiegel des Eckladens, ein von einem Stein oder Stock geborstener Spiegel. Aber Gaspard sieht gut. Das bist du. Was willst du? Aus den Augen des Gegners im Spiegel schwindet der Gram, sie füllen sich mit Haß. Ja, ich hasse dich! Dein schmales Gesicht, deine verräterischen Augen, deine erschlaffte, einfältige Miene. Wie konntest du dich an die Rolle des Harlekin wagen, der selbstbewußt das Leben meistert? Du bist der Possenreißer Pierrot, und du hast ihn verraten. Jeder Verrat rächt sich. Wem liegt etwas daran, wem liegt an deinem Gesicht, Gaspard, du Dummkopf, du Pierrot, du Schießbudenfigur?
Er betrachtet sich lange mit verzweifeltem Gesicht. Sein Gegenüber schaut genau so. Gaspard muß sich dem schweigenden Urteil der strengen Augen unterwerfen und sich zu seiner totalen Nutzlosigkeit bekennen. Zu seinem Ende.
Jetzt! Was hatte er da eben wahrgenommen? Etwas Neues . . .! Er fürchtet sich, auch nur eine Nuance zu verändern. Das ist nicht mehr Pierrot. Was ist das für ein Ausdruck? Wo hat er ihn schon einmal gesehen? Und plötzlich erinnert er sich.
Es ist das Gesicht von Isidor Foulard, als er dem Tod entgegenging.
Gern würde er sich rühren, gern diesen Ausdruck abschütteln, aber er schafft es nicht. Es ist, als laste eine schwere Marmormaske auf

seinem Gesicht – dem Gesicht eines Menschen, der von der Welt Abschied nimmt.
Gaspard ist entsetzt von der Wahrheit, die ihm das eigene Gesicht offenbart hat. Ein anderer hätte das möglicherweise bei sich selbst gar nicht wahrgenommen, während sein Gesicht imstande ist, auch seine geheimsten Gedanken aufzudecken. Und er hat die letzte Minute des Isidor Foulard gesehen.
Er will fliehen, verschwinden, das eigene Gesicht zerschmettern, das schreckliche Bekenntnis herunterreißen – doch da überfällt ihn schon die Gewißheit. Er ist dazu fähig, ja. Das sagt ihm das eigene Gesicht, und das lügt nicht. Er verläßt seinen Doppelgänger und macht ein paar Schritte auf die Straße. Vor ihm taucht die häßliche Silhouette eines großen Tieres mit mehreren Beinen auf. Unter den Pfoten des Ungeheuers ein Schimmer des Himmels.
Pont d'Austerlitz!

Das Brückengeländer glänzt matt. Alles in Wassernähe sieht krank und schleimig aus. Der Himmel, das Ufer, der Fluß.
Fischgestank dringt herauf. Gaspard dreht es den Magen um. Er beugt sich über das Geländer und übergibt sich. Er widert sich an. Ihm ist schlecht vom Wein, den er aus Hunger, aus Lebensgier getrunken hat. Das ganze Universum erbricht sich mit ihm. Bitterer Speichel verekelt ihm den eigenen Atem. Häuser neigen sich, die Pont d'Austerlitz tanzt wie ein Bär auf plumpen Beinen. Lichter stechen in sein Gesicht. Schlimm steht es mit ihm, sehr schlimm. Er sieht die Welt mit verdrehten Augen.
Langsam geht er über die engen Steintreppchen zum Fluß hinunter. Direkt am Ufer ragt eine niedrige Mole ins Wasser, ein Landeplatz für kleine Boote. Tagsüber findet man dort gewöhnlich Obsthändler. Die Mole führt bis unter die Brücke.
Gaspard zieht es dorthin, ohne daß er weiß, warum. Das Gesicht im Spiegel hat es ihm befohlen. Der Welt liegt nichts an seinem Leben. Alles ist überflüssig, leer, feindlich.

Er steht unter der Brücke. Wie war dir zumute, Mutter, als du damals zum Fluß gingst? Bist du nicht auch fast erstickt aus Ekel vor dem Gestank verendeter Fische? Schwankte dir auch alles vor den Augen und stürzte zusammen?
Jemand überquert die Brücke. Welche Zeugen schickt ihm der Zufall?
»Gib's her!« schreit eine weibliche Stimme. »Hast mir fünfzehn versprochen!«
»Halt's Maul«, hört er einen Mann sagen, »sonst kriegst du noch eine Tracht Prügel.«
Gaspard muß selbst in seinem Dämmerzustand ironisch lächeln. Eine würdige Begleitung für diesen Augenblick. Unten das faulige Wasser, und die Menschen oben auch nicht anders, unflätig, schmutzig.
»Sich bei mir herumwälzen, mich beklauen – und dann abhauen!«
»Verschwinde, du Miststück!«
Eine dritte Stimme, noch barscher als die ersten beiden, greift ein.
»Sieh mal an, Monsieur Adolphe gibt nicht mal nachts Ruhe. Tagsüber beklaut er die Fischer, in der Nacht die Weiber!«
»Mach, daß du wegkommst!« herrscht ihn der erste an.
»Du hast mir heute die Waage gestohlen!«
»Und wer hat meinen Platz besetzt? Der Dreckskerl warst du!«
»Brüll rum, mit wem du willst, du Halunke, bloß nicht mit mir...!«
»Verzieh dich, Christophe, sonst garantiere ich für nichts!«
Gaspard hebt matt den Kopf und sieht sie am Brückengeländer im Nebel der Lichter. Zwei rauhe, bärtige Gesichter, zwei der schlimmsten in der ganzen Vorstadt. Die junge Frau, die zwischen sie getreten ist, wirkt grobschlächtig.
»Bist ein Schwein, Adolphe«, krächzt Christophe. »Ein richtiges Schwein!«

»Ihr seid beide Lumpenkerle!« kreischt die Frau.
Und Gaspard kneift die Augen zu, als habe ihm jemand ins Gesicht gespuckt. Er duckt sich und läßt sich seitlich ins Wasser fallen. Das Wasser schwappt und schäumt auf. Starke, nasse Hände drücken seinen Hals, beginnen ihn zu würgen. Wild wirft er sich hin und her. Doch die Hand der Welle schließt ihm die Augen und hängt sich schwer an sein Gesicht, seine Brust.
Er gewahrt ein seltsames, verändertes Sternenlicht. Aus der Ferne nähert sich schnell mächtiges Brausen. Dunkelheit ergreift von ihm Besitz.
Das ist das Ende.

Dunkelheit.
Das Brausen ebbt ab, kehrt zurück, verflüchtigt sich wieder. An seiner Stelle ist nun deutliches Plätschern zu hören. Was ist das? Klingt es so auf dem Grund des Flusses?
Menschliche Stimmen.
»Seine Augenlider flattern«, sagt eine weibliche Stimme.
»Jetzt ist's geschafft«, erklärt eine barsche, heisere Stimme. »Aber glaub mir, Adolphe, es war der letzte Moment.«
»Kann schon sein«, stimmt eine zweite zu. »Hauptsache, wir sind noch rechtzeitig gekommen!«
»So ein junger Mensch«, sagt die Frau bedauernd. »Warum wollte er sich bloß umbringen?«
»Die Jugend ist eben leichtsinnig. Vielleicht hat er Pech gehabt.«
»Leichtsinnig? Ich nenn das dämlich!« urteilt Christophe. »Einfach ins Wasser gehen – und alles ist in Ordnung. Kein Kunststück – das kann jeder!«
»Das kann jeder«, wiederholt Adolphe wie ein Echo.
Gaspard macht die Augen ein wenig auf. Licht schlägt ihm jäh ins Gesicht. Rasch kneift er die Lider wieder zusammen. Ein abscheuliches Gefühl steigt ihm in der Kehle hoch. Er hustet und erbricht sich.

»Erleichtern Sie sich nur, das tut Ihnen gut«, beruhigt ihn die weibliche Stimme, und jemand richtet ihn auf. Gaspard spuckt Wasser, rülpst, stammelt.

Endlich wagt er es, die Augen offen zu halten. Er liegt auf dem Boden. Er ist nackt, doch den Oberkörper bedeckt ein Tuch, Hüften und Beine sind in einen fremden Mantel gewickelt.

Neben ihm kniet eine junge Frau. Langsam, mit noch verschleiertem Blick sucht er ihr Gesicht. Woher kennt er sie?

Im Kopf wird es langsam klarer. Warum hat er nichts an? Wo befindet er sich? Und dieses Gesicht? Unhübsch, ein derbes Gesicht mit niedriger Stirn, sommersprossig, ein breiter Mund und zerzaustes Haar. Eine Erinnerung blitzt auf. Die Brücke. Das Licht über dem Geländer. Der Streit! Diese Leute sind es!

Er schaut sie noch einmal an. Die Frau lächelt. Und Gaspards Blick bleibt voll Verehrung an ihr hängen. In ihren Augen liegt so viel Güte und Freundlichkeit, daß sie ihm wie eine Madonna erscheint.

»Ist er wieder bei sich?« meldet sich hinter ihm eine Stimme.

Gaspard versucht sich auf die Ellbogen zu stützen und sich umzusehen. Er entdeckt zwei Männer. Das Tuch rutscht ihm von der Schulter.

»Unter uns macht das nichts«, einer der beiden lacht breit.

Natürlich, das sind sie! Das Gesindel von der Brücke, die drei, die ihm mit ihrem pöbelhaften Auftritt den letzten Anstoß zum Selbstmord gegeben haben.

»Sie haben – mich ...«, fragt Gaspard zögernd.

»Wir werden Sie doch nicht im Wasser liegenlassen, Menschenskind«, sagt der erste. »In den Fluß gehören Fische, keine Menschen! Dort hätten Sie ein übles Ende genommen.«

»Sie haben mich aus dem Wasser gezogen?«

»Ich nicht«, sagt der Mann, »aber Christophe hier, der kann schwimmen.«

Gaspard sieht, daß Christophe auch in irgendeine Decke gewickelt

ist und hinten über dem Ofen zwei nasse Anzüge zum Trocknen aufgehängt sind.
»Sie waren das also?«
Christophe schlägt verschämt die Augen nieder, sein schreckliches, grobes, blatternarbiges Gesicht zeigt den Anflug eines Lächelns.
»Wie Adolphe sagt, der Fluß – das ist nichts für junge Leute um Mitternacht.«
»Hat Sie Ihr Mädchen verlassen?« mischt sich die Frau ins Gespräch.
»Laß ihn doch«, tadelt Adolphe. Mit seinem von rostroten Stoppeln überwucherten Gesicht hätte er getrost den Räuberhauptmann im Marionettentheater spielen können. »Er hat's überstürzt. So was geht schnell.«
Gaspard hat bis jetzt noch keinen klaren Kopf. Zuweilen dröhnt, braust und pfeift es noch im Schädel. Diese Leute haben die schweren Arme des Flusses von seiner Kehle gerissen; die Erinnerung daran läßt ihn erzittern, als hielten ihn diese Arme noch immer fest umklammert.
»Wo bin ich eigentlich?«
»Bei Christophe«, erklärt der rothaarige Räuberhauptmann.
»Hat der Ihnen den Platz weggenommen?« vergewissert sich Gaspard.
»Ja, das war dieser Schuft«, sagt Adolphe friedlich.
»Aber was plätschert da noch immer?«
»Seine Bude liegt direkt auf dem Wasser, zum Anker sind's nur ein paar Schritte. In der Früh hat er seine Hütte hierhergezogen! Aber... schade um jedes Wort!«
»Ein paar Schritte!« brummt Christophe in die feuchte Decke. »Dummes Geschwätz!«
Gaspard schaut ihn, dann beide an, und langsam erfaßt ihn unsagbare Freude.
»Wenn Sie wüßten, was das für Grobiane sind, täten Sie sich nicht

wundern«, erklärte die Frau. »Den beiden ist hier am Ufergelände keiner gewachsen.«

»Wenn du dir schon einen Gast aus dem Wasser gefischt hast, könntest du auch einer Flasche den Hals brechen«, schlägt Adolphe dem Hausherrn vor.

»Ich will keinen Wein«, wehrt Gaspard erschrocken ab.

»Hier gibt's schließlich noch andere Gäste«, lacht Adolphe.

Christophe in seiner höchst sonderbaren Aufmachung erhebt sich und greift nach hinten in ein Regal, zieht eine Flasche hervor.

»Welche Flut hat die denn angespült?« Adolphe macht eine bezeichnende Geste.

»Psst!« Christophe weist auf den Geretteten.

»Wer sind Sie eigentlich?« fragt die junge Frau, die noch immer neben Gaspard auf dem Boden kniet.

»Ich bin Schauspieler«, flüstert Gaspard, und als er es ausspricht, ist ihm, als drohe die Angst vor der Zukunft ihn wieder zu erfassen.

»Komödiant?«

»Ja.«

»Und da wollten Sie sich ertränken?« wundert sich Adolphe.

»Zaubern Sie auch Kaninchen aus dem Zylinder?« will der Rotschopf wissen.

»Ich spiele Theater«, sagt Gaspard bedauernd. »Auf der Bühne.«

»Ich mag Theater«, strahlt Adolphe. »Als die Italiener hier gespielt haben, bin ich gratis reingekommen. Sind Sie für Komödien nicht viel zu traurig, junger Mann?«

»Ich mag traurige Komödien lieber, ich weine gern im Theater«, sagt das häßliche Mädchen auf dem Fußboden. Und in einer plötzlichen Anwandlung von Zutrauen fügt sie hinzu:

»Ich heiße Justine.«

Gaspard beginnt sich unter diesen Menschen immer wohler zu fühlen.

»Das ist doch alles nichts gegen die größte Kunst, ein Kaninchen aus dem Zylinder zu zaubern«, meint Christophe.

Er und Adolphe trinken sich aus angeschlagenen Gläsern zu. Adolphe wischt danach den Rand ab, schenkt neu ein und reicht sein Glas Justine.

»Haben Sie immer noch keine Lust?« lächelt sie Gaspard zu.

»Nein.«

Nicht auf Wein, dafür kann Gaspard sich aber an den drei strahlenden Gesichtern nicht sattsehen. Nachts auf der Brücke wären sie sich beinahe in die Haare geraten. Doch dann kam er mit seinem törichten Sprung ins Wasser dazwischen. Sie hörten auf sich zu beschimpfen und liefen hinunter. Adolphe war der erste am Ufer und Christophe der erste im Wasser. Sie haben ihn herausgezogen, gerettet, hierhergebracht.

Bist du jetzt nicht wesentlich vernünftiger, Gaspard?

Du hast schon viel böse und rohe Dinge erlebt, aber eines hat dir bisher noch gefehlt. Du hast dem Tod nicht ins Auge geschaut. Jetzt hat dich die Verzweiflung bis an die Schwelle des Todes geführt. Nun kehrst du zurück. Doch wenn du die Augen aufmachst, die sich schon mit dem Dunkel abgefunden hatten, erkennst du, daß es doch etwas gibt, das die Mühe lohnt. Und das sind die Menschen.

Du hast es erlebt, daß Menschen schlecht, kleinlich, gemein, ungerecht sind. Auch diese drei haben dazugehört. Aber schau sie dir nur gut an, schau in sie hinein! Da liegt ein steiniges Brachfeld, voll von Disteln. Und doch ist zwischen dem Dornengestrüpp und den Steinen irgendwo ein Körnchen Gutes eingepflanzt. Man muß es nur finden, es bewässern, ihm helfen, daß es aufkeimt.

Es ist deine Pflicht.

Es ist die Pflicht eines jeden Menschen seinem Mitmenschen gegenüber.

Niemand ist nur gut. Aber niemand ist auch nur schlecht. Das Antlitz der Welt ist häßlich. Du mußt nach Worten suchen, wie man mit ihr sprechen soll, damit sie lächelt. Und im gleichen Augenblick wird ihre Häßlichkeit von himmlischem Licht überstrahlt, und du hast deine Pflicht erfüllt, bist leichten Herzens. Das Leben hat dich gelehrt, daß alles vergeblich und überflüssig ist. Aber diese Nacht, in der dich drei fremde Menschen von der Pforte des Todes zurückholten, an die du bereits angeklopft hattest, diese Nacht schenkt dir eine neue und letzte Erkenntnis: Es gibt dennoch etwas, wofür es sich zu leben lohnt! Und das ist: Den Menschen zu helfen, daß sie es schaffen, in sich das Flämmchen der Liebe zu entfachen.

2. Teil

Ohne Worte sprechen

Louis XVIII. war gestorben.

Die Menschen nahmen die Nachricht so ruhig auf, als hätten sie erfahren, daß dem Nachbar der Hund entlaufen war. Dem entsprach auch ihre Trauer. Um so größer war dafür ihre Erschütterung und ihr Haß, als vier Kadetten aus La Rochelle gerade an dem Tag hingerichtet wurden, an dem der Hof verkünden ließ, die Herzogin von Berry sei mit einer Tochter niedergekommen. Die Henker, die angeordnet hatten, die Leichen bis zur Abenddämmerung auf dem Marktplatz zu belassen, erzielten damit genau den entgegengesetzten Effekt. Die Leute gingen leise wie in der Kirche an den Toten vorbei und zogen tief den Hut. Bei jeder Begegnung wechselten sie vielsagende Blicke voll düsterer Feierlichkeit.

Charles X. bestieg den Thron.

Beim Volk hatte er vom ersten Tag seiner Regierung an verspielt. Daß er bei der Vereidigung den Satz über die Toleranz weggelassen hatte, verbreitete sich in den Vorstädten mit der Geschwindigkeit einer Dampflokomotive, die damals ihre ersten Probefahrten unternahm. Das Volk besaß nur eine einzige Waffe: Béranger. Seine Anhänger bildeten bereits einen Machtfaktor, den man respektieren mußte. Als der Hof Gold für eine Expedition nach Spanien verlangte, entgegnete Senator Manuel, der Béranger nahestand: »Wir bewilligen nichts. Sie kosten Frankreich in einem Jahr mehr als der Kaiser in einem Vierteljahrhundert...« – »Was sagte der König dazu?« fragten die Minister. – »Welchen König meinen Sie? Diesen Agenten fremder Mächte?« lautete die gewagte Gegenfrage. – Sie trug ihm die Verhaftung ein. Aber wie! Die ganze Stadt sprach darüber, wie man sich von einer Mannestat aus der guten alten Zeit erzählt, als es auf der Welt noch Heldentum und Ehre gab. Sergeant Mercier hatte den Befehl, Manuel festzunehmen. Der gute Sergeant machte große Augen, ihm wollte das nicht in den Kopf, bis ihm plötzlich der rettende Einfall kam und er seiner Mannschaft das Kommando zur Ehrenbezeigung gab. »Bravo, Mercier!« grüßten ihn danach die Leute auf der Straße. »Sergeant Mercier hat jederzeit freien Eintritt«, verkündete der Ausrufer des Funambules.

Bei der Truppenparade der Nationalgarde, als der König auf Ovationen wartete, schrie die Menge: »Es lebe die Verfassung! Weg mit den Ministern!« Nach außen hin verlief das Leben in Paris normal und alltäglich, doch im Untergrund gärte die Unruhe. Die Polizeisäbel hatten zuweilen Arbeit, und ein paar mutige Handwerker vergossen ein paar Blutstropfen für das vage Ideal der Freiheit. Aber der Untergrund besaß nicht die Kraft, einen Brand zu entfachen.

Was dieses Brodeln unterstützte und immer stärker auf das geistige Leben der Lichterstadt zurückstrahlte, war der Kampf der jungen Romantiker gegen den überlebten Klassizismus. Gaspard erfuhr davon aus Gesprächen mit Eingeweihten, aus Polemiken in Zeitungen, aus bissigen Verurteilungen. Die neue Bewegung gefiel ihm, entsprach seinem ganzen Wesen. Er brauchte keine Theorie. Er war so, wie er sein mußte, und die Zeit brauchte einen wie ihn. Wie sie einen Musset, Gautier und Hugo hervorgebracht hatte, so auch einen Deburau.

Zu der Zeit, in der diese Geschichte spielt, war Musset achtzehn, Aurora Dudevant, spätere George Sand, machte sich auf den Weg nach Paris, Dumas schrieb an einem gesellschaftskritischen Stück, Nerval übersetzte den Faust. Delacroix – dessen farbenprächtige Ölbilder das Publikum in Staunen versetzten – lithographierte Faustszenen, nach denen Berlioz komponierte. Kean spielte in Paris den Hamlet. Talma starb, und mit ihm ging eine glanzvolle Epoche des französischen Theaters zu Ende. Hugo fand im dunklen

Turm von Notre Dame das mysteriöse Wort *ananké* in Stein eingeritzt, was ihn inspirierte, einen Roman über die Kathedrale zu schreiben. Er prägte das Wort: »Freiheit der Kunst, Freiheit der Gesellschaft ...«
Die Romantik – im Urteil der Académie Française eine Krankheit wie etwa die Epilepsie – wurde zur literarischen Revolution und lief gegen die klassische Starrheit an allen Fronten Sturm.

Als Gaspard nach jener verzweifelten Nacht, die beinahe seine letzte geworden wäre, nach Hause zurückkehrte, war er guten Mutes. Bei jedem Schritt stellte er fest, das Leben sei schön, wenn auch nicht eben freundlich. Die Gewißheit, daß er anderen sein Leben verdankte, machte ihn froh. Er wünschte sich, für andere Menschen das gleiche zu tun.
Ohne Widerstreben spielte er am nächsten Abend seinen Betrunkenen. Er legte sogar in seine Derbheit mehr Witz als sonst. Vielleicht saß im Zuschauerraum irgendein armer Tropf, den er damit erfreute.
»Gut«, lobte der genesene Felix.
»Ich stelle mir das alles ganz anders vor«, antwortete Gaspard mit Überzeugung.
»Ihr Revolutionäre!« drohte Felix. »Was meinst du mit anders?«
»Könnten wir in unseren Stücken nicht den Pierrot wieder einführen? Aber als richtige Rolle! Sie hätten als Harlekin dann auch einen besseren Gegenspieler!«
»Besprich das mit den Direktoren«, entgegnete Felix achselzuckend. »Aber beschwer dich nicht, wenn sie dich vor die Tür setzen.«
»Gut«, versprach Gaspard, »morgen!«
Nach der Vorstellung ging er ruhig weg, doch im Kopf arbeitete es. Wie sollte er andere davon überzeugen, daß er auf dem richtigen Weg war? Er lenkte seine Schritte durch die gleichen Gassen wie am Vortag. Doch die Erinnerung an diese Stunden tiefer Verzweif-

lung schwächte ihn nicht in seiner Entschlossenheit, im Gegenteil.
»Hallo!« rief er vom Kai hinunter, wo im Schatten der Verkaufsbuden die Boote dümpelten.
Eine bekannte Stimme antwortete:
»Hallo! Bist du's, Gaspard?«
»Ja. Ist Christophe unten?«
»Er ist da. Wir warten.«
Der blatternarbige Adolphe und der rothaarige Christophe waren sauberer gekleidet als am Vortag. An einer Wange von Christophe hatte sich sogar der Barbier versucht, doch leider vorzeitig kapituliert.
»Wir warten schon ungeduldig. Um ein Haar wären wir wieder zum Fluß gelaufen, ob dir womöglich eine neue Dummheit eingefallen ist.«
»Aber nein!« lachte Gaspard. »Ihr habt mir einmal das Leben gerettet, das genügt völlig. Nun müßt ihr es mir ganz retten.«
Sie sahen ihn verständnislos an. Was wollte er wohl?
»Was sagt ihr dazu?« Er zog ein kleines Bild aus der Tasche.
Sie begutachteten die Zeichnung sachverständig, von weitem, von nahem, von der Seite – und nickten nur.
»Irgendein Dummkopf«, einigten sie sich dann.
»Und jetzt schaut mich an«, forderte Deburau sie auf. »Sehe ich so aus wie der auf dem Bild?«
»So ziemlich«, antwortete Adolphe zögernd, wobei er Gaspards seltsamen Ausdruck beobachtete.
»So eine Rolle möchte ich spielen«, erklärte Gaspard. »Den Pierrot, den Gilles, versteht ihr?«
»Aber der Bursche schaut aus, als ob er nicht bis drei zählen kann«, gab Christophe zu bedenken.
»Seht mich an. So bin ich ein Dummkopf, der nicht bis drei zählen kann, oder?«
»Das bleibt doch nicht etwa?«

»Und jetzt ...«
Gaspard veränderte langsam seine Mimik. Er riß die Augen weit auf, dann den Mund, wie zu einem stummen Aufschrei, eine Wange verzog sich ...
»Wovor fürchtest du dich, Gaspard?« fragte Adolphe besorgt.
Die Stirn legte sich in Falten. In den Augen stand Entsetzen.
»Gaspard!« schrie Christophe. »Was ist los?«
Auf Gaspards Lippen erschien ein leichtes Lächeln. Die Augenbrauen hoben sich ein wenig, wie im Gesicht des Dieners, der seinen Herrn betrogen hat. Der Mund preßte sich zusammen, das Kinn verzerrte sich, in den Mundwinkeln zuckte es ...
Adolphe begriff als erster.
»Du Komödiant!«
Da machte Gaspard eine traurige Miene. Er neigte den Kopf schräg nach vorn und schaute mitleidig Christophe an. Der reagierte prompt und ahmte unwillkürlich Gaspards Ausdruck nach. Doch sobald sich auch in seinem Blick mitfühlende Teilnahme zeigte, riß Gaspard mit dem Fuß den Stuhl unter ihm weg, und Christophe fiel zu Boden. Das ließ sich der rothaarige Gauner jedoch nicht gefallen, nicht einmal von einem Menschen, den er aus dem Wasser gezogen hatte! Er stand zähneknirschend auf. Doch plötzlich heftete sich Gaspards Blick auf seine Schulter, legte die Hand an den Mund und starrte. Was hab ich denn dort? fragte sich Christophe. Gaspard trat zu ihm und schnippte ihm etwas von der Schulter. Er tat das so liebevoll, daß auch Christophe wieder zu lächeln begann. Adolphe wollte sich über die Kehrtwendung vor Lachen ausschütten. Gaspard drehte sich zu ihm und stimmte ein. Er hieb ihm auf die Schulter. Adolphe wollte ihm das heimzahlen, doch plötzlich spürte er eine Hand in seiner Tasche. Er griff hinein – zu spät. Deburau hielt bereits sein Messer in der Hand. Adolphe war wütend. Doch Gaspard musterte ihn erstaunt, schüttelte den Kopf, und auf einmal glich sein Gesicht wieder dem auf dem Bildchen: Ich kann nicht bis drei zählen!

Und dann ließ er die Maske fallen – vor ihnen stand wieder Gaspard Deburau.
»Bitte sehr«, sagte er und verneigte sich. Er gab Adolphe das Messer zurück und stellte Christophe den Stuhl hin.
»Er kann's«, meinte Adolphe anerkennend.
»Der bringt einen ganz durcheinander«, setzte Christophe hinzu.
Gaspard wartete gespannt, was sie sagen würden. Molière hatte seine Stücke seiner alten Kinderfrau vorgelesen. Warum sollte er seine Einfälle nicht seinen neuen Freunden vorspielen?
»Also, was meint ihr? Kann ich spielen?«
»Fragt sich nur, ob das eine Beschäftigung ist – beim Theater zu sein«, überlegte Christophe. »Sterndeuterei oder Wachsfiguren, das ginge ja noch. Aber spielen?«
Es klopfte.
»Justine!«
»Sagt ihr, ich hätte die Sprache verloren«, flüsterte Gaspard.
Justine kam herein, und Adolphe, der sich an Gaspards Einfälle schneller gewöhnt hatte, raunte ihr betrübt zu:
»Der Arme, der Schreck gestern hat ihm die Sprache verschlagen!«
Justine hielt sich den Mund zu, um einen Aufschrei zu unterdrükken. Schüchtern näherte sie sich Gaspard, der neben sie trat und sie mit einem Lächeln begrüßte.
»Guten Abend«, antwortete sie.
Vorwurfsvoll sah er sie an und schüttelte dabei den Kopf.
»Ich konnte nicht früher kommen«, entschuldigte sie sich, »ich hatte zu tun.«
Er ließ sie sich hinsetzen und sah ihr gutmütig lächelnd ins Gesicht.
»Ich weiß, daß Sie sich nicht ärgern. Und wie ist Ihnen dieses Malheur zugestoßen?«
Er lächelte und zuckte die Schultern. Dann warf er den Kopf zurück.

»Sie machen sich nichts daraus? Das sagt sich leicht.«
Gaspard wies vertrauensvoll auf sie und die beiden Männer.
»Klar, wir helfen Ihnen ...«, beteuerte sie und sprang plötzlich auf.
»Ich versteh ihn ja!«
»Tatsächlich, Justinchen?« schrie Gaspard erfreut auf.
»Ja, wirklich!« bestätigte sie. Und auf einmal wurde ihr bewußt:
»Sie sind ja gar nicht stumm!«
»Nein?« lachte Gaspard und umarmte sie. »Ich danke Ihnen, Justinchen!«
»Sie können mit Händen und Gesicht reden!«
»Vorerst stottere ich noch. Aber vielleicht lerne ich es!«
»Lassen Sie mich los«, bat Justine erschrocken, weil Gaspard sie noch immer umarmt hielt. »Das gehört sich doch nicht.«
»Das tut er aus Liebe«, grinste der Räuber Adolphe.
»Ich – und Liebe?« Justine verzog das Gesicht. »Der braucht eine mit Verstand, die sich um ihn kümmert.«
»Zuerst muß ich etwas zustande bringen!«
»Gut, aber das andere ist auch wichtig«, meinte die lebenskluge Justine.
Die Glocke von Notre Dame schlug eins.
Gaspard ging in die Nacht hinaus. Die Seine plätscherte anheimelnd. Und über das Wasser wehte eine laue Brise.

Pierrots Geburt

Der Zusammenstoß des Funambules mit dem Theater der Akrobaten währte nur kurz und endete mit einem Zerwürfnis. Beide Direktoren hatten sich gegenseitig argwöhnisch bespitzelt, waren voller Neid und Mißgunst, was allmählich in neue Feindseligkeit umschlug. Eine Zeitlang äußerte sich dieser Konflikt auf den Plakaten am Eingang, auf denen die Direktoren gemeinsam polemisierten und das Publikum zum Richter aufriefen. Doch als Bertrand erkannte, daß er damit eigentlich nur für seine Konkurrenz warb, beendete er die Fehde und widmete sich wieder ausschließlich der Förderung des eigenen Unternehmens. Er war deshalb auch allen Anregungen gegenüber aufgeschlossen, die das Programm bereichern konnten.

»Bertrand wartet. Was willst du eigentlich?« begrüßte Felix am nächsten Tag Gaspard.

»Ich möchte die Rolle des Soldaten und Betrunkenen ändern.«

»Was willst du statt dessen spielen? Doch nicht etwa einen Fürsten mit Laute?«

»Pierrot.«

Dann betraten sie das Direktionszimmer; Bertrand und Fabien saßen in ihren Sesseln, Felix ließ sich in der Ecke auf einer Kiste nieder und Gaspard, im Vertrauen auf die Kräfte, die sein Leben zum Guten gewendet hatten, begann zu erklären. Stärker als seine Worte wirkten seine Gesten, seine Mimik.

»Die Hauptfigur jeder Pantomime ist Harlekin«, meinte Bertrand, hörte jedoch aufmerksam zu. »Wir brauchen neben ihm komische Figuren.«

»Deshalb will ich ja den Pierrot spielen.«

Er gab nicht preis, was er sich alles für die Figur ausgedacht hatte, sondern bat zunächst nur um Zustimmung, daß er die kleinen Rollen der Komödien durch Pierrot ersetzen durfte.

»Monsieur Fabien weiß, daß ich darüber schon lange nachdenke. Ich habe auch überlegt, wie er gekleidet sein sollte.«

»Wir haben doch für ihn ein Kostüm. So hat ihn Blanchard und auch Charigni gespielt.«

»Dieser zugeknöpfte Rock behindert ihn beim Tanzen. Charigni trägt eine hohe Halskrause, aber die will ich nicht, weil sie den Mund verdeckt. Den muß man sehen.«

Beide musterten ihn geringschätzig, wie einen Esel, der sich als Pferd gebärdet, aber zugleich auch erstaunt, woher er auf einmal soviel Sicherheit nahm.

»Stellst du dir ihn also wie Gilles vor, in blauer Bluse?« fragte Bertrand.
»Eher wie einen Clown in kariertem Gewand!« schlug Fabien vor.
Gaspard starrte in die Luft, als sähe er sich dort im neuen Kostüm, und erklärte fast andächtig:
»Ich hätte gern einen weiten Kittel, eine Bluse mit großen Knöpfen, ganz in Weiß. Ich möchte weite Ärmel, weite Hosen, die bei jeder Bewegung fließende Falten werfen. Nur so geht das Kostüm mit dem Schauspieler und atmet mit ihm.«
Fabien warf Bertrand einen Blick zu und beide dachten: Wer hat ihm darüber einen Vortrag gehalten? Felix sah Gaspard anerkennend an. Doch Deburau sprach nichts anderes aus als das Ergebnis langer nächtlicher Überlegungen und Versuche vor dem Spiegel, von Gedanken, die plötzlich reif waren, die ans Licht der Welt wollten.
»Und das Gesicht soll weiß bleiben?«
»Gewiß. Und auf dem Kopf diese Mütze.«
Gaspard setzte sich Justines Schöpfung auf, eine schwarze, anliegende Kappe, die das Haar verbarg.
»Charigni trägt eine weiße.«
»Ja, aber dazu einen spitzen Hut wie Blanchard, genau wie ich bisher. Ich hab die Burschen von der Galerie gefragt, wegen des Hutrands kann man von oben mein Gesicht nicht sehen.«
»Was für einen Hut dann?«
»Keinen. In der Pantomime ist doch das Gesicht das Wichtigste, die Hände dienen nur zur Begleitung der Geschichte. Schauen Sie!«
Alle mußten zugeben, daß unter der schwarzen Kappe das weiße Gesicht ausdrucksvoller wirkte, und daß ein Stoff, der bei jeder Bewegung flattert, die Figur belebt. Keiner fand einen Einwand, doch alle drei fühlten sich irgendwie irritiert, daß ausgerechnet Deburau, der stets im Hintergrund geblieben war, ihnen auf diese Weise die Augen geöffnet hatte.

»Aber der Betrunkene soll grinsen und taumeln«, gab Felix zu bedenken, »und du schaust wehmütig aus.«
»Das stimmt«, pflichtete Fabien ihm bei. »Er benimmt sich wie bei einem Begräbnis.«
Betrübt gab er ihnen recht, drehte sich um, als akzeptiere er den Vorwurf, dann stolperte und taumelte er. Sein Gesicht blieb dabei völlig unbewegt, und doch mußten alle, ob sie wollten oder nicht, lachen.
Und Gaspard, hinterhältig lächelnd, machte eine triumphierende Geste. Da seht ihr's!
»Einverstanden!« sagte Bertrand. »Versuch's. Wir werden es dann auf der Bühne begutachten!«
Und als sich hinter Gaspard und Felix die Tür schloß, wandte er sich an Fabien:
»Wenn ich mich nicht täusche, lieber Kollege, kommt auf unserer Bühne eine neue Figur zur Welt!«
»Hat sich wirklich noch niemand so kostümiert?« zweifelte Fabien.
»Sie können sich auf meine Erfahrungen verlassen. Niemand!«
»Schließlich entscheidet das Publikum.«
»So, wie er für Felix als Harlekin eingesprungen ist...«
»Sie haben selbst gesagt, Nachahmen ist nicht gleichbedeutend mit Spielen.«
Auch Gaspard konnte es kaum erwarten, auf die Bühne zu kommen. Er wollte Gewißheit haben, und er hätte sie sich erzwungen, selbst wenn er auf der Straße vor einem Café hätte tanzen müssen. Er wäre auch zum Zirkus gegangen, nur um sich als Pierrot dem Publikum zu zeigen und aus den Reaktionen ein Urteil ablesen zu können.
Die Stücke im Funambules verlangten von den Schauspielern ständiges Improvisieren. Kleine Änderungen konnten niemanden aus der Fassung bringen. Der Dummkopf will wohl angeben, sagten sie sich. Sie konnten mit jedem spielen, der zu ihnen auf die Bühne kam, sei es jemand aus dem Publikum oder von der Straße.

Dennoch wendet sich Felix/Harlekin besorgt um, als anstelle des beschwipsten Soldaten ein weißer Pierrot auf die Bühne schlurft. Er und Kolombine mimen wie vorgeschrieben Erschrecken und Überraschung. Pierrot stürzt auf sie zu, wie der Soldat es zu tun pflegte – sein Gesicht bleibt dabei jedoch bewegungslos. Auf halbem Weg stolpert er und fällt hin. Die Leute beginnen zu lachen und lachen weiter, als Pierrot sich erhebt. Nicht einmal jetzt bewegt sich sein Gesicht, und doch ist zu erkennen, daß er überlegt. Er kratzt sich an der Stirn und am Kinn. Warum bin ich eigentlich hergekommen? Ich muß zurückgehen, vielleicht fällt es mir wieder ein. Ich wiederhole den Auftritt. Das Publikum versteht ihn und verfolgt ihn neugierig. Pierrot setzt sich in Bewegung und fällt hin. Sofort hebt er den Kopf und wartet, ob ihm ein Licht aufgeht. Nichts. Also noch einmal. Und wieder! Gaspard macht kehrt, und schnell, noch schneller kommt er zurück, noch schneller fällt er hin, will den vergessenen Gedanken mit Gewalt aus sich herauszwingen. Dann steht er nicht einmal mehr auf, sondern hämmert mit dem Körper auf die Bretter ein. Die Leute toben vor Lachen. Doch alle Bemühungen sind vergebens. Pierrot liegt erschöpft auf dem Boden. Gut, dann läßt er es eben bleiben. Er steht auf. Als er mit dem Rücken zu Harlekin breitbeinig dasteht, gebückt, den Kopf regungslos zwischen den Knien hängend, erblickt er Harlekin. Das war der Grund! Deshalb ist er gekommen. Er will dorthin laufen, wo er den Nichtsnutz gesehen hat, Gesicht und Hände stürmen in diese Richtung – doch der Kopf baumelt noch zwischen den Knien, der Körper überschlägt sich und eine neue Kaskade beginnt, ein komischer Sturz und dann ein jäher Purzelbaum rückwärts. Er steht auf und rennt los, doch genau in die entgegengesetzte Richtung. Endlich findet er den richtigen Weg. Er erreicht Harlekin! Und schon hat er ihn!
Ja, weil Felix wegzulaufen vergißt. Vergeblich zieht Kolombine ihn hinter sich her. Aus Harlekin ist ein Zuschauer geworden. Doch er soll ja Pierrot entkommen. Wie läßt sich das wettmachen?
Gaspard spürt, daß ihm die Aufmerksamkeit des Publikums gehört,

daß ihm die ganze Bühne gehört. Er hätte seinen Pierrot weiß der Himmel wie lange weiterspielen können. Nun ist er unschlüssig, ob er wirklich den Störenfried erwischt hat. In seinem Gesicht liegt die Frage: Ist es möglich, daß mir etwas so leicht gelungen ist? Er traut seinem Glück nicht. Dieser Bursche hatte doch eine Dame bei sich. Er geht um Harlekin herum und sucht sie. Felix benützt den geeigneten Augenblick zur Flucht. Gaspard läuft hinter ihnen drein. Die Situation ist gerettet.
Der Saal hatte sich während der ganzen Szene amüsiert. Die Leute fühlten plötzlich Zuneigung für die neu kostümierte Figur.
Gaspard geht in die Garderobe. Er hält den Atem an vor Angst, was sie ihm sagen werden. Aber etwas in ihm jubelt: Ja! Ja!
Die Schauspieler verhalten sich unschlüssig. Den Kollegen, die ihn sahen, hat er gefallen; doch der Komödiantenberuf ist unwägbar, der Erfolg des einen kann dem anderen abträglich sein. Deshalb schweigen sie. Gaspard möchte jedoch die Wahrheit hören. Noch nicht ganz abgeschminkt geht er in der Pause zur Direktion. Felix ist dort, ohne Perücke, das Gesicht ebenfalls nur halb abgeschminkt. Er ist nach dem Schlußtanz noch außer Atem.
Gaspard steht da, stumm, und schaut seinen Arbeitgebern ins Gesicht, die nun entscheiden werden – über Pierrot, aber auch über Gaspard Deburau.

»Also was nun?« fragt Fabien unschlüssig. Man hört, wie Felix Luft holt, doch auch er schweigt und verlängert so die Ungewißheit noch eine Weile.
Da meldet sich Bertrand:
»Fabien, schreiben Sie ihm einen Strafzettel aus, wegen Störung der Bühnenordnung!«
Gaspard bleibt das Herz stehen.
»Und dann«, fährt Bertrand fort, »dann veranlassen Sie, daß Monsieur Lambert in die neue Pantomime für uns eine richtige große Rolle für den Pierrot hineinschreibt. Spielen wird sie Deburau!«

Ein Wunder, daß Gaspard nicht die Tränen in die Augen schießen. Beruhige dich, du Narr! Auch seine Hände, die überlegen und denken können, wandern nun verwirrt über die Brust, fassen eine Falte des Kittels, schließen sich um den Stoff. Das brüchige Material verträgt eine so ungestüme Behandlung nicht und reißt.
»Ich schreibe ihm noch eine Strafe für Beschädigung von Theatereigentum dazu«, erklärt Monsieur Fabien finster.
»Schreiben Sie nur«, sagt Felix, »ich werde für ihn bezahlen.«
Und er geht. Deburau folgt ihm.
Mehr geschah nicht. Keiner sagte ein weiteres Wort. Und doch wurde mit einem Mal allen klar, was sich da ereignet hatte. Unter ihnen war ein neuer Künstler geboren.
Und auf dem Weg zum Ausgang hat Deburau das Gefühl, daß ihn jemand beobachtet. Er schaut sich um. An der Tür zur Damengarderobe steht Kolombine, Mademoiselle Flora, und in ihren großen Augen schimmert Bewunderung.

Ein Modell der Romantik

»Pfeifen verunsichert nur einen Dummkopf, und Applaus läßt nur einen Dreisten den Kopf hochtragen«, sagte einst der Schauspieler und Autor Dugazon zu Talma. Talma war tot, doch Dugazons Sentenz lebte weiter, und Gaspard Deburau unterwarf sich ihr.
Anfangs kam er sich viel wichtiger vor als früher. Er ging aus dem Theater, bereit, fröhlich jedem zu antworten, der ihn erkennen würde. Doch was auf der Bühne so bedeutsam erschien, verlor sich auf der Straße. Niemand sagte hinter ihm: »Das ist er.« Die Menschen waren ebenso gleichgültig wie zuvor. Die weiße Maske auf der Bühne war etwas ganz anderes als das Gesicht, das man zur Alltagskleidung trug.
Das war ihm eine Lehre, und er tadelte sich. Du hast doch nicht nach Ruhm gestrebt, sondern nach einem erfüllten Leben,

Gaspard! Es muß dir genügen, daß die grauhaarige Platzanweiserin, wenn sie dich aus dem Theater weggehen sieht, die Hände faltet und dankbar sagt: »Monsieur Deburau!« Darin liegt Inbrunst, zu der nur ihr Theaterherz fähig ist.

Ein andermal freute sich Gaspard, als plötzlich von der Galerie ein donnernd skandiertes »De-bu-rau, De-bu-rau!« ertönte und er die Stimmen erkannte: Es waren seine Freunde Adolphe und Christophe und noch lauter Justine mit ihren Freundinnen. Doch der Beifall dieser Zuschauer zählte nicht viel.

Da es mit dem Theater der Akrobaten weiter bergab ging, boten die Brüder Laurent Bertrand ihre Dienste an. Das Theater akzeptierte: Die Laurents konnten zwar nicht gut Französisch, aber sie waren hervorragende Äquilibristen, mutige Springer, und der Ältere, ein feingliedriger Tänzer, hatte auch als Pantomime Erfolg.

Der Neid, den ihn die Laurents spüren ließen, verriet Gaspard, daß er in ihren Augen etwas darstellte. Sie brachten neue artistische Tricks mit, insbesondere pantomimische Auftritte »nach englischer Art«, und versuchten, das Feld zu beherrschen.

Mademoiselle Anna, die Freundin des älteren Laurent, die er ins Ensemble mitgebracht hatte, spielte die anmutige Kammerzofe. Als sie eines Tages vor der Vorstellung merkte, daß Mutter Carpon ihren Unterrock nicht gewaschen hatte, nahm sie sich einen aus der Garderobe von Mademoiselle Flora. Flora vermißte ihn bald darauf und meldete es der Direktion.

»Wir müssen feststellen, wer ihn gestohlen hat«, verkündete Bertrand streng. »Und alle Damen ziehen ihren Rock aus!«

Anna kam dem zuvor und bekannte, daß sie sich den Unterrock geliehen hatte.

Flora nannte sie dennoch eine Diebin, und Laurent gedachte das nicht ungestraft hinzunehmen. Der ritterliche Deburau wollte Flora seine Dankbarkeit für ihre bewundernden Blicke beweisen und stellte Laurent. Doch der Engländer versetzte Gaspard einen solchen Hieb, daß er mit blutender Nase in die Ecke fiel.

Die Schauspieler wollten eingreifen, doch Gaspard ließ das nicht zu. Es kümmerte ihn nicht, daß ihm Blut in den Mund und auf die Bluse floß, er kämpfte weiter. Vom Boxen verstand er zwar nichts, doch er hatte nicht umsonst jahrelang von allen Seiten Fußtritte einstecken müssen. Als nun Laurent ein zweites Mal auf ihn losging, parierte er flink, wich aber dem Schlag aus und versetzte dem Gegner blitzschnell einen Tritt in den Magen. Laurent fiel betäubt zu Boden.

Er war jedoch sportlich und fair. Als er sich erhoben hatte, versuchte er nicht, Gaspard fertigzumachen, wie alle erwarteten, sondern reichte ihm anerkennend die Hand: »Das – war – ein guter Schlag«, erklärte er mit hartem Akzent. »Vielleicht Sie wollen – sein mein Freund?«

Deburau schenkte ihm sein schönstes Lächeln und seinen herzlichsten Händedruck.

»Aber Sie müssen sich auch versöhnen!« forderte er die entzweiten Schauspielerinnen auf.

Laurent winkte Anna gebieterisch zu; nolens volens mußte sie Flora umarmen, die sich ebenso unwillig zeigte. Auch wenn sie es zu schätzen wußte, daß Gaspard für sie eingetreten war, ging ihr diese Versöhnung gegen den Strich. Sie gab ihm das zu erkennen, und die Beziehung endete, noch ehe sie begonnen hatte. Gaspard bedauerte es nicht; die Hälfte des Betrages, den er für ein Geschenk an Flora gespart hatte, spendete er für eine Sammlung zugunsten von Béranger, der zu einer hohen Strafe verurteilt worden war, für die andere Hälfte kaufte er sich zum Trost einen Hund.

Schon lange hatte er sich ausgemalt, wie schön es sein müßte, abends oder morgens mit einem Lebewesen reden zu können, vor dem er keine Scheu zu haben brauchte wie vor den Menschen. Und als er beim Tierhändler auf dem Boulevard Ferry eine Hündin entdeckte, die einst zum Theater der Gelehrigen Hunde gehört hatte, stand sein Entschluß fest. Coquette – das war ihr Name – wurde seine große Freude. Gaspard hatte jetzt ein lebendiges Wesen um sich, das ihn verstand. Schließlich war auch Coquette beim Theater gewesen. Ihr hatte man die Hauptrollen gegeben; damals trug sie Spitzen und Seide und war gewöhnt an Bewunderer in den Kulissen, an Süßigkeiten, die man ihr aus den Logen reichte, und an Applaus aus dem Parterre. Jetzt mußte sie jedoch auf livrierte Diener verzichten, mußte sich wie ein gewöhnlicher Hund auf alle vier Beine stellen und vergessen. In einigen schweren Lebensjahren hatte sie Bescheidenheit und Selbstverleugnung lernen müssen. Doch die schönsten Erinnerungen an das Theater konnte ihr niemand nehmen; deshalb war sie ihrem neuen Herrn gleich innig zugetan, der alles mit ihr teilte, was er hatte, der sie niemals demütigte und sie abends immer ins Theater mitnahm. Das erinnerte sie an die Zeiten des Ruhms und brachte ihn ihr noch näher.

Eines Tages nach der Vorstellung wurde Gaspard eine Visitenkarte in die Garderobe geschickt mit dem seltsamen Aufdruck

CADAMOUR
König der Modelle

Ehe er sich überlegen konnte, ob er diesen Namen schon einmal gehört hatte, stand Cadamour, der König der Modelle, vor ihm. Ungewöhnlich gut gewachsen, graue Schläfen, jedoch groß und kräftig, bizarre Aufmachung – offenes, scharlachrotes Hemd unter einer buntscheckigen Weste, um die Taille eine schwarze Schärpe.
»Ich bin Cadamour«, verkündete er stolz.
»Ja?« sagte Gaspard vage.
Der König der Modelle zeigte sich verwundert.
»Sie erkennen mich nicht? Leonidas! Leonidas von den Thermopylen, Romulus aus dem Raub der Sabinerinnen! Noch immer nicht?«
Und enttäuscht erklärte er:

»Ich bin das berühmte Modell des Bürgers David, des Malers.«
Jetzt dämmerte es Gaspard. Er erinnerte sich, daß Clément Sanson einmal einen Mann erwähnt hatte, der dem Maler Vauxclerc Modell stand, und als dieser auf dem Schafott endete, posierte er David für dessen riesige Ölgemälde. Lange hatte er es abgelehnt, anderen Malern Modell zu stehen; er behauptete, sein Körper gehöre David, und sein Skelett habe er im voraus der Akademie der Bildenden Künste vermacht.
»Jetzt weiß ich Bescheid«, erklärte Gaspard. »Sie müssen entschuldigen, ich sehe mir nicht oft Bilder an.«
Cadamour schüttelte bedauernd den Kopf und schaute sich verächtlich in der Garderobe um. »Ich habe eine wichtige Nachricht für Sie«, sagte er dann. »Beeilen Sie sich bitte.«
Gaspard genierte sich ein wenig vor dem berühmten Mann, doch Cadamour beruhigte ihn:
»Ziehen Sie sich getrost um! Ich habe schon einiges an nackten Körpern gesehen – und nicht nur männliche! Ich könnte Ihnen Dinge erzählen, Monsieur!«
Während Gaspard aus dem weißen Kittel und den Hosen in seinen Anzug schlupfte, fuhr er fort:
»Ich wünsche Ihnen das nicht, Bürger Deburau, bei Staatsfeiern die Gewaltherrschaft darzustellen – und beim Umzug die ganze Zeit Frauenbeine über der Brust zu haben!«
»Ist das schwer?«
»Unerträglich. Die Beine steckten in durchsichtigen Strümpfen, begreifen Sie?... Sind Sie fertig? Nein? Ich würde Ihnen auch nicht wünschen, als Akis Modell zu stehen und in den Armen die nackte Galatea zu halten! Das war bei Girodet. Kennen Sie den Maler Girodet, Bürger? Vermutlich nicht. Er lebt nicht mehr. Doch damals, Monsieur, mußte ich zum ersten Mal vom Podest flüchten.«
Gaspard schüttelte den Kopf und stellte keine Frage.
»Für die Galatea wollte die Komtess...« fuhr Cadamour fort, »eine

Komtess, deren Namen ich verschweige, persönlich Modell stehen. Sie zog sich aus, Bürger, als hätte sie ihr Leben lang nichts anderes getan, und sie hüpfte mir auf den Arm wie auf ein Sofa. Ich war nackt und sie ebenfalls. Noch ehe der Maler Girodet ein paar Striche gezeichnet hatte ... verstehen Sie, Bürger?«

Der Bürger Deburau, inzwischen bereits ziemlich genau im Bereich der bildenden Künste bewandert, verstand.

An der Tür erschien Felix.

»Ist das nicht der Bürger Cadamour?« rief er.

»Ja, höchstpersönlich«, antwortete der Riese majestätisch. »Sie sind Bürger Felix.«

»Freilich. Doch was machen Sie bei unserem Pierrot?«

Und Deburau erfuhr endlich, warum ihm der König der Modelle die Ehre seines Besuches erwies.

»Ich stehe derzeit dem Bürger Bouquet Modell, und er hat mich beauftragt, ihm ein Modell für einen Clown zu suchen. Ich war bereits in drei Cabarets – bis ich hier Monsieur – Monsieur Deburau fand. Er versteht zwar nichts von Gemälden, doch auf dem Bild wird er sich vielleicht ganz gut ausnehmen!«

»Gratuliere, Gaspard. Welch eine Ehre!« Felix lachte und verneigte sich übertrieben vor Cadamour.

»Ein gebildeter Mensch«, bemerkte Cadamour.

»Ja«, erwiderte Gaspard, »aber ich will keinem Maler Modell stehen.«

»Warum nicht? Kennen Sie eine größere Ehre, als für die Zukunft verewigt zu werden? Monsieur Bouquet hat mich gebeten, für ihn einen echten Bajazzo zu finden.«

»Davon gibt es mehr als genug auf dem Jahrmarkt und hinten auf dem Boulevard.«

Cadamour erwiderte etwas zuvorkommender:

»Ich muß Ihnen gestehen, Bürger Deburau, daß der Bürger Bouquet gerade Sie erwählt hat.«

»Wie das? War er bei uns im Theater?«

»Gestern.«
»Wo hat er gesessen?«
»In der Loge. Er hatte ein Rendezvous mit irgendeiner Mademoiselle, mit der er nicht gesehen werden wollte.«
»So ist das«, sagte Gaspard enttäuscht.
»Es scheint jedoch«, tröstete Cadamour, »daß ihm genügend Zeit blieb, gelegentlich einen Blick auf die Bühne zu werfen. Als er zurückkam, sagte er nämlich zu mir: Cadamour, du bringst mir den Pierrot aus dem Funambules, oder ich will dich nie wiedersehen.«
»Das hat er zu Ihnen gesagt?«
»Vielleicht nicht ganz so schroff«, meinte Cadamour, »aber es könnte durchaus sein, daß er seine Drohung wahrmacht. Als ich jung war, raufte man sich um mich. Heute kann ich nicht mehr so lange stehen – aber Bouquet hat mit mir den Prometheus geschaffen, um den man ihn noch in Jahrhunderten beneiden wird.«
Der Pförtner kam, um darauf hinzuweisen, daß man das Theater jetzt schließen wolle.
Sie gingen hinaus, Cadamour in königlicher Haltung, Gaspard mit Coquette, die sicherlich unzufrieden war, weil ihr Herr ihr nicht soviel Aufmerksamkeit widmete wie sonst.
»Was ist das eigentlich für ein Maler, dieser Monsieur Bouquet?« erkundigte sich Gaspard schüchtern.
»Ich muß zugeben, daß er noch nicht zu dem Ruhm gelangt ist, an den ich gewöhnt war. Ich arbeite allerdings erst seit kurzem mit ihm. Ach, Bürger Deburau, haben Sie einmal in den Tuilerien die dritte Statue auf der rechten Seite der Allee aufmerksam betrachtet?«
Gaspard bekannte sein Versäumnis.
»Diese Linien! Diese Wadenmuskeln! Dieser gewölbte Brustkorb! Ein wahrer Achill!«
»Achill?«
»Ja, der bin ich. Modelliert hat mich Gros. Ein erhabenes Gefühl,

zu wissen, daß unsere sterbliche Hülle als Kunstwerk Jahrhunderte überdauert.«
»Sie meinen also, daß ich zu Ihrem Monsieur Bouquet gehen sollte?«
Cadamour sprach wiederum mit gesenkter Stimme:
»Ich bitte Sie darum, Bürger. Tun Sie es, damit ich nicht um meinen kärglichen Verdienst komme. Bürger Bouquet brennt darauf, Ihr Porträt zu malen ...«
»Glauben Sie, daß ich ihm gefallen habe?«
»Er sagte, Sie hätten einen interessanten Ausdruck.«
»Einen interessanten Ausdruck?«
»Gewiß doch«, lachte Cadamour. »Nicht jeder kann einen Körper haben, der sich für den Herkules und Romulus eignet. Sie müssen sich mit dem Ausdruck zufriedengeben. Aber auch damit machen Sie dem Bürger Bouquet eine große Freude.«
Gaspard machte seinen Mitmenschen gern eine Freude. Er fand es stets der Mühe wert, sich mit allem zu beschäftigen, was ihm über den Weg lief.
»Sie werden also kommen, Bürger? Die Adresse steht auf der Rückseite meiner Visitenkarte. Morgen nach Tisch. Das Kostüm bringen sie mit?«
»Wenn das Theater es mir leiht.«
»Ausgezeichnet. Ich werde Sie erwarten, Bürger Bouquet ebenfalls.«
»Gut. Auf Wiedersehen!«
Der graue Riese verschwand in der Menge.

Auguste Bouquet war ein junger Mann, den sein Vater, ein ehrbarer Tischlermeister, hinausgeworfen hatte, weil er Maler werden wollte. Auguste schlug sich durch, so gut es ging.
Er schämte sich seiner mißlichen Lage nicht und vertraute sich Gaspard gleich in den ersten Minuten hastig an. Cadamour stand hinter ihm und lächelte entschuldigend.

Gaspard interessierte die neue Umgebung außerordentlich. Er besah sich die Aktbilder, die überall an den Wänden hingen, schenkte den reizenden Kleinigkeiten in dem armseligen Atelier Aufmerksamkeit. Monsieur Bouquet gab sich ein wenig als Bohémien und wußte, was dazugehörte. Herumstehende Weinflaschen und eine bunte Schleife an der Decke bestätigten das.
Gaspard zog sich um, schminkte sich und nahm die gewünschte Stellung ein.
Bouquet ließ Cadamour Erfrischungen holen und machte sich an die Arbeit.
»Dieses Weiß reizt mich, wissen Sie?« vertraute er ihm an. »Wenn Sie Blau trügen, wäre das hundertmal leichter. Aber Weiß – im Gesicht, in den Augen, im ganzen Kostüm – wieviel Schattierungen sind das eigentlich?«
»Was werden Sie mit dem Bild machen, Monsieur Bouquet?« fragte Gaspard.
»Ausstellen, mein Junge! Ich stelle es aus und wir werden berühmt. Ich und Sie, verstehen Sie?«
»Und was wird darunter stehen?«
»Der Titel des Bildes? Deburau! Hat Ihnen Cadamour nicht gesagt, wie sehr Sie mir gefallen haben?«
»Er sagte es – etwas durch die Blume.«
»Er läßt niemanden neben sich gelten. Er ist jetzt ein armer Kerl. Ich habe zwar selbst nichts – aber ich teile mit ihm. Die anderen fürchten ihn. Mir ist das egal. Berühmt bin ich sowieso nicht, er macht mich dann zumindest durch Peinlichkeiten bekannt.«
Er zeichnete schon eine Weile, als die Tür aufging.
»Da bist du endlich! Komm her, Alter!«
Doch es war nicht Cadamour, sondern ein Mann um die Vierzig mit sehr zartem Gesicht, elegant, doch bescheiden gekleidet.
»Mein lieber Gérard«, rief Bouquet und warf den Pinsel weg. »Was für ein Glück, daß Sie meine bescheidene Hütte betreten! Als käme die Sonne herein!«

»Sagen Sie zuerst Ihrem Modell, er soll sich ausruhen.«
»Verzeihen Sie, Monsieur Deburau. Freilich, setzen Sie sich inzwischen!«
»Was für ein merkwürdiges Sujet!« Gérard besah sich die Skizze und verglich sie flüchtig mit dem Modell.
»Ich erfülle in der Praxis, was Sie mir beigebracht haben. Mir sind die klassischen Sujets zuwider geworden...«
»Zum großen Mißfallen von Bürger Cadamour«, lachte Gérard.
»Er haßt mich deshalb. Aber habe ich nicht ein vorbildliches romantisches Motiv gefunden! Weg mit den kalten Helden, haben Sie mich gelehrt. Bitte, hier ist mein Ritter, innig und rührend. Nicht im Panzer, sondern mit Herz. Pierrot!«
Gérard sah sich noch einmal die Zeichnung an.
»Sie haben sicher recht, Bouquet. Darin kann mehr Heldentum und Gefühl liegen. Wer ist das Modell?«
»Ein Schauspieler. Monsieur Deburau aus dem Funambules.«
Gaspard erschauerte vor Freude und Stolz. Doch die nächste Frage traf ihn hart.
»Funambules? Wo ist das?«
»Auf dem Boulevard du Temple«, antwortete Bouquet. »Früher traten dort die Seiltänzer auf. Heute spielt man Pantomimen.«
»Wie sind Sie denn dorthin gekommen?« wunderte sich Gérard so unverblümt, daß sich Gaspard schämte.
»Auf dem Pfad der Liebe«, antwortete der junge Mann lächelnd.
»Auch ich komme auf diesem zu Ihnen«, bekannte Gérard schlagfertig, wurde jedoch sofort wieder ernst. »Auf dem Pfad der väterlichen Liebe.«
»Hat Vater Sie schon wieder aufgesucht?«
»Heute nachmittag. Ich soll Sie überreden, die Malerei und das Bohèmeleben aufzugeben, um die Werkstatt zu übernehmen.«
Bouquet erschrak.
»Wenn Sie mich dazu überreden, bedeutet das, daß ich nichts kann. Und das wird für mich furchtbar, Gérard!«

Der elegante Herr schlenderte die Atelierwände entlang. Einige Bilder sah er sich aus der Nähe an, bei anderen trat er zurück und betrachtete sie länger. Bouquet folgte ihm mit bekümmertem Blick.

»Lieber Gérard, reden Sie doch endlich!« rief er ungeduldig. »Aber urteilen Sie nicht gleich allzu streng. Das alles ist noch nichts. Es sind nur Versuche. Vielleicht wird dieses Bild jetzt mein erstes richtiges Werk. Gérard, mein teurer Lehrmeister, spannen Sie mich nicht auf die Folter!«

»Ich will Sie nicht auf die Folter spannen, Bouquet! Ich rate Ihnen, Ihrem Vater nicht zu folgen. Es ist nicht vollkommen, was ich hier sehe. Sie machen noch viele Fehler. Aber Sie haben Talent und Persönlichkeit.«

»Ach, Gérard!« Der junge Mann atmete erleichtert auf.

Der Maler wurde Gaspard immer sympathischer. Hatte dieser Dickschädel, der voll Vertrauen und Hoffnung von der Kunst die Erfüllung seiner schmerzlichen Sehnsüchte erwartete, nicht Ähnlichkeit mit ihm?

Cadamour kam herein und nahm die Anwesenheit von Gérard verdrossen zur Kenntnis.

»Bürger Cadamour, die Romantik ist im Vormarsch!«

»Ach wären Sie doch ein falscher Prophet, Bürger Gérard!«

»Der nächste Salón wird wieder unter ihrem Zeichen stehen. Ich habe die erste Auswahl gesehen. Schluß mit der Antike! Sujets aus dem Mittelalter – oder aus dem heutigen Leben. Nie hätte ich gedacht, daß die Jury so viel Mut zeigen würde. Haben Sie schon den neuen Delacroix gesehen, Bouquet? ›Das Massaker von Chios‹? Nein? Da müssen Sie hin! Machen Sie sich schleunigst auf und eilen Sie, fliegen Sie ... Das ist überquellendes Leben, diese Fülle von Farben und Formen! Atemberaubend!«

»Soll ich gleich mit Ihnen gehen?«

»Vielleicht besser nicht«, Gérards Blicke ruhten wieder auf dem weißen Pierrot. »Arbeiten Sie! Damit nützen Sie sich am meisten.

Die Romantik wird viel intensiveres Arbeiten erfordern als die antike Erhabenheit. Wir müssen in das Innere des Menschen eindringen und ihm sein Geheimnis entreißen.«

»Das Geheimnis der Muskeln«, verkündete Cadamour.

»Das Geheimnis der Seele und des Herzens – mit all seinen Höhen und Tiefen!« verbesserte Gérard. »An die Arbeit, Bouquet, und falls Sie etwas brauchen sollten, kommen Sie! Mit Ihrem Vater werde ich sprechen. Adieu!«

»Vielen Dank, Gérard!« verabschiedete sich Bouquet, den Pinsel bereits wieder in der Hand.

Cadamour wandte sich erbittert ab, während Deburau, der den Worten des Malers wie einem Evangelium gelauscht hatte, aufstand.

»Auf Wiedersehen, Monsieur Gérard!« Es klang ernst und aufrichtig.

Der Maler wandte ihm den edlen Kopf zu, lächelte freundschaftlich aufmunternd:

»Auf Wiedersehen, Monsieur...«

Den Namen hatte er schon wieder vergessen.

»Bitte, stellen Sie sich wieder hin«, forderte Bouquet ihn auf.

»Danke. Aber machen Sie bitte keine so traurige Miene. Auch Sie gehören zu den Romantikern.«

»Meinen Sie?« fragte Gaspard erfreut.

»Leider«, sagte Cadamour.

Der Vertrag

Die Frage der Beleuchtung entzweite die bisher so guten Freunde und Gesellschafter, Monsieur Fabien und Monsieur Bertrand. Fabien war für Gas und bezeichnete Bertrand, der im Theater die Öllampen beibehalten wolle, als altmodisch. Bertrand reagierte empfindlich auf die Beleidigung. Als es zu weiteren und grundsätz-

lichen Auseinandersetzungen kam und keiner der beiden nachgeben wollte, trennten sie sich schließlich, und Bertrand blieb allein im Funambules zurück.
Gaspard bedauerte den Weggang Fabiens. Bertrand war allzu selbstbewußt und hielt sich für unfehlbar. Als kurz nach dem Bruch zwischen den Direktoren auf dem Boulevard d'Italie ein Bazar ausbrannte, in dem es Gasbeleuchtung gab, schickte er Fabien eine Depesche mit dem einzigen Wort: »Nun?«
Und um seinen Triumph zu krönen, ging er in der Erinnerung alle Manuskripte durch, die er in den letzten Jahren gelesen hatte, und schrieb selbst das Stück »Phaeton oder das Unglück, das schlecht installiertes Licht bewirken kann«. Pierrot spielte Phaetons Diener, der die Rösser des Sonnenwagens falsch eingespannt hatte und schuld daran war, daß die Erde in Brand gesetzt wurde. Obgleich Deburau den Pierrot spielte, wurde das Stück ausgepfiffen; das Publikum im Funambules bewies, daß es gegenüber schlechten Stücken kein Erbarmen kannte. Wie jeder Theaterautor schrieb Bertrand den Mißerfolg jedoch den Schauspielern zu, und sein Verhältnis zu Deburau verschlechterte sich. Das um so mehr, als sein früherer Kompagnon ihm die Depesche mit einem Wort heimzahlte:
»Nun?«
Gaspard erkannte an diesem Streit, daß er noch immer keinen festen Boden unter den Füßen hatte. Der Erfolg seines Pierrot hatte ihn nicht verändert. Während er auf der Bühne anspruchsvoll und streng gegen sich war, verhielt er sich zu allen, die ihn brauchten, weiterhin entgegenkommend und liebevoll. Es kümmerte ihn nicht, was die anderen verdienten und ob sie mehr bekamen als er. Er hatte ja seine Gefährtin Coquette. Er gewöhnte sich das Rauchen an, das einzige äußere Zeichen, daß es ihm etwas besser ging. Am meisten berauschte er sich an der Kraft, die er in sich entdeckte, wenn es ihm gelang, die Zuschauer in Bann zu schlagen. Man konnte sie führen, anhalten, sie in Spannung versetzen und sie mit

der nächsten Bewegung zum Staunen oder Lachen bringen. Ihm war, als spiele er mit einem Echo, und er erreichte darin Virtuosität. Sofort erspürte er, wo das Echo nicht die von ihm beabsichtigte Antwort gab, und wo die Wechselbeziehung verlorenging, der Widerhall fehlte, den er zu einer eindringlicheren Gestaltung oder zu einer unerwarteten Geste brauchte.

Weibliche Zuschauer, die ihm früher keinen Funken Aufmerksamkeit geschenkt hatten, lächelten ihm nun mit leuchtenden Augen zu. Im Alltag widerfuhr ihm das nicht, doch vergebliches Sehnen war ihm trotzdem lieber als Erfüllung ohne Gefühl. Du bleibst mir noch viel schuldig, warf er dem Leben vor und dachte dabei an ein reines Gesicht ohne Falsch, an grenzenlose Hingabe und an ewige Treue.

Vielleicht gerade weil er sich zu sehr sehnte und seine Blicke in die Ferne richtete, sah er nicht, was sich ihm in der Nähe bot. Der ganze Boulevard wußte, daß Mademoiselle Eugénie Levaux, die dem Funambules gegenüber einen kleinen Kiosk bewirtschaftete, Gaspard Deburau liebte. In ihrem grün bemalten Lädchen drängten sich während der Pausen die Besucher; Mademoiselle Levaux schloß oft, wenn irgend möglich, vorübergehend den Kiosk, um von der Saaltür aus ihren Helden zu bewundern.

Gaspard sah ihre schwärmerischen Blicke nicht, denn nach Ende der Vorstellung mußte sie hinter ihre Theke zurückeilen; er bemerkte es nicht, daß sie immer wieder versuchte, ihn zu treffen, wenn er das Theater verließ. Wenn der Applaus verstummte und er das geliebte Kostüm auszog, ging er in die Nacht hinaus, von der er erwartete, daß sie ihm eine Prinzessin bescherte, obwohl er genau wußte, daß sie ihm nur im Traum begegnen würde. Doch eine Mamsell vom Büfett erwartete er nicht. Deshalb nahm er sie auch nicht wahr, nicht einmal, wenn sie auf den Gehsteig hinauslief und betrübt seinen sich entfernenden Schritten nachhorchte.

Die alte Platzanweiserin – obwohl sie wußte, daß auch ihre jüngere Kollegin Pierrot verlangende Blicke zuwarf – gab Eugénie einen

listigen Rat. Wenn es der kleinen Mamsell nicht gelang, den Herrn zu gewinnen, solle sie ihr Glück bei dem Hündchen versuchen. Fortan gehörte Coquette der ganze Laden, und sie bezeigte der liebeskranken Eugénie sehr viel mehr Dankbarkeit. Doch nicht einmal das bemerkte Gaspard. Wenn er nach der Vorstellung auf die Straße hinaustrat, noch trunken vom Spiel, machte er sich gedankenverloren auf den Weg, und es kam ihm gar nicht in den Sinn, stehenzubleiben und ein paar freundliche Worte mit ihr zu wechseln, er, der sonst Menschen so zugetan war. Er ging bis ans Ende der Straße, dort wandte er sich um und pfiff. Coquette schnappte nach dem letzten Kuchenstück, entzog sich Eugénies liebevoller Umarmung und sauste zu ihm.
Die bedauernswerte Mademoiselle Levaux mußte auch weiterhin mit einer stummen Rolle vorliebnehmen.

Bertrand mußte bald einsehen, daß er nicht alles allein machen konnte, Manuskripte lesen, Proben abhalten, sich mit Schauspielern auseinandersetzen, Strafen ausschreiben und den ganzen Theaterbetrieb leiten. Er informierte sich in Fachkreisen und nahm als neuen Gesellschafter Monsieur Cot d'Ordan auf, den er bisher als Regisseur kannte und der in dem Ruf stand, an einem Franc zwei sparen zu können, was Bertrand besonders erfreute.
Monsieur Cot d'Ordan, ein hoch aufgeschossener Schlaks, ledern und kühl, wollte seinen Ruf rechtfertigen. Ein Theater zu führen heißt sparen, lautete sein Grundsatz. Er kürzte die Gagen der Musiker um fünf Francs. Die Schauspieler wies er an, die Dochte in den Lampen herunterzuschrauben, wenn sie ihre Garderoben verließen. Streng verbot er, das Öl der Lampen zum Abschminken zu verwenden. Eine Geldbuße drohte dem, der keine Strümpfe unter dem Trikot anzog oder etwas zum Waschen gab, ohne zuvor Erlaubnis eingeholt zu haben. Bertrand konnte sich nicht genug wundern, wo überall ihm die Centimes durch die Lappen gegangen waren.
Doch außer Sparsamkeit hatte Cot d'Ordan auch eigene künstle-

rische Ideen und wollte das Theater dementsprechend umgestalten. Bisher wurde an Wochentagen fünfmal, an Feiertagen achtmal gespielt. Cot d'Ordan beschränkte sich auf zwei Vorstellungen, weil er das Funambules den größeren Theatern angleichen wolle. »Zwei ausverkaufte Vorstellungen machen einen besseren Eindruck als fünf vor halbleerem Saal«, befand er. In diesem Sinne beabsichtigte er auch, Änderungen im Ensemble vorzunehmen. Er versprach sich viel von den englischen Akrobaten und Tänzern, den Gebrüdern Laurent. Felix erklärte daraufhin, er denke nicht daran, Nebenrollen zu spielen, dann gehe er lieber zu Madame Saqui.
»Ich verteile die Rollen gerecht«, versicherte Cot d'Ordan.
»Wir sind hier zu mehreren. Ich will keinem bloß zuspielen. Ich weiß schließlich, wer ich bin.«
Cot d'Ordan wußte es auch und überlegte, wie er die Rollen verteilen sollte, um die wichtigsten Ensemblemitglieder zufriedenzustellen.
»Lieber entlassen wir die jüngeren Schauspieler. Was ist mit Deburau?« schlug er vor.
Bertrand erinnerte sich jedoch an Fabiens Rat und wußte aus Erfahrung, wie vielseitig verwendbar und bereitwillig Gaspard war. »Überstürzen wir nichts, was uns hinterher leid tut!« redete er dem Regisseur zu. »Felix ist ein Star, aber er wird älter. Laurent ist unzuverlässig. Wir müssen jemanden in Reserve haben. Deburau ist bis jetzt noch unerfahren, aber fleißig. Er wird sicher immer besser. Ich sage nicht, daß er viel spielen muß, ich sage auch nicht, daß er die gleiche Gage haben muß wie bisher, aber es lohnt sich, wenn wir ihn behalten.«
Die beiden Gesellschafter steckten die Köpfe zusammen, griffen auf ihren reichen Schatz an Erfahrungen zurück, und das Ergebnis sah auch entsprechend aus. Deburau konnte sich bald davon überzeugen.
»Ich mußte Geldbußen bezahlen. Ich muß eine Feuerschutzanlage einrichten, Zubehör kaufen, wir werden hohe Ausgaben für neue

Kostüme haben«, erfuhren die Schauspieler. Und das Fazit hieß: »Wir müssen die Gagen kürzen.«

Am schlimmsten bekam es Gaspard zu spüren. Der neue Vertrag brachte ihm nur die Hälfte seiner bisherigen Bezüge: neun Francs wöchentlich.

»Davon kann ich nicht einmal meinen Hund ernähren, Herr Direktor«, entgegnete er mit bebender Stimme. »Wovon soll ich leben?«

»Ich habe hier noch einen Vertrag für dich, Deburau«, sagte Bertrand freundlich.

Und er zeigte ihm einen Text, in dem deutlich stand »fünfunddreißig Francs die Woche«.

»Ich bin überzeugt davon, daß es mit uns ständig bergauf gehen wird. Dieser Vertrag wird in zwei Jahren gültig. Ist das nicht herrlich? Nimmst du an? Darüber müßten wir uns zuerst verständigen!«

Die Summe war unglaublich. Er unterschrieb.

»Aber was wird in der Zwischenzeit?«

»Du wirst dich schon durchschlagen«, tröstete ihn Bertrand. »Fast alle unsere Schauspieler haben eine Nebenbeschäftigung. Einer ist Klempner, ein anderer Glaser, ein dritter handelt mit Wein. Selbst unsere Primadonnen nähen und machen Hüte. Und du kannst doch mehr als ein Handwerk!«

»Ich dachte, Theaterspielen soll man redlich, ausschließlich, das ganze Leben lang, nicht nur am Abend, um sich etwas dazuzuverdienen.«

»Spiel also Theater – und verdien dir tagsüber dazu!«

»Ich weiß nicht, ob ich das schaffe.«

»Selbst wenn wir uns für einige Zeit trennen sollten – in zwei Jahren kommen wir wieder zusammen.«

»Aber wer würde den Pierrot spielen?«

»Darüber haben wir mit Monsieur Cot d'Ordan noch nicht nachgedacht. Vielleicht Laurent, oder sonst irgendwer...«

»Ausgeschlossen!« Deburau konnte sich nicht mehr beherrschen und schrie: »Das ist meine Rolle! Begreifen Sie das nicht? Der Pierrot gehört mir!«
»Mach mir hier keine Szene.« Bertrand wandte sich ab. »Dafür ist die Bühne da.«
Deburau senkte die Stimme. »Ich habe hier mein Publikum, Herr Direktor, ich kann es nicht im Stich lassen. Und ich kann meinen Pierrot keinem anderen schenken! Damit würde ich mein Leben herschenken...«
Die Tür ging auf, Cot d'Ordan und Felix traten ein. Bertrand wechselte Blicke mit ihnen, die Gaspard auffing.
»Monsieur Felix, Sie wissen, wie lange ich gewartet habe! Soll ich jetzt um alles gebracht werden?«
Felix sah ihn betrübt an, doch Cot d'Ordan sagte kühl:
»Monsieur Deburau scheint die Gesetze der Pantomime nicht zu kennen. Er spricht zuviel.«
Gaspard ertrug kein Mitleid. Ihm war klar, daß es für ihn keine Hoffnung gab. Auch sein Blick wurde kühl.
»Die Pantomime würde es verlangen, daß ich mich räche. Doch bei Monsieur Felix verzichte ich darauf.«
»Du nimmst also an?«
»Lassen Sie mich spielen, solange ich es aushalte. Hungers sterben will ich nicht. Aber irgendeine Nebenbeschäftigung kommt für mich nicht in Frage. Wenn ich nicht mehr weiterkann, werde ich gehen.«
»Aber unser Vertrag gilt!« Bertrand zeigte auf die Unterschrift.
»Was wirst du machen?« fragte Felix teilnahmsvoll.
»Ich habe eine Lehrstelle in Aussicht – als Schlosser.«

Nicht lange danach flanierten eines Sonntag abends vier ältere, gutgekleidete Herren über den Boulevard du Temple. Sie waren empört; sie sprachen über die neuen Zensurgesetze, die jede Entfaltung der Kunst in Frankreich zu unterbinden drohten, über das Verbot des Salóns, über die Unterdrückung der Presse.
Sie kehrten kurz im Café »Die Tausend Säulen« ein, wo der Cafetier damit prahlte, daß seine Frau als Kassiererin auf dem Thron von Napoleons Schwester sitze, und daß er dieses Stück für lumpige vier Tausender erstanden habe. Dann suchten sie den Verleger auf, der versprochen hatte, eine Gedichtsammlung André Cheniers herauszugeben; es war gerade fünfunddreißig Jahre her, daß Chenier als eines der letzten Opfer Robespierres auf dem Schafott geendet hatte. Der Verleger machte jedoch einen Rückzieher. Er denke nicht daran, sich bei Hofe mißliebig zu machen.
Die Empörung der vier Künstler wuchs. Sie gedachten der letzten Worte André Cheniers: »Ich habe nichts für diese Welt getan! Aber im Kopf, im Kopf hab ich es...« Und dann fiel das Beil, und der Kopf eines großen Dichters war für die Welt verloren.
Die vier Männer spielten im Pariser Künstlerleben eine bedeutende Rolle: Louis Benoit Picard, Komödiendichter, dessen letztes Stück nicht verstanden wurde und darum durchgefallen war; Pierre-François Fontaine, der Architekt, der die Tuilerien in großzügigem Stil erneuert hatte; Pierre-Joseph Redouté, berühmt für seine Blumenstilleben; und schließlich François Gérard, gefeierter Maler der »Schlacht von Austerlitz« und anderer großer Historienbilder, Lehrer Bouquets und Vertreter der neuen romantischen Richtung.
Von trüben Gedanken begleitet führte sie ihr Spaziergang unversehens auf den Vorstadt-Boulevard. Sie kamen an Kohlenhandlungen vorbei, die im Souterrain lagen, passierten Verkaufsstände mit

Fischen und Obst und sprachen über die Dinge, die ihnen am Herzen lagen.
»Um wieviel besser haben es diese Leute«, meinte Fontaine und wies auf die Menschenmenge, die in Feiertagsstimmung an ihnen vorbeizog. »Sie begeistern sich an den Darbietungen der Seiltänzer, und damit ist die Frage der Kunst für sie gelöst.«
»Auch ihnen sollte man echte Kunst bieten«, warf Gérard ein.
»Wie sollte die Kunst hierher gelangen, wenn sie sich nicht einmal den Weg in die Comédie Française erkämpfen kann?«
»Die Romantik steht dem Volk näher als den Bürgern«, behauptete Gérard. »Sehen Sie doch in diese Gesichter! Aus ihnen spricht eine gesunde, unverdorbene Mentalität.«
»Die gesunde Mentalität haben sie«, Redouté machte eine lebhafte Handbewegung, »weil sie sich um nichts kümmern. Unsereins quält sich und grübelt, wie es dazu kommen kann, daß Cheniers Gedichte verbrannt werden, daß man einen Béranger einsperrt, und warum ein König nur Marienprozessionen als künstlerische Äußerung ansieht.«
Sie gingen bedrückt weiter.
»Wollen wir nicht umkehren?« schlug einer von ihnen vor.
»Mir scheint, daß man hier freier atmen kann«, sagte Gérard. »Zurück zu Procope? Das sind Cafés für Begräbnisteilnehmer. Zeitungen, Billard ... Du lachst – und schon weist man dich zurecht, das störe den General bei der Zeitungslektüre ...«
»Und wenn wir irgendwo in ein Cabaret gingen?« regte Fontaine an.
»Ich habe nichts dagegen«, lachte Gérard.
»Versuchen wir es also«, stimmte Picard zu. »Vielleicht heitert das unser umdünstertes Gemüt etwas auf.«
Scharen von fröhlichen, lachenden Menschen gingen an ihnen vorbei.
»He«, rief Fontaine, »könnt ihr uns verraten, Freunde, wo sich eure gute Laune kaufen läßt?«

Die angesprochenen jungen Männer blieben überrascht stehen, sahen einander an und lachten noch mehr.
»Das ist recht billig, Monsieur. Es kostet nur vier Sous.«
»Aber wo, bitte?«
»Im Funambules, Monsieur.«
»Danke für den Rat, Monsieur«, Fontaine verneigte sich höflich.
Die Handwerker erwiderten lachend den Gruß und gingen weiter.
»Ich schlage vor, daß wir der Stimme des Volkes folgen. Wenn wir uns diesen Abend schon um die Ohren schlagen, dann wenigstens gründlich«, meinte Picard.
Sie erkundigten sich nach dem Funambules und standen bald darauf vor dem Eingang. Der heisere Ausrufer lockte mit blumenreicher Rede zum Eintreten.
»Die Kunst hat hier eine andere Stimme als in der Comédie«, bemerkte Redouté.
»Bei aller Verehrung für die Götzen der Vorstadt«, fügte Fontaine hinzu, »bleibt unbestritten, daß sich die Kunst in der Comédie melodischer anhört als hier.«
»Die Vorstadtmuse kennt diese Sorge um den Wohllaut nicht«, entgegnete Gérard.
»Vielleicht ist sie gerade deshalb ganz verstummt.« Picard zeigte auf den Anschlagzettel, der die Pantomime »Der rasende Stier« ankündigte.
Obgleich Laurents Stück schon lange mit großem Erfolg gezeigt wurde, fielen dem Ausrufer, Vater Royer, fast die Augen aus dem Kopf, als er bemerkte, daß diese vier vornehm aussehenden Kavaliere tatsächlich an die Kasse traten.
»Die besten Karten, die Sie haben!«
»Loge – die Proszeniumsloge – die beste Aussicht im ganzen Saal«, stotterte die Kassiererin. Solche Besucher hatte das Theater noch nie gehabt.
Es blieb noch etwas Zeit bis zum Beginn der Vorstellung, so daß

sich die Freunde eine Flasche Chablis in der gegenüberliegenden Wirtschaft genehmigen konnten. Sie tranken sich Mut an, hatten aber zugleich auch Spaß an ihrem Einfall. Sicher würden ihnen ihre Freunde nicht glauben, wohin sie die Verbitterung an diesem Abend verschlagen hatte – in ein kleines Vorstadttheater, zu den Spaßmachern am Boulevard du Temple.

»Gehen wir, Messieurs, es ist Zeit.«

Sie zahlten und überquerten die Straße zum Eingang des Funambules.

Noch immer gutgelaunt und die ungewohnte Atmosphäre mit ironischen Bemerkungen kommentierend, folgten sie der Platzanweiserin durch den mit ungeduldigen Zuschauern bereits vollbesetzten Saal. Handwerker in Feiertagswesten tranken einander aus kleinen Gläsern zu und deponierten die Flasche unter der Bank; ihre Ehefrauen schlürften Orangensaft. Von den hinteren Reihen im Parterre und von der Galerie erschallte wilder Lärm.

»Sehr oft waschen sich die wohl nicht«, bemerkte Fontaine.

»Aber sie freuen sich mehr als die Gecken in der Oper«, konstatierte Gérard.

Die junge Platzanweiserin führte sie bis unter die Bühne.

»Vorsicht, Messieurs, sechs Stufen! Den Kopf einziehen!«

Sie öffnete ihnen die Loge. Während die anderen ihre Hüte ablegten und ins Publikum schauten, suchte Picard in der Tasche nach Kleingeld. Er bemerkte, daß die Logenschließerin verweinte Augen hatte.

»Wo fehlt's?« fragte er, als er ihr das Geld gab. »Was ist Ihnen denn Trauriges zugestoßen in diesem fröhlichen Theater?«

»Entschuldigen Sie«, stammelte das Mädchen und wischte sich mit dem Taschentuch die Augen.

»Sagen Sie's mir nur, mein Kind«, Picard beugte sich zu ihr, und auch die anderen drehten sich neugierig um.

»Monsieur Deburau spielt heute zum letzten Mal«, erklärte sie betrübt.

»Und ist das so tragisch?« lachte Picard. »Freunde, wir haben die falsche Wahl getroffen. Das Elend dieser Welt vergessen wir hier nicht.«

»Monsieur Deburau wird Sie gewiß sehr gut unterhalten«, versicherte das Mädchen, »Sie verstehen doch etwas vom Theater.« Und wieder liefen ihr die Tränen über die Wangen.

»Danke, Mademoiselle«, Picard verbeugte sich. »Aber verraten Sie uns noch, warum dieser reizende Herr Ihr Theater verläßt, wenn er hier bis zu Tränen geliebt wird? Hat er vielleicht ein besseres Engagement an der Comédie Française?«

»Nein, Monsieur«, schluchzte sie, »er geht aus Not. Er muß das Theater aufgeben und Schlosser lernen.«

»Das ist allerdings traurig. Der Boulevard du Temple weiß seine Künstler nicht zu schätzen.«

»Niemand kann ihm helfen. Der Direktor bevorzugt andere Schauspieler.«

Es ertönten drei Schläge auf Holz. Das Mädchen schloß die Loge. Die Freunde nahmen Platz; sie waren zwar ein wenig verstimmt, dennoch schauten sie aufmerksam auf die Bühne, als sich der Vorhang hob.

»Wir werden sehen«, sagte Fontaine, »wer vom Theater mehr versteht, der Direktor oder die Logenschließerin.«

Die bunte, märchenhafte Handlung der Pantomime begann.

Alle Schauspieler hatten von dem ungewöhnlichen Besuch erfahren, und ihre Blicke wanderten von Zeit zu Zeit in die Proszeniumsloge, wo die vier Gesichter der vornehmen Besucher weiß aus dem Dunkel hervorleuchteten. Hinten blitzte Picards Lorgnon auf, das erste Lorgnon im Theater Funambules.

Plötzlich betrat Pierrot die Bühne.

»Er ist es«, sagte Gérard. »Der Clown von Bouquet.«

Pierrot schien der einzige zu sein, der sich nicht um den außergewöhnlichen Besuch kümmerte. Was lag ihm an der Loge, wenn er heute von seinem geliebten Parterre Abschied nehmen mußte,

wenn er heute zum letzten Mal im Rampenlicht stand, ihm ein letztes Mal eine Welle von Staunen und Gelächter entgegenschlug? Spielte er sonst kaltblütig und mit Verstand, so lastete heute eine neue Schwere auf ihm, doch um so sicherer steuerte ihn eine unsichtbare Hand durch alle Klippen. Den Blick ins Weite gerichtet, fiel er hin und warf andere zu Boden. Er bekam Ohrfeigen und teilte welche aus. Dies war jedoch nicht weniger komisch. In seinen Augen blitzte der Schalk, und er wartete mit immer neuen überraschenden Einfällen auf. Das Publikum amüsierte sich und lachte.
Bisweilen verlangsamten sich Pierrots Gesten; er verzögerte sie wie eine Liebkosung. Und bisweilen überzog das Gesicht ein ironisches Lächeln, das jedesmal etwas anderes bedeutete. Die übrigen, Harlekin, Leander, Cassandre, agierten mit Vehemenz und ebensolcher Hingabe. Pierrot aber machte kaum ein Viertel ihrer Schritte, kaum ein Zehntel ihrer Gesten. Und dabei war er am verständlichsten und lustigsten. Manchmal schien es, als wirbelten alle um ihn herum und er sei mittendrin allein, allein mit seinem bösen Lächeln. In dem Augenblick jedoch, als man erwartete, daß er losschlagen würde, verwandelte sich das böse Lächeln, wurde liebevoll, gutmütig, freudestrahlend. Zwischen diesen beiden Polen zeigte seine Mimik eine ganze Skala von Gefühlen und Stimmungen. Doch nicht einmal verzog er dabei den Mund, nicht einmal verzog er die Lippen zu breitem Lachen. Kam doch jeder Ausdruck nur aus der inneren Spannung und dem inneren Erleben.
Pierrot war ein Schauspieler, dem alles vertraut war. Er kannte die Liebe wie den Haß. Er mußte nichts vortäuschen. Und überdies besaß er jenes unbeschreibliche Lächeln, in dem sich Verschlagenheit, Enttäuschung und Glauben vermischten; damit setzte er den Schlußpunkt unter eine Szene, in der er ebenso Verlierer wie Sieger war.
Der Vorhang fiel.
Die Leute klatschten. Auch die vier Freunde in der Loge applaudierten. Die Schauspieler verbeugten sich. Kolombine schickte

Küßchen ins Publikum. Cassandre und die anderen versuchten durch alberne Mätzchen auf sich aufmerksam zu machen. Pierrot aber stand bewegungslos da; das weiße Gesicht war wie aus Stein gemeißelt, und nur die Augen wanderten langsam von einem zum anderen und sprachen zu sich, nicht zum Publikum, von Trauer. Niemand ahnte das, nur die Platzanweiserinnen, einige Musiker – und die vier Freunde.
»Nur Mut, Pierrot«, brummte Gérard.
Doch Pierrot erkannte ihn nicht, er hob das Gesicht zur Galerie, und so verharrte er, bis der Vorhang ein letztes Mal fiel. Und als er vollkommen regungslos dastand, erweckte er eher den Eindruck, Peitschenhieben ausgesetzt zu sein als dem Applaus.
Pause.
»Orangen! Süßigkeiten! Feigen!«
Eine Woge von Lärm und Rauch stieg vom Parterre hoch.
In der Loge fiel lange kein einziges Wort. Schließlich fragte Redouté:
»Was haben Sie da geflüstert, Gérard?«
»Hab ich was geflüstert?«
Die Stimmen waren ernst, leise, beklommen.
»Sie haben ›Nur Mut‹ geflüstert«, erinnerte ihn Fontaine.
»Der Junge ist großartig«, sagte Picard.
»Und sein Abschied überaus traurig«, pflichtete Gérard ihm bei.
»Habt ihr gesehen, was sich in seinen Augen abspielte?«
Die Leute unten lärmten und lachten. Ein Mann bot aus einem Blechkrug Obstsaft für zwei Centimes an, Verkäuferinnen priesen Zuckerstangen für zwei Sous, und in ihre Ausrufe mischte sich der Refrain eines bekannten Couplets.
»Ich habe sie alle während der Vorstellung beobachtet«, bekannte Picard. »Ich wollte meinen eigenen Eindruck bestätigt wissen. Ich habe noch nie die Rolle des Pierrot so gespielt gesehen. Das ist eine Offenbarung! Eine Revolution! Dieser Junge macht aus einem Maskenspiel Kunst.«

»Und jetzt lassen sie ihn gehen, um Schlösser und Schlüssel zu machen«, erinnerte Gérard bekümmert.
Das Parterre verstummte.
Der Beleuchter löschte einige Lichter. Es erklang wieder ein anspruchsloses Vorspiel, dann öffnete sich der Vorhang.
Das Stück ging weiter.
Pierrot pflegt seinen Herrn. Wann immer er ihm die Arznei auf einem Stück Zucker reicht, schluckt er den Zucker selbst. Aber ihm ist, als schlucke er Gift.
In dem Duell mit Harlekin kann er mit wenigen Bewegungen die ganze Schwäche der menschlichen Natur aufzeigen. Er weicht dem Kampf aus, er sucht für den Gegner eine schlechtere Waffe, einen kürzeren Säbel aus, und schließlich, um aus dem Konflikt mit heiler Haut davonzukommen, überredet er den Rivalen, lieber die Sekundanten zu erschießen als ihn.
Die Zuschauer unterhielten sich lauthals darüber, wie dieser Pierrot Charaktereigenschaften entlarvte, die sich der Mensch meist nicht eingestehen will: Feigheit, Egoismus, Rücksichtslosigkeit. Doch das grimmige Lächeln am Schluß eines jeden Auftritts bewies, daß Pierrot das Leben nicht nur nachspielte, sondern es auch kritisierte.
»Castigat ridendo mores«, bemerkte Fontaine.
Die vier Freunde äußerten nun öfter ihre Zufriedenheit und bestärkten einander in ihrer Zustimmung.
»Der Junge hat auch noch Mut«, meinte Redouté, als Pierrot beim Abgang von der Szene eine Kerze ergriff und sie wie bei einer Prozession vor sich hertrug.
Die Leute im Zuschauerraum brachen in beifälliges Gelächter aus.
Pierrot klopfte auf der Bühne an die Tür.
»Herein!« rief das ganze Parkett.
»Hab ich nicht gesagt, daß es hier ein prächtiges Publikum gibt?« Gérard beugte sich über die Logenbrüstung.

»Sehen Sie sich den Pierrot an«, Picard faßte ihn an der Hand.
Das Stück ging seinem Ende zu. Das Treiben auf der Bühne steigerte sich, alles wirbelte und tanzte durcheinander, nur Pierrot wurde immer langsamer. Als er zuschlagen sollte und dabei sein Ziel verfehlte, war nicht zu erkennen, ob es absichtlich geschah oder nicht. Als wiederum er einen Schlag bekam, war nicht auszumachen, ob er es nur vortäuschte oder wirklich fast betäubt war. Für einen sensiblen Künstler, der den Wahrheitsgehalt dieser Komödie erkannte, war dies ein beklemmender Anblick.
Pierrot brachte die Zuschauer mit seinen Einfällen immer wieder zum Lachen.
Als Harlekin in der Umarmung mit Kolombine versank und alle übrigen in einen wilden Tumult ausbrachen, stand Pierrot mitten unter ihnen wie eine Statue auf einem einsamen Grabstein.
Das Publikum hatte bisher über ihn gelacht und ihm seine Zufriedenheit temperamentvoll bekundet; doch jetzt waren ganz andere Kräfte am Werk, rissen ihm die Bühnenmaske vom Gesicht, so daß er hier, nahe der Loge, wie entblößt dastand, den Blick starr in die düstere Zukunft gerichtet. Und die Augen sagten: Ich wollte euch so viel geben – doch ihr habt es nicht angenommen.
Gaspard Deburau trug den Pierrot aus dem Funambules zu Grabe.
»Ein schreckliches Lächeln«, flüsterte Redouté.
»Kommen Sie, Messieurs, es ist zu Ende!«
Sie erhoben sich und verabschiedeten sich mit einem letzten Blick von der weißen Gestalt auf der Bühne.
An der Tür hielt sich die junge Logenschließerin das Taschentuch vor die Augen.
»Gute Nacht«, wünschte ihr Picard teilnahmsvoll.
Der Gehsteig vor dem Funambules bot nach der Vorstellung das gewohnte Bild. Die Leute strömten aus dem Theater, diskutierten, lachten. Die kleinen Läden, die an den Besuchern profitierten, schlossen allmählich. Ein wenig später verließen die Schauspieler

und Schauspielerinnen das Theater. Sie sahen sich um, holten tief Luft und entfernten sich dann mit langsamen oder eiligen Schritten. Auf Marianne und Flora warteten Kutschen mit befrackten Herren im Fond. Im Wegfahren schauten sie stolz auf die Kolleginnen herunter, die vor dem nächtlichen Regen flüchteten.
Der Himmel beweinte das heutige Begräbnis.
Auf einmal hörte man schnelle Schritte. Vier Herren, die als erste das Theater verlassen hatten, kehrten zurück. Fast überholte einer den anderen. Was führte sie hierher?
Der Gehsteig war menschenleer.
Picard öffnete die Pforte und wollte gerade eintreten, als jemand langsam und schleppend herauskam. Picard machte Platz und fragte:
»Entschuldigen Sie, Monsieur, ist Monsieur Deburau, der heute den Pierrot spielte, noch im Haus?«
»Das bin ich«, sagte der Mann und blieb stehen.
»Sie!« rief Picard und sah ihm neugierig ins Gesicht.
»Womit kann ich dienen?« fragte Pierrot, nunmehr armselig gekleidet.
»Würden Sie mit uns einen kleinen Spaziergang machen?«
In Gesellschaft dieser noblen Herren hatte er nichts zu befürchten.
Er bejahte und wartete ab.
Sie nahmen ihn in die Mitte, gingen jedoch schweigend neben ihm. Sie sahen sich ihren Schauspieler unauffällig näher an. Ein schäbiger, an den Ärmeln abgewetzter Kittel, enge, geflickte Hosen. Doch das Gesicht war ausdrucksvoll wie auf der Bühne; dunkles, leicht gewelltes Haar, eine hohe Stirn mit einigen vorzeitigen Fältchen, tiefliegende, graublaue Augen, eingefallene Wangen und schmale Lippen über einem eckigen Kinn. Den Gesichtszügen war die Wandlungsfähigkeit erhalten geblieben, was seine außergewöhnliche Sensibilität verriet; jetzt, in Zivil, kam seine Schüchternheit noch mehr zum Vorschein.

Vor dem nächsten Restaurant blieb das seltsame Quartett mit Deburau stehen.
»Essen Sie mit uns zu Abend?«
»Entschuldigen Sie, das ist mir nicht möglich ...«
»Darum geht es gerade«, entschied Fontaine, und alle gingen hinein. Sie bestellten ein reichliches Abendessen. Gaspard hatte sich inzwischen sein Urteil gebildet; Menschenfreunde, die ihn bewirten wollten. Vielleicht hatte er ihnen vorhin im Theater die schlechte Laune vertrieben, und sie wollten sich dafür bedanken. Er kannte diese Art Nächstenliebe, die manchmal den Egoismus überwand. Doch er nahm die Einladung an, da sein Hunger über seinen Stolz siegte.
»Auf unseren Pierrot!« sagte einer und hob das Glas. »Erkennen Sie mich nicht?«
»Meister Gérard!« rief Gaspard. Nun kam ihm ein neuer Gedanke: Diese Leute sind Maler und wollten ihn als Modell. Er war entschlossen, abzulehnen. Bouquet hatte ihn schon häufig gezeichnet, in verschiedenen Rollen, doch sein Ölbild war wegen des ungeeigneten Sujets zurückgewiesen worden.
Die vier tranken einander zu, verständigten sich mit Blicken, und Gérard begann zu reden. Es war wie ein Verhör, aber mit solchem Feingefühl geführt, daß Gaspard bereitwillig antwortete.
»Ist es wahr, daß Sie das Theater verlassen sollen?«
»Ja.«
»Wann?«
»Morgen. Morgen werde ich mich auch bei meinem neuen Patron melden.«
»Bei einem Schlosser?«
»Wer hat Ihnen das gesagt?«
»Wir haben erfahren, daß Sie weggehen, weil Sie von dem Almosen, das Ihnen der Direktor gibt, nicht leben können. Wie hoch ist Ihre Gage?«
»Neun Francs die Woche.«

Sie konnten ihr Entsetzen nicht verbergen.
»Das ist infam. Dieser Direktor trachtet Ihnen nach dem Leben!«
Gaspard zuckte die Schultern.
»Anfängern wird noch weniger gezahlt. Ich habe einen Vertrag, der wesentlich besser ist, doch tritt er erst in zwei Jahren in Kraft. Ich habe zu hungern versucht, aber ich kann es nicht länger durchhalten. Ich hatte Krämpfe und ständig Kopfweh.«
»Neun Francs in der Woche! Dieser Verbrecher!« erregten sich die Künstler.
»Davor hatte ich achtzehn. Da war ich reich.«
»Achtzehn?« staunten sie und dachten an den Cafetier, der den Thron von Napoleons Schwester erworben hatte. Von dieser überflüssigen Ausgabe könnte der junge Mann fünf Jahre leben!
Sie prosteten einander zu, und Gérards Stimme wurde ruhig, doch zugleich nachdrücklicher:
»Hören Sie, Monsieur Deburau! Wir haben von Ihrem Weggang erfahren, und wir haben Sie spielen gesehen. Sie haben uns überrascht. Wir sind überzeugt davon, daß Sie großes Talent besitzen. Es wäre schade, wenn Sie die Bühne verließen.«
Gaspard errötete über das unverhoffte Lob.
»Der Direktor wird Ihre Gage nicht erhöhen, nicht wahr? Aber mit diesen neun Francs würde er Sie weiterspielen lassen?«
»So hat er es sich vorgestellt.«
»Nun passen Sie gut auf, daß Sie meine Worte richtig verstehen und sie nicht falsch auslegen.«
»Ich werde mich bemühen, Monsieur.«
»Ich wiederhole, wir glauben an Ihre Begabung, und für uns ist es ein unerträglicher Gedanke, daß Sie aus finanzieller Not die Bühne verlassen sollten. Wir wollen, daß Sie weiterspielen ...«
»Das ist unmöglich, Messieurs.«
»Deshalb haben wir uns erlaubt, Sie hierher einzuladen. Wir sind keine reichen Leute, doch wir halten es für unsere Pflicht, der

Kunst wenigstens einen Teil von dem zurückzugeben, was sie uns einbringt. Wir möchten Ihnen eine Unterstützung gewähren.«
»Ja«, bestätigte Picard mit fester Stimme. »Keine Spende. Wir haben uns geeinigt, Ihnen monatlich einen Zuschuß zu zahlen.«
Deburau war von dieser unerwarteten und völlig ungewöhnlichen Hilfsbereitschaft betroffen und ergriffen.
»Das geht doch nicht ...«
»Ich habe Sie um Verständnis für uns gebeten. Wir machen das nicht nur für Sie, sondern auch für uns selbst. Erlauben Sie, daß wir uns damit ein ruhiges Gewissen erkaufen. Falls Sie in sich den Willen verspüren, ein wirklicher Künstler zu sein und mit Ihrem Spiel den Menschen etwas zu sagen – müssen Sie annehmen. Das sind Sie sich schuldig.«
»Das ist unglaublich, Messieurs ... So wie Sie – hat bisher noch nie jemand mit mir geredet ... Sie sind anders als die übrigen Menschen ...«
Alle lachten, und Fontaine sagte ernst:
»Möglicherweise hat er recht, Freunde. Aber ich weiß auch warum.«
Sie lächelten gespannt.
»Weil wir die ersten sind, die ihn gesehen haben! Vielleicht werden wir einmal darauf stolz sein.«
Gaspard wußte nicht, ob sie scherzten oder es ernst meinten.
»Also dann, lieber Monsieur Deburau, nehmen Sie unsere Abmachung an?«
»Ich wage es nicht.«
»So nehmen Sie an!«
Die Gläser funkelten und klirrten, als sie anstießen.
»Heute ist der neunte. Am neunten jedes Monats kommt einer von uns – und übergibt Ihnen ...«
»Wenn Sie erlauben, Messieurs«, unterbrach Deburau bittend, »nehme ich Ihr freundliches Anerbieten an. Aber ich bitte Sie, mir nicht mehr zu geben, als ich zuvor hatte.«

»Ich wollte Ihnen mehr geben«, warf Redouté ein.
»Ich werde das als ausgleichende Gerechtigkeit betrachten und nicht als Geschenk, für das ich mich genieren müßte.«
»Gut, wir sind einverstanden.«
»Jeder von uns hinterlegt monatlich neun Francs, damit verdoppelt sich Ihre Gage. Hier ist die erste Rate.«
Sechsunddreißig Francs lagen auf dem Tisch. Gaspard steckte sie zaghaft ein.
»Wir danken Ihnen, Monsieur Deburau, daß Sie uns verstanden haben.«
»Ich habe Ihnen zu danken, Messieurs.«
Die Nacht entfaltete ihren Zauber, als Gaspard nach Hause ging. Was für ein Spiel trieb das Leben mit ihm? Es ließ Harlekins Pritsche sausen – und aus ihm wurde ein Bettler, jeder Hoffnung beraubt. Und es ließ sie wieder sausen – und schon war er ein reicher Mann, der das wertvollste Geschenk erhalten hatte: den Glauben an die Menschlichkeit. Und noch viel mehr: den Glauben an sich selbst.
Die Leute aus dem Viertel klatschten, weil sie sich amüsierten, weil er sie erfreute und zum Lachen brachte. Waren diese vier nicht die ersten, die ihm *als Künstler* applaudiert hatten?

Désirée

Bertrand war aufrichtig überrascht, als ihm Gaspard am nächsten Morgen mitteilte, daß er selbst für die gekürzte Gage bleiben wolle und weiter alle seine Pflichten erfüllen werde.
»Hast du geerbt? Oder eine reiche Geliebte gefunden?«
Gaspard lächelte nur geheimnisvoll.
Doch Bertrand war erleichtert. Laurent, bestärkt durch den Erfolg seines Stücks, stellte bereits höhere Ansprüche. Für neun Francs einen Pierrot zu haben, den das Publikum liebte, war nicht zu ver-

achten. Wenigstens würde er ihn nicht aus den Augen verlieren, sobald er ihn brauchte.

So blieb Deburau alles erhalten: das fröhliche Lachen der Zuschauer und die neidischen Blicke der Kollegen. Nur eins blieb ihm unverständlich: Warum die kleine Logenschließerin jeden Abend so glücklich lächelte, wenn er an ihr vorbeiging.

Froh und zufrieden lief Gaspard zu Christophe, um ihm mitzuteilen, daß er seine Arbeit bei dem Schlosser vorerst nicht antreten würde. Bei der Rückkehr machte er absichtlich einen Umweg über den Jardin du Luxembourg, denn er wollte wenigstens pfeifen, wenn er schon nicht jauchzen und tanzen durfte, um seiner Fröhlichkeit Ausdruck zu verleihen.

Als er an einem grünen, einstöckigen Häuschen vorbeikam, wehte der Wind, der ihm ins Gesicht blies, einige Blätter Papier aus einem der Fenster herunter. Gaspard schaute nach oben und erblickte ein hübsches blondes Mädchen, das sich hinausbeugte, um zu sehen, wohin der Wind ihre Blätter getragen hatte. An jedem anderen Tag hätte Gaspard zweifellos den Kopf gesenkt und wäre, von heimlicher Sehnsucht geplagt, weitergegangen; doch seine heutige Stimmung verlieh ihm Mut.

»Hallo, Mademoiselle, lassen Sie sich vom Wind herunterblasen«, rief er. »Keine Angst, ich fange Sie auf!«

»Meine Briefe!« Das Mädchen schlug besorgt die Hände zusammen, als der Wind ihre Blätter in eine Pfütze wehte.

Gaspard lief los und holte die herumfliegenden Papiere ein.

»Sie sind sehr liebenswürdig!« rief die Blondine ihm zu.

»Nicht der Rede wert«, entgegnete Gaspard. »Kommen Sie herunter, um die Briefe zu holen?«

»Das kann ich leider nicht«, sagte das Mädchen verlegen. »Die Tante hat mich eingeschlossen. Ich darf nicht hinunter.«

»Soll ich sie Ihnen hinaufbringen?«

»Wenn Sie so freundlich wären? Aber bitte, lesen Sie sie nicht.«

»Nein«, versprach Gaspard, doch die Neugier zwang ihn, auf der

Treppe einen Blick auf das oberste Blatt zu werfen. »Mein lieber...«
Nun war er oben und wußte nicht, wohin er sich wenden sollte, als ein Klopfen ihm den Weg wies.
»Hier, Monsieur!«
»Wie soll ich sie Ihnen reichen?«
»Schieben Sie sie bitte unter der Tür durch. So. Sie sind wirklich sehr nett.«
»Ja«, bestätigte Gaspard. »Verdiene ich nicht eine kleine Belohnung?«
»Ich habe nichts, Monsieur.«
»Darf ich Sie nicht wenigstens kurz sehen?«
»Ich habe wirklich keinen Schlüssel.«
»Dann also ein andermal?« schlug Gaspard vor.
Das Mädchen überlegte offensichtlich.
»Versprechen Sie mir das! Morgen – zur gleichen Zeit wie heute?«
»Ja.«
»Danke! Dann gebe ich Ihnen das Blatt, das ich zurückbehalten habe.«
»Schämen Sie sich, Monsieur!«
»Sie bekommen den Brief unter der Bedingung zurück, daß Sie mir ein anderes Pfand überlassen.«
»Und was soll das sein?«
»Irgendeine Kleinigkeit, damit ich eine Erinnerung an unsere heutige Begegnung habe.«
»Vielleicht dies?«
Unter der Tür kam eine gelbe Schleife zum Vorschein.
»Ausgezeichnet!« rief er.
Nach kurzem Schweigen erkundigte sich das Mädchen:
»Sind Sie noch da?«
»Ich sehe mir Ihre Schleife an.«
»Bitte, gehen Sie. Die Tante würde sich ärgern.«

»Ich eile schon. Aber ich werde Sie keinen Augenblick vergessen.«
Er ging, siegreich die Trophäe in der Hand haltend. Das Pfand eines Abenteuers: eine gelbe Schleife. Wohin gehörte sie wohl? An ihre Schulter? Ins Haar? An den Ärmel? Für Gaspard barg sie das ganze Geheimnis junger Weiblichkeit.

Gaspard verband mit dem Erscheinen der Unbekannten am Fenster alle seine romantischen Träume und Vorstellungen. Den ganzen Tag bedauerte er, daß er sie nicht nach ihrem Namen gefragt hatte. Es könnte doch sein, daß sie plötzlich wegzog. Daß sie morgen nicht kam.
Noch ehe die fünfte Stunde schlug, fand er sich vor dem grünen Haus ein, erregt und voller Ungeduld.
Ob er dieses Mädchen lieben würde, konnte er nicht sagen. Er erkannte, daß er seinen Gefühlen zu sehr ausgeliefert war, da er Abenteuer bisher immer nur in seinen Träumen bestanden hatte. Das Leben selbst in vollen Zügen auszukosten, war ihm nicht gegeben. So bescherte ihm diese eine flüchtige Begegnung schon das wunderbare Erlebnis der Liebe. Blicke, ein Lächeln oder ein Duft, auf der Straße aufgefangen, hatten für ihn elementare Bedeutung, mehr als die Leidenschaft des Blutes. Und da er seine Liebe immer an Frauen verschwendet hatte, die ihm nie gehörten, glaubte er nicht, daß gerade dieses Mädchen an seine Seele rühren könnte.
Als es fünf schlug, kam das Mädchen aus dem Haus. Gaspard, der gegenüber gewartet hatte, bemerkte beim Überqueren der Straße in dem Fenster des ersten Stocks wiederum ein weibliches Gesicht.
»Jemand schaut uns nach!«
»Das macht nichts«, lachte das Mädchen. »Das ist meine Tante.«
»Ist sie nicht verärgert?«
»Ich habe ihr von Ihnen erzählt. Haben Sie meine Schleife?«
»Bedauere.« Deburau verneigte sich höflich. »Ich habe sie in meinem Kostüm gelassen.«

»In was für einem Kostüm?«
»Ich bin Schauspieler, Mademoiselle«, sagte er schüchtern und wartete ab.
»Tatsächlich?« Sie schien verwundert. »Was können Sie denn?«
»Ich spiele böse und fröhliche Pierrots.«
»Darf ich einmal kommen und Sie ansehen?«
»Wenn Sie erlauben, daß ich Sie jeden Tag ansehen komme, Mademoiselle –?«
»Raten Sie!«
»Désirée«, sagte er, weil ihm dieser Name gefiel.
»Woher wissen Sie das?« Sie erschrak. »Wer hat Ihnen das gesagt?«
»Ich hab's erraten.« Er lächelte glücklich. »Ein Zeichen, daß wir uns nicht so schnell wieder trennen werden.«
Außer dem zärtlichen Namen, der Sehnsucht bedeutet, hatte Désirée auch feines blondes Haar, das von Schatten kleiner Wellen durchzogen war, dunkelblaue Augen und einen hübschen, roten Mund.
»Gehen wir ein Weilchen in den Jardin du Luxembourg?« schlug er vor.
Durch die Straßen wehte feuchte Kühle, und der anbrechende Herbst verfärbte mit naßkaltem Atem die Kronen der Alleebäume. Gaspard war glücklich, als er neben sich auf dem Kiesweg die Schritte des Mädchens vernahm.
»Darf ich fragen, Mademoiselle Désirée, was Sie machen?«
»Meine Tante hat einen Hutsalon. Ich bin bei ihr im Geschäft.«
»Also eine Modistin«, sagte er bewundernd. Die Modistinnen waren die Aristokratinnen unter den Grisetten. Eine Schneiderin, Verkäuferin, Köchin mußte dankbar sein, wenn der Zufall ihr einen Kavalier über den Weg führte, der bereit war, ihr dann und wann ein Abendessen zu spendieren, ihr einen Hut mit Bändern zu schenken, sich mit ihr an Sonntagen im Robinson zu zeigen und ihr zum Abschied einen Veilchenstrauß zu schenken. Unter ihnen war

die Putzmacherin eine vornehme Dame. Sie durfte launenhaft und kokett sein, sie hatte das Recht, ein Geschenk, das ihr nicht gefiel, zu verschmähen, und sie durfte ihren Begleiter verspotten. Die Modistinnen galten als kleine Tyranninnen.
»Hat Ihre Tante eine große Werkstatt?«
»Drei große Säle. Sie beliefert alle Herzoginnen von Saint-Germain.«
Désirée lachte fröhlich, und Gaspard wertete dieses Lachen als Zeichen von Stolz.
»Warum wohnen Sie dann in dieser Gasse?«
»Tantes Laune. Es gefällt ihr, daß hier im Sommer die Akazien duften. Aber unsere Wohnung ist schön. Tante kennt viele Menschen, die weite Reisen machen, und die bringen ihr kostbare Dinge aus Indien, aus China und Spanien mit. Die Herzoginnen sind auch ihre Freundinnen und überschütten sie mit Geschenken.«
»So vertraut ist sie mit ihnen?« wunderte sich Gaspard.
»Ach, wenn Sie unsere Wohnung sehen könnten!«
Das Mädchen blieb stehen und richtete den Blick in die Ferne, als könnte sie dort das Bild ihres Heims hinzaubern.
»An den Wänden marmorierte Tapeten und schöne Bilder – im Eck ein weißer Ofen aus Majolika . . . Haben Sie auch einen?«
»Natürlich«, sagte Gaspard gleichgültig, in der Annahme, es sei besser zu lügen, als zu bekennen, daß es in der Mansarde am Faubourg du Temple nie Wärme gegeben hatte.
»Und im Salon vergoldete Möbel mit Samt bezogen?« fragte ihn das Mädchen verzückt.
Sie liebt den Wohlstand, überlegte Gaspard, ich bin verloren. Und dennoch sagte er: »Sie sind mit Samt bezogen, aber nicht vergoldet.«
»Schade! Gefällt es Ihnen nicht, wenn sich abends die untergehende Sonne in den goldenen Verzierungen widerspiegelt?«
Sie ist poetisch, folgerte Gaspard. Ich werde sie mit meiner Einsilbigkeit niemals gewinnen.

»Bei der Herzogin von Artois habe ich herrliches Utrechter Mobiliar gesehen.«
»Sie waren bei der Herzogin von Artois?« fragte der Pierrot entgeistert.
»Ich habe dort getanzt. Im Saal die großen Fenster – im Park Lampions und Feuerwerk...«
»Die Herzogin von Artois hat doch gar keinen Park. Sie lebt in einer Stadtwohnung.«
»Dann war das anderswo«, unterbrach ihn Désirée mißbilligend. »Im Winter war ich fast jedesmal irgendwo anders eingeladen. Ich kann mir das nicht alles merken.«
»Ins Theater sind Sie nicht gegangen?« versuchte Gaspard das Gespräch auf ein Thema zu lenken, bei dem er sich sicherer fühlte.
»Doch, in die Oper.«
»Wo haben Sie gesessen?«
»Unten. Wo sonst?«
»Die bessere Gesellschaft pflegt eine Loge zu nehmen.«
»Ich war auch in der Loge.«
»Mit wem, wenn ich fragen darf?«
»Mit niemandem. Allein.«
Gaspard sah das Mädchen argwöhnisch an. Doch sie blieb ganz ernst, und ihre Augen leuchteten. Ihr Verlangen nach Luxus befremdete ihn. Aber ihm gefiel ihre Begeisterungsfähigkeit und ihre kindliche Freude, die sich auch auf ihn übertrugen. Schenkte er ihren Erzählungen aber Glauben, bedeutete das zugleich, daß es für ihn keine Hoffnung gab.
»Warum haben Sie sich eigentlich mit mir getroffen?« fragte er ehrlich verwundert.
Das Mädchen stutzte, als ahnte sie den Grund für seine Fragen.
»Warum nicht?« meinte sie unsicher. »Unsere Begegnung war so eigenartig, nicht wahr? Und da Sie Schauspieler sind... Werden Sie mir etwas über das Theater erzählen?«

»Über das Theater?« Gaspard schöpfte wieder Hoffnung.
»Aber nicht heute«, beendete das Mädchen das Gespräch. »Die Tante würde sich ärgern, wenn ich so lange wegbleibe. Beim nächsten Mal!«
Sie kehrten zum Parktor zurück. Die Kühle hatte die Mütter mit Kindern ebenso wie die Liebespaare vertrieben, nur einige grünliche Statuen blickten auf Gaspard herab, der vergeblich darüber nachgrübelte, womit er seine Angebetete zum Abschluß erfreuen und sie für sich gewinnen könnte.
Er entdeckte den Maronenverkäufer, der an der Straßenecke seinen Stand aufgeschlagen hatte.
»Die ersten Röstkastanien«, sagte er. »Mögen Sie sie?«
»Sehr«, antwortete sie. »Wie wunderbar sie duften!«
Er hielt die Münze in der Hand, die für das morgige Mittagessen bestimmt war, und kaufte ihr Maronen. Höflich bot er sie ihr an.
Désirée nahm eine in ihre zarten Finger und steckte sie ganz in den Mund. Die Schale knirschte zwischen den Zähnen. Zugleich schrie sie vor Schmerz auf, da sie sich die Zunge verbrannt hatte.
»Mein Gott«, rief Gaspard, »Sie haben sie mit der Schale gegessen!«
Désirée sah ihn vorwurfsvoll und zugleich wütend an.
»Konnten Sie das nicht gleich sagen?«
Sie spuckte die zerbissene Marone aus. Gaspard reichte ihr eine zweite, doch Désirée wagte nicht, sie zu nehmen. Schamröte stand ihr im Gesicht.
Gaspard sah sie von der Seite an. Selbst im Zorn wirkte sie sehr anziehend. Doch Gaspard begriff in diesem Augenblick alles. Sie mag Maronen, sagte sie. Ein Wunder, daß sie nicht gesagt hatte, sie kaufe sie sich dreimal täglich. Und dabei hatte das liebe Kind noch nie eine gegessen!
Sie gingen schweigend nebeneinander. Als sie an dem grünen Haus angekommen waren, wollte Gaspard ihr einen ehrenhaften Rückzug ermöglichen.

»Utrechter Möbel, die Loge in der Oper, die Herzoginnen, das waren doch Scherze. Sagen wir uns von jetzt an die Wahrheit?« fragte er aufmunternd.

Der Hauch von Ironie in seinem Lächeln, der ihm ungewollt um die Mundwinkel zuckte, zeitigte Folgen.

»Scherze?« antwortete sie wehmütig. »Das war mehr als ernst!«

Die Stimme versagte ihr, sie schlug die Hände vor das Gesicht und lief ins Haus. Ehe Gaspard sich versah, war sie im Treppenhaus verschwunden.

Vergeblich ging er draußen auf und ab. Das Fenster blieb verschlossen.

Nur die Tüte mit den kalt gewordenen Maronen erinnerte noch an das kurze Glück dieses Nachmittags.

Liebe ohne Schuhe

Anfangs ärgerte Gaspard sich über Désirées Prahlsucht. Doch dann begriff er, daß ihre naiven Lügen lediglich Träume von einem besseren Leben waren. Und es freute ihn, daß die hübsche Désirée sich von ihm nicht so weit unterschied wie ein Ofen aus Majolika von seiner kalten Mansarde.

Nach drei Tagen ging er wieder zu dem grünen Haus in der Nähe des Jardin du Luxembourg.

Lange lief er die Straße auf und ab und wartete. Plötzlich öffnete sich ein Fenster; ein ihm unbekanntes Mädchen zeigte sich und winkte ihn energisch hinauf.

Das Verlangen, Désirée wiederzusehen, siegte über seine Scheu. Er ging nach oben. Die bekannte Tür stand offen. Ein Schrei ertönte, dann erschien auch schon das Mädchen, das ihn hinaufgewinkt hatte, packte ihn resolut am Ärmel und zog ihn in die Wohnung.

»Kommen Sie nur!« sagte sie und führte ihn durch einen engen, dunklen Vorraum ins Zimmer.

Gaspard stellte fest, daß er vor dem Fenster stand, das er von der Straße aus beobachtet hatte. Er schaute sich um. Natürlich gab es hier keinen Ofen aus Majolika, sondern nur einen armseligen Kamin. Das ganze Zimmer wirkte schäbig. Verglichen mit seiner Mansarde war die Dürftigkeit hier nur durch geschickte Mädchenhände besser kaschiert.

»So!« sagte das Mädchen energisch und strich sich über die Stirn. »Ich hab jetzt genug davon!«

»Mein Name ist . . .«, begann Gaspard.

»Ich kenne Sie schon«, unterbrach sie ihn. »Ich weiß alles. Ich bin Anette.«

Gaspard verstummte und wartete, wie sich das Rätsel lösen würde.

»Dort haben Sie sie.« Anette wies in die Ecke.

Erst jetzt bemerkte Gaspard, daß auf dem alten, abgewetzten Sofa Désirée lag, eingehüllt in eine Decke, das Gesicht der ausgeblichenen Rückenlehne zugekehrt.

»Désirée!« sprach Gaspard sie so zärtlich wie möglich an.

»Gehn Sie weg!« Sie vergrub ihr Gesicht noch tiefer.

»Benimm dich anständig, sonst gibt's Prügel«, drohte Anette.

»Können Sie mir nicht erklären, was geschehen ist?« wandte sich Gaspard an sie.

»Setzen Sie sich«, forderte Anette ihn auf. »Nicht dort! Der Stuhl hat nur drei Beine, er steht bloß zur Zierde da. Setzen Sie sich ruhig neben sie.«

»Sag nichts«, flehte Désirée.

»Ich sag's. Désirée ist eine Gans, verstehen Sie?«

Gaspard rührte das schluchzende Mädchen.

»Versteckspielen«, fuhr Anette fort, »das geht eine Weile, aber nicht vor ehrlichen Menschen.«

»Sie sind Schwestern?«

»Zum Glück nicht. Wir sind Freundinnen. Wir leben hier schon das zweite Jahr zusammen.«

»Was ist nur geschehen?«
»Sie hat Ihnen allen möglichen Unsinn erzählt, nicht wahr? Ich habe die Rolle der vornehmen Tante gespielt, stimmt's? Nur ist alles ganz anders. Sie sehen ja selbst.«
»Ich wußte, daß Mademoiselle Désirée mir ihre Träume erzählte – nicht die Wirklichkeit...«
»Sie sagen das sehr hübsch. Sie hat gelogen wie gedruckt. Zuletzt wußte sie selbst nicht mehr ein noch aus.«
»So schlimm ist das doch nicht.« Gaspard wollte dem Mädchen neben sich helfen.
»Schlimmer, als Sie denken«, widersprach Anette. »Wenn Sie den Mut hätten, ihr die Decke wegzuziehen, würden Sie sie unbekleidet finden wie Eva im Paradies.«
Gaspard rückte aus Verlegenheit zur Seite.
»Und falls Sie einen guten Blick haben, würden Sie an mir den Rock erkennen, in dem Désirée mit Ihnen durch den Park spazierte, und an meinen Füßen die Schuhe, mit denen sie neben Ihnen trippelte.«
»Sie haben sie ihr weggenommen?«
»Ja. Ebenso, wie sie sie gestern mir wegnahm.«
»Wie das?«
»Wir haben zusammen nur das eine Paar.«
»Ich dachte, daß Modistinnen...«
»Das hat sie Ihnen weisgemacht? Dort sehen Sie unsere Arbeit!«
In der Ecke hinter dem Sofa lag ein Berg Flickwäsche.
»Eines Tages, als wir wenig zu tun und viel Hunger hatten, fanden wir, daß zwei Paar Schuhe eigentlich überflüssig sind. Eine Woche lang konnten wir davon zu Abend essen.«
»Sie haben sie verkauft?« fragte Gaspard entsetzt.
»Sie sind im Leihhaus.«
»Und der zweite Rock?«
»Den hat sich der Hausherr genommen, weil wir ihm die Miete schulden.«

Gaspard verstand jetzt, warum Désirée, als er ihr die verstreuten Blätter brachte, nicht die Tür öffnen konnte.
»Monsieur Deburau, was ich Ihnen gesagt habe, würde vermutlich keine Frau jemandem verraten.«
»Aber ich schätze Sie gerade deshalb«, beteuerte Gaspard.
»Ich habe es getan, damit ich mir keine Gewissensbisse machen muß. Désirée ist ein braves Mädchen.« Sie trat zu ihr, die bewegungslos unter der Decke lag, und strich ihr übers Haar. »Aber sie hatte nicht den Mut, Ihnen ihre Lügen zu gestehen. Und mir war es peinlich, als ich sah, wie Sie draußen herumliefen – und was für Vorwürfe Désirée sich macht ...«
»Hat sie sich Vorwürfe gemacht?«
»Fragen Sie sie selbst«, entgegnete Anette ruhig. »Sie haben dazu Gelegenheit. Heute habe nämlich ich Ausgang. Ich verschwinde jetzt.«
»Ich kann Ihnen gar nicht sagen, Mademoiselle Anette, wie dankbar ich Ihnen bin ...«
»Désirée ist traurig, aber vernünftig. Jetzt, da Sie alles wissen, haben Sie zwei Möglichkeiten: weggehen oder bleiben. Ich rate Ihnen wegzugehen.«
»Ich möchte bleiben, Mademoiselle Anette«, sagte er schnell.
»Gut«, nickte sie. »Ich werde die Tür zuwerfen, machen Sie niemandem auf. Ich bin in zwei Stunden zurück. Adieu!«
Gaspard wandte sich langsam um. Was sollte er jetzt tun?
Das Sofa ächzte, als Désirée sich bewegte, und eine zaghafte und dennoch trotzige Stimme fragte:
»Warum sind Sie nicht gegangen?«
Deburau schwieg.
Nun wandte sie ihm das Gesicht zu, und der verliebte Gaspard erblickte eine blasse Stirn, reumütig zusammengepreßte Lippen und ein betrübtes Gesicht. In den feuchten Augen stand eine Frage.
Gaspard kniete sich vor das Sofa.

Sein Gesicht konnte auch ohne Worte Antwort geben. Désirée, plötzlich glücklich aussehend, legte einen Arm um seinen Hals und drückte ihn zart an sich.
Seine Lippen fanden ihren Mund, und an den Wangen spürte er ihr tränenfeuchtes Gesicht. Lange Zeit verharrten sie so, in Dunkelheit versunken, in die selbst durch die geschlossenen Augen ein großes, blendendes Licht drang.
Als sie voneinander abließen, kamen sie sich beide wie verwandelt vor.
Désirée weinte nicht mehr. Und Gaspard war nicht mehr schüchtern. Er streichelte ihre Hände und sog den Duft ihres Haars ein.
»Warum magst du gerade mich?« fragte sie ihn. »Warum nicht Anette? Sie ist besser, hübscher, witziger...«
»Ich brauche dich«, antwortete Gaspard.
»Obwohl ich gelogen habe?«
»Ich lüge auf der Bühne den Leuten auch etwas vor«, lachte Gaspard. »Deine Lügen, das waren Träume vom Glück.« Nach einer Weile setzte er hinzu: »Aber wir werden nicht nur träumen. Wir müssen auch leben.«
»Wie?«
»Zuerst lösen wir im Leihhaus deine Schuhe aus.«
»Ich will nicht, daß du uns hilfst«, protestierte sie.
»Aber, mein Herz, Schuhe brauchst du doch – damit wir jeden Tag miteinander spazierengehen können – nicht nur jeden zweiten Tag...«
»Weißt du was?« Sie begann leise zu lachen. »Bezahle lieber die Miete. Wenn du mich hier besuchen kommst – zur Liebe brauche ich keine Schuhe.«
Ihre Worte klangen für Gaspard wie der Refrain eines Couplets von Béranger.

Einmal – es war Winter, und Gaspard nahm zum fünften Mal den monatlichen Zuschuß von Meister Gérard entgegen – wagte er es, Désirée endlich ins Theater einzuladen.

An jenem Abend fand er in der Garderobe ein Sträußchen Maiglöckchen vor.

Désirée war von einer gerade überstandenen Erkältung noch geschwächt, und kurz vor Ende des ersten Aktes bemerkte Gaspard – er ließ keinen Blick von ihr, nicht einmal während er hinter den Kulissen stand –, daß sie erblaßte und die Augen verdrehte. Er wurde unter der Maske ebenfalls blaß und veranlaßte sofort, daß man sie aus dem Saal führte. Im Gang hinter der Bühne wartete er auf sie. Ihr war übel. Anstelle von anerkennenden Worten, auf die Gaspard sich gefreut hatte, mußte er sich mit Beschwerden über Kopfweh, über ein langweiliges Stück und die schlechte Luft im Saal begnügen.

»Bring mich nach Hause«, bat sie. »Ich kann jetzt nicht weg«, entgegnete er. »Ich halte es hier nicht aus, begleite mich!« verlangte sie hartnäckig wie ein krankes Kind. Und als er zögerte, sah sie ihn unglücklich an und gestand ihm niedergeschlagen: »Ich bekomme ein Kind!«

Augenblicklich entschied er sich. Über die weiße Hose zog er seine dunkle, über den Kittel warf er den dunklen Mantel und nahm Désirée unter den Arm. Er führte sie zum Ausgang. Auf der Bühne war gerade Aktschluß, und das Publikum rief vergeblich nach Pierrot.

Es regnete, und auf den Gehsteigen lag Morast. Gaspard nahm Désirée so in den Arm, daß er sie mit seinem weiten Mantel vor dem Regen schützen konnte, und führte sie mit eiligen Schritten heimwärts. Er sah eine Kutsche und rief sie herbei.

»Du bist so gut, Gaspard«, wiederholte Désirée. »Verzeih mir.«

»Ich habe Angst um dich«, versicherte er und wollte damit sagen, wie aufgeregt und gerührt er über ihr Geständnis war.

Diese Situation war so unerwartet und in seinem Leben etwas völlig

Neues. Gern hätte er mit ihr darüber gesprochen. Aber ob er wollte oder nicht, er mußte daran denken, wie weit sie jetzt auf der Bühne waren. Bestimmt hatten sie schon umgebaut und im Zuschauerraum waren die Ausrufe der Süßwarenverkäufer verstummt.

Vor dem Haus sprang er schnell aus der Kutsche; der Schlamm bespritzte ihn bis an die Knie. Er nahm Désirée auf den Arm und trug sie nach oben. Eilig übergab er sie Anette.

»Was ist passiert?«

»Wir werden ... Sie wird es Ihnen selbst sagen.«

Er machte kehrt und raste zurück. Er watete durch die Pfützen zur Droschke und trieb den Kutscher zur Eile an.

»Ich lasse Ihnen das Geld bringen. Warten Sie vor dem Theater!«

Er sprang aus dem fahrenden Wagen, lief durch Regen und Schlamm zum Eingang.

Cassandre und Harlekin spielen. Ihr Auftritt endet – Pierrot soll Kolombine hereinführen. Cassandre und Harlekin wiederholen die Szene. Doch Pierrot erscheint noch immer nicht.

Direktor Bertrand eilt in die Garderobe. Sie ist leer. Er läuft zurück zur Bühne, auf der die Schauspieler zum dritten Mal die erste Szene wiederholen. Kolombine steht zitternd auf der Hinterbühne.

Da taucht Pierrot auf. Unterwegs zieht er die Hose herunter, streut sich eine Wolke Puder ins Gesicht. Er packt Kolombine an der Hand und zieht sie auf die Bühne. Das Haar ist naß, die weißen Hosen sind schmutzbespritzt, Regenwasser läuft ihm über die Wangen.

Er reicht Kolombine weiter an Cassandre. Er schwankt vor Müdigkeit und atmet schwer. Einer im Publikum beginnt zu lachen, und die übrigen stimmen ein. Gaspard spielt kaltblütig weiter. Heftig wirft er den Kopf zurück und spritzt dabei Harlekin voll. Als ihn die anderen wegjagen, wringt er im Hintergrund das Wasser aus den Ärmeln. Die Leute beobachten ihn und amüsieren sich. Der größte Vorzug vom Theater Funambules ist der gute Wille seiner

Zuschauer. Sie glauben jeder Änderung, weil sie ihrem Pierrot glauben. Sein nasses Gesicht paßt zu dem Gewitter, das sich auf der Bühne abspielt. In seinen Kopf ist der Blitz eingeschlagen. Doch der geduldige Pierrot rückt sich nur mitleidig lächelnd die Mütze zurecht. Durch Improvisation motiviert er sein verspätetes und durchnäßtes Eintreffen. Sobald er spürt, daß die entstandene Störung überbrückt ist, gliedert er sich diszipliniert in das Zusammenspiel ein.
Er spielt weiter den Vertrauensseligen. Er geht Harlekin in die Falle, bewahrt jedoch Gleichmut. Er läßt sich täuschen, doch es bringt ihn nicht aus der Fassung. Mit Pech muß man rechnen. Das Leben hatte ihn geradezu nach Maß zurechtgeschliffen für diese Bühnenfigur. Nichts setzt ihn in Erstaunen; sein ironisches Lächeln straft die Personen, die ihm auf der Bühne Unrecht tun, aber für seine Brüder im Zuschauerraum bedeutet er eine echte Aufmunterung.
Das Spiel ist zu Ende, und das Publikum hat Pierrot vergeben.
»Deburau!« rufen ausgelassene Zuschauer von der Galerie. »Deburau!«

Ein Stern geht auf

Gaspard wünschte sich, die Zuschauer würden ewig applaudieren, damit er die Bühne nicht verlassen mußte und ihm das Donnerwetter von Bertrand erspart blieb. Aber es gab keinen Ausweg.
»Weißt du, was du gemacht hast?« zischte Bertrand.
»Niemand hat etwas bemerkt«, entgegnete Gaspard mit bebender Stimme. »Ich bin mir bewußt, daß ich gegen die Vorschriften verstoßen habe. Aber meine Braut ist plötzlich erkrankt...«
»Was geht das mich an?«
Gaspard stockte der Atem. Er würde ihn doch jetzt nicht hinauswerfen, da er unbedingt verdienen mußte!
Doch die heutige Vorstellung hatte ein unerwartetes Nachspiel.

Vom Gang näherte sich eilig Cot d'Ordan und hinter ihm ein hochgewachsener, schwarzhaariger Herr, so elegant gekleidet, wie man es im Funambules nicht gewöhnt war. Diesen weißen Stehkragen trug man nur im Café Procope. Cot d'Ordan sah sich ehrerbietig um und faßte Bertrand am Ellbogen.
»Wissen Sie eigentlich, was für einen hohen Besuch wir heute im Theater hatten? Dies ist Monsieur Charles Nodier, Schriftsteller und Historiker!«
»Monsieur Nodier!« wiederholte Bertrand respektvoll und verbeugte sich. »Niemand hat mir mitgeteilt...«
»Die Empfehlung kam von Ihrem Freund Picard«, sagte Nodier wohlwollend und sah sich dabei suchend um; als er sich an die Dämmerung der Hinterbühne gewöhnt hatte und Pierrot erkannte, der hinter Bertrand stand, ging er rasch auf ihn zu. »Das ist der Mensch, den ich suche! Mein Freund, Sie haben mich nicht enttäuscht. Morgen schicke ich Picard ein Geschenk für den guten Rat.«
Die Direktoren blickten sich ratlos an.
»Wissen Sie was?« wandte sich der Gast an Bertrand. »Mein Leben lang hatte ich noch nie einen vorausbezahlten Platz im Theater. Jetzt mache ich eine Ausnahme. Ich bezahle im voraus für jeden Samstag eine Loge. Ich werde alle meine Freunde herführen!«
»Eine große Auszeichnung, Meister!« stotterte Bertrand. »Wünschen Sie auch Monsieur Laurent oder Felix zu sehen?«
»Gute Schauspieler. Aber dieser *mimus albus* hat mich einfach überwältigt. – Wie war Ihr Name?«
»Deburau.«
»Der Name ist nicht gerade einprägsam, Ihr Spiel dagegen um so mehr. Ich schreibe gerade an der Geschichte des Polichinello. Wissen Sie, daß Sie den Abschluß bilden werden? Wer hat Ihnen diesen Kittel angeraten? Diese Maske? Ich muß mit Ihnen sprechen. Kommen Sie mich besuchen?«

Und wieder wandte er sich um: »Direktor Bertrand, Sie sind ein Entdecker. Deburau! Bewundernswert! Hier ist meine Karte. Schicken Sie mir Ihre Rechnung für die Vorauszahlung. Und Sie, Pierrot, sind mir an jedem beliebigen Nachmittag willkommen. Ich werde Sie nach vielen Dingen fragen. Adieu! Auf Wiedersehen!«
Er verschwand unversehens wie ein Gewitter, das sich ausgetobt und hinter die Berge verzogen hat. Die ganze Hinterbühne schien noch zu beben.
»Was wollte ich eigentlich sagen?« murmelte Bertrand.
»Sie wollten mich vermutlich hinauswerfen«, erinnerte ihn Gaspard. »Aber es war kein böser Wille, glauben Sie mir! Vielleicht könnten Sie doch Nachsicht üben?«
Die Direktoren sahen einander wieder an.
»Hm«, nickte Bertrand. »Ich werde mich mit Monsieur Cot d'Ordan beraten.«
»Ich denke«, meinte Cot d'Ordan kühl, »daß wir nicht gleich die schlimmsten Konsequenzen daraus ziehen müssen.«
»Richtig«, stimmte Bertrand zu. »Du hast Glück, Gaspard. Ich gebe dir jeden Samstag vier Sous mehr.«
»Ich danke Ihnen.« Gaspards Augen leuchteten auf. Er wußte nicht, daß er zehnmal soviel hätte verlangen können und daß es jeder andere an seiner Stelle getan hätte.
Glücklich lief er in die Garderobe und wischte sich hastig Schminke und Puder ab. Er riß sich das Kostüm vom Leibe. Die bespritzten Beinkleider mahnten ihn an die kranke Désirée.
Plötzlich bemerkte er, daß jemand hinter ihm stand. Er sah sich um. Felix.
»Sind Sie auch wütend auf mich, weil ich zu spät gekommen bin?« Gaspard stand auf.
»Nein«, sagte Felix dumpf.
Gaspard erkannte, daß es um etwas Wichtiges ging, und sah Felix ins Gesicht.

»Du bist zu spät gekommen, aber das macht nichts. Es geht darum, daß ich nicht zu spät weggehe.«
»Ich verstehe Sie nicht, Monsieur Felix.«
»Ich verabschiede mich von dir.«
»Warum? Bertrand wirft doch mich hinaus!«
»Nicht mehr, Deburau! Ich will dem zuvorkommen, daß er mich einmal hinauswirft.«
Dem redlichen Gaspard wurde es bei diesen Worten bange ums Herz. Felix, der trotz seiner Eifersucht sein Glück mit begründet hatte, wollte das Theater verlassen, an dem er so lange gespielt und Erfolge gefeiert hatte?
»Ausgeschlossen!« rief er. »Dann gehe eben ich.«
»Das wäre sinnlos. Ich tue es nicht aus Edelmut. Das Theater braucht uns beide. Und ich will hier nicht der Zweite sein.«
»Aber der Direktor...«
»Er wird es begreifen. Er hat Laurent, und dich braucht er mehr als mich. Es hat keinen Sinn, sich etwas vorzumachen. Schau mich nicht an wie einen untergehenden Stern. Fréderic ist gegangen und hat dabei gewonnen. Ich gehe mit der gleichen Hoffnung.«
»Werter Felix...«
»Nicht diesen Ton! Wie auf der Bühne: Fußtritt und Überschlag! Komm mit mir zur Direktion!«
Deburau folgte Felix gehorsam nur halb abgeschminkt und umgezogen.
»Ich gehe«, sagte Felix.
»Viel Erfolg, Hals- und Beinbruch!« antwortete Bertrand keineswegs überrascht.
»Siehst du, wie leicht das geht.« Felix lächelte Gaspard an.
»Aber ich möchte vorher noch gern etwas in Ordnung bringen.«
»Und das wäre?«
»Der Vertrag von Gaspard Deburau. Ich habe den Mund gehalten, solange ich hier war. Das will ich jetzt wiedergutmachen. Wieviel bekommt er?«

»Neun Francs wöchentlich«, warf Gaspard ein.
»Wieviel möchtest du?«
»Ich hatte schon achtzehn.«
»Das gleiche würde ich ihm wieder zahlen«, bemerkte Bertrand, der Felix von jeher fürchtete.
»Ich möchte mir das zuerst reiflich überlegen«, setzte Cot d'Ordan hinzu.
»Geben Sie ihm soviel, Messieurs, wie ihm der Vertrag vom kommenden Jahr ab garantiert. Fünfunddreißig? Sonst verschaffe ich ihm ein anderes Engagement!«
»Fünfunddreißig?« Bertrand schlug die Hände zusammen und Gaspard im Geist ebenfalls.
»Ein schlechter Scherz?« rügte der andere Direktor.
»Wissen Sie, was es bedeutet, daß er Nodier gefallen hat? Begreifen Sie überhaupt, was für ein Publikum er Ihnen hierher bringt? Deburau ist ein Künstler – und nur Ihre Blindheit war schuld daran, daß Sie mir so starrköpfig den Vorzug gaben.«
Die Direktoren mußten sich an diesem Abend wiederholt mit einem langen Blick verständigen.
»Monsieur Felix«, flüsterte Gaspard, »keine Gage der Welt kann mir das ersetzen, was Sie mir heute abend geschenkt haben.«
»Wir übersehen so manches Gute«, brummte Felix philosophisch, »weil es im Inneren des Menschen verborgen liegt.«
»Ja, aber von Ihnen hätte ich das nie geglaubt...«
»Danke für die Aufrichtigkeit, Deburau. Möglich, daß aus mir kein großer Schauspieler mehr wird. Aber vielleicht schreibt die Geschichte mir gut, daß ich es zumindest verstanden habe, zur rechten Zeit den Platz zu räumen. Adieu, Deburau! Und mach unser Funambules berühmt!«
Als er ging, war es Gaspard zumute wie bei einem Trauerfall.
»Kommen Sie, Deburau«, sagte Bertrand und siezte ihn zum ersten Mal, »wir schließen einen Vertrag, wie wir das Funambules berühmt machen können!«

Voll Freude setzte Deburau einen Brief an den Maler Gérard auf, um ihm für die bisherige Hilfe zu danken, die er von nun an nicht mehr benötigen würde.
Er verabschiedete sich von Felix Charigni, den er nur um eins beneidete: Felix reiste mit einer Komödiantentruppe in den Osten, nach Deutschland, und hatte außerdem noch ein Gastspiel in Prag vereinbart. Könnte er doch einmal dorthin!
Gaspard hatte fest vor, zu Nodier zu gehen, doch er mußte zuerst Désirée trösten und für ein neues Stück proben. Im Theater Zur Pforte des hl. Martin gab man »Die Braut von Lammermoor«. »Die Frauen im Publikum weinen dort, das bedeutet Erfolg«, argumentierte Cot d'Ordan, und er und Bertrand ließen sich ein Stück schreiben, dem sie den Titel »Kaleb« gaben, nach der alten Dienerin in »Die Braut von Lammermoor«.
Gaspard konnte sich nicht wegrühren. Doch am Samstag, bei der zehnten Aufführung von »Der rasende Stier« erschien Nodier wieder in der Loge, in Begleitung von drei gutgekleideten Herren.
»Sie sehen, ich mache keine leeren Versprechungen, Direktor«, sagte er zu Bertrand, als er in der Pause die Hinterbühne aufsuchte, wo er sich schon ganz zu Hause fühlte. »Meine Freunde fragen nur, warum Ihr Stück ›Der rasende Stier‹ heißt?«
»Weil... weil das eben sein Titel ist«, stotterte Bertrand. »Wir hatten nämlich keinen und haben ihn ausgelost.«
»Vielleicht begreifen es die Leute«, lachte Nodier und ging in Deburaus Garderobe.
»Ich hatte viel zu tun«, entschuldigte sich Gaspard. »Aber ich weiß, wie sehr ich Ihnen zu Dank verpflichtet bin. Ich habe einen neuen Vertrag.«
Nodier lehnte den Dank ab, griff jedoch aus Neugier nach dem Dokument, das Deburau ihm zeigte. Während Gaspard Maske machte, vertiefte er sich in das Schriftstück. Plötzlich lachte er auf.
»Ich weiß zwar nicht, was für Verträge Sträflinge mit der staatlichen

Administration auf der Teufelsinsel schließen, aber ich könnte mir denken, sie haben bessere Bedingungen.«

»Nie zuvor hatte ich einen so wunderbaren Vertrag!«

»Das ist ja zum Lachen! Wie können Sie sich damit einverstanden erklären, jede Rolle zu spielen? Sie sind doch Pierrot!«

»Ich hoffe, sie lassen mich Pierrot weiterspielen«, bemerkte Gaspard.

»Das will ich meinen. Sie werden Sie noch auf Knien darum bitten! Aber das hier ist eine ausgemachte Niedertracht! Wenn Sie krank werden, zahlt Ihnen der Direktor nichts?«

»Wenn ich krank werden sollte, kann ich ja nicht spielen«, gab Deburau zu bedenken.

»Wenn Sie also Unterstützung am nötigsten haben, zahlt er Ihnen nichts? Das ist Halsabschneiderei. Und hier werden Sie wohl bald krank werden.« Erschauernd sah er sich um. Gaspard folgte seinem Blick und betrachtete die feuchten grünen Flecken an allen Wänden, die mit gelbgrünen Tropfen übersäte Decke.

»Felix hat mir das auch schon gesagt. Ich habe mich beim Direktor beschwert, aber er hat mich auf Paragraph drei meines Vertrages hingewiesen. Ich muß mich, was Heizung, Beleuchtung und Kostüme betrifft, mit dem zufriedengeben, was die Verwaltung zugesteht.«

»Und wenn Sie sich eine Lungenentzündung holen?«

»Monsieur Bertrand würde glauben, daß ich ihn erpressen will, kaum daß ich ein wenig aufgerückt bin.«

»Sie werden ihn nicht erpressen, Sie werden ihn verklagen!«

»Niemals, Monsieur. Er würde mir bestimmt kündigen.«

»Das ist wiederum dem Vertrag nach nicht möglich. Er wird sowieso froh sein, wenn Sie bleiben. Ich habe schon einen Artikel vorbereitet. Er erscheint nächste Woche in der *Pandora*. Der Direktor muß langsam begreifen, daß Sie nicht von ihm abhängig sind.«

»Ich könnte ohne dieses Theater nicht leben.«

»Dann passen Sie bloß auf, daß diese große Liebe Sie nicht das Leben kostet! Das ist keine Garderobe, das ist ein Gefängnis. Hier erwartet Sie Rheumatismus, körperlich wie seelisch.«

»Wenn ich von einem Auftritt verschwitzt zurückkomme, zittere ich vor Kälte, das ist wahr.«

»Zum Henker!« rief Nodier, der hier in seinem eleganten Anzug wie eine Rose auf einem Misthaufen wirkte. »Haben Sie jemals hinter diesen Schrank geschaut?«

Deburau half ihm, das Möbelstück wegzuschieben. Es kam eine Wand zum Vorschein, die von Feuchtigkeit einzustürzen drohte. Auf dem morschen, durchgefaulten Holzfußboden wucherte violettschwarzer Schwamm.

»Sie züchten hier Trüffel?« fragte Nodier.

Die Pilze hatten eine krustige Oberfläche und verbreiteten Schimmelgeruch.

»Stellen Sie sich das Hohe Gericht vor«, lachte Nodier und stocherte mit dem Stock in einen Pilz, »was die Herren Richter für Augen machen werden, wenn das als *corpus delicti* vor ihnen liegt. Auf diesen Prozeß freue ich mich jetzt schon!«

»Ich will mit der Direktion keinen Prozeß führen«, beharrte Deburau.

»Sie werden ihn führen«, sagte Nodier ernst, »weil Sie verpflichtet sind, sich Ihre Gesundheit zu erhalten. Ich befehle es Ihnen im Namen all derer, die Sie noch bewundern werden.«

Filibert rief Gaspard auf die Bühne.

»Spielen Sie, bitte, wie das letzte Mal! Meine Freunde freuen sich auf den Schluß, von dem ich ihnen erzählt habe.«

»Ich werde es versuchen, Monsieur.«

»Der goldene Traum«

»Messieurs, Dames! Pariser, die ihr auf unserem berühmten Boulevard entlangspaziert, bleibt stehen! Bleibt stehen, wenn Ihr erhabene Unterhaltung sucht! Seht, hier ist ein Theater, wie ihr es nirgendwo sonst findet! Das Funambules! Bei den Seiltänzern! Aber irrt euch nicht! Übers Seil tanzt bei uns schon lange niemand mehr. Haben Sie von uns gehört? Hereinspaziert – und dann können Sie selbst davon erzählen!

Stehengeblieben, Messieurs! Und ihr, die ihr steht, nur hereinspaziert! Sie werden doch nicht anderswohin gehen? Das wäre der größte Fehler Ihres Lebens! Wollen Sie vielleicht jugendliche Soubretten sehen, die gerade ihren Sechzigsten gefeiert haben? Dann gehen Sie nur nach nebenan! Wollen Sie Tänzerinnen applaudieren, die schwerer sind als Bären? Und Springern, die wie Frösche herumhüpfen? Nein, gehen Sie nicht weiter, hier ist Ihr Platz, hier erwartet Sie das wahre Spektakel!

Unser Theater hat siebenhundert Plätze, doch wer spät kommt, findet keinen mehr. Und wenn Sie nichts anderes bewegen kann, sich um Eintrittskarten zu raufen, dann sage ich Ihnen: Die Rolle des Pierrot, Diener des Cassandre, spielt Monsieur Deburau! Monsieur Deburau, über den alle Zeitungen berichten! Hereinspaziert, Messieurs!«

Elegant gekleidete Herren lächeln mokant über den alten Royer, der sich erdreistet, sie mit seinen marktschreierischen Anpreisungen zu behelligen.

Sie ahnen nicht, daß sie sich bald gegenseitig überbieten werden, um für dieses Theater Karten zu bekommen. Den Ausrufer freilich läßt ihr Hochmut kalt, er findet genügend andere Anwärter!

Hinter den Kulissen herrschte Hochspannung.

Sie herrschte eigentlich schon seit dem Tag, an dem Monsieur

Nodier bei einem seiner Besuche dem Direktor Cot d'Ordan das Manuskript der Pantomime »Der goldene Traum« überreicht hatte, ihn jedoch schwören ließ, seinen Namen im Zusammenhang damit keinesfalls zu nennen. Zwar hatte ihn die Pantomime völlig in ihren Bann geschlagen, doch mußte er Rücksicht auf seine geachtete Stellung als Bibliotheksleiter nehmen. Sollte bekannt werden, daß er an der Literatur für Akrobaten solchen Gefallen gefunden hatte, würde man ihm schwerste Vorwürfe machen.

Cot d'Ordan hatte dafür Verständnis, ließ aber das Stück sofort einstudieren. Nach Übereinkunft mit Bertrand vertraute er die Regie Laurent an, da jedoch Deburau die Verantwortung für den Erfolg trug, stand es ihm frei, die eigenen Szenen beliebig zu gestalten.

Der Autor des »Goldenen Traum« wurde nicht erwähnt. Doch Charles Nodier und einige seiner engsten Freunde saßen bei der Premiere in der Proszeniumsloge.

Es wurde gemunkelt, daß Nodier der Verfasser sei, was er bestritt. Böse Zungen behaupteten, er leugne nur, um sein Werk desto begeisterter rühmen zu können. Er kam fast zu jeder Vorstellung und brachte Gäste mit. Immer öfter erschienen in den Logen des Funambules Besucher, nach deren Eintreffen auf der Bühne und im Parterre die Lichter ausgingen. Namen wurden genannt, um die selbst die großen Theater die »Scheune in der Vorstadt« beneideten: Gautier, Balzac, Nerval.

Doch in den Zeitungen erschien keine Zeile mehr. Der Artikel in der *Pandora* war vergessen, und niemand fand es der Mühe wert, über eine Vorstellung auf dem Boulevard du Temple zu schreiben.

Für Gaspard war »Der goldene Traum« der große Durchbruch. In diesem Stück überflügelte er Laurent eindeutig. Selbst die Besucher aus der Stadt lobten seine sensible, ästhetische Gestaltung der Szenen, die andere Schauspieler vermutlich zu derben Übertreibungen herausgefordert hätten; sie rühmten seine Natürlichkeit und seinen Einfallsreichtum.

Nur Monsieur Cot d'Ordan erhob Einwände und ersuchte ihn, eine kleine Szene wegzulassen, in der die Schuhputzerin Leanders Strümpfe schwärzt. Die Ausgabe für das tägliche Waschen erschien ihm unverhältnismäßig hoch ...

Coquette

Gaspard lebte während der Probenzeit zum »Goldenen Traum« tatsächlich wie im Traum; er hatte fast nie Zeit und mußte sich viele Vorwürfe von Désirée anhören. Zum Trost schenkte er ihr sein Coquettchen; die Hündin war trächtig, und beide Freundinnen versorgten sie gewissenhaft. Nach dem freudigen Ereignis beteiligte sich auch Mademoiselle Eugénie Leveau, die den Kiosk dem Theater gegenüber bewirtschaftete, an der Betreuung. Durch Vermittlung der alten Platzanweiserin bekam sie einen Welpen. Es wurde ihr Hochzeitsgeschenk; drei Tage später heiratete sie einen wohlhabenden Fleischer aus dem Bastille-Viertel. Ihr Mann konnte nie begreifen, warum seine Frau ihm nicht erlauben wollte, eine große Bulldogge zu halten wie seine Kollegen, und ihm statt dessen diesen kleinen Hund aufzwang. Seine Freunde verspotteten ihn, er sei ein Aristokrat und Parvenü; doch seine Frau blieb standhaft, und als er schließlich nachgab, dankte sie es ihm mit zärtlicher Anhänglichkeit.

Mademoiselle Leveau konnte sich nicht einmal von Deburau verabschieden. Er hatte nur Augen fürs Theater; und wenn er sich kurz freimachen konnte, eilte er zu Désirée. Er hatte sich bei ihr für das Maiglöckchensträußchen bedankt, das er bei Nodiers erstem Besuch erhielt, als er sie in der regnerischen Nacht nach Hause brachte. Désirée war betreten, widersprach aber nicht; Gaspard zweifelte nicht daran, daß der Blumengruß von ihr stammte. Doch als weitere Maiglöckchensträußchen in seiner Garderobe auftauchten, wurde ihm klar, daß sie nicht von Désirée kamen. Also ver-

neigte er sich diskret, aber nachdrücklich vor allen Damen, die ihm aus den Logen applaudierten, und freute sich, daß eine von ihnen seine unbekannte Verehrerin war.
Während der ersten Aufführungen von »Der goldene Traum« gelang es Nodier, Gaspard dazu zu bewegen, endlich zum Anwalt zu gehen und Klage gegen Bertrand zu erheben. Cot d'Ordan reagierte empört, während der erfahrenere Bertrand wohlweislich schwieg. Es kam tatsächlich zur Gerichtsverhandlung, und Nodiers Voraussage bestätigte sich; nicht einmal ein Totenschädel hätte die Richter so erschreckt wie die lila-schwarzen Schwämme, die auf dem Tisch lagen. Journalisten drängten in den Gerichtssaal. Es gelang ohne Schwierigkeiten, die streitenden Parteien zu versöhnen; Bertrand versprach bereitwillig, die Garderobe reinigen und instand setzen zu lassen, und Deburau gelobte, sich der geltenden Hausordnung zu unterwerfen. Alle Zeitungen berichteten über den kuriosen Prozeß, und der Name des Theaters kam endlich wieder mit Druckerschwärze in Berührung. Die ganze folgende Woche war ausverkauft.
Gaspard, der immer wieder rechnete, wann er Désirée endlich würde heiraten können, befürchtete, daß Bertrand sich bei nächster Gelegenheit mit einer hohen Konventionalstrafe rächen würde. Deshalb war er auf der Bühne ein Muster an Gewissenhaftigkeit und Genauigkeit. Dennoch wurde er wieder einmal zur Improvisation gezwungen; als nämlich der alte Victor, der einen der Stutzer spielte, gleich im ersten Akt im Vollrausch auf die Bühne schwankte, seine Requisiten Pierrot übergab und seelenruhig verkündete, er ginge schlafen und würde heute nicht spielen. Keine angenehme Situation; Bertrand verschlug es die Sprache, so daß er nicht einmal den Vorhang fallen lassen konnte, um einen Skandal zu verhindern. Das Publikum begann boshaft zu kichern, und die Direktoren wußten aus Erfahrung, daß diese Art von Gelächter in Pfiffe übergehen konnte.
Zum Glück war Pierrot auf der Bühne, und den spielte Deburau.

Auf seinem unbewegten, dabei konzentrierten Gesicht erschien das bekannte Lächeln, die Augenbrauen hoben sich. Pierrot legte die Requisiten vor sich nieder und überlegte, was er damit tun sollte; man sah ihm deutlich an, wie angestrengt er nachdachte, so daß die Zuschauer nicht recht wußten, ob das Ganze vielleicht abgesprochen war, und sich beruhigten. Pierrot traf eine Entscheidung: Natürlich! Er hat einen Einfall! Er wird zwei Personen spielen. Er schaut sich nach Victor um, er sucht ihn im Publikum, und als er ihn nicht findet, stürzt er sich mit Feuereifer in die Doppelrolle.

Er setzt sich Victors Perücke auf und ahmt den Alten nach. Er duckt sich, schiebt den Kopf vor, zieht die Schultern hoch – und schon ist Victor da, noch vollkommener als das Original, denn es handelt sich ja um dessen Karikatur. Er erklärt Pierrot seinen Plan. – Dann springt Deburau auf die andere Seite, und schon wird aus ihm wieder der schlanke, hochgewachsene Pierrot, verwundert, bereit zum Schelmenstreich. Ein anderes Gesicht, andere Bewegungen, ein anderer Mensch.

Das Publikum ist gewonnen. Die Leute amüsieren sich über die jähen Wechsel.

Gaspard steigert das Tempo. Jetzt agiert nicht ein Schauspieler; es sind zwei, von denen immer einer für einen Augenblick verschwindet.

Schließlich geht Victor mit der Würde des Betrunkenen ab, und Pierrot bleibt allein zurück. Freudig wird ihm das bewußt – und er spielt weiter. Alles ist gerettet. Auf jeder anderen Bühne hätte Victors Entgleisung mit einer Katastrophe geendet. Und nur ein Schauspieler, der sein Publikum so vollkommen beherrscht, kann es wagen, dies abzuwenden.

Cot d'Ordan belastete Victor auf der Strafliste mit einem Betrag von 12 Francs. Bertrand dagegen ließ Gaspard nach der Vorstellung zu sich rufen.

Seit sie sich vor Gericht getrennt hatten, waren sie sich im Theater aus dem Weg gegangen. Zwischen ihnen bestand Explosionsgefahr.

Der Direktor erhob sich hinter seinem Schreibtisch. »Es ist nicht angenehm, Deburau, eine Niederlage einzugestehen.« Doch seine Stimme klang nicht streng; es lag vielmehr ein verstohlenes Lächeln darin. »Ich nehme das auf mich. Dieser Streit war ein ausgezeichneter Einfall. Monsieur Nodier sollte uns etwas Ähnliches öfter anraten.«

Gaspard wartete.

»Sind Sie jetzt mit der Garderobe zufrieden? Ist sie sauber?«

Gaspard bejahte.

»Möglicherweise schließen wir zu Ostern das Theater. Nicht lange, natürlich. Die Rückenlehnen und Geländer sind schmutzig. Aus den Sitzen im Parterre quillt die Füllung. Und die Logen möchte ich neu dekorieren. Selbst die Freunde Nodiers werden sich nicht zu beklagen haben.«

Gaspard hatte wahrlich nicht erwartet, daß die Begegnung mit dem Direktor so harmonisch verlaufen würde. Und Bertrand fuhr fort:

»Hören Sie, Deburau, dieser Auftritt mit Victor war nicht schlecht. Ich habe immer daran geglaubt, daß wir zwei zusammenpassen, Sie und ich.«

Worauf wollte er eigentlich hinaus?

»Ich möchte, daß Sie hier wirklich zufrieden sind. Fehlt es Ihnen an etwas?«

»Ich möchte gern heiraten«, platzte Gaspard heraus.

»So? Eine Zulage kann ich Ihnen nicht geben. Aber Sie interessieren sich doch für Waffen?«

»Ich war nie Soldat.«

»Ich meine die Requisiten in unserem Depot. Ich würde sie gern Ihrer Pflege anvertrauen. Das würde zehn Francs wöchentlich bedeuten.«

Bertrand beobachtete amüsiert, wie Gaspard sich nicht lassen konnte vor Glück und Verlegenheit, dabei aber schnell rechnete.

»Tatsächlich? Das würde vielleicht schon für zwei reichen. Monsieur Bertrand, Sie können von mir verlangen, was Sie wollen ... Ich bin für immer der Ihre.« Gaspard sprach das aus, worum es Bertrand ging. »Sie sind eigentlich ein wunderbarer Mensch.«
»Haben Sie mich wirklich für einen Schurken gehalten?« lachte Bertrand.
»Der beste Direktor waren Sie nicht gerade, aber alles Schlimme vergesse ich schnell. Ich bleibe Ihnen bis an mein Ende dankbar. Wissen Sie, Monsieur Bertrand«, fügte er treuherzig hinzu, »ich habe auch ein bißchen Glück verdient.«
»Mein Gott, wegen ein paar Francs.« Bertrand schämte sich fast.
»Ich werde ein Zuhause haben. Eine Frau. Einen Menschen, der mir treu zur Seite steht.« Gaspards Augen waren auf den Traum vom Glück gerichtet.
»Bleiben Sie bescheiden, übertreiben Sie nicht gleich!« warnte ihn der Direktor. »Aber gehen Sie, heiraten Sie! Sie können sogar irgendwohin in die Flitterwochen fahren. Etwa für einen halben Tag, natürlich!«
»So viel habe ich gar nicht erwartet. Ich danke Ihnen, Monsieur Bertrand!«

Wo sollte er mit der guten Nachricht hinlaufen? Mit einer Flasche Wein zu Christophe und Adolphe? Dafür war morgen noch Zeit, und er würde auch Justine noch irgendeine Spitze oder Schuhe kaufen können. Zu Désirée! Nach der Abendvorstellung ging er nie mehr zu ihr, da sie sagte, sie müsse sich früh hinlegen – doch heute wollte er es versuchen. Vielleicht schlief sie noch nicht, vielleicht machte ihr die Nachricht Freude.
Schon von weitem sah er oben bei ihr noch Licht brennen. Er wollte gerade pfeifen, doch da erkannte er, daß jemand den Leuchter hinaustrug. Hatte Anette Besuch? Auf der Treppe erklangen Schritte.
Er trat zur Seite, um nicht zu stören. Die Haustür wurde aufge-

schlossen. Eine männliche Gestalt verließ das Haus – dahinter ein Mädchenkopf. Noch eine Weile Geflüster, Umarmung, ein Kuß; dann riß der Mann sich los und eilte davon. Das Mädchen sah ihm nach, ließ dann den Arm mit dem Leuchter sinken und machte sich daran, abzuschließen.

Gaspard trat aus dem Schatten der Mauer hervor und war mit einem Satz an der Tür.

»Anette!«

Das Licht erzitterte, schwankte, wie eine Welle, die an ein Spielzeugboot prallt.

Désirée.

Der Widerschein des Kerzenlichts flackerte über ihr Gesicht.

Hat dein allverzeihendes Lächeln mit diesem Auftritt gerechnet, Pierrot?

Er nahm ihr den Leuchter aus der Hand. Die Kerze brannte wieder ruhig und klar.

»Bist du allein zu Hause?«

Sie bejahte.

»Gehen wir also hinauf.«

Er faßte sie zart unter den Arm. Die Treppen begleiteten sie mit Knarren. Und Gaspard überlegte auf dem Weg. Die Gedanken kamen von allein. Wollte Désirée ein kleines Abenteuer? Ist sie die Deine geblieben? Oder sollst du alle Hoffnungen über Bord werfen? Désirée erwartete ein Kind. Glück, Gaspard, erreichst du nur durch Schmerzen. Erniedrige dich, opfere diesen Augenblick, vergib, und du gewinnst weit mehr, das ganze Leben.

Sie waren oben angekommen.

Gaspard stellte den Leuchter ab. Désirée ließ sich wie leblos auf dem alten vertrauten Sofa nieder, starrte vor sich hin, und nur die Schultern und die Brüste bebten unter ihrem leisen Schluchzen.

»Fürchte dich nicht, ich werde dir keine Fragen stellen«, beruhigte er sie.

»Warum hast du mir nachspioniert?«

»Deshalb bin ich nicht gekommen. Ich habe eine gute Nachricht für dich. Der Direktor hat meine Gage erhöht. Wir können heiraten.«
Désirée wußte nicht, ob er scherzte oder sie verspottete.
Sie zwang ihre Stimme zur Härte: »Und jetzt hast du mich erwischt und beweist mir, wie ich mein Glück verspielt habe. Soll ich dir Beifall klatschen?«
»Warum quälst du dich?« Gaspard lächelte gutmütig. »Es hat sich nichts geändert. Ich hab dich gern, Désirée. Ich sage es dir schlicht und einfach, weil ich mit dir zusammenleben möchte.«
Sie konnte es nicht glauben. Er ertappte sie mit einem anderen Mann und bot ihr ein gemeinsames Leben für immer an?
»Und das heute?«
»Ich glaube, du wirst mit mir zusammen dafür sorgen, daß unser Leben nicht kaputtgeht. Willst du?« Seine Stimme klang bewegt.
Sie stand auf, ihr Blick war noch immer mißtrauisch.
»Und wenn ich nicht so gut bin, wie du denkst?«
»Dann wirst du es eben!«
»Du willst mich also wirklich?« flüsterte sie und trat zu ihm.
»Ja«, sagte er.
Erst dann begann Désirée vor Scham und Reue zu weinen.

Coquette hatten die Jahre zugesetzt, sie war ein wenig müde geworden, dennoch begleitete sie ihren Herrn wieder täglich treu ins Theater.
Sie beobachtete ihn, wie er sich in der Garderobe sorgfältig die Schminke zubereitete, wie er das spanische Weiß mit etwas Talg mischte. Nachdem er das Ganze leicht aufgekocht hatte, formte er aus der Paste kleine Brotlaibchen, die er trocknen ließ und erst nach vierzehn Tagen benützte. Er wußte, wie wichtig es war, daß die Haut unter der Schminke beweglich blieb und atmen konnte.
Am Abend nach dem Vorfall mit Désirée klopfte plötzlich jemand an die Tür, und Coquette begann zu knurren.

»Guten Abend, Deburau«, sagte der Mann, der hereinkam.

»Guten Abend«, antwortete Gaspard und musterte den Besucher neugierig.

»Alte Bekannte sehen sich wieder, nicht wahr?«

Nun erkannte ihn Gaspard. Godot. Godot aus der Rue St-Maur.

»Was wollen Sie denn hier?« fragte er entgeistert. »Wer hat Sie hereingelassen?«

»Ich sagte an der Pforte, daß wir uns gut kennen.«

Ein Glas mit Roséwein stand auf dem Tisch und erinnerte Gaspard an die bevorstehende Feier.

»Sie haben Glück, Monsieur Godot. Heute ist möglicherweise der erste Tag, an dem ich vergessen kann, was Sie mir angetan haben.«

»So bieten Sie einem alten Freund einen Schluck Wein an!«

Er setzte sich unaufgefordert und griff nach dem Glas.

»Warum ich gekommen bin? Mir ist es nicht gerade zum besten ergangen. Dann und wann habe ich von Ihnen gehört. Ich wohne nicht weit von hier.«

»Ich habe Sie nie gesehen.«

»Wir gingen so manches Mal aneinander vorbei. Aber Sie sind immer tief in Gedanken versunken. Warum sollte ich Sie nicht in Frieden lassen? Gestern aber habe ich von einem Ihrer Musiker gehört, daß Sie heiraten werden. Da geht es Ihnen sicher ausgezeichnet. Und ich sagte mir: Gewiß hilft er einem alten Bekannten gern ...«

Deburau machte ein ernstes Gesicht.

»Monsieur Godot, ich habe viele Gründe, das Schlimmste von Ihnen zu halten. Sie haben mir so viel Leid und Schaden zugefügt, daß es nie wiedergutzumachen ist. Immer habe ich mir gewünscht, mich an Ihnen zu rächen. Aber ich bin in einer friedlichen Stimmung, deshalb will ich alles begraben. Ich weiß, daß es Ihnen schlecht gegangen ist, daß Sie Ihren Lebensunterhalt mit knapper Mühe verdienten, selbst zum Schaden anderer.«

»Zu einem Vortrag bin ich nicht gekommen, Monsieur Deburau«, brauste Godot auf.
»Warum sollte ich Sie belehren? Sie können leben, wie es Ihnen beliebt. Jedem Lumpen schlägt einmal die Stunde. Aber mir gehen Sie lieber aus dem Weg! Begreifen Sie nicht? Durch Ihre Schuld ist mein Vater ins Gefängnis gekommen und krank geworden. Einem Mörder gebe ich kein Almosen.«
Gaspards Augen glühten, das Gesicht wurde feuerrot. Selbst seine Stimme zitterte, doch er zwang sich gewaltsam zur Ruhe.
»Spielen Sie mir kein Theater vor, ich habe mir keine Eintrittskarte gekauft«, unterbrach Godot ihn schroff. »Ich will keine Spende, ich biete Ihnen ein Geschäft an. Ich verkaufe Ihnen ein Geheimnis.«
»Was denn für eins?«
»Mein Weg führt mich morgen in die Nähe des Kommissariats. Wenn wir uns einig werden, gehe ich dran vorbei. Wenn nicht, erstatte ich Meldung über Ihr napoleonisches Schmuckstück.«
»Sie wissen genau, daß die Polizei es schon damals mitgenommen hat, und etwas anderes besitze ich nicht. Ihr Napoleon interessiert mich nicht!«
»Erklären Sie das der königlichen Polizei, Monsieur Deburau«, sagte Godot hinterhältig. »Sie wissen doch, was allein der Verdacht bedeutet?«
Gaspard erbleichte.
»Monsieur Godot«, sagte er schneidend, »ich begreife, daß ein Lump auch zur Erpressung fähig ist. Aber zu einem Menschen zu gehen, dem Sie den Vater genommen haben, und an ihm die eigene Grausamkeit zu erproben ...«
»Monsieur Deburau, Sie müssen einsehen ...« Godot wollte feilschen.
»Hinaus!« sagte Gaspard leise, und drohender als seine Stimme war in diesem Augenblick sein Gesichtsausdruck.
»Nehmen Sie sich vor mir in acht!« flüsterte Godot.
Deburau trat vor und wies ihm energisch die Tür.

Godot bückte sich jedoch und stieß Gaspard die geballte Faust in den Magen. Gaspard taumelte, doch kaum machte Godot einen weiteren Schritt, stürzte sich Coquette auf ihn. Ihre heroische Vergangenheit erwachte wieder. Sie biß dem Grobian ins Bein, daß er vor Schmerz aufheulte. Godot packte das Tier am Halsband, riß es weg und befreite sich von ihm mit einem heftigen Fußtritt. Coquette flog an die gegenüberliegende Wand, ihr Gejaule drang durch die ganze Hinterbühne.

Gaspard sprang hinzu und kümmerte sich nicht um Godot, der eilig die Garderobe verließ.

Coquette schaute ihren Herrn noch ein paar Sekunden schmerzerfüllt und hingebend an.

»Auf die Bühne!« rief Filibert. »Wir fangen an!«

Mit Coquette ging es zu Ende. Gaspard streichelte ihr ein letztes Mal über den Rücken, über das Köpfchen, dann stand er auf. Hastig bestäubte er sich das Gesicht mit Puder, seine Falten schienen noch tiefer geworden zu sein.

»Auf die Bühne!« befahl nun Cot d'Ordan persönlich.

Deburau ging hinaus.

Gaspard fühlt sich elend. Er muß an das arme Coquettchen denken, treu bis zum letzten Atemzug, wie selten ein Mensch. Es kostet ihn Mühe zu spielen. Der Körper ist schwer, die Glieder wie aus Blei. Auf ihm lastet ein Gewicht, das die Bewegung zuläßt, nicht jedoch den Sprung.

Er nimmt all seine Kraft zusammen. Er legt mehr Inhalt, mehr Gefühl in seine Darstellung, und der Körper unterwirft sich allmählich.

Wie in ein Reinigungsbad taucht er in das Spiel ein. Ich muß das aus mir herausschütteln, ich muß mich von diesem Schmutz befreien. Dann denkt er nicht mehr an das Geschehen in der Garderobe und verliert sich im Spiel. Er ist ganz Schmerz, ist Hohn, Mitgefühl, Eifersucht ... Wie er nur heute spielt! denken die Kollegen an seiner Seite. Es wäre unmöglich, dieser durchdachten Vollkommenheit noch etwas hinzuzufügen. Aber das ist nicht mehr der Schauspieler. Hier versucht eine gemarterte Seele, nicht nur für das Publikum, sondern auch für sich selbst, eine bessere und schönere Welt hervorzuzaubern.

In dem Augenblick jedoch, als Pierrot in der Schankstube Harlekin nachjagt, geschieht etwas Unerwartetes. Etwas Unerhörtes. Mitten aus dem zufriedenen Gelächter erschallt lautes Pfeifen.

Schauspieler wie Zuschauer erstarren sekundenlang.

Gaspard verliert jedoch nicht den Kopf. Er dreht sich um, als wolle er herausfinden, woher das Pfeifen kommt, und schaut sich im Bühnenbild um. Da klopft er sich an die Stirn. Der Topf auf dem Herd! Dampf quillt hervor! Und tatsächlich: neuerliches Pfeifen ertönt – doch sobald Gaspard den Deckel vom Topf nimmt, hört das Pfeifen auf.

Gaspard hatte selbst gepfiffen.

Der Ruhestörer hinten läßt sich jedoch nicht abbringen. Er pfeift von neuem, und diesmal noch lauter.

Das Publikum beginnt zu rebellieren; auf der Galerie werden Rufe laut. Als sich jedoch zeigt, daß Deburau die Herausforderung angenommen hat und sich mit dem Störenfried ein Duell liefert, ergreift alle die Neugier, wer den Sieg davontragen wird.

Laurent als Harlekin verzieht sich hinter die Kulissen; er weiß, daß Deburau nun allein sein muß. Bertrand sieht wie verzaubert zu. Die Schauspielerkollegen rufen sich zu: »Kommt schnell, Deburau improvisiert!«

Gaspard ersinnt vielerlei Möglichkeiten, herauszufinden, ob nun der Topf pfeift, ob das Fenster quietscht oder ob irgendwo Dampf hervorzischt. Die Nachtigallenpfeife unter seiner Zunge wetteifert fröhlich mit dem Pfeifen im hinteren Parterre. Das Publikum begreift Pierrots Gegenwehr und nimmt sie beifällig auf. Es liebt Geistesgegenwart und Mut.

Als der Lump hinten jedoch nicht aufhören will, entschließt sich

Deburau, das Intermezzo energisch zu beenden. Er tritt an die Rampe. »Ruhe!« ruft jemand. Gaspard nimmt die Pfeife aus dem Mund und sagt gelassen:
»Ich möchte diesem Herrn dort hinten meine Pfeife anbieten. Mir ist eingefallen, daß ich die, die er mir vor einer Weile in der Garderobe gestohlen hat, schon einmal verschluckt habe!«
Aus der Loge erklang das Lachen eines Zuschauers, der als erster den Witz begriffen hatte, mit dem Gaspard den Unruhestifter lächerlich machte. Und das Parterre fiel in das Lachen ein, begeistert von Pierrots Kaltblütigkeit.
Gaspard schaute unwillkürlich in die Loge. Dort saß ein gutaussehender Herr mit einem zarten Gesicht, der ein wenig Nodier ähnelte.
Dann holte er aus und warf die Pfeife in den Saal. Das Publikum entschied, daß Deburau im Duell gesiegt hatte, und als der rabiate Kerl hinten das nicht begriff und sein Pfeifkonzert fortsetzen wollte, empfand man es als Beleidigung. Einige junge Männer erhoben sich. Sie rannten nach hinten, um den Ruhestörer ausfindig zu machen. Auf dem Juchhe hängten sich zwei Lehrjungen weit über die Brüstung und zeigten nach unten: »Der war's! Der da!« Der Mann wollte weglaufen, doch man hielt ihn fest und leuchtete ihm ins Gesicht. Gaspard hatte sich nicht geirrt. Es war Godot, der sich rächen wollte.
Mit Godot machten sie kurzen Prozeß. Er wehrte sich vergebens, wurde von Reihe zu Reihe gestoßen und dann hinausgeworfen.
Gaspard verbeugte sich leicht.
Er wandte sich ab, um Kraft zu schöpfen, und mit der nächsten Bewegung war er wieder Pierrot. Ein Anlauf, ein plötzliches Einhalten, Erstaunen – und schon hatte er die volle Aufmerksamkeit des Publikums, das sich beruhigt hatte, zurückgewonnen.
»Bravo!« rief es aus der Loge.
Der Zwischenfall war bald vergessen, und es wurde eine der besten Vorstellungen. Schon lange hatte Gaspard das Spielen nicht solche

Freude gemacht wie an diesem Abend, am liebsten hätte er gar nicht mehr aufgehört. Als er sich für den Applaus bedankte, war das eine Liebeserklärung an das Theater und sein Publikum.
Nach seinem Abgang kam Bertrand auf ihn zu und sagte ihm ein paar anerkennende Worte. Auf dem Gang stieß er mit Cot d'Ordan zusammen, der im Gesicht weißer war als Pierrot.
»Bertrand! Deburau!« rief er. »Wißt ihr, wer dieser Mensch in der Loge war?«
»Keine Ahnung«, entgegnete Bertrand, der in Künstlerkreisen viel weniger zu Hause war.
»Der Schrecken der Pariser Theater! Der Kritiker Jules Janin!«
Dem Zusammenbruch nahe, lehnte sich Cot d'Ordan an die Wand.

Das Hochzeitsgeschenk

Am übernächsten Tag erschien im *Journal des Débats* ein von Janin unterzeichneter Artikel, der das Pariser Theaterleben in seinen Grundfesten erschütterte und in sämtlichen Kulissen und Foyers Hauptgesprächsthema war.
In jenem legendären Artikel war folgendes zu lesen:
»Ich möchte heute dem Pariser Publikum nicht erneut vorhalten, daß es in dieser Stadt kein ruhmreiches Theater mehr gibt. Es ist bekannt, daß Cherubin falsche Zähne hat, die Gräfin im Exil lebt, und Figaro, von den zahlreichen fehlgeschlagenen Revolutionen ernüchtert, am Stock geht und sich von der Sonne wärmen läßt. Es gibt auch kein gebildetes, erlesenes Parterrepublikum mehr im französischen Theater, das wurde ebenfalls schon längst zu Grabe getragen und von Figaro ebenso beweint wie von Almaviva.
Ich halte es jedoch für meine Pflicht, den Parisern bekanntzugeben, daß es zwar kein Theater mehr gibt, dafür aber das Funambules. Und wenn auch im Parterre niemand mehr aus dem Café Procope zu sehen ist, so sitzt dafür im Parterre vom Funambules ein tempe-

ramentvolles, lebendiges Publikum, das kräftigen Wein und einen guten Witz zu schätzen weiß. Früher fuhr die Kunst in der Kutsche, heute geht sie zu Fuß. Früher schritt sie auf dem Kothurn einher, heute trägt sie Holzschuhe gegen den Schlamm. Früher feierte Thalia ihre nächtlichen Feste zu Füßen des Königs in den Sälen des Palais Royal. Heute ißt die Schauspielkunst am Boulevard du Temple Kartoffeln, flickt zerrissene Strümpfe in der Pförtnerloge ihres Theaters und betrinkt sich mit billigem Wein. Früher hieß die Schauspielkunst Molé oder Talma. Heute heißt sie Deburau.«

Deburau legte sich abends ruhig schlafen und hatte keine Ahnung, durch welche Erkundigungen, Fragen und Proteste er zum Helden geworden war.

Morgens weckte ihn heftiges Klopfen an der Tür. Als er verschlafen öffnete, fiel ihm Direktor Bertrand um den Hals. Er roch nach Wein, drückte ihn an sich, küßte ihn und schrie: »Wir haben gewonnen, Gaspard, wir haben gewonnen!«

Gaspard nahm an, der Direktor sei betrunken und habe sich auf dem Heimweg hierher verirrt. Doch Bertrand zog eine Zeitung aus der Tasche, setzte sich auf das Bett und zeigte auf den Artikel. Und Gaspard las, soweit ihm Bertrands über die Zeilen fahrender Finger das gestattete.

»Das *Journal* ist nicht die *Pandora*. Das sollen sich die Leute mal merken!« rief der Direktor aufgeregt. »Und sie haben es schon gemerkt!«

»Ist das nicht ironisch gemeint?« fragte Gaspard ängstlich.

»Unsinn! Wir haben ihn überwältigt. Wir haben ihm gezeigt, was wahre Kunst ist!«

Deburau blieb schweigsam. Er wagte sich nicht einmal vorzustellen, was dieser Artikel bedeutete.

»Und wissen Sie, was wir jetzt machen? Wir schließen das Theater. Ich lasse den Saal renovieren. Ehe sich die Nachricht verbreitet,

beginnen wir in einem vergrößerten Theater zu spielen. Schon nächsten Sonntag!«
»Da werde ich gerade getraut.«
»Was ist wichtiger – Ruhm oder Hochzeit?«
»Wir müssen heiraten«, betonte Gaspard und fuhr fort: »Wenn Sie wollen, zeige ich Ihnen unsere neue Wohnung, nur einen Stock tiefer.«
»Das interessiert mich nicht«, wehrte Bertrand ab. »Meinetwegen wohnen Sie auf einem Ast. Aber am Sonntag muß gespielt werden!«
»Wie soll ich das mit der Hochzeit machen?«
»Wissen Sie was, Deburau?« Bertrand hatte einen Einfall. »Holen Sie das Mädchen und eilen Sie in die Kirche. Sie sollen Ihnen die letzten Aufgebote erlassen, ich bezahle das. Laufen Sie, heiraten Sie – nicht heute, heute müssen wir noch spielen – aber morgen!«
Bertrand stopfte die Zeitung in die Tasche und eilte davon. In wieviel Cafés muß er sich heute noch mit Janins Artikel brüsten! Ganz Paris wird auf ihn zeigen, den Direktor des Funambules! Sie werden fragen: Was, bitte, machen Sie so Besonderes in Ihrem Theater? Er wird nicht antworten. Er wird geheimnisvoll tun. Kommen Sie sich's ansehen!
Auch Gaspard verließ kurz darauf das Haus. Schüchtern verlangte er das *Journal*, damit der Verkäufer ihn nicht für eitel hielt. Wer war wohl dieser Jules Janin? Zweifellos ein mutiger Mann. Ganz Paris ins Gesicht zu sagen, daß alle seine Theater nichts wert seien und daß er die Kunst in der schmutzigen Vorstadt und in dem ärmsten der kleinen Theater, in der Pantomime, gefunden habe – und in Deburau ...
Er einigte sich mit Désirée über die Hochzeit, lief zur Pfarrei; am Nachmittag war er im Theater auf seinem Platz.
Unter den Kollegen gab es weniger Neid, als er erwartet hatte. Diesmal loderte die Flamme des Ruhms zu hoch, und der Abglanz von Deburaus Erfolg fiel auch auf sie.

Das Theater war ausverkauft. In den Logen und in den vorderen Reihen fand sich jedoch plötzlich ein anderes Publikum als sonst. Da hatten sich die neugierigen Pariser aus der Stadtmitte beeilt, um den unbekannten Schauspieler zu sehen, den Janin zum Künstler erhoben hatte. Mißtrauisch nahmen sie die Einrichtung und das Publikum der hinteren Reihen in Augenschein; verächtlich schüttelten sie den Kopf, als sie die qualmenden Lampen sahen und die schlechte Musik hörten. Die Damen hielten sich ununterbrochen Riechsalz oder ein Fläschchen Kölnischwasser unter die Nase. Sie konnten Janin einfach nicht glauben. Hatte er sich etwa einen Scherz mit seinen Lesern erlaubt?

Deburau betrat seine Garderobe, von stillem Glück erfüllt. Liebevoll strich er über den Spiegel. Andächtig und behutsam legte er Schminke auf und atmete tief den vertrauten Duft ein.

Was ist eigentlich dein wahres Gesicht, Gaspard? Das, was du tagsüber trägst – oder das, was du hier in dem zersprungenen Spiegel siehst? Alle, die hergekommen sind, um dich zu begutachten, müssen ihr Mißtrauen und ihre Geringschätzung ablegen und jede deiner Bewegungen atemlos verfolgen. Dein Lächeln, das die Schlechtigkeit der Welt durchschaut, soll sie beherrschen.

Ehe die Zuschauer an diesem Abend den Saal verließen, erschien Direktor Bertrand im Frack auf der Bühne und verkündete, das Funambules werde renoviert, um den Ansprüchen des verehrten Publikums zu genügen, und in genau einer Woche mit der berühmten Pantomime »Der goldene Traum« wiedereröffnet. Und mit gespielter Verlegenheit setzte er hinzu, diese Pause käme Monsieur Deburau, dem Liebling des Publikums, sicher sehr gelegen, da er am nächsten Tag vor den Traualtar treten wolle.

Das löste lauten Jubel aus. Die Zuschauer auf der Galerie riefen zur Bühne hinunter:

»Komm heil wieder, Pierrot! . . . Bring Zwillinge zurück!«

Pierrot dankte erfreut für den Beifall, wie immer glücklich über die Fröhlichkeit seiner unbekannten Freunde.

Als Deburau am Morgen zu Désirée ging, steckte in der Tasche des schwarzen Mantels, den er sich von Bertrand geliehen hatte, eine Zeitung, die gegen Janin polemisierte. Ein gewisser Monsieur Pyat rechnete mit ihm ab. Er schrieb, wenn die Kunst schon nicht auf dem Kothurn einherschreite, sollte es zumindest die Kritik tun. Doch anscheinend habe sie in der Person von Monsieur Janin ihre Toga abgeworfen und lasse jeden Ernst vermissen, so daß sie eher einem zu neugierigen Mädchen gleiche, das in den Straßen herumlungert. Und Monsieur Janin sei bei seiner Suche nach Kunst auf Pierrot gestoßen und dabei freilich selbst zum Clown geworden.
Gaspard verdarb dies ein wenig die Laune, denn es ärgerte ihn, daß Monsieur Janin seinetwegen Unannehmlichkeiten bekam; doch Bertrand und Laurent, der zweite Trauzeuge, redeten ihm das aus. Janin würde seinem Widersacher schon nichts schuldig bleiben.
Auch die Hochzeit befriedigte Gaspard nicht sonderlich. Désirée war zwar in ihrem neuen Kleid reizend anzuschauen, aber der Priester, der sie traute, hatte es sehr eilig und spielte seiner Meinung nach die Rolle schlecht, so daß Gaspard größte Lust hatte, ihn beiseite zu schieben und die Zeremonie selbst zu vollziehen, mit aller Würde, die diesem Augenblick angemessen war.
Vor der Kirche erwartete sie eine Menschenmenge, die Pierrots Hochzeit miterleben wollte und das bekannte »Ho-ho-ho, De-bu-rau!« zu skandieren begann.
Désirée strahlte zufrieden über den Ruhm, der ihr zuteil wurde. Wenn Anette und ihr Sergeant heirateten, kämen sicherlich keine Zaungäste, um ihnen zuzujubeln.
Gaspard war bereits in die neue Wohnung gezogen. Das nötigste Mobiliar, aus dem Theaterfundus geliehen, erlaubte es den Gästen, an dem kärglichen Tisch Platz zu nehmen. Außer dem Brautpaar und den Trauzeugen war nur Anette mit ihrem Geliebten anwesend.
Kaum hatten sie sich zu Tisch gesetzt, ertönte es wieder von draußen: »Ho-ho-ho! De-bu-rau!«

Bertrand hielt Gaspard zurück und beugte sich aus dem Fenster. Er nickte freundlich hinunter, doch die Leute gaben sich damit nicht zufrieden. Sie begannen zu pfeifen.

»Gehen Sie selbst!«

Deburau warf ein paar Blumen aus dem Fenster.

Ein Pfeifen war die Antwort. Sie riefen etwas.

»Ich verstehe sie nicht.«

Anette schlug sich an die Stirn.

»Sie wollen das Strumpfband! Das Strumpfband der Braut!«

»Was soll ich ohne machen?« protestierte Désirée.

»Ich borge dir inzwischen meins«, versprach Anette.

Gaspard, als glücklicher Bräutigam, beugte sich wieder aus dem Fenster und warf eine blaue Schleife hinunter.

Unten entstand eine Rauferei, doch die Menge hatte ihre Trophäe und zog endlich davon.

Gegen Abend gingen auch die Hochzeitsgäste. Kaum hatte Gaspard hinter ihnen die Tür geschlossen und war zu Désirée zurückgekehrt, hämmerte es an die Tür.

»Wer ist da?«

»Ich bin's, Bertrand. Öffnen Sie schnell, sonst schlage ich das Haus zusammen.«

»Was ist geschehen?«

Der Direktor stürzte mit einer neuen Ausgabe des *Journal* herein.

»Janins Antwort?«

Sie scharten sich um die Zeitung und lasen laut.

Janin schrieb:

»Ich werde gern ein Clown, wenn es mir gelingt, in dieser Verkleidung den Menschen die Wahrheit zu sagen. Monsieur Pyat möchte zwar die Wahrheit sagen, doch die Leute halten ihn für einen Spaßmacher. Das ist schlimmer. Ich wage zu wiederholen, daß im Theater Funambules ein Schauspieler namens Deburau spielt, ein Meister seines Fachs, weil er, wie ich gesehen habe, in der Lage ist, mit

seinem bemehlten Gesicht alle menschlichen Schmerzen und Freuden auszudrücken, ohne dabei ein einziges Wort zu sprechen, und dazu weder Molière noch Shakespeare braucht. Dem Echo nach zu schließen, das mein Artikel hervorgerufen hat, scheine ich diesen Schauspieler entdeckt zu haben. Ich rechne mir dies als Ehre an. Ich bin mir jedoch sicher, daß es nicht um die Entdeckung eines Komödianten geht, der Glück hat. Deburau ist ein großer Geist, eingesperrt in ein kleines Theater; er strahlt jedoch wie die Sonne. Sein Spiel ist kein Zufallsprodukt; es ist Arbeit, aber auch Liebe. In einer Zeit, da alle Varianten der italienischen Komödie ausgeschöpft zu sein scheinen, kommt er mit einer völlig neuen Gattung. Der alte, unförmige Kittel eines Gilles fließt an ihm faltenreich herunter wie ein Gewand der Antike. Das weiße Gesicht macht aus ihm eine lebende Statue der Pantomime. Es ist nicht mehr der alte Clown Gilles, der ziellos über die Bühne wankt; es ist ein kaltblütiger Stoiker, aber immer gutgelaunt, wenn auch ohne Worte, ohne Leidenschaft, und fast ohne eine Miene zu verziehen. Und dennoch drückt dieses Gesicht alles aus; er ist der Nachfahre von Roscia Gallus, der nur mit seiner Mimik und Gestik Cicero Wort für Wort übersetzen konnte.
Sein Gesicht, gezeichnet von leisem, treffendem Sarkasmus, sagt alles. Deburau schreitet, schaut, öffnet den Mund, schließt die Augen, bringt Sie zum Lachen, bezaubert. Im Funambules erholen Sie sich von den Gestalten unserer Tragödien. Weil Deburau alles ist. Deburau ist das Volk, er ist tausend Schauspieler in einem. Mal fröhlich, mal traurig, krank, gesund, zart, grob, geistreich, einfältig, kämpfend, besiegt, und immer arm – wie das Volk. Es ist sein Verdienst, daß die Pantomime sich wieder zur Kunst erhoben hat. Er verleiht ihr die höchsten Weihen. Er ist ein Schauspieler seines Volkes und wird möglicherweise unserem vornehmen Publikum nicht gefallen, falls es sich in den Saal des Funambules wagt. Ein Künstler bleibt er dennoch, und dies ist nicht mein Verdienst. Er war es schon vor mir. Ich bin nur sein Amerigo Vespucci.«

Sie hatten zu Ende gelesen. Bertrand sagte etwas, doch Gaspard hörte ihn nicht. Er kam erst zu sich, als der Direktor bereits gegangen war und Désirée ihn umarmte und küßte.
»Gaspard«, rief sie. »Wenn du berühmt bist, wirst du mich neben dir nicht einmal mehr ansehen!«
»So ist es nicht, Désirée«, sagte Gaspard. »Aber bisher bin ich immer nur durch Morast gewatet, und ständig regnete es auf mich herunter. Erst jetzt spüre ich plötzlich festen Boden unter den Füßen, über mir die Sonne – und die Welt reicht mir die Hand. Und am glücklichsten bin ich, daß ich nicht darum gebeten habe. Ich bin nur den Weg gegangen, der mir gefiel, der mir richtig erschien; ich wollte mich den Menschen schenken – und sie haben mir geglaubt.«
»Das macht dir größere Freude als die Heirat.«
»Es ist mein Hochzeitsgeschenk«, lachte Gaspard.

In den Reihen der Romantiker

Gaspard Deburau unternahm mit seiner Frau die Hochzeitsreise. Wohin? Zum Boulevard du Temple. Wie viele Jahre hatte er jeden Abend nur als Schauspieler auf der Bühne verbracht! Er sehnte sich danach, einmal Zuschauer zu sein. Den ganzen Tag über probte er im Theater, das renoviert wurde, bei herunterfallendem Verputz und Hammerschlägen; nach dem Abendessen in einem billigen Restaurant stürzten sie sich in das Getümmel auf dem Boulevard.
Oft konnten sie beobachten, wie vor dem Funambules Kutschen anhielten und wie die Herren, als sie den Aushang lasen, den Damen im Wagen mißmutig verkündeten, daß derzeit nicht gespielt werde.
Janins neuer Artikel schlug wie eine Bombe ein. Monsieur Pyat hatte sich bisher noch nicht wieder zu Wort gemeldet.
Gaspard wollte diese sieben Abende Zuschauer sein, ein begeister-

ter Zuschauer, der sich entschädigen mußte für alles, was er versäumt hatte, als er sich die Bühne zum Lebensinhalt erwählte. Und so besuchte er, Hand in Hand mit Désirée, das Wachsfigurenkabinett, sie tanzten zusammen im »Blauen Würfel«, amüsierten sich über die Automaten bei Thévélénin, mischten sich unter das Publikum bei den chinesischen Schattenspielen und gingen am Sonntag in den Zirkus Olympia, wo sie den indischen Jongleuren, den chinesischen Akrobaten, den Kunstreitern und den dressierten Ziegen und Elefanten applaudierten.

Während Désirée darin nur gelungene oder mißglückte Kunststückchen sah, schaute Deburau unter die Masken und unter die lächelnden Gesichter all dieser Kraftprotze, Akrobaten und Clowns. Zuweilen machte er eine Bemerkung, was er sich besser vorstellen könnte.

Als sie am Quai Augustinian bei dem Taschenspieler Miette stehenblieben, hielt er Désirée zurück:

»Warte einmal! Der könnte mein Bruder sein. Hörst du ihn?«

Und Miette erzählte zwischen den einzelnen Darbietungen von den Versuchen, ihn in feste Theater zu locken. Sie seien alle gescheitert, weil er sein Publikum auf der Straße nicht verlieren wollte.

»Ich ziehe euch, meine Verehrten, die ihr hier mit offenem Mund steht, dem Publikum vor, das im Theater einschläft. Tretet nur näher, Soldaten, Bauern, und auch ihr Vagabunden, fürchtet euch nicht vor mir. Ich bin der Eskamoteur Miette, und wenn ich auch ein Niemand sein sollte, so bin ich doch aus dem gleichen Stoff gemacht wie der berühmteste Marschall Frankreichs.«

Der Besuch dieser abendlichen Vergnügungen von Paris war für Gaspard sehr nützlich. Er konnte sehen, was den Leuten gefiel, wie sie sich verhielten. Oft ermahnte ihn Désirée, auf die Bühne zu schauen, da sie meinte, er kokettiere mit einer Frau. Doch Gaspard sammelte nur Erfahrungen, was die Leute reizte, begeisterte, worüber sie lachten.

Am Samstag fuhr er in einem Wagen voller Grisetten, darunter einige, die Désirée kannten und ihr fröhlich zuwinkten, nach Belleville. Gaspard hätte zum Abschluß der Flitterwochen am liebsten alle Süßigkeiten aufgekauft und brachte Désirée tütenweise Krapfen und Hündchen und Pfeifen aus gebranntem Zucker mit.
Am Sonntag begannen die Vorstellungen wieder.
Vater Royer nahm seinen gewohnten Platz vor dem renovierten Theater ein, der nun eingezäumt war, um Gedränge zu vermeiden und dabei die Passanten nicht zu behindern. Behaglich stand er auf dem Gehsteig, doch forderte er die Passanten nicht wie sonst zum Theaterbesuch auf, sondern scherzte höchstens mit einem der hübschen Mädchen.
Dennoch erschienen zahlreiche Besucher, zu Fuß oder mit der Kutsche, und verlangten an der Kasse Eintrittskarten. Die Kassiererin lächelte höflich.
»Bedauere, ausverkauft.«
»Dann für den Abend?«
»Ausverkauft!«
»Und morgen?«
»Wir sind die ganze Woche ausverkauft. Darf ich Ihnen Karten für den nächsten Sonntag geben? Bei gleichbleibenden Preisen, bitteschön!«
Gaspard war ein wenig enttäuscht, als er sich das Publikum ansah. In dem revonierten Saal saßen ganz andere Leute als sonst. Fühlten sich seine Freunde nur unter einer verrußten Decke wohl? Waren sie vor dem renovierten Eingang zurückgeschreckt? Gaspard kamen Bedenken.
Hatte der alte Eskamoteur Miette vielleicht doch recht, daß alle Menschen aus dem gleichen Stoff gemacht sind? Bisher war er davon nicht überzeugt. Jetzt stärkte ihn die Sicherheit, die er Janin verdankte. Spottet man über einen Schauspieler, wagt er nichts. Lobt man ihn, dann wächst er über sich heraus; nicht durch Selbstgefälligkeit, sondern durch das gestärkte Selbstvertrauen.

Die erste Vorstellung zerstreute alle seine Befürchtungen. Sie wurde ein neuer Erfolg, der sich an den folgenden Abenden wiederholte.
In den Salons debattierte man über Janins skandalöse Kritik, die nicht nur eine Beleidigung der offiziellen Theater darstellte, sondern auch einen Angriff auf die öffentliche Ordnung bedeutete. Dann aber folgten die ersten Berichte begeisterter Besucher.
Deburau wurde nicht zur Mode, sondern zum Credo. Paris war sich einig, daß in dem ehemaligen Theater der Seiltänzer ein Künstler aufgetaucht war, den man sich ansehen mußte, auch wenn der Weg dreimal so weit war wie in die Comédie.
»Langweilen Sie sich? Haben Sie schlechte Laune? Dann gehen Sie ins Funambules!«
Deburau wurde zur Arznei, die man gegen Traurigkeit und Mißmut empfahl.
»Ich mag keine Possen«, wandten die Mißtrauischen ein.
»Er spielt keine Posse. Nicht mal eine Komödie. Aber auch kein Drama.«
»Was also spielt er dann?«
Eine Antwort darauf war schwierig.

An dem Tag, an dem sich über den Boulevard unter seinen Anhängern die Nachricht verbreitete, daß der beliebte Pierrot Vater geworden war, spielte Deburau in dem Stück »Pierrot als Kindermädchen« nur eine kleine Szene. In der Frühe kauften sie bereits alle Karten auf.
Gaspard war schon seit dem Morgen teils in gehobener Stimmung, teils gerührt; er schickte seinen Kollegen Wein, damit sie an seiner Freude teilhaben sollten.
»Das konnte ich mir früher nicht einmal vorstellen. Und da habe ich Dummkopf gedacht, ich hätte schon alles hinter mich gebracht, was das Leben einem beschert. Unsinn! Solange ein Mann nicht Vater geworden ist, ist er kein ganzer Mann.«

Sie belächelten ihn, doch er versicherte, die kleine Rosine Agathe sei entschieden seine beste Kreation.
Einen der jungen Kollegen, Charles Charton, jenen, der auf den Treppen des Theaters Gaité zur Welt gekommen war, bat er, bei seinem Töchterchen Pate zu stehen.
Abends mußte er als Pierrot in die Rolle des Kindermädchens schlüpfen, um sich zu verbergen, und dabei das ihm anvertraute Kind bestrafen. Er spielte die Szene wie gewohnt, doch das Publikum protestierte.
»Handelt so ein Vater? Schäm dich, du Rabenvater!«
Pierrot stockte. Seine zum Schlag ausholende Hand hielt inne, zärtlich betrachtete er den Popo des kleinen Mädchens, streichelte das Kind, umarmte es und drückte es an sich.
»Bravo! So handelt ein guter Vater! Ein Hoch auf den braven Papa!«
Das Parterre bereitete seinem Liebling begeisterte Ovationen.
An diesem Abend, wie an vielen kommenden, eilte Gaspard zu Désirée, der er zutiefst dankbar war. Endlich hatte er etwas, das wirklich ihm gehörte: ein Kind. Er freute sich auf jedes Zusammensein, brachte ihm Spielsachen, spielte oder sang ihm etwas vor.
Doch oft erwartete ihn jemand vor dem Theater, suchte ihn in der Garderobe auf oder kam einfach, um ihm Glück zu wünschen. Wiederholt hatte er Gelegenheit, sich vor Gérard und seinen Freunden zu verbeugen. Die größte Freude bereitete ihm der Erfolg bei einer Schar junger Romantiker, die zu dritt, zu viert kamen, nahe der Bühne Platz nahmen und sich besonders aufgeschlossen und freundschaftlich gegenüber dem Vorstadt-Publikum verhielten. Nach der Vorstellung warteten sie draußen auf ihn und waren so herzlich und ihm so zugetan, daß er es ihnen nicht abschlagen konnte, noch mit zum Neapolitaner Frasciano oder anderswohin zu gehen. Mal alberten sie nur herum, mal begeisterten sie sich für etwas, nach Gaspards Meinung oft ein wenig zu redselig; doch waren es durchwegs begabte, gefühlvolle junge Männer, die nach einer schöneren, besseren Welt strebten. Oft drehte sich ihr

Gespräch um Deburaus Kunst. Ungeachtet seiner Scheu mußte er zuhören, Fragen beantworten, erklären.
»Sie gehören zu uns«, versicherte ihm der schlanke Théophile Gautier, meist mit einer scharlachroten Weste angetan. »Sie müssen mit uns gehen, und wenn wir Sie vierteilen und Stück um Stück wegtragen müßten.« Und er führte ihn in eine kleine Wirtschaft. Kaum hatten sie Platz genommen, legte er los: »Was für ein Glück, einmal im Theater nicht das leere Geschwätz unserer Komödien anhören zu müssen, sondern überlegen zu können, was die Figuren uns sagen wollen! Die Pantomime ist für sensible Naturen geschaffen, die genügend Phantasie besitzen.«
»Du hast recht«, bestätigte Gérard de Nerval. »Das Funambules bewahrt uns vor diesen geistreichen, doppelsinnigen, gelehrten Tiraden und dieser Konversationsroutine unserer Autoren.«
»Als ich Sie das erste Mal sah«, sagte Théophile, anerkannter führender Kopf der Gruppe, »wußte ich, daß Sie zu uns gehören. Sie haben uns von all diesen Bankiers und ihren Söhnen, diesen eleganten, aalglatten Kavalieren in gelben Handschuhen, befreit.«
»Die gibt es auch in unseren Komödien.«
»Nicht mehr als überall auf der Welt. Ihr Pierrot, würde ich sagen, verkörpert alle Berufe.«
»Ich bin froh, daß Pierrot die verschiedensten Handwerke und Berufe ausübt. So kann ich die Nöte eines Soldaten ebenso aufzeigen wie die Scherereien, die ein Arzt hat oder die er uns macht. Seine Rollen sind vielseitiger und fröhlicher.«
»Nicht nur das«, warf Nerval ein. »Deburaus Pierrot umfaßt auch alle menschlichen Charakterzüge.«
Deburau verstummte, als sie ihn weiter überschwenglich lobten. Doch sie waren durch sein Spiel angeregt, und er spürte, daß sie ihn mochten. Sie waren voll Mut und von dem Wunsch beseelt, der Welt ein anderes Gesicht zu geben.
»Zum Teufel mit diesen grauen, langweiligen, aufgeputzten Marionetten ringsum. Wir sind auf der Suche nach dem verlorenen

Geheimnis der Menschheit, der Poesie. Auf Ihrer Bühne haben wir sie gefunden.«
Sie waren überzeugt, in ihm einen neuen Verbündeten gewonnen zu haben.
»Wenn Pierrot Unrecht geschieht, rächt er sich«, meinte Nerval. »Darum seine sarkastische Grimasse.«
»Aber darin liegt ebenso Verzeihen«, befand Gautier. »Sonst könnte er sich nicht so leichten Herzens in neue Abenteuer stürzen.«
Gaspard lauschte mit großem Interesse. Diese scharfsinnigen jungen Männer legten die Quellen seines Schaffens bloß, die er selbst oft nur unbewußt ahnte. Aus Bruchstücken des Lebens setzte er seinen Pierrot zusammen; sie nahmen ihn auseinander, und zwar gründlicher, als er es vermochte. Sie regten ihn jedoch an, Erklärungen zu finden, die auf seiner eigenen Wahrheit, seinem eigenen Nachdenken beruhten.

Gaspard schenkte seine Freundschaft allen Menschen. Mit kindlicher Freude fing er Pomeranzen auf, die ihm die Gassenjungen von der Galerie zuwarfen; Pomeranzen bedeuteten in der Blumensprache des Theaters Anerkennung, während Kerngehäuse von Äpfeln Mißfallen ausdrückten. Er war glücklich über das Einvernehmen mit denen, die ihm am nächsten standen, und wußte zugleich, daß auch das Interesse der jungen Künstler aufrichtig war. Und wenn sich Gautier und seine Freunde in der Proszeniumsloge niederließen, die einer offenen Schublade glich, ließ Gaspard sie an jedem Festmahl auf der Bühne teilhaben. Und zum Ergötzen des Publikums führte sich Gautier dann ostentativ ein Stück Torte zu Gemüte, die aus einer abscheulich schmeckenden Masse bestand.
Mehrmals tauchte in der Loge das bekannte Gesicht Janins auf; wenn Gaspard sich verbeugte, legte er zum Zeichen seiner Verehrung und Dankbarkeit die Hand aufs Herz, während das Publikum dem Schauspieler wie dem Kritiker applaudierte.
Immer öfter erschien Deburaus Name in den Zeitungen.

Der *Figaro* schrieb: »Wo findet man einen Menschen mit mehr heiterer Verve, mehr Originalität und größerer Begabung, auch wenn er sich dabei so entzückend dumm verhält? Man zeige uns einen Gilles, der besser geschminkt ist, verständlicher, ohne dabei ein Wort zu äußern, mitteilsamer und lustiger, ohne je zu lachen, komischer, doch ohne jede Trivialität! Pochen Sie bei allen Theatern an und holen Sie einen Schauspieler heraus, der sensibler ist, der ebenso lächerlich gleichgültig wie beseelt einfältig sein kann, finden Sie einen solchen Komödianten!
Deburau ist nach Talma und Potier der vollkommenste Mensch auf der Bühne, den wir in den vergangenen dreißig Jahren hatten. Die Eigenliebe aller Schauspieler wird sich gegen diese Feststellung empören; sie werden einer so deprimierenden Wahrheit nicht beipflichten, dennoch ist es so. Ich will nicht behaupten, daß die Künstler, denen gegenüber ich Deburau den Vorrang einräume, ohne Talent wären, Gott bewahre! Ich bekenne, daß viele von ihnen Begabung, Intelligenz, glänzende Fähigkeiten, außerordentliche Präsenz besitzen; aber wo ist der Künstler, der sich in allem und überall mit dem großen, herrlichen Schauspieler Deburau messen kann? Ich halte ständig Ausschau, doch finde ich niemanden ...
Pariser Aristokratie, wie rückständig bist du! Mit was für betrüblichen Vorurteilen umgibst du dich! Werde für einen Tag zum Volk, sieh dir Deburau an, und du wirst erfahren, was wahre Freude ist!«

Eines Tages brachte Gautier auch Victor Hugo ins Funambules. Trotz des klirrenden Frostes wartete er nach der Vorstellung mit den übrigen Freunden vor dem Theater.
»Es freut mich, Sie nach so langer Zeit begrüßen zu können«, sagte er und reichte Gaspard die Hand. »Alle meine Bekannten schätzen Sie sehr. Sie haben der Pantomime wieder Leben eingehaucht. Das ist ein großes Verdienst.«
Hugo gab sich viel gelassener als seine Freunde, in seinen Bewegungen und Worten lag nachdenkliche Ruhe.

Gaspard erkundigte sich nach Eugène.
»Das wird Ihnen wohl Kummer bereiten. Eugène ist vor einem Jahr gestorben. Alle Ärzte haben uns versichert, daß ihm damit größere Leiden erspart geblieben sind. Ich glaube das auch.«
Diesen Abend verbrachte Gaspard nicht mit den Künstlern, mußte jedoch versprechen, dabeizusein, wenn Victor den Freunden sein neues Stück »Hernani« vorlesen würde.
Er folgte der Einladung und fand sich ein paar Tage später mit etwa dreißig anderen Personen bei Hugo in der Rue Gujon ein. Manche Namen kannte er schon, andere hörte er zum ersten Mal: Balzac, Mérimée, Sainte-Beuve, Alfred de Vigny. Dieser elegante Mann, mit den klugen graublauen Augen in einem regelmäßigen Gesicht, gefiel ihm am besten, da er in dem ungewohnten Milieu beruhigend auf ihn wirkte.
Madame Hugo begrüßte Gaspard herzlich und erinnerte ihn an ihr Zusammentreffen am Krankenlager Eugènes, während er immer wieder die leise, neugierige Frage hörte: »Wer ist dieser magere, große Mensch?«
Hugo begann zu lesen. Er hatte jedoch keine angenehme Stimme, was besonders störte, wenn er bei den Dialogen die Tonlage wechselte. Gaspard erfaßte, daß es schöne Verse waren, die ritterliche Gefühle zum Ausdruck brachten; allerdings fand er, daß sich auch in einem historischen Drama vieles hätte knapper formulieren lassen. Doch die übrigen Zuhörer waren begeistert. »Ein neuer Corneille!« riefen sie, als Hugo die Szene vorlas, in der Don Carlos an der Gruft Karls des Großen steht. Bei Erwähnung des Königs von Böhmen wurde Gaspard hellwach; doch als sich zeigte, daß dessen Auftritt nur den Zweck hatte, ihn abzuwerten, erlosch sein Interesse.
Als Victor zu Ende gelesen hatte, erklärte Sainte-Beuve, bei der bevorstehenden Uraufführung von »Hernani« sei mit Ablehnung der Reaktion zu rechnen, da es sich ja um das erste romantische Drama handle.

»Die Direktion will Claqueure einsetzen, doch ich bin dagegen. Erfolg oder Mißerfolg dieses Werks betrifft uns alle. Entweder wir schlagen eine Bresche in den versteinerten Klassizismus, oder wir können die Romantik für lange Zeit begraben. Deshalb wollen wir keine Claqueure, aber wir werden dort sein, Freunde, und mit uns die Jugend. Seid ihr einverstanden?«
»Ja«, riefen sie wie aus einem Munde.

Und so trat Deburau eines Februartages nicht auf der Bühne des Funambules auf, sondern in der Comédie Française, und das nicht als Schauspieler, sondern als Zuschauer in einer Gruppe von Gleichgesinnten.
Zuerst gingen sie zu Hugo, wo seine Frau an Freunde, an junge Künstler und andere Eintrittskarten verteilte und als Erkennungszeichen rote, viereckige Plaketten, auf denen das spanische Wort »hierro« – »Eisen« zu lesen war.
Als Gaspard mit seiner Gefolgschaft eintraf, kam Balzac auf ihn zu.
»Bravo, Deburau!« rief der Schriftsteller und schüttelte seine gewaltige Mähne. »Hierro!«
»Hierro!« gab Gaspard zurück.
Die Vorstellung sollte um sieben beginnen. Doch Hugos junge Freunde zogen bereits um drei ins Theater. Sie vertrieben sich die Zeit damit, sich durch Zurufe vom Parterre zur Galerie und umgekehrt gegenseitig anzufeuern:
»Wir sind Banditen der Gedanken! Piraten der Kunst! Wilde des Theaters!«
Deburau bereute nicht, sich auf diesen Kampf eingelassen zu haben. Nun sah er auch in der Comédie Menschen, die bereit waren, sich für ihre Überzeugung zu schlagen. Er mußte an die Pariser vor fünfzehn Jahren denken, als feindliche Truppen in die Stadt einzogen. Vielleicht war inzwischen eine neue Generation herangewachsen, die wieder Blut in den Adern hatte, die sich begeistern und die Faust ballen konnte.

Er saß mit seiner Gruppe hinten im Parterre und tauschte mit Gautier, Nerval, Borel Grüße aus. »Weg mit den Perücken!« riefen seine Leute im Chor mit anderen.
Als sie Hunger bekamen, machten sie sich ans Abendessen und zogen es absichtlich in die Länge, damit die Zeit schneller verging. Sie lasen Zeitung, kauten langsam ihr Rauchfleisch oder Käse mit Brot. Aus den Brusttaschen wurden Flaschen hervorgeholt. Das Parterre trank dem Balkon zu, die Galerie dem Parterre. Sie sprachen sich Mut zu, wie vor einer Schlacht.
Und es wurde viel getrunken, denn vier Stunden sind lang. Da die Platzanweiserinnen noch nicht gekommen waren und überall abgeschlossen war, mußte wohl oder übel der Orchestergraben zur Verrichtung der Notdurft herhalten, und im Laufe des Nachmittags entstand dort ein kleiner Teich.
Um sechs erschien Sainte-Beuve, nach ihm Vigny, den Deburau mit einer dreifachen Applaussalve willkommen heißen ließ. Allmählich füllten sich die leeren Plätze. Es war nicht möglich gewesen, sie alle mit Anhängern Hugos zu besetzen, so daß auf dem Balkon voraussichtlich die Gegner in der Überzahl sein würden. Bald darauf erschienen sie auch, die Träger von Vatermördern, die streitbaren Verfechter der klassischen Kunst.
»Auf die Guillotine mit den Glatzköpfen!« skandierte das Parterre unerbittlich.
Die gespannte Atmosphäre verdichtete sich.
Sie wurde nur gelegentlich aufgelockert, wenn sich schöne Frauen in den Logen niederließen. Die jungen Leute wußten, wen man zu begrüßen hatte. Sie klatschten stürmisch, als die goldblonde Delphine Gay erschien, Dichterin und Journalistin, Geliebte de Vignys. Man applaudierte Madame Hugo, die freundlich dankte.
Mit Beginn der Vorstellung trat Ruhe ein. Drei Schläge auf Holz.
Kaum hatte sich der Vorhang gehoben, befand man sich im Schlafgemach von Doña Sol. Laute Zwischenrufe der Klassizisten ertönten:

»Pfui! Welch ein Anfang! Im Schlafzimmer!«
»Still, ihr Perückenköpfe!« riefen die Romantiker.
Es ging so wild bewegt zu, daß Deburau sich fast wie im Funambules fühlte. Sei mir gegrüßt, Romantik, wenn du anstelle des Winterschlafs Leben ins Theater bringst, Leben anstelle des erhabenen Todes zu Lebzeiten!
»Aber das ist doch aus dem ›Britannicus‹!« riefen von Zeit zu Zeit einige verwegene Verteidiger der alten Kunstrichtung. »Das hat er aus dem ›Barbier von Sevilla‹!«
Der Applaus der Romantiker brachte sie rasch zum Schweigen.
Nach dem ersten und zweiten Akt stand es noch unentschieden. Im dritten Akt hatten sich die Romantiker endlich durchgesetzt.
Als Ruy Gomez mit Hernani zur Rettung der Doña Sol aufbrach, klatschten die Damen im Parkett wie in den Logen einmütig.
»Es leben die Frauen!« quittierte die Jugend dankend.
Die Schauspieler hatten sich anfangs unsicher gefühlt. Sie waren von dem ungewohnten Tumult im Zuschauerraum irritiert, und darum war Victor Hugo zeitweise auf die Hinterbühne geeilt, um die Darsteller zu ermutigen. Je mehr sich die romantische Jugend durchsetzte, desto besser wurde auf der Bühne gespielt, und als zuletzt die Zwischenrufe unterblieben und die erschöpften Vertreter der Klassik den Kampf aufgaben, war auch das Unbehagen auf der Szene verflogen.
Der Verleger Mame suchte auf der Hinterbühne nach dem erfolgreichen Autor, um die Rechte an dem Stück zu erwerben.
Gaspard Deburau war an diesem Tag Victor Hugos verständnisvoller und disziplinierter Mitstreiter.

Auf den Barrikaden

Das denkwürdige Jahr 1830 begann für das Funambules mit einem neuen Erfolg. Das Stück »Harlekin und das goldene Ei« oder »Mutter Gans« stammte von dem berühmten Autor Lambert, der darin geschickt alle erprobten Tricks und Kniffe eingebaut hatte. Cassandre und Pierrot verfolgten wiederum Harlekin mit Kolombine, doch diesmal spielte sich das hauptsächlich unter der Landbevölkerung ab, nach getaner Feldarbeit und bei Volksfesten auf dem Dorfplatz. Lambert war mit sämtlichen mechanischen Vorrichtungen des Theaters vertraut und brachte in den zehn Bildern viele wundersame Verwandlungen unter: Der Heuschober verwandelte sich in eine Gondel, ein Fuhrwerk in einen Löwenkäfig, eine Hütte wurde abwechselnd größer und kleiner, Menschen fielen die Beine oder der Kopf ab und wurden wie von Geisterhand wieder angesetzt, die Versenkung war unaufhörlich im Einsatz. Der Schauspieler, der die Rolle des Dorfrichters spielte, wollte es Frédéric gleichtun und ging an eine Sprechbühne. Seine Rolle übernahm der alte Placide, den Deburau noch als Seiltänzer kannte; in guten Stunden erzählte Placide seinen Kollegen, wie er Charles X. unterrichtet hatte, damals noch Graf von Artois, der mit dieser ungewöhnlichen Fertigkeit auf seine schöne Schwägerin Marie-Antoinette Eindruck machen wollte.

Die Umbesetzung wurde jedoch kaum bemerkt, da Pierrot nach wie vor die Bühne beherrschte. Seinetwegen ging man ins Funambules. Und die Besucher erzählten von seinen Szenen: wie er mit einem Korkenzieher eine Kugel aus Cassandres Körper holte, wie er in den Glasschrank fiel und sich die Splitter selbst herauszog; wie er faszinierte, »weil man jedes Wort versteht«, wie er Grobiane besänftigte, sie sogar zum Weinen brachte, wie leicht er den ernstesten Menschen ein Lachen entlocken konnte.

Es wurde zur Gewohnheit, gegen die Gaspard sich nicht wehren

konnte, daß die Künstler aus den Reihen der Romantiker ihn nach jeder Premiere mit Beschlag belegten, um den Theaterabend bei Gesprächen und hitzigen Debatten noch stundenlang auszudehnen.
Wieder waren sie sich einig, daß Pierrot erschütternd echt gewesen sei, daß er die im Menschen schlummernde Boshaftigkeit warnend entlarvt hatte.
»Es kommt ganz darauf an«, erklärte Alfréd de Musset bei einem Glas Absinth, »gegen wen sich diese Bosheit richtet. Das Theater ist keine moralische Anstalt. Es muß das Leben widerspiegeln und darf nichts vertuschen.«
»Dazu braucht man viel Mut«, warf Vigny ein.
»Zeigt sich da nicht, wessen Feder stumpf geworden ist?« fragte Théophile Gautier. »Die Musen sind kaltschnäuzig und wählerisch, sie wollen ihr Lager mit einem starken, temperamentvollen Geliebten teilen.«
»Aus solchen Umarmungen werden die neuen Helden unserer Dramen geboren«, meinte Victor Hugo. »Was halten Sie davon, Deburau?«
Gaspard hörte lieber zu, als selbst etwas zu sagen. Wurde er jedoch gefragt, äußerte er sich freimütig.
»Mir scheint, Sie wählen zu erhabene Helden.«
»Lucrezia Borgia ist nicht nach ihrem Geschmack?«
»Auf der Straße würden Sie vermutlich ein ungewöhnlicheres Geschöpf antreffen, als es Lucrezia war...«
»Aber Sie selbst verkörpern doch auf der Bühne das Ungewöhnliche«, beharrte Hugo. »Für das Theater muß man nach dem Besonderen, dem Außergewöhnlichen suchen.«
Alfréd de Vigny lächelte und sagte in seiner ruhigen Art:
»Sie machen die Welt zum Raritätenkabinett. Bei Ihnen schämen sich junge Leute ja schon, Kamm und Bürste zu benutzen. Sie bevölkern Paris mit morbiden Gestalten, zerrütteten Menschen, die an Weltschmerz leiden und das Leben verachten. Ihre Schönen

kasteien sich, um hohläugig und melancholisch auszusehen. Demnächst werden sie nur noch Essig und Zitronen zu sich nehmen, damit sie so ätherisch wie möglich wirken.«

»Hört den Prediger!« Allgemeines Erstaunen. »Wollen Sie etwa, daß wir eine Kehrtwendung machen?«

»Die Gasbeleuchtung hat Paris verändert. Die Gaukler weichen den Theatern. Ich plädiere nur für mehr Realitätssinn.«

Vigny sah vergrämt aus. Seine Mutter war gegen eine Ehe mit der Dichterin Gay, die ihm so viele Verse gewidmet und nun Emil de Girardin geheiratet hatte, den »Vater der Boulevardpresse«.

Am anderen Ende des Tisches begann man über die beiden zu reden.

»Girardin hat heute etwas Neues eingeführt. Er wird einen Roman in Fortsetzungen drucken.«

»Ich dachte, er verdient nur an Klatsch und Verleumdungen.«

»Er hat eine spannende Lektüre gewählt – ›Die drei Musketiere‹. Alexandre Dumas versteht es, wieder Begeisterung für Ehre und Tapferkeit zu wecken!«

»Ich beneide ihn um die Leichtigkeit seiner Feder. Aber ich schätze mehr die Schriftsteller, die in ihren Werken alle Seiten des Lebens schildern, auch wenn sie weniger bekannt und weniger beliebt sind.«

»An der Kraft der Gefühle ist mir am meisten gelegen.«

Zwischen den Tischen hatte man zu tanzen begonnen. »Ein böhmischer Tanz«, Hugo sagte es lächelnd zu Gaspard.

Die böhmische Polka war nach Paris vorgedrungen. Unter den Tänzern befand sich auch die Inhaberin vom »Mogador«, einem Amüsierlokal, benannt nach einer eroberten marokkanischen Stadt.

»Wie respektabel sie aussieht«, meinte Gautier, der sie beobachtete. »Und welche Dramen liegen hinter ihr, nachdem sie sich als Prostituierte registrieren ließ, weil sie kein Geld für ein Samtkleid hatte! Ich stimme Deburau zu. In vielen unauffälligen Menschen

unserer Umgebung sind weit mehr Tragödien verborgen, als wir ahnen!«
»Und mehr Leidenschaft! Welches Feuer muß heutzutage in den jungen Künstlern brennen, damit sie nicht in der Gleichgültigkeit und Not ringsum erstarren, sich nicht ertränken wie Gros, als ein paar Banausen sich über seine Bilder mokierten.«
»Inspiration und Wahrheit«, beendete Victor Hugo die Debatte, »das ist der künstlerische Weg. Wo wir die Wahrheit finden, dort ist unser Platz.«
»Sie sollten nicht auch noch unter Freunden stumm bleiben«, wandte Musset sich erneut an Gaspard. »Wo suchen Sie Ihre Wahrheit?«
»Unter den Menschen«, antwortete Deburau.

Einige Tage nach der stürmisch verlaufenen Uraufführung von »Hernani« ernannte Charles X. Fürst Polignac zum Ministerpräsidenten. Das Parlament sprach ihm das Mißtrauen aus; der König entschloß sich, das Parlament zu opfern.
Im Mai fand im Palais Royal ein »Napolitanisches Fest« statt. Hunderte von Lichtern erstrahlten und die Orangenblüten dufteten. Dreitausend Auserwählte tanzten, während sich hinter den Parkmauern das Volk drängte und gegen die schlechten Wohnungen und die hohen Mieten protestierte. Im Palais brach ein Feuer aus. Doch die adeligen Gäste sahen nichts, hörten nichts, sie tanzten.
Im letzten Akt des Stücks im Funambuls spielten Pierrot und Kolombine sich als Herrschaften von Adel auf. Kein Herzog und kein Fürst, so befanden alle Autoren, konnte einer Dame mit solcher Grazie die Hand küssen wie Deburaus Pierrot. Er warf sich einen Spitzenmantel um und verwandelte sich schlagartig in einen erbärmlichen Adeligen. Er forderte Kolombine zum Menuett auf. Plötzlich schlugen unter ihnen Flammen empor, und Rauch stieg auf. Sie ahnten nicht, daß sie auf einem Vulkan tanzten.
Dies ahnte nicht einmal der Pariser Hof.

Am Sonntagmorgen fuhr die ganze Stadt zum Tanzen heraus nach Romainville. Die Gaststätten von Batignolles waren vollbesetzt mit Handwerkern und ihren Familien. Es herrschte eine friedliche, fröhliche Stimmung, weil diese Leute kaum Zeitung lasen. Wenn Stempelmarken schon zehn Centimes und ein Brief fünf Centimes kostete, wer konnte sich da noch den Luxus einer Zeitung leisten?

Doch alle Journalisten hatten die Morgenausgabe des *Monitor* gelesen – »Die Pressefreiheit wird aufgehoben!« Deburau traf bei der Rückkehr von einem Spaziergang vor dem Verlagshaus der Zeitung *National* auf eine Schar erregter Redakteure. Sie trugen ein Manifest, das abends an allen Straßenecken angeschlagen war.

»Die Regierung hat einen gesetzlosen Zustand geschaffen. Das entbindet auch uns von der Gehorsamspflicht!«

Die Nachricht verbreitete sich schnell und rüttelte selbst die Gleichgültigen auf. Die zurückkehrenden Ausflügler fanden die Straßen überfüllt. Sie trafen auch auf Wachposten der königlichen Garde, die die Druckereien abgeriegelt hatten. Doch in den Vorstädten begann man bereits die Zeitungen für den nächsten Tag mit der Handpresse zu drucken.

Gaspard führte vorsichtig Frau und Kinder nach Hause; Rosine ging ins dritte Jahr, Charles war erst wenige Wochen alt. Er schien in unruhige Zeiten hineingeboren zu sein.

Im Theater herrschte im Zuschauerraum wie auf der Bühne Hochspannung. Alle Augenblicke lief einer von den Statisten nach draußen, um auf dem Boulevard nach Neuigkeiten zu fahnden. Die Abgeordneten hatten angeblich zur Ruhe gemahnt, um Blutvergießen zu vermeiden. Dann brachte jemand eine Ausgabe des heimlich gedruckten *National,* der von Frankreichs Regierung eine Entscheidung verlangte, ob sie sich den Wünschen der Mehrheit zu fügen gedenke oder nicht.

Gaspard ging, die Zeitung in der Hand, auf die Bühne. In der Szene, in der ihn der Soldat aus dem Leihhaus jagte, riß er ihm die Kokarde

ab, warf sie weg und hielt ihm die Zeitung so hin, daß auch das Publikum sie sehen konnte.
»Bravo, Deburau!«
Nach der Vorstellung tobten draußen bereits heftige Straßenkämpfe.
»Die Schweizer Garde geht gegen die Barrikaden vor! – Vergebens!«
»Aber sie schießen. Vor dem Théatre Nouveautés haben sie eine Frau niedergeschossen.«
»Wie sollen wir uns wehren, wenn wir keine Waffen haben?«
Deburau zog den Direktor beiseite.
»Sind Sie zu Opfern bereit, Bertrand?« Der Direktor nickte unbestimmt, er wagte es nicht, abzulehnen.
»Lassen Sie sich nicht erschrecken!«
Pierrot kehrte auf die Bühne zurück, in der Hand einen Degen. Mit einer Geste beruhigte er das Publikum, das durch die Nachrichten aufgestört war.
Pierrot gab Harlekin ein Zeichen, der mit gezücktem Degen einen Ausfall machte. Pierrot ging mit bloßen Händen auf die Schneide los, sank getroffen zu Boden, stand sofort wieder auf, ergriff seinen Degen und stürzte sich auf Harlekin. Der machte sich davon.
Das gehörte nicht ins Spiel, doch das Publikum verstand gleich, was gemeint war: Man kann nicht unbewaffnet gegen Bewaffnete kämpfen, sondern muß ebenfalls eine Waffe haben.
Gaspard reichte seinen Degen in den Zuschauerraum. Fünf Hände streckten sich danach aus.
»Und wir?« Rufe wurden laut.
Pierrot machte eine gebieterische Geste. Der ganze Saal stand auf und drängte sich nach vorn. Die Leute krochen über die Bänke, stürzten an die Rampe, kletterten auf die Bühne.
Deburau schob die rückwärtige Dekoration zur Seite, öffnete die Tür zum Fundusraum und begann Waffen zu verteilen: alte Musketen, Säbel, Lanzen, Hellebarden, Pistolen.

»Zurückgeben!« flüsterte er nur.
»Wird zurückgegeben!« versprach jeder.
Kurze Zeit danach war der Fundus leer. Auch die alten Schwerter und Arkebusen waren verschwunden. Alles, was zum Kampf taugte.
Bertrand saß schweigend in der Garderobe. Er erstickte fast vor Wut.
Und Pierrot, müde und erschöpft, stand auf der leeren Bühne und wischte sich zufrieden den Schweiß von der Stirn.

»Sehen Sie, wie ruhig es ist«, sagte abends Charles X. zu seinem Ministerpräsidenten. »Ich habe ihnen Pferdebahnen und Dampfschiffe gegeben. Wir werden drei neue Brücken bauen. Warum sollten sie revoltieren?«
Der Rauch der ersten Schüsse hatte sich verzogen, die Menschen waren von den Straßen verschwunden. Nur einige Tote lagen noch dort. Doch die Ruhe täuschte. In Hinterzimmern, in Kellern und Unterkünften, hinter verschlossenen Türen und Fensterläden wurden alte Waffen instand gesetzt, Munition hergestellt.
Darüber verstrich die Nacht.
»Ich laß dich nicht fort«, jammerte Désirée am nächsten Morgen, als Gaspard sie umarmte. »Was geschieht mit unseren Kindern, wenn dir etwas zustoßen sollte?«
»Komm mit, wenn du willst. Schau nur aus dem Fenster. Alle gehen!«
Am Turm von Notre Dame wehte die Trikolore. Nach fünfzehn Jahren! In den Straßen sammelten sich die Menschen und gingen Schulter an Schulter weiter: Studenten, Journalisten im Frack, Proletarier in Lumpen. Frauen liefen ans Fenster, auf den Balkon, und winkten den Männern zu. Immer mehr Trikoloren tauchten auf.
Ehe Deburau die Stadt erreichte, hatte man schon das Rathaus und die Banken besetzt. Von allen Seiten strömten Menschen herbei, gesellten sich zu den anderen, marschierten geschlossen der Innen-

stadt zu. Arbeiter, junge, rechtschaffene Männer aus den Vorstädten, manche in Begleitung ihrer Frauen, ihrer Geliebten.

Auf einmal hörte Gaspard seinen Namen rufen.

Er wandte sich um. Ihm fiel in der Menge ein hübsches, kraftvolles Gesicht mit funkelnden Augen auf. Woher kannte er es?

»Erkennst du mich nicht?« lächelte die junge Frau und ging an seiner Seite weiter.

»Margot!« rief Gaspard.

»Ich habe für meine Lieben ein besseres Gedächtnis!«

»Was machst du hier, Margot?«

»Ich habe Rechnungen zu begleichen. Und du?«

»Es lebe die Freiheit!« stimmten sie in die Rufe der Menge ein.

Mit dem Strom der Aufständischen gelangten sie bis zum Odéon, wo Studenten eine Barrikade errichtet hatten. Auf der Straßensperre stand der Opernsänger Nourit und schmetterte die Marseillaise. Überall auf den Gehsteigen waren Leute damit beschäftigt, Munition herzustellen. Das benötigte Material wurde oft aus den Fenstern heruntergelassen.

General Marmont, dem der Hof das Kommando übertragen hatte, führte den Angriff gegen die Rebellen aus zwei Richtungen: am Seine-Ufer entlang und über die Boulevards. Beide hatten das Rathaus zum Ziel.

An der Seine rückten die Truppen erfolgreich vor. Doch die Revolutionäre kämpften heldenhaft und ergaben sich nicht.

Ein junger Mann, eine Fahne in der Hand, warf sich auf der Brücke der feindlichen Übermacht entgegen und rief:

»Wenn ich sterbe, Freunde, erinnert euch meines Namens – Arcole!«

Der mutige Junge fiel. Das Volk vergaß ihn nicht. Die Brücke trägt seither seinen Namen.

Der zweiten Truppeneinheit stellten sich die Barrikaden in den Weg. Gaspard, hinter seiner Barrikade verschanzt, feuerte Pistolenschüsse ab. Zuweilen sah er Margot Munition herbeischleppen.

Dem Militär machten die Gewehrsalven, die Hitze, der Durst zu schaffen. Nie hatte an einem Julinachmittag die Sonne so heiß gebrannt.
In einer Kampfpause prosteten die Aufständischen den Soldaten schadenfroh mit Weinflaschen zu.
Margot war an der Hand verwundet worden, durch den Notverband sickerte Blut. Sie ließ sich aber nicht dazu bewegen, nach Hause zu gehen, sondern legte sich hin, den Kopf an die Barrikade gestützt. Sie atmete schwer. Gaspard setzte sich neben sie. Heute trug sie keine kirschroten Strümpfe, roch nicht nach Puder; sie war älter und ärmlicher geworden, doch Gaspard fand sie viel schöner als damals.
»Du bist nicht mehr dort, nicht wahr?« fragte er und war sich der Antwort schon sicher.
Margot lachte laut auf. Sie sah Gaspard eindringlich an, als müsse sie überlegen, ob sie ihm das anvertrauen solle, und sagte dann ernst:
»Du wirst mir vielleicht nicht glauben. Aber ich bin am gleichen Morgen wie du dort weggegangen und nie mehr zurückgekehrt.«
»Warum?« fragte Gaspard in dankbarer Erinnerung an diese erste Liebesnacht.
»Warum? Rate!« Sie lachte gezwungen auf: »Glaub ja nicht, deinetwegen!«
»Warum sind wir uns nie mehr begegnet?«
»Sei froh«, lachte sie wieder, »du weißt, was du mir damals versprochen hast.«
»Was denn?«
»Du wolltest mich heiraten!«
Jetzt lachten beide.
Die Sonne brannte ihr Röte auf die Wangen; ihre nackten Arme waren fest, sonnengebräunt. Plötzlich verzog sie schmerzlich den Mund:
»Ich habe mich damals nicht verkauft.« Es klang, als hätte sie sich

auf diese Beichte lange vorbereitet und auf diesen Augenblick gewartet. »Es waren andere, die meine Jugend ausnützten, unerfahren wie ich war. Nach deinem Antrag hab ich zwei Jahre gewartet...«

»Aber ich bin schon verheiratet«, gestand Gaspard halb scherzhaft, halb entschuldigend. »Wir haben Kinder. Bist du allein geblieben?«

»Wie man's nimmt«, entgegnete sie gleichfalls scherzend.

»Und was machst du?«

»Künstliche Blumen. Siehst du?« Sie zeigte auf den Ausschnitt ihrer Bluse, an dem eine kleine rote Mohnblüte steckte.

»Komm's dir anschaun, am Quai Valmy! Für Herren wie dich haben wir auch frische Blumen.«

»Ich bin kein Herr. Kennst du meinen Namen nicht – Deburau?«

»Irgendwo hab ich ihn schon gehört«, sagte sie stirnrunzelnd. Dann erinnerte sie sich: »Du warst so unschuldig, so jung! Der Zufall hatte uns zusammengeführt, aber was hat er bewirkt! Ich war dir dankbar. Verstehst du, was ich meine?«

Er sah ihr in das gerötete Gesicht, in die offenen, furchtlosen braunen Augen, die einen warmen Glanz bekamen, sobald sie sich ihm zuwandte. Er fühlte sich ihr immer näher. Margot! Fast zehn Jahre waren seit damals vergangen! Warum hatte er sie nie gesucht?

Kleine Jungen trugen Körbe mit Weinflaschen zu den Barrikaden.

Margot stand auf. Sie blickte mit Gaspard die Straße hinunter, wo ein Trupp Soldaten in schweren Uniformen erschöpft kampierte, von der Hitze erschlafft. Plötzlich faßte sie einen Entschluß.

»Margot, wohin gehst du?«

»Sollte ich nicht zurückkommen, denk manchmal an mich!«

Sie packte einen der Körbe, kletterte über die Barrikade und ging die Straße entlang zu den Soldaten. Schwerfällig erhoben sich die Männer, streckten die Hände nach den Flaschen aus.

Der Befehlshaber an der Barrikade hatte sofort begriffen, welche Absicht Margot verfolgte.
»Lauft los!« befahl er den anderen Frauen.
Sie brachten den feindlichen Soldaten Erfrischungen. Die Offiziere verwehrten es ihnen nicht. Jede der Frauen war Marketenderin und Parlamentärin zugleich. »Nicht schießen!« beschworen sie leise die Soldaten.
Erst als die Flaschen geleert waren, trieb der Kommandant hoch zu Roß die Frauen zurück.
Der Einfall war gut. Die Soldaten steckten die Köpfe zusammen. Warum, zum Teufel, schießen wir auf die Leute? Gehören wir nicht eigentlich zu ihnen?
Die Straßenkämpfe machten ihnen Angst, denn die Rebellen verschanzten sich hinter Fenstern, hinter Kaminen, in Kellern. Jedes Haus war eine kleine Bastion.
Zum Henker! Dienst am König – ein verdammt schwerer Dienst. Die Waffen wurden gestreckt. Die Kommandeure wagten nicht, neue Angriffsbefehle zu geben.

Die Nacht verlief wieder ruhig.
Am dritten Morgen standen bei Sonnenaufgang in den engen Gassen bereits sechstausend Barrikaden.
Und das Volk verschanzte sich nicht hinter ihnen. Studenten des Polytechnikums drangen in die Kasernen der Rue Tournon ein. Kurz darauf besetzten sie das Artilleriemuseum. Einer nahm den Bogen Karls des Großen an sich, ein anderer den Helm des Ritters von Bouillon. Bald glich die Menschenmenge Statisten der Oper, die für ein Turnier ausstaffiert waren; doch in dieser Umgebung wirkten sie eher beängstigend.
Am Nachmittag wurde der Louvre eingenommen. Die Aufständischen zerstörten die Porträts der Könige, verhielten sich aber sonst rücksichtsvoll. »Es ist unser Eigentum, nicht plündern!« Und so zogen die Eroberer nur die Gewänder der Prinzessinnen über ihre

zerfetzte, blutige Kleidung und tanzten in den weitläufigen Sälen eine muntere, zugleich auch gespenstische Quadrille.
Überall trug das Volk den Sieg davon, und bald schlossen sich ganze Bataillone an. Sogar Offiziere liefen zu den Aufständischen über, zerbrachen ihre Säbel und rissen sich die Epauletten herunter. Reguläre Regimenter setzten sich unversehens mit Fahnen und Musik in Marsch und mischten sich unter das Volk.
Nachmittags verbreitete sich die Nachricht, daß Charles X. bereit sei, mit den Aufständischen zu verhandeln. Doch das Volk wollte nicht mit dem König verhandeln. Es ging auch nicht mehr um den Ministerpräsidenten. Es ging um die Bourbonen.
Charles X. floh nach England. Jubelnde Menschenmassen überfluteten Plätze und Boulevards. Elegante Herren drückten Arbeitern die Hand, verbrüderten sich mit ihnen, umarmten sie. Gegen Abend beerdigte man die Toten.
»Gefallen für die Freiheit Frankreichs«, lauteten die Grabinschriften.
Die Theater blieben einen weiteren Tag geschlossen. Doch nach den Trauerfahnen flatterten bald wieder Trikoloren. Autoren und Direktoren nahmen rasch Textänderungen vor, um die Stücke in Achtung vor den Gefallenen aufführen zu können, wenn vor der Tür als Zeuge des Kampfes noch eine Barrikade stand. Die Einnahmen der ersten Vorstellung flossen überall den Witwen und Waisen der gefallenen Helden zu.
Gaspard kehrte ins Theater zurück. Margot begleitete ihn. Zwei Tage und eine Nacht hatten sie gemeinsam an der Barrikade zugebracht. Ernste, aufregende und gefährliche Augenblicke, die tausend Tage und Nächte Alltag aufwogen.
»Was nun?« fragte er, als sie ihm die Hand reichte. Er drückte sie fest, Margot schrie auf.
»Wie geht's deiner Wunde?«
»Du wirst mir den Verband jedenfalls nicht mehr abnehmen«, sagte sie barsch.

»Glaubst du, wir begegnen uns noch einmal?«
»Freilich«, antwortete sie lachend, und er entdeckte in ihrem Gesichtsausdruck mütterliche Zärtlichkeit. »Wenn wir uns gestern getroffen haben, warum nicht auch morgen?«
Sie trennten sich.
»Margot!« rief er ihr nach.
Sie blieb stehen und drehte sich um.
»Hast du in all den Jahren manchmal an mich gedacht?«
Mit langsamen Schritten kehrte sie zu ihm zurück, sah ihm ins Gesicht und küßte ihn leidenschaftlich.
»Viel Glück!«
Als sie gegangen war, wurde Gaspard bewußt, daß er für Margot mehr empfand als für seine Frau.

Ein seltsamer Freund

Eigene Schmerzen kann man bekämpfen und sie überwinden. Doch Pierrots empfindliche Seele trug eine neue Last: die Enttäuschung über das vergebliche Ringen, den Kummer, daß Gerechtigkeit so unerreichbar ist. Er mußte an die tapferen Männer denken, die neben ihm gefallen waren, an die Hoffnung, mit der sie in den Kampf gezogen waren, an die Freiheit, die er und Margot in dieser sommerlichen Sternennacht schon zu spüren wähnten.
Auch wenn die vornehme Gesellschaft wieder den Weg ins Funambules fand, auch wenn in den Logen die besten Pariser Schauspieler und Schauspielerinnen auftauchten, wie die Sängerin Malibran oder Mademoiselle Mars, der er bei der Premiere von »Hernani« applaudiert hatte, spielte er dennoch vor allem für die Menschen seines Viertels. Er hatte nichts dagegen, als Bertrand die Logenpreise erhöhte, doch beharrte er unerbittlich auf den vier Sous für das »Paradies« auf der Galerie. Er wollte nicht, daß man ihm seine

Arbeiter, Kohlenträger, Verkäuferinnen und Studenten aus dem Theater vertrieb.
Alfred de Musset fragte Gaspard nach seinen Erlebnissen aus und entdeckte in der Geschichte von den Schuhen, die zwei Mädchen sich gegenseitig leihen, die bodenständige Kraft von Volksballaden. Jules Janin lud ihn zu mehreren Gesprächen ein, da er sich entschlossen hatte, dem vielfachen Wunsch Rechnung zu tragen und ein Buch über Deburau zu schreiben. Doch am meisten beeindruckte Gaspard wieder Victor Hugo, der gegen die unmenschlichen Vorschriften bei Kinderarbeit kämpfte.

Das Familienleben der Deburaus verlief in ruhigen Bahnen, doch Gaspard war damit zufrieden. Er widmete Désirée jede freie Stunde, die er dem Theater abringen konnte. Da ihr das aber nicht genügte, haßte sie die Salons, die Zusammenkünfte mit Literaten. Sie war eifersüchtig auf das Theater und auf die Frauen. Als die Bildhauerin Arsène Trouvé Pierrots Porträt nach der Zeichnung von Bouquet auf Porzellan malte, machte sie eine Szene. Als Gaspard Hugos Einladung annahm, vor dessen Freunden, darunter auch Gautier und Nerval, privat eine Pantomime zu spielen, konnte er sicher sein, daß das späte Nachhausekommen einen nächtlichen Streit nach sich ziehen würde. Désirée hatte nicht viel Verständnis für Gaspards Freude, als er Bérangers ihm gewidmetes Gedicht nach Hause brachte, oder als er ihr begeistert vom Aufstand in Polen erzählte, das ihm seit seiner Kindheit, als sich die Familie in der Nähe von Warschau längere Zeit niedergelassen hatte, auch irgendwie zur Heimat geworden war. Nur in der Liebe zu den Kindern kamen sie sich näher.
Doch auch da bestand ein Unterschied. Für Gaspard, der sich tagsüber meistens im Theater aufhielt, waren die Kinder Trost und Freude. Die Alltagssorgen lasteten auf Désirée. Ihr erschien das Leben eintönig und voller Unannehmlichkeiten. Aus Unzufriedenheit, aus dem Gefühl von Vernachlässigung und aus Herrschsucht

begann sie mit dem Theater zu rivalisieren. »Nimm dir frei, geh nicht zu den Proben«, verlangte sie zum Beispiel. Für Gaspard jedoch war seine Kunst Verpflichtung.
Dann hörten ihre Klagen plötzlich auf, und Gaspard nahm an, Désirée habe sich damit abgefunden. Als er darüber gelegentlich mit Laurent sprach, zuckte der Harlekin die Achseln und sagte aus Erfahrung:
»Wann hört eine Frau auf, dem Mann Vorhaltungen zu machen? Sobald sie selbst Ersatz gefunden hat. Nicht früher!«
Gaspard stutzte. Désirée hatte ihm tatsächlich in letzter Zeit keine Vorwürfe mehr gemacht, ohne daß es ihm so richtig bewußt geworden wäre. Konnte es möglich sein?
Er eilte schleunigst nach Hause.
Als er das Schlafzimmer betrat, hörte er drei Personen atmen. Er blieb neben dem Kinderbettchen stehen. Rosine sprach im Schlaf. Gaspard beugte sich über sie und warf dabei ein Glas um. Désirée wurde wach.
»Verzeih, hab ich dich geweckt?«
»Ich war nur im Halbschlaf.«
»Schon lange?«
»Warum fragst du?«
»War nicht heute abend jemand bei uns?«
Désirée setzte sich im Bett auf.
»Eine merkwürdige Frage. Wie könnte jemand hier sein, wenn ich im Bett liege?«
Er setzte sich zu ihr und streichelte sie zärtlich.
»Weißt du, was mir heute ein Kollege gesagt hat?« lachte er. »Du bist mir angeblich untreu. Ich wollte dich bitten, es mir zu sagen, wenn es wahr sein sollte. Ich will nicht, daß man mit dem Finger auf mich zeigt und mich verspottet.«
Désirées Stimme klang hart, herausfordernd:
»Selbst wenn es wahr wäre, hast du kein Recht, mich zu beschuldigen oder mir zu verzeihen – bei dem Leben, das du mir bietest.«

»Aber du wußtest doch, daß ich Schauspieler bin!«
»Ich wußte nur nicht, daß du außerdem Revolutionär und was sonst noch alles bist, und daß dir die Kneipe lieber sein würde als dein Zuhause.«
Der Kleine erwachte und begann zu weinen.
»Das alles hat das Leben mit sich gebracht. Ich kann mich dem nicht verschließen. Das sind menschliche Verpflichtungen ...«
»Verpflichtungen nennst du das Herumbummeln und die Zechgelage? Ich bin ganze Tage und Abende allein. Du hast kein Recht, mich zu bewachen!«
»Also ist es wahr?« fragte er fassungslos.
Es klopfte an die Tür.
Gaspard stand auf und öffnete. Ein junger, schlanker Mann stand vor ihm, dessen Gesicht er im Dunkeln nicht erkennen konnte.
»Was wünschen Sie?« fragte Gaspard schroff.
»Ich bitte Sie, leise zu sein. Falls Sie es nicht wissen sollten, ich wohne nebenan, und Mutter und Schwester sind krank ...«
Gaspard zog ihn leicht mit auf den Gang.
»Wieso sind Sie angezogen?« Er führte ihn an das Fenster zum Hof.
»Ich will an die frische Luft. Tagsüber schlafe ich, und nachts gehe ich hinaus, Monsieur Deburau. Darum sind wir uns bis jetzt noch nicht begegnet. Wir sind erst vor vierzehn Tagen hier eingezogen.«
Gaspard sah ihm in die tiefliegenden, fast schwarzen Augen und das magere, gebräunte Gesicht, dessen hohle Wangen der Mondschein noch vertiefte. In dem scheuen Blick lag auch ein Zug von Wildheit.
»Ich heiße Hector Bertrand.«
»Entschuldigen Sie, daß wir Sie gestört haben«, sagte Gaspard. »Wollen Sie mir sagen, ob heute abend ein Mann bei uns war?«
Hector Bertrand blickte ihn ernst an. Er war etwas über zwanzig, doch seine Duldermiene ließ ihn älter aussehen.
»Monsieur Deburau, meine Welt ist eine völlig andere.«

»Und was ist Ihre Welt?«
»Der Mond im Wasser. Ich hole ihn für Sie heraus. Aber verlangen Sie nicht von mir, daß ich mich darum kümmere, wer hier über die Treppen geht.«
»Ich frage nicht aus Eifersucht oder weil ich jemandem etwas antun will. Aber ich möchte für mich selbst Klarheit haben.«
»Armer Monsieur Deburau, ich wußte nicht, daß Sie sich um Schlüssel, Flur und Bett kümmern müssen. Ich habe Sie für eine verwandte Seele gehalten.«
»Wo haben Sie mich denn kennengelernt?«
»An jenem Abend bei Monsieur Hugo, als er ›Hernani‹ zum erstenmal vorlas. Mir wurde gestattet, eine meiner Balladen vorzutragen. Aber Sie haben sicher geschlafen.«
»Das waren Sie, von dem man sagte, er verhalte sich wie einer vom Land.«
»Deshalb bin ich auch nach Dijon zurückgegangen. Und jetzt lebe ich wieder in Paris.«
»Was erwarten Sie von Paris?«
»Ruhm oder Elend. Das Leben.«
»Möglich, daß wir wirklich verwandte Seelen sind. Wollen Sie nicht mal ins Theater kommen?«
»Ich habe kein Geld, Monsieur.«
»Bitte, kommen Sie! Und entschuldigen Sie mein Benehmen.«
»Ich schätze Sie sehr, Monsieur Deburau. Vergessen Sie jedoch nicht – was immer geschieht, die Liebe findet man nicht beim Küssen.«
»Wann sonst?«
»In der verwelkten Blüte der Erinnerung. Im Traum, wenn der Regen fällt und es zu tagen beginnt. In der Vergangenheit oder in der Zukunft. In der Gegenwart kann sie Ihnen kein Schwur garantieren.«
»Ich danke Ihnen, Monsieur Bertrand«, sagte Deburau. »Der Mensch ist oft töricht, man muß ständig dazulernen.«

»Vertrauen Sie auf den Wind, die Welle, die Wolke, und Sie werden nie enttäuscht sein.«

»Mein Leben ist keine Poesie.«

»Dann geben Sie ihm Poesie. Bleiben Sie gesund, Monsieur.«

»Gute Nacht.«

Er ging zurück in die Wohnung und legte sich ins Bett. Nach einer Weile hörte er leises Schluchzen. Désirée weinte. Gaspard streckte die Hand nach ihr aus. Er sprach zärtliche Worte, bis er sicher sein konnte, daß sie eingeschlafen war.

Das nächste Stück, das im Funambules aufgeführt wurde, hieß »Pierrots sechsundzwanzig Mißgeschicke«. Inszeniert hatte es der alte Regisseur Lafargue, ehemals Schreiber beim Exekutor. Er galt als sehr gebildet. Für das Echo aus dem Publikum war er so dankbar, daß er, sobald Applaus ertönte, sein Mützchen abnahm und sich in Richtung des Saales verbeugte, ob er sich nun auf der Hinterbühne oder in der Versenkung befand.

Nach der Premiere bekam die Freundschaft Laurents zu Gaspard zum ersten Mal einen Riß. Pierrots Erfolg war so riesengroß, daß Harlekins Hokuspokus neben seinem bleichen Gesicht völlig ins Hintertreffen geriet.

»Ich möchte mich nicht mit ihm verfeinden«, erklärte Laurent dem Regisseur, »aber aufrichtig gesagt, in England würde er sich nicht eine Woche auf der Bühne halten. Alles hat er nur seinem weißen Gesicht zu verdanken.«

»Sie lästern.« Lafargue faltete die Hände. »Deburau ist ein großer Künstler.«

Obgleich er eine so hohe Meinung von Gaspard hatte, lehnte er es ab, eine Freikartenanweisung für Hector Bertrand zu unterschreiben. Zum Glück war es nicht schwierig, den Alten zu überlisten. Ein paar Schauspieler ließen sich auf Verabredung von Lafargue bei einem seltsamen Spiel erwischen: Sie versuchten, mit verbundenen Augen ihre Unterschrift zu Papier zu bringen.

»Es ist außerordentlich schwer. Sie waren doch Schreiber, Monsieur Lafargue, aber ich wette, daß Sie es nicht können.«
»Was? Blind unterschreiben? Zeig her!«
»Verbindet ihm gut die Augen, damit er nichts sieht.«
Lafargue hielt geduldig den Kopf hin. Er versuchte es zum ersten Mal.
»Nein! Die Unterschrift ist ganz schief. Sie haben verspielt!«
»Warte! Noch einmal!« protestierte er.
Er versuchte es noch zehnmal.
»Ausgezeichnet! Sie haben es geschafft! Sie haben gewonnen!«
Sie zeigten ihm eine Unterschrift, die übrigen befanden sich auf den Anweisungen für Freikarten.
Abends regnete es, und das bedeutete immer eine ausverkaufte Vorstellung. Bertrand kanzelte den Regisseur ab, weil er so viele Freikarten ausgegeben hatte. Lafargue bestritt dies. Doch auf den Anweisungen fand er seine Unterschrift.
Als Gaspard nach der Vorstellung das Theater verließ, schaute er sich nach seinem neuen Freund um. Als er ihn erblickte, hellte sich seine Miene auf.
»Nun – waren Sie zufrieden?«
»Sie sind ein Zauberer, Monsieur Deburau. Die Inkarnation der Kunst.«
»Sie übertreiben. Ich erwarte das Lob nicht für mich.«
»Auch Sie haben zwei Gesichter – wie die Kunst: in einem liegt der Himmel, im anderen die Hölle.«
»Ich lerne vom Leben. Meinen Sie, ich gebe den Menschen etwas, das sie ihre Nöte vergessen läßt?«
»Und das den Dichter inspiriert. Sehen Sie nur!« Er zeigte auf einige beschriebene Blätter.
»Was ist das?«
»Eine Ballade, entstanden während der Pause im Theater Funambules.«
»Kommen Sie! Erzählen Sie mir unterwegs etwas über sich?«

»Über mich? Ich schreibe Balladen und Prosadichtung. Aber ich kann mich nicht höher emporschwingen, denn auf mir lastet ein schwerer Stein. Ich muß mich ständig fragen, was aus meiner Mutter und meiner Schwester werden soll.«

»Glauben sie nicht an Ihr Talent?«

»Sie glauben blindlings an mich. Aber wie soll ich sie ernähren? Oft meinte ich schon, vor Schmerz und Elend verrückt zu werden. Wenn ich meinen Rock ausziehen würde, könnten Sie sehen, daß mein Hemd unter dem ersten Knopf endet. Den Rest trage ich als Fußlappen. Es geht uns sehr schlecht. Verzeihen Sie, aber Sie hätten nicht fragen sollen.«

»Und haben Sie keine Aussicht auf eine Stellung?«

»Ich schreibe laufend Bewerbungen, suche Gönner auf. Wäre ich allein, würde mir das nichts ausmachen. Aber ich sorge mich um die zwei Frauen.«

»Sie erinnern mich an eigene, noch nicht lang zurückliegende Jahre«, bekannte Gaspard. »Ich möchte Ihnen helfen.«

Als sie vor dem gemeinsamen Wohnhaus stehenblieben, schaute Gaspard in die fiebrig glänzenden Augen Bertrands.

»Ich habe etwas Geld bei mir«, sagte er verlegen. »Aber ich möchte mein Anliegen wiederholen. Und ich verspreche Ihnen, daß Sie dadurch in meinen Augen nicht verlieren.«

»Dafür Sie in meinen Augen, Monsieur Deburau.«

»Ich erkläre Ihnen dann, warum ich Gewißheit haben muß.«

»Wenn Sie wüßten, wie sehr Sie mich demütigen.«

Deburau steckte ihm Geld in die Rocktasche.

»Wer ist es?«

»Ein Fächermaler aus unserer Gasse.«

Gaspard schloß die Haustür auf. Sie stiegen langsam nach oben. Das Mondlicht fiel über die Treppen, wie am Abend zuvor. Vor der Wohnung blieben sie stehen.

»Ich wollte nur wissen, ob es mir weh tut«, sagte Gaspard dann leise. »Aber ich spüre nichts.«

»Tatsächlich?« wunderte sich der Dichter. »Das bedeutet, daß Sie sich zu Schönheit und Träumen emporgeschwungen haben.«
»Nein«, widersprach Deburau. »Das bedeutet, daß ich Désirée hintergehe.«
Sie trennten sich, ohne einander die Hand zu geben.

Janins Buch

Die Baronin Dudevant, die unter dem Pseudonym George Sand großes Ansehen als Schriftstellerin genoß, gab ein kleines Essen. Wer war diesmal an ihrer Tafel versammelt? Das runde, südländisch wirkende Gesicht mit weichen Zügen und einem freundlichen Schimmer in den Augen, das war Victor Hugo. Neben ihm, ein kühner Blick in einem vollwangigen Gesicht, ein sinnlicher Zug um die Mundwinkel – Balzac. Ihm gegenüber ein mulattischer Typ mit dichtem, schwarzen Haar, hochgewachsen – Dumas. Ein Dandy in roter Weste, grünen Hosen und grauem Rock – das war Gautier. Ferner zwei Redakteure der *Revue de Deux Mondes* und schließlich die bedeutendsten Gäste dieses Abends: der Philosoph Lerminier, Professor an der Sorbonne, und neben ihm ein Mitglied des britischen Parlaments, der – wie er Madame George Sand erklärte – in geheimer Mission auf dem Weg nach Österreich war.
Der Engländer war, wie es sich für einen hochrangigen Diplomaten gehörte, zuletzt gekommen, setzte sich, hielt sich gerade und sprach kein Wort. Wenn Professor Lerminier versuchte, ihn ins Gespräch zu ziehen, nickte er nur oder murmelte etwas Unverständliches. Vergeblich rollten die beflissenen Redakteure brisante politische Fragen auf, vergeblich befragte Lerminier ihn nach Peel und Stanley; der englische Diplomat war schweigsam wie eine Sphinx.
Eine Zeitlang wartete man mit dem Essen auf Musset, doch Alfred war wie immer unpünktlich. Um den englischen Gast nicht zu beleidigen, gab George Sand – die mit den Speisen stets Esprit und

mit dem Wein auch gute Laune verbreitete – ihrem jungen normannischen Dienstmädchen einen Wink. Die hübsche, muntere Person, die ein goldenes Kreuzchen um den Hals trug, begann zu servieren, stellte sich jedoch schrecklich ungeschickt an. Dem, der ein Messer haben wollte, brachte sie einen Teller. Beim Einschenken verschüttete sie den Wein, so daß Balzac, Dumas und Hugo bald bespritzt waren.

Von der Politik kam man bald auf die Kunst zu sprechen. Man unterhielt sich über das Schicksal einer großen Opernsängerin, die vom Pferd gestürzt war, wie über die neue Hoffnung des französischen Theaters, die junge Schauspielerin Rachel.

»Ich weiß mit Sicherheit«, erklärte Dumas, »daß sie noch im vergangenen Jahr in Lyon als Straßensängerin aufgetreten ist. Doch dann bekam sie eine schwere Erkältung und verlor ihre Stimme. Deshalb versucht sie es jetzt beim Theater.«

»Sie hat großes Talent. Sie werden sehen, in wenigen Jahren hat sie die Theaterwelt erobert!«

»Wie Deburau heute«, warf Gautier ein. »Kennen Sie ihn, Herr Professor?«

»Ich habe ihn einmal gesehen«, antwortete Lerminier, »er hat mir außerordentlich gut gefallen. Aber das interessiert unseren werten Gast sicher nicht.« Höflich wandte er sich dem englischen Botschafter zu. »Exzellenz, ich würde gern Ihre Meinung zur gegenwärtigen politischen Situation Europas kennenlernen. Ich selbst bin der Ansicht, sie befindet sich in recht stabilem Gleichgewicht.«

»Im Gleichgewicht?« wiederholt der Lord in gebrochenem Französisch, während er seine starre Miene beibehielt. »Ja, nur sieht dieses Gleichgewicht – etwa so aus ...«

Zum Erstaunen des Professors nahm er einen Teller vom Tisch und warf ihn in die Höhe. Ehe der Teller jedoch herunterfiel, fing er ihn mit der Nasenspitze auf, auf der er sich zu drehen begann.

»Habe ich Ihnen das anschaulich genug erklärt?«

Er verbeugte sich wie ein Komödiant nach seiner Vorführung.

Alle brachen in schallendes Gelächter aus.
Und Gaspard Deburau, der berühmte Deburau aus dem Funambules, legte seine Perücke ab und lächelte den überraschten Lerminier an. Glücklicherweise verstand der Professor Spaß und wußte die gekonnte Täuschung zu schätzen, der er erlegen war.
»Ich dachte, Sie spielen nur den Pierrot«, lachte er.
»Steckt nicht ein Stück Pierrot in allen Menschen? Und alle Menschen in Pierrot?«
»Gut«, nickte der Professor lächelnd. »Aber so ganz habt ihr mich nicht aufs Glatteis führen können, meine Freunde.«
Er trat zu dem Dienstmädchen und zwickte es in die Wange.
»Verstellen Sie sich nur nicht, Alfred! Möglich, daß ich Sie in dem Kopftuch nicht erkannt hätte. Aber Sie hätten aufhören müssen zu trinken. Normannische Dienstmädchen trinken keinen Absinth.«
Musset legte fröhlich Rock und Kopftuch ab.
»Nicht jeder kann ein Deburau sein«, sagte er bedauernd.
Das Maskenspiel war beendet. Die Tischgesellschaft hatte wieder neuen Gesprächsstoff.
Alfred saß nun neben George Sand; er, schlank, zart, blond, dunkeläugig, sie, braunes Gesicht, von schwarzen Locken umrahmt.
»Deburau hat recht«, erklärte Musset, »in jedem Menschen finden sich alle Gefühlsschwingungen. Es ist am Dichter, sie zu entdecken und bloßzulegen.«
»Es ist schön«, sagte George Sand, »einem Gedanken nachzujagen. Und hat man ihn endlich gefangen, kann man spüren, wie lebendig er in der Hand liegt.«
»Und wenn Sie ihn näher betrachten«, meinte Hugo kopfschüttelnd, »sind Sie erstaunt, ihn nicht schon früher gefunden zu haben, da er so einfach ist. In der Natur liegt die Wahrheit, wie in einem Lehrbuch.«
»Ich mag das Natürliche nicht«, verteidigte Gautier die eigene Theorie. »Ich liebe alles Künstliche, Duft, Schminke, Farben. Deburau ist auch künstlich.«

»Bilde dir das nicht ein«, entgegnete Hugo. »Er wäre nicht so stark, wenn er nicht natürlich wäre.«
Gaspard wollte sich entfernen, doch George Sand hatte auf diesen Augenblick gewartet.
»Ich habe für Sie noch einen Nachtisch, Monsieur Deburau!«
Sie brachte eine Platte mit gläsernem Sturz, unter dem eingewickelt ein Buch lag.
»Der Schöpfer dieses Werks hat mich gebeten, Ihnen dieses erste Exemplar zu übergeben. Vielleicht mache ich Ihnen damit für Ihr heutiges Gastspiel in meinem privaten Theater eine Freude.«
Gaspard wickelte das Buch aus. Auf der Titelseite stand in Großbuchstaben: DEBURAU.
»Deburau ...«, las Gaspard. Und darunter: »Geschichte des Vier-Sous-Theaters. Geschrieben von Jules Janin. Verleger Charles Goeselin.«
Er blätterte um. Die Zeichnung Bouquets – Deburau als Pierrot. Das Buch war dick. Gaspard scheute sich, auch nur eine einzige Zeile zu lesen. Wie war es möglich, über sein Leben nahezu zweihundert Seiten zu schreiben?
»Haben Sie die Widmung nicht bemerkt?«
»Seinem Lieblingsschauspieler gewidmet in Verehrung – Jules Janin.«
Alle scharten sich um ihn und schauten sich neugierig das Buch an. Balzac blätterte darin und las die Kapitelüberschriften.
»Wie das Buch entstand – Fragen, Interessen – Kritik des Theaters – Lob der Vorstadt –«
»Armer Deburau!« meinte Musset. »Wieviel Neid wird das wekken!«
»Vernünftige Menschen sind alle Janins Meinung«, entgegnete Georges Sand. »Ich kenne keinen ernsteren und gewissenhafteren Künstler als Deburau.«
»Freilich«, bestätigte Gautier, »und er ist der vollkommenste Schauspieler, der je bei uns gelebt hat.«

»Wie das?« rief Balzac. »Sie sind kein Franzose? Das wußte ich nicht. Janin schreibt, Sie sind in Nový Kolín in Böhmen geboren!« Und er las weiter vor: »Deburau ist das letzte und größte Geschenk, das uns die herumziehende Bohème beschert hat. Dieses quer durch das Mittelalter dahintreibende Königreich, voll mit lustigen, unbekümmerten Komödianten, hübschen, leichtfüßigen Mädchen, Welt der Bohémiens, die trotzdem lacht, während ganz Europa in Tränen versinkt, eine Welt voll fröhlicher Unabhängigkeit und Freiheit, voll guter Küche und aufreizender Lieder, voll überschäumender Freude, eine Welt voll Abenteuer, nur mitgeschleppt auf dem Thepsiskarren, der von Ort zu Ort zieht... Das ist die Welt, aus der Deburau zu uns kam.«
»Wie meint er das?« unterbrach ihn Deburau gereizt. »Nichts dergleichen habe ich ihm gesagt. Vielleicht hat er mich falsch verstanden. Ich bin doch kein Zigeuner. Böhmen ist nicht so, wie er das beschreibt.«
»Wie lange haben Sie in Ihrer Heimat gelebt?«
»Acht Jahre.«
»Dann haben Sie sie vielleicht nicht gut genug kennengelernt.«
»Ich habe zwar nur als Kind in meiner Heimat gelebt, aber ich habe mit vielen Tschechen gesprochen, die nach Frankreich gekommen sind, mit Soldaten, Musikern und anderen Künstlern. Mein Land lacht nicht, wenn die ganze Welt weint. Ich glaube, daß es sehr oft weinte, doch hat das niemand beachtet.«
»Warum?«
»Der verlorenen Krone wegen. Des verlorenen Glaubens wegen. Alle Tschechen, die ich getroffen habe, sagten das.«
»Ist es nicht ein Nomadenvolk?«
»Unserem Volk geht es wie den Polen. Es ist nicht frei. Aber es beweint die verlorene Freiheit. Es gehört zu Österreich, doch die Landbewohner sprechen tschechisch, nicht deutsch. Es sind Slawen!«
»Janin ließ sich wohl beim Schreiben manchmal von seinem Enthu-

siasmus mitreißen«, versuchte Balzac zu vermitteln. »Im übrigen scheint das Buch viel herzugeben. Die Kindheit, die Reise nach Amiens, Konstantinopel, da lese ich von dem Gespräch mit Napoleon ...«
»Er hat jede Gelegenheit benützt«, sagte George Sand, die ihm über die Schulter sah und lachte, »um dem offiziellen Theater Hiebe auszuteilen!«
»Wie?« rief Balzac. »Sie wollten sich umbringen?«
»Zeigen Sie her!«
Deburau überzeugte sich, daß Janins Schilderung bei dem Abend in der Kneipe »Zum Weißen Bären« stehengeblieben war:
»Und dort hörte Deburau, mit welcher Bewunderung man von Talma sprach, so daß er begriff, was Erfolg heißt. Der Name Talma rief in ihm den Genius wach, der in seinem Innern schlummerte. Deburau wollte nicht mehr sterben.«
Balzac vertiefte sich in die Lektüre, und nach einer Weile las er einen Abschnitt laut vor:
»Vorwärts also, mein fröhlicher Gilles! Gilles, das ist ein Mensch ohne bestimmten Namen, ohne eine bestimmte gesellschaftliche Stellung. Gilles, das ist das Volk. Gilles, mal fröhlich, mal traurig, krank, gesund, Musiker, Taugenichts, Dichter, einfältig, arm. Immer arm, wie das Volk. Vor allem fühlt er immer mit dem Volk. Er weiß, worüber die Menschen lachen, was sie lieben, worüber sie zornig sind. In seinen Rollen hat er kein einziges Wort zu sprechen, aber gemessen an ihm wird der aufgeblasenste große Mime klein und unscheinbar! Er macht ihn mit einem einzigen Lächeln zunichte. Der ihm eigene Sarkasmus richtet sich gegen die Lasterhaften, gegen die Mächtigen, seine Grimassen sind so vielsagend, daß der geistreiche Beaumarchais sich geschlagen geben müßte ... Immer trifft er den Geschmack des Volkes, sein Wesen, sein Leben. Auf diese Art und Weise wird ein einziger zu tausend Schauspielern ... und diese tausend Gesichter, diese tausend Gesten, diese Zärtlichkeiten, so geschwind beendet wie begonnen, alles das ist

zur Schande all der anderen Theater verkörpert in einem einzigen Namen: Deburau.«
In Balzacs Vortragsweise klang das wie eine festliche Fanfare.
»Genug, bitte!« stammelte Deburau leise.
»Nun kommt es zu den Fragen der Neugierigen!« Balzac blätterte in den Schlußseiten. »›Sein Mobiliar... Seine Familie... Sonstige Talente: Er kann Bretter hobeln, ein Schloß feilen...‹. Janin scheint seine Späße von Ihnen gelernt zu haben! ›Sein Geschmack: Er liebt Bier und Windbeutel, Glühwein, Tee, Kaffee und Rum...‹ – ›Er haßt die Nachtigall...‹.«
»Die Süße ihrer Stimme hat mich immer belogen und mir nicht den Schlaf gegönnt, wenn ich ihn am nötigsten hatte«, entschuldigte sich Deburau.
»Der liebe Janin ist, wie ich sehe, auch zu Ihnen in den Fundus gestiegen.« Balzac zeigte den Freunden ein paar Seiten, auf denen nur sämtliche Kostüme und Requisiten des Funambules aufgezählt wurden.
»Wie leicht lassen sich doch Manuskriptseiten füllen«, warf Gautier lachend ein.
Balzac las weiter: »... ein Zepter aus vergoldetem Holz, zwei Klarinetten, mechanische Schlangen, acht blühende Lorbeerzweige, zwei Fischkörbe..., eine Konditorplatte aus Pappe..., dreißig Gewehre, zwölf Hellebarden, eine Armbrust..., 15 Kreuze der Ehrenlegion, eine Marschalluniform, sechs Adler der römischen Legionen, eine Harfe aus bemaltem Holz..., ein Dutzend Totenschädel...«
»Es reicht«, rief George Sand.
»Ich bin gern gründlich«, entgegnete Balzac.
Deburaus Blick fiel auf den Preisvermerk. Sieben Francs, 50 Centimes. Dieses Buch wird nichts für seine Freunde sein. Die müßten drei Tage arbeiten, um es sich kaufen zu können.
»Woran denken Sie?«
Es klopfte an der Tür.

Musset eilte, um zu öffnen.
Ein brünetter, magerer Mann in schäbigem Anzug trat ein. Nur Gaspard erkannte ihn. Hector Bertrand.
»Monsieur Deburau, Sie sollen nach Hause kommen.«
»Was ist geschehen?«
»Ihre Frau hat eine Kolik. Es geht ihr immer schlechter.«
Der englische Diplomat in Schwarz wandte sich um, riß Balzac das Buch aus der Hand, verbeugte sich stumm und eilte hinaus. Einige Gäste riefen ihm teilnahmsvoll nach, doch statt einer Antwort waren nur seine schnellen Schritte auf der Treppe zu hören.
»Sagen Sie, was ist geschehen?« drängte Deburau, als er sich neben den jungen Dichter in die Kutsche setzte.
»Sie hatte furchtbare Schmerzen. Als es immer schlimmer wurde, hat sie nach uns gerufen. Wir haben gleich den Arzt geholt. Er hat Ihre Frau untersucht und ließ Sie rufen.«
»Und was sagte meine Frau?«
»Sie hat nur gestöhnt.«
Gaspard waren in letzter Zeit seine innere Ruhe und seine Zärtlichkeit für Désirée verlorengegangen. Das machte er sich zum Vorwurf, konnte es aber nicht ändern. Selbst vor den Kindern hatte es zwischen ihm und Désirée gehässige Auftritte gegeben, oft aus nichtigem Anlaß. Die Mutterschaft befriedigte Désirée nicht; sie war gereizt, weil Gaspard ihr nicht ganz gehörte, und das hatte sie streitsüchtig und ungerecht werden lassen.
»Hätte ich eine Frau, wie immer sie sein mag«, sagte Hector, »würde ich nicht zu Abend essen und ihr statt dessen Veilchen kaufen. Versuchen Sie, Ihrer Frau Zuneigung entgegenzubringen, dann gewinnen auch Sie ihre Zuneigung zurück.«
Doch Gaspard spürte, daß er das nicht zustande bringen würde, da er es in der Tiefe seines Herzens gar nicht wollte. Er brauchte für seine Arbeit Konzentration, und ein zerrüttetes Familienleben brachte ihn aus dem Gleichgewicht. Die Kollegen im Theater

erkannten den sonst so sanftmütigen Pierrot nicht wieder, der sich nun oft wegen Kleinigkeiten aufregte. Seine zurückhaltende Art hatte bisher niemanden bemerken lassen, daß eigentlich er es war, der im Hintergrund das Theater und sogar seine Direktoren dirigierte. Doch jetzt brachte ihn eine zu Boden geworfene Puderschachtel oder ein zerschmetterter Teller so in Rage, daß seine Kollegen ihn für überheblich hielten. Doch das war nicht der Fall. Die Ursache lag bei Gaspard selbst, und er war über sich verärgert. Er machte sich den Vorwurf, es fehle ihm an Kraft und Gefühl. Als er einmal während einer Probe in seiner Erregung einem kleinen Jungen einen Hieb versetzte, erschütterten ihn die Tränen des Kindes. Er nahm sich vor, unter allen Umständen aus dieser inneren Unzufriedenheit herauszukommen. Bereitwillig hörte er sich darum die Ratschläge des jungen Dichters an.
»Sie gehören auf die Bühne. Lassen Sie sich nicht durch das Leben verführen. Seien Sie der Komödiant des Lebens!«
»Ich bin immer den Menschen nachgegangen, nicht der Kunst.«
»Deshalb wird es Augenblicke geben, in denen Sie allein bleiben. Das ist das Schicksal aller Komödianten. Auch meines. Ich habe meine Auftritte in der Nacht. Sie ist mir Dekoration und Kulisse, ist meine Bühne und mein Zuschauerraum.«
»Wichtig ist, was wir in uns tragen«, bekannte Gaspard. »Aber das hängt vor allem davon ab, wofür wir leben.«
»Such die Schönheit! Die Frau hat sich dir entfremdet? Sieh doch, wie ihr Haar schimmert, wenn du heimkehrst, und durch das Fenster scheinen die Sterne!«
Hector hatte ein so armseliges Leben, und ihm gehörte so wenig, daß er sich an der Schönheit erfreuen mußte, einer Schönheit, die er selbst der Welt andichtete. Gaspard folgte ihm und verstand.
Als Désirée sich ihm einmal anvertrauen wollte, lächelte Gaspard nur kalt und nickte.
Er lernte die Schönheit zu lieben. Doch Désirée liebte er nicht mehr.

Als sie schwanger wurde und erkrankte, erwachte sein Mitgefühl, brachte ihn zu ihr zurück. Er schlich auf leisen Sohlen um sie herum, wenn sie aufstöhnte, wandte er sich ihr erschrocken zu und bangte um sie.

Die Kutsche raste durch die Straßen.

Als sie hielt, sprang Gaspard blitzschnell heraus, stürmte die Treppen hinauf und fiel vor ihrem Bett auf die Knie.

Ihr Gesicht auf dem Kissen war blaß und ernst, seiner pastellfarbenen Schönheit beraubt. Mit den grauen Schatten unter den Augen und auf den Wangen erschien sie ihm um so kostbarer.

»Désirée«, flüsterte er und küßte die vom Fieber heiße Hand.

»Ich bin angeblich schwer krank«, sagte sie leise und sah ihn mit flackernden Augen an.

»Hab keine Angst, du wirst wieder gesund.«

Hectors Schwester trat zu ihm.

»Der Arzt war hier. Er sagte, Ihre Frau muß ins Krankenhaus. Offenbar ist so gut wie sicher, daß – daß sie das Kind nicht behalten wird.«

Gaspard war insgeheim erleichtert. Er hatte Angst vor diesem Kind als einem lebenden Beweis für ihren Treuebruch.

»Kann das nicht gefährlich werden?«

Sie zuckte die Achseln.

Gaspard war ergriffen, als er Désirée so kraftlos auf dem Kissen liegen sah. Ihr lockiges Haar hing jetzt matt und schlaff herunter. Gaspard mußte daran denken, wie er sich damals in ihr Zimmer gestohlen hatte, ganz in der Nähe des duftenden Parks.

Sie stöhnte vor Schmerz.

»Beruhige dich«, tröstete er sie. »Es wird alles wieder gut.«

»Du mußt dich um Charles und Rosine kümmern.«

»Keine Sorge, es soll ihnen an nichts fehlen. – Hast du noch einen Wunsch?«

Sie schaute ihn flehend an.

»Sag mir nur alles . . .«, ermunterte er sie.

»Ich hab eine Bitte . . . Ich möchte – mit ihm – noch ein letztes Mal reden . . . «
Beschämt schlug sie die Augen nieder.
»Ich weiß!« sagte Gaspard. »Ich hole ihn gleich.«
Ist das Edelmut, Gaspard? Oder Kälte? Du hast dich schon manches Mal selbst verleugnet, um anderen eine Freude zu machen. Glaubst du, daß du ihr das Leben rettest, daß ihr beide die Vergeblichkeit erkennt und verzichtet? Er wußte es nicht genau. Aber er tat alles, um ein wenig Glanz in Désirées apathischen Blick zu zaubern.

Der Straßenlärm umbrandete Gaspard.
An dem offenen Fenster zum Laden saß der junge Fächermaler. Er hatte Farben und Pinsel um sich ausgebreitet und malte Miniaturlandschaften auf dünne Holzplättchen. Gaspard blieb stehen, betrachtete den gesenkten Kopf, die zarten Hände. Der Maler bemerkte den hereinfallenden Schatten. Er sah auf.
»Sie wünschen bitte?« fragte er höflich lächelnd.
Gaspard antwortete nicht gleich, sondern schaute ihm unverwandt in die Augen. Jetzt erkannte ihn der Maler. Rasch legte er Fächer und Pinsel beiseite und wiederholte die Frage mit bebender Stimme.
»Keine Angst«, sagte Gaspard trocken. »Meine Frau ist sehr krank. Sie möchte, daß Sie zu ihr kommen.«
»Entschuldigen Sie, Monsieur, ich weiß nicht, wovon Sie reden.«
Das Kinn des jungen Mannes begann zu zittern, er wich ins Zimmer zurück.
»Ich sagte Ihnen doch, Sie brauchen nichts zu befürchten«, erklärte Gaspard. »Sie möchte sich von Ihnen verabschieden. Sie muß ins Krankenhaus.«
»Ich kenne Ihre Frau nicht, Monsieur«, stotterte der Maler. »Was wollen Sie von mir?«
Gaspard empörte diese Feigheit.

»Désirée ist schwer krank«, betonte er. »Ich möchte, daß Sie zu ihr gehen. Mir liegt sehr viel daran. Es wird sie freuen.«
»Ich soll zu ihr gehen?«
»Sind Sie taub?« brüllte Gaspard. »Laufen Sie sofort zu ihr! Sie machen ihr eine Freude. Hören Sie!«
Doch der junge Mann war schon an der Tür.
»Ich geh nirgendwohin! Ich will mit Ihnen nichts zu tun haben – und mit Ihrer Frau auch nicht...«
Das war zuviel. Gaspard langte durchs Fenster, packte, was ihm in die Hände kam – Pinsel, Tiegel, Fächer –, und schleuderte es dem flüchtenden Maler hinterher.
Die Tür knallte zu. Ein bunter Farbmischmasch verspritzte auf dem Holz.
Gaspard wandte sich um. Hinter ihm hatten sich ein paar Schaulustige eingefunden. Unwillig sah er sie an, machte kehrt und eilte nach Hause.
»Das ist er!«
»Wer?«
»Der Clown vom Funambules!«
Ihn packte der Zorn. Clown... und das in einem Augenblick, in dem ausschließlich der Mensch betroffen war! Zum ersten Mal gab ihm dieses Wort einen Stich.
Rasch kaufte er bei der Blumenhändlerin ein Sträußchen und hastete heimwärts. Der Krankenwagen stand bereits vor dem Haus.
»Ich habe den Transport veranlaßt«, sagte der Arzt, während er im Hausflur auf und ab ging. »Ich warte nur, daß Sie mich bezahlen.«
»Gleich, Doktor!« Gaspard holte tief Luft. »Ist es wirklich so ernst?«
»Wenn wir uns beeilen – und wenn die Kranke Kraft genug hat, kommt alles wieder in Ordnung«, beschied ihn der Arzt.
Gaspard rannte ins Zimmer hinauf.
Désirée empfing ihn mit enttäuschtem Blick.

Pierrot, zeig ihr dein zweites Gesicht!
»Welch ein Zufall, Désirée! Monsieur Alban ist auch krank, er muß das Bett hüten, aber sorg dich nicht, er wird bald gesund und kommt dich im Krankenhaus besuchen. Inzwischen schickt er dir diese Blumen. Er denkt viel an dich.«
Ihre Augen überzogen sich mit mildem Glanz.
»Ich danke dir«, flüsterte sie glücklich lächelnd. »Das genügt. Er muß gar nicht mehr kommen.«
»Und ich?«
»Ja, du schon!«
Zwei Männer erschienen mit einer Tragbahre. Gaspard bezahlte den Arzt, der mit hinaufgegangen war.
»Doktor, bringen Sie sie uns zurück. Wir haben zwei Kinder.«
»Fragen Sie morgen im Krankenhaus Rue Necker nach.«
Gaspard half den Männern mit der Tragbahre die Treppen hinunter und auf den Wagen hinauf – wieder lag ein trauriger Abschied hinter ihm.
Langsam kehrte er nach oben zurück.
An der Tür zu Hectors Wohnung tauchten zwei kleine Gestalten auf.
»Papa, wo ist Mama?«
Er nahm beide Kinder an der Hand, führte sie in die Wohnung und setzte sich mit ihnen ans Fenster. Er sog den Duft ihrer Haut ein, hörte ihr Geplapper, ohne ihnen zu antworten, doch drückte er die kleinen Körper fest an sich und bezichtigte sich der Undankbarkeit.

Zwei Einladungen

Gaspard kam aus dem Krankenhaus zurück.
Es war Karfreitag. Menschenmassen strömten in die Wälder am Stadtrand von Paris. Aus den Gärten duftete der Flieder. Händler jagten mit Schubkarren voller Strohkörbe mit Obst über die Stra-

ßen, um die besten Plätze zu ergattern. Dienstleute in kurzen Joppen und weiten Hosen hielten Ausschau nach Kundschaft. Durch die Menschenmenge drängten sich schwere Pferdebahnen und elegante Equipagen; Ladungen mit Bier und Schnaps ratterten vorbei, so daß die Straßen erbebten. Auf manchen Wagen sah man Tierbändiger, Schlangenmenschen – alle voller Ungeduld, ihr Lager aufzuschlagen und mit der Vorführung zu beginnen.

Endlich gelangte Gaspard in eine Seitengasse. Orgelmusik drang von irgendwoher an sein Ohr.

»Es geht ihr viel besser«, teilte man ihm im Krankenhaus mit. Er sah selbst, daß Désirée wieder heiterer wirkte, zugleich aber gewahrte er, daß Anmut und Liebe aus ihrem Gesicht geschwunden waren. Doch er war nicht enttäuscht, nicht einmal, als sie während eines Fieberanfalls den Namen ihres Liebhabers rief und Gaspard die Hand streichelte, in der Annahme, es sei Alban. Er verzieh ihr im voraus alles, wenn sie nur wieder gesund würde.

In seiner Beziehung zu den Kindern fand er immer mehr Trost und Kraft. Charles kam nun in das Alter, in dem seine ersten eigenen Erinnerungen begannen; er nahm sich vor, sie ihm so schön wie möglich zu machen. Rosine brachte er seine ganze Zärtlichkeit entgegen. Er freute sich, zu ihnen nach Hause zu kommen, freute sich auf ihre Fragen, auf das Spielen mit ihnen.

Als er an diesem Tag zum Faubourg du Temple zurückkehrte, warteten vor dem Haus zwei Leute auf ihn.

Ein Mann in prächtiger Uniform, offensichtlich ein Offizier der königlichen Garde. Und eine Frau in einem einfachen blauen Kleid.

»Margot!« rief er mit einem Lächeln des Bedauerns und der Freude.

Sie zeigte auf den Offizier, doch er ließ den Hinweis unbeachtet.

»Wie hast du mich gefunden? Wer hat dir gesagt, wo ich wohne?«

»Ich habe im Theater nachgefragt. Ich bin nur gekommen, weil ich dich bitten wollte, ein krankes Kind zu besuchen.«

»Warum denn das?«
»Es geht um das Söhnchen meiner Freundin. Der Kleine war einmal mit uns in der Nachmittagsvorstellung und hat dich gesehen. Er ist schwer krank. Ständig spricht er davon, daß er den Pierrot gern sehen möchte. Wenn du nur kurz zu ihm gingest – du würdest ihm eine große Freude machen. Wer weiß, ob es nicht die letzte ... Aber deine Frau soll ja auch krank sein? Bestimmt ist dir nicht nach Spielen zumute.«
»Ich komme, Margot. Begleitest du mich?«
»Monsieur Deburau?« meldete sich nun der Offizier und schlug die Hacken zusammen.
»Zu Diensten.«
»Seine Majestät der König veranstaltet heute ein Festessen für Pariser Kinder«, verkündete der Offizier. »Seine Majestät schickt mich zu Ihnen, Sie sollen kommen und zur Unterhaltung der Kinder auftreten.«
»Ich bin leider schon vergeben.«
»Sie haben wohl nicht richtig verstanden«, herrschte ihn der Offizier an. »Seine Majestät ...«
»Gewiß, aber ich habe gerade versprochen, ein krankes Kind ... Könnte ich nicht ein andermal an den Hof kommen?«
Der Offizier meinte, es mit einem Schwachsinnigen zu tun zu haben. Margot griff ein:
»Geh hin, Gaspard«, drängte sie ihn. »Der kleine Jacques ist tagsüber ruhig. Nur abends kann er nicht schlafen und weint. Spiel zuerst den Kindern im Schloß etwas vor und komm danach zu uns. Ich sag dir die Adresse.«
»Wie du meinst. Und wann soll ich an den Hof kommen?« wandte sich Gaspard an den Offizier.
»Sogleich, Monsieur. Wenn Sie es wünschen, fahre ich Sie zuerst ins Theater, um die Kostüme zu holen, und was Sie sonst noch brauchen.«
»So rufen Sie den Wagen«, sagte Deburau.

Der König, der anstelle eines Zepters stets einen Regenschirm trug, erfreute sich keiner großen Beliebtheit. Er gab zwar vor, um das Wohl des Volkes besorgt zu sein, doch das Volk ließ sich nicht täuschen. Es wartete auf Taten. Vergebens. Ungeduld und Enttäuschung führten dazu, daß jedes zweite Jahr ein Attentat auf den König verübt wurde. Louis-Philippe hatte jedoch Glück. Er kam immer mit heiler Haut davon und hatte danach noch Arbeit – mit der Unterzeichnung einiger Todesurteile.
Gaspard kümmerte es nicht, daß der König mit einem Regenschirm herumlief. Es kümmerte ihn nicht, daß bei jedem Karneval ein Mann in der Maske des Königs allen Umstehenden ohne Unterlaß die Hand reichte und Louis-Philippe damit lächerlich machte. Er haßte jedoch den König wegen seiner Raffgier und der rücksichtslosen Gewinnsucht, die er ständig bewies. Hinter dem Boulevard du Temple hatte man zwei neue Papiermühlen und eine Seifenfabrik aus dem Boden gestampft. In diesen drei staatlichen Fabriken arbeiteten zweitausend Kinder aus Paris und Umgebung. Ein König, der dies zuließ, verdiente weder Achtung noch Mitgefühl.
Es gab viele Gründe, warum ein armer Mensch mit dieser Regierung unzufrieden sein mußte, und Gaspard Deburau ließ keine Gelegenheit ungenützt, als Pierrot auf der Bühne auf diese Mißstände aufmerksam zu machen. Darum war er keineswegs beglückt über die Einladung. Mürrisch nahm er in der Kutsche Platz.
»Werden nur Kinder im Palais sein?«
»Auch einige auserwählte Gäste sind geladen, um sich zu amüsieren.«
Als sie am Palais vorfuhren, drängte sich vor dem Eingang zum Park eine Schar Halbwüchsiger, die sich fünf Francs teilten. Gaspard wußte, worum es ging. Fünf Francs war der Tarif, wenn der König ans Fenster gerufen wurde. »Es lebe der König!« Wurde die Marseillaise verlangt, gab es zwei Francs mehr. Wenn sich der König am Fenster zeigte und der »begeisterten Menge« dankte, bot sich Beteiligten wie Unbeteiligten ein heiteres Schauspiel.

In einem geräumigen Saal, dessen breite Fenster in den Park gingen, hatte man lange Tische in Hufeisenform zusammengestellt. Etwa zweihundert Kinder saßen erwartungsvoll da. An der Stirnseite begann der König gerade, eigenhändig gebratenes Geflügel an seine kleinen und großen Gäste zu verteilen.
Gaspard wurde in eine Garderobe geführt, um sich umzukleiden und zu schminken. Kaum hatte er damit angefangen, ging die Tür auf, und der König trat ein.
Deburau erhob sich, in einer Hand den Schminktopf, in der anderen die Perücke, und verbeugte sich.
»Machen Sie nur weiter! Die Kinder freuen sich schon auf Sie!«
Gaspard legte die Perücke ab und nahm die dargebotene Hand.
»Ich habe das Buch von Monsieur Janin gelesen. Das heißt, gelesen habe ich es nicht, nur angesehen. Jemand erzählte mir ausführlich darüber«, sagte der König selbstgefällig. »Die Kinder sind neugierig und meine Gäste gleichfalls.«
»Ich befürchte, Sire, daß ich Ihnen kein vollkommenes Bild des Spiels bieten kann, wenn ich allein auftreten soll.«
»Ich bin vor allem auf Sie neugierig. Was halten Sie von den gegenwärtigen Fortschritten? Ist der Boulevard du Temple auch schon gepflastert?«
»Bisher noch nicht, Sire.«
»Und die Straßenbeleuchtung?«
»Ich nehme an«, sagte Deburau höflich, »daß diese Neuerungen zuerst in den vornehmen Vierteln eingeführt werden. In den ärmlichen Stadtteilen gibt es sie noch nicht.«
»Vielleicht, weil dort weniger Menschen leben«, meinte der König.
Deburau schüttelte den Kopf. »Es sei denn, die Cholera im vergangenen Jahr hätte sie entvölkert.«
»Das Volk hat sich während der Epidemie nicht schön verhalten«, sagte der König betrübt. »Die Leute haben im Erzbischöflichen Palais gewütet, die Ornate angezogen und darin getanzt ...«

»Wir alle meinten verrückt zu werden, Sire, und manche Menschen sind auch tatsächlich dem Wahnsinn verfallen. Es war Karneval, falls Majestät sich zu erinnern belieben. Die Menschen sind auf den Straßen in ihren Masken zu Tode gekommen. Wie viele Pierrots habe ich dort sterben sehen.«

»Schon gut«, winkte der König ab. »Ich bin nicht nachtragend. Ich werde alles Nötige in die Wege leiten. Gewiß werden Sie den guten Einfall anerkennen, so viele Kinder zu mir einzuladen.«

Gaspard lag es auf der Zunge, auf die Tausende von Kindern in den Fabriken hinzuweisen. Aber er wollte nicht eingesperrt werden. Schließlich mußte er zu Margot, zu dem kranken Kind. Dann zu Charles und Rosine.

Morgen ins Krankenhaus zu Désirée.

Der König ging in den Saal zurück. Gaspard beendete seine Vorbereitungen und wartete. Kurz darauf rief man ihn.

Mit einigen Requisiten in der Hand bestieg er das aufgebaute Podium. Die kleinen Zuschauer begrüßten ihn mit freundlichem Applaus. Auf sich allein angewiesen, spielte Gaspard nur einige Solo-Auftritte. Den größten Erfolg erzielte er mit der Szene des Gitarrenspielers, dem eine Saite reißt und der sie neu einspannt – natürlich ohne Gitarre und ohne Saiten – und der des Schneiders, der einen Knopf an den Mantel annäht – ohne Nadel und Faden.

Gegen Ende bemerkte er unter den jungen Zuschauern eine seltsame Unruhe.

Der König nickte ihm huldvoll zu, als wollte er sagen: Ich bin zufrieden.

Doch der Offizier, der ihn hergebracht hatte, berichtete ihm an der Garderobentür stehend: »Was für ein Unglück! Der Zeremonienmeister wußte nicht, um was für eine Bewirtung es sich handelte und schickte gekühlten Punsch – einige der Kinder sind betrunken. Sie übergeben sich jetzt.«

Rasch schminkte Gaspard sich ab und kleidete sich um. Er hatte

nicht die Absicht zu bleiben. Sein Begleiter nötigte ihn aber, sich in die gelichteten Reihen der Kinder zu setzen und zu essen. Der König wäre sonst verärgert.
Die Kinder, denen nicht übel geworden war, verfolgten tapfer das weitere Programm.
Ein Gesangsduo trat auf und geriet plötzlich aus dem Takt. Durch die offenen Fenster drang deutlich der Refrain eines gegen Louis-Philippe gerichteten Couplets:
»Das ist unser po-po-populärer König!«
»Schließt die Fenster!« rief jemand.
Die Sänger versuchten fortzufahren, waren aber nun völlig aus dem Takt geraten. Deburau hob den Kopf und lauschte. Die gedungenen Straßenjungen waren offensichtlich mit der Entlohnung nicht zufrieden und randalierten unter den Fenstern.
Das Duo bemühte sich vergeblich, sie zu übertönen.
»Tod den Aristokraten!« klang es ganz deutlich herauf.
Und gleich darauf, sozusagen als Ausrufezeichen, flog ein Stein auf den Tisch, so daß die Scherben klirrten. Die Kinder begannen zu weinen und zu schreien, doch kümmerte sich keiner um sie.
»Wo sind die Husaren?« hörte Gaspard den König aufgeregt rufen.
»Chartres! Wo sind die Husaren?«
»Sie schreiten bereits ein, Majestät!«
Gaspard erhob sich und schaute aus dem Fenster. Im Schein der Fackeln blitzten Bajonette und goldbetreßte Uniformen. Die Soldaten drängten die Ruhestörer aus dem Park, feuerten ein paar Schüsse ab.
»Singen Sie weiter«, gebot ein Hofbeamter den Sängern.
»Zurück auf die Plätze!« rief ein anderer.
Doch Gaspards Stuhl war bereits leer.

In dem dunklen Vorzimmer warf sich Gaspard die Bluse über und setzte die schwarze Kappe auf.
»Gib acht«, sagte Margot zu dem kranken, weinenden Jungen, »gib

acht, jetzt kommt Pierrot, der dir so gut gefallen hat. Er kommt dich besuchen ...«

Der Junge hörte auf zu weinen und schaute erwartungsvoll zur Tür. Seine Mutter, Margots Freundin, nahm ihn fest in den Arm, damit er nicht erschrak.

Die Tür öffnete sich, und Pierrot erschien.

»Guten Abend, mein Kleiner!« Er machte eine tiefe Verbeugung. Und schon begann er zu tanzen. Er lief um den Tisch, sprang über einen Sessel, blieb vor dem Bett stehen. Er stolperte, stürzte, fing sich im letzten Moment und richtete sich wieder auf. Der Junge lachte, zum ersten Mal seit er krank war. Pierrot stolperte weiter, taumelte, schwankte, hielt sich jedoch immer wieder auf den Beinen – und plötzlich, als es keiner erwartete, fiel er hin. Der kleine Jacques brach in lautes Lachen aus. Mit strahlenden Augen verfolgte er jede Bewegung Pierrots.

Der freundliche weiße Pierrot – er war wie eine Märchenerscheinung in dem ärmlichen, kalten Zimmer. Der Junge lachte glücklich, während die Mutter die Zähne zusammenbiß, um nicht zu weinen. Und Margot, die an der Tür stehengeblieben war, verfolgte dankbar Gaspards Kapriolen.

Pierrot blieb atemlos stehen. Margot wollte ihm danken, doch der kleine Jacques hob bittend die Hände und flüsterte:

»Spiel weiter, lieber Pierrot, spiel weiter ...«

Und Pierrot machte weiter. Er nahm den Stuhl in die Hand. Wie sollte er sich darauf setzen? Er verhedderte sich in den Stuhlbeinen und stand zum Schluß auf dem Kopf, den Stuhl neben sich. Und der Junge lachte, es klang herzzerreißend, als aus seiner schmerzenden Kehle Freudenschreie drangen.

Dann spielte Pierrot die Szene des Schneiders. Und wieder tanzte er. Dann lief er auf Händen, führte alles vor, was in dem kleinen Raum möglich war.

»Mein lieber, lieber Pierrot«, flüsterte Jacques und streckte die Hände nach ihm aus.

Gaspard ging an sein Bett; Jacques griff nach einem der breiten Ärmel, strich ehrfürchtig und dennoch vertraut über Pierrots Arm und drückte den Stoff an Wange und Augen.
»Wie glücklich er ist!« flüsterte die Mutter.
»Mama«, rief der Junge, »das war vielleicht gar nicht wahr.«
Ermattet ließ er sich auf das Kissen sinken.
»Schlaf, Kleiner, ich komme in deine Träume. Wir werden miteinander spielen.«
Der Junge nickte noch, dann fielen ihm die Augen zu, und mit einem unaussprechlich glücklichen Gesichtsausdruck schlief er ein.
Margot führte Gaspard leise hinaus und war ihm beim Ausziehen der Bluse behilflich.
»Du ahnst gar nicht, was für eine Freude du ihm gemacht hast.«
»Aber morgen habe ich Vorstellung, ich werde nicht kommen können«, sagte Gaspard bedauernd.
Die Mutter des kleinen Jacques erschien und drückte ihm wortlos die Hand.
»Ich wußte schon immer, daß du ein guter Mensch bist«, gestand Margot und sah ihn dankbar an. »So habe ich dich auch kennengelernt.«
»Dank dir, Margot«, flüsterte Gaspard.
Eine Weile standen sie sich gegenüber. Doch Margot küßte ihn dieses Mal nicht.
Gaspard ging mit dem zufriedenen Gefühl nach Hause, etwas Sinnvolles getan zu haben.
Im Dunkeln stieg er die Treppen hinauf, stieß an der Tür mit dem Fuß an etwas Weiches.
Eine Gestalt richtete sich auf. Der junge Dichter.
»Um Himmels willen, was machen Sie hier, Hector?«
»Ich warte auf Sie. Ich möchte gern mit Ihnen eine Weile hinausgehen. Die Kinder schlafen.«
»Gut«, willigte Deburau ein. »Gehen wir.«

Er legte sein Kostüm auf dem Fensterbrett ab. Plötzlich drehte er sich um und packte Hector am Rock.
»Was willst du mir sagen?« fragte er eindringlich.
»Erst draußen.«
»Ist sie tot?« flüsterte Gaspard.
»Nein.«
»Was ist passiert?«
»Komm, Gaspard«, sagte der Dichter sanft und nahm ihn am Arm. »Komm mit mir hinaus, in die Nacht. Ich muß dir heute viel erzählen – über den Schmerz, der reinigt und stärkt...«
»Was ist mit Désirée?«
»Man hat sie abends aus dem Krankenhaus entlassen.«
»Ist sie zurückgekommen?«
»Ja. Nur kurz. Dann übergab sie uns die Kinder.«
»Wo ist sie hin?«
»Unten wartete der Fächermaler auf sie. Sie sind zusammen in einem Wagen weggefahren.«
Sie gingen nach unten. Die weite, freie Nacht umfing sie tröstlich.

Augenblicke des Taumels

Gaspard war einsamer geworden, dabei aber gelassener. Er hatte seine innere Ruhe wiedergefunden. Er ging von Erfolg zu Erfolg. Es gab in Paris wohl keinen Menschen mehr, der ihn nicht kannte, keine Frau, die nicht auf ihn neugierig war.
In den Salons wunderte man sich, warum der berühmte Pierrot alle Einladungen ablehnte. Wer ihn suchte, hätte ihn zu Hause bei den Kindern gefunden. Meist saß er mit dem kleinen Charles am Fenster, las mit ihm die ersten Bücher, erzählte ihm abenteuerliche Geschichten, während Rosine mit großen Augen zuhörte oder ihre Puppe an- und auskleidete. Während Gaspard im Theater war, blieben die Kinder bei den Nachbarn.

Mit Hilfe von Victor Hugo war es Gaspard gelungen, für Hector eine Stelle als Korrektor bei einer kleinen Zeitschrift zu finden. Er hatte nun größeres Selbstvertrauen. Als ihm der Möchtegernverleger für seine Gedichte in Prosa 150 Francs anbot, war er bereit, sie ihm zur Veröffentlichung zu überlassen.
»Ich werde dem Band deinen Namen geben – ›Gaspards Nächte‹ –, weil in deiner Kunst so viel schöpferische Kraft liegt.«
»Ich wünsche dir Erfolg mit deinem Buch!«
»Vielleicht für einen Tag«, entgegnete Hector bitter.
»Es bleibt doch der Welt für immer erhalten.«
»Antiquiert, verschimmelt, von Würmern zerfressen. Ich werde es Victor Hugo widmen. Nicht, weil er mir die Stellung besorgt hat, sondern weil sein Name sicher noch in hundert Jahren lebendig sein wird. Auch dann werden die Menschen seine Verse lesen. Mein Buch wird längst vergessen sein. Aber sollte es jemand aufschlagen, wird sein Name auf dem Titelblatt es vor dem sicheren Tod bewahren ... Ja, ich widme das Buch Victor Hugo.«
Und aus seiner durch die Schwindsucht gedrosselten Stimme klang die schwache Hoffnung auf eine verlängerte Lebensfrist.

»Kaufen Sie die ›Kleine Geschichte eines großen Künstlers‹! Nur zehn Centimes. Soeben erschienen!«
Der Junge bot die Broschüre einem vorbeieilenden Mann an. Als er ihm jedoch ins Gesicht sah, verlor er die Fassung und sagte beschämt:
»Entschuldigen Sie, Monsieur Deburau!«
Gaspard lächelte freundlich und ging weiter. Janins Buch war nicht das einzige geblieben. Kleine Bändchen unbekannter Autoren wiederholten teilweise den Inhalt des ersten, zum Teil berichtigten sie es. Gaspard Deburau behagte so viel Aufmerksamkeit jedoch nicht. Er war tatsächlich so bescheiden, daß er seine Bescheidenheit nicht einmal zugab, weil er in einem solchen Eigenlob Unbescheidenheit gesehen hätte.

Er ging ins Theater. Die Premiere des Stückes »Die Spieler«, an dem er mitgearbeitet hatte, stand kurz bevor. Alles war, wie üblich, in fieberhafter Erregung. Sein Kommen brachte jedoch stets Ruhe in die Garderoben und Gänge hinter den Kulissen. Man wußte, wenn er in guter Stimmung war, konnte nichts schiefgehen. Alle schauten zu ihm auf, grüßten einen freundschaftlichen Kollegen.

Cot d'Ordan hielt ihm zuvorkommend seine Tabatiere hin: »Eine gute Zigarette, Monsieur Deburau?«

Eine Geste, die ihn nichts kostete, da er wußte, daß Deburau, öfter von Husten geplagt, zu rauchen aufgehört hatte.

Gaspard lehnte gewöhnlich ab. Heute griff er jedoch schadenfroh zu, nahm eine Zigarette und reichte sie Chartonov weiter:

»Nimm sie! Du rauchst ja!«

Alle beugten sich über ihre Schminktöpfe und schmunzelten. Deburau war offensichtlich in glänzender Laune, wenn er dem Regisseur eine solche Lektion erteilte. Die Vorstellung würde gewiß ein Bombenerfolg.

Cot d'Ordan dachte ebenso, darum war er nicht beleidigt und ging weiter durch die Garderoben. Wachsam verfolgte er das Ankleiden der Schauspieler. Erst kürzlich wäre durch Adolphes und Eugènes Nachlässigkeit das Theater auf behördliche Veranlassung beinahe geschlossen worden. Die beiden waren zu spät gekommen und hatten vergessen, unter dem Kostüm ihre Trikots anzuziehen. Als ihnen, entsprechend der Handlung, die rachsüchtigen Sylphiden die Kleider wegrissen, standen sie im Adamskostüm auf der Bühne. Das Publikum empfand das als Beleidigung; ein Skandal brach los, der Kommissar ließ die beiden Missetäter abführen und verdonnerte sie zu einem Monat Gefängnis. Das Theater sollte zur Strafe geschlossen werden, doch Cot d'Ordan konnte das durch seine Verbindungen verhindern. Eine seiner Freundinnen drang bis zu Minister Thiers vor und erreichte, daß das Aufführungsverbot aufgehoben wurde. Cot d'Ordan ebenso wie Bertrand wachten nun mit

Luchsaugen darüber, daß eine solche Nachlässigkeit nicht wieder vorkam.
Auf Gaspards Schminktisch lag das übliche Sträußchen Maiglöckchen.
»Ewig diese Frauen«, bemerkte sein Kollege Laplace lachend.
»Ausgerechnet du mußt den Mund aufreißen«, drohte Deburau dem Freund.
Laplace sollte ursprünglich Priester werden. Als man den damals Zwölfjährigen fragte, warum er sich so heftig dagegen wehrte, verkündete er: »Ich mag die Frauen zu sehr.« Er behauptete, eine Neigung zum Schusterhandwerk zu haben. Später änderte er seine Meinung und wollte in ein Kartonagengeschäft eintreten, da der Laden, in dem Mademoiselle Mariette, eine Schneiderin, die im Ensemble aushalf, dem Theater der Madame Saqui gegenüberlag. Als sie ihn einmal zu einer Vorstellung mitnahm, war er verzaubert und verkündete seinen Eltern noch am selben Abend, er wisse nun endlich, daß seine Zukunft dem Theater gehöre. Er konnte Mariette für sich gewinnen, und mit ihr trat er im Funambules ein.
Laplace schnupperte an Deburaus Maiglöckchen und meinte:
»Man muß viel Hartnäckigkeit aufwenden, um eine Frau zu erobern, aber noch weit mehr, um sich ihrer zu erwehren.«
»Ich hab genug von diesem rührseligen Gehabe«, brummte Gaspard, während er sich Stirn und Wangen schminkte. »Ich möchte weder Tränen, noch Seufzer, noch Schwüre.«
Zu einer Premiere fanden sich im Funambules jedesmal eine stattliche Anzahl schöner Frauen ein. Möglicherweise wäre manche von ihnen stolz gewesen, den berühmten Schauspieler zum Geliebten zu haben.
Es waren in erster Linie die Schauspielerinnen, die an so einem Premierenabend neugierig durch einen Spalt im Vorhang den Zuschauerraum absuchten. Diesmal wurde ihre Aufmerksamkeit weder von George Sand noch von Josephine Duplessis, »Kamelien-

dame« genannt, gefesselt. Sie, wie der ganze Saal, waren geblendet von dem strahlenden Liebreiz der Marie de Mandrot, Zierde aller namhaften Salons, eine der Frauen, mit der sich im Theater zu zeigen Erfolg und Neid bedeutete.

»Wie schön sie ist«, flüsterte Claire bewundernd.

»Etwas zu auffallend«, meinte Mariette giftig.

»Wer ist heute da?« erkundigten sich die Kollegen.

»Marie de Mandrot.«

»Laßt sehen! Donnerwetter! Das ist eine Beauté! Gaspard, komm, sieh sie dir an!«

Deburau winkte ab.

Doch während der Vorstellung hatte er genug Gelegenheit, einen Blick zu ihrer Loge zu werfen. Schön, dachte er, ja, aber nichts anderes, ganz so als beurteile er eine Plastik oder ein Gemälde. Wohin seid ihr entschwunden, Zeiten der Liebe auf den ersten Blick?

Als die Aufführung beendet war und Pierrot sich für den Applaus bedankte, stand Marie de Mandrot an der Brüstung ihrer Loge, zerbrechlich und schlank wie ein schwarzer Blütenkelch. Fast alle Männer und Frauen im Publikum sahen sich nach ihr um.

Der Vorhang fiel ein letztes Mal.

»Dir gefällt sie wirklich nicht?« fragte Laplace.

»Ich bin so oft auf der Bühne verliebt, daß mir fürs Leben nichts mehr bleibt.«

Die Premiere war, wie erwartet, ein großer Erfolg. Bertrand zählte seine Einnahmen. Die Schauspieler stolzierten wie Pfauen umher. Nur Gaspard ging mit gesenktem Kopf zurück in seine Garderobe.

Kaum hatte er die Perücke abgenommen, klopfte es an der Tür.

Es war die Platzanweiserin, deren Tränen seinerzeit dem Theater den großen Pierrot gerettet hatten.

»Was gibt's?«

Die Platzanweiserin reichte ihm ein Kärtchen, und Gaspard las:

»Boulevard des Capucines, 4.«
»Von wem ist das?«
»Von der schönen Dame«, flüsterte sie und küßte mit den Augen Pierrots Gesicht im Spiegel. »Draußen haben viele Männer gewartet, um sie noch einmal aus der Nähe zu sehen.«
Gaspard ließ die Visitenkarte fallen, verbarg das Gesicht in den aufgestützten Händen. Die Platzanweiserin sprang rasch herbei.
»Was ist Ihnen? Eilen Sie heute nicht nach Hause?«
»Hier fühle ich mich wohler.«
Er drehte sich nach ihr um, sah sie an:
»Sie heißen Aimée, nicht wahr?«
»Aber das wissen Sie doch, oder?« Sie lächelte schmerzlich.
»Ich bin ein wenig verwirrt. Man möchte vergessen – und der Strom reißt selbst die Ufer mit...«
»Nicht mal mit Ihren Kollegen gehen Sie heute aus?«
»Nein. Sperren Sie mir den anderen Ausgang auf?«
Er absolvierte eilig eine Reihe von Umarmungen, lehnte einige Einladungen zum Abendessen ab und verließ das Theater durch den Seitenausgang, das Sträußchen Maiglöckchen in der Hand.
»Gute Nacht, Monsieur Deburau!«
»Gute Nacht, Aimée. Verzeihen Sie, daß ich's vergessen hatte...«
Die einsame Frau stand lange vor dem Ausgang ohne abzuschließen.
Gaspard ging an die Seine. Er brauchte Raum um sich, den weiten Horizont, den hohen Himmel. Er war unzufrieden mit sich. Er kämpfte mit einem Bild. Die Sterne bildeten ein funkelndes Kollier – und senkte er den Blick, fand er es auf dem Wasserspiegel des Flusses wieder.
Die zweite Vorstellung des neuen Stücks verlief ebenso erfolgreich. In der Garderobe dufteten Maiglöckchen – doch die Loge war leer.
Erst in der Pause verkündete Laplace:

»Jetzt ist sie doch gekommen!«

Marie de Mandrot schien blasser und schöner als am Abend zuvor. Sie war allein.

»Sie sieht krank aus«, stellten die Kollegen fest, die sie durch den Vorhangspalt beobachteten.

Ich bin kein junger Narr, dachte Gaspard, ich lasse mich nicht auf den Leim locken, selbst wenn er aus Diamanten bestünde. Das hätte er nach der Vorstellung gern der Schönheit mit dem hochmütigen Blick gesagt. Aber die Loge war leer. Einige Maiglöckchen welkten am Rand der Brüstung.

Nach der Vorstellung wartete Gaspard vergebens auf eine Botschaft.

»Wollen Sie wieder den Seitenausgang benützen?« fragte Aimée.

»Nein. Warum?« erwiderte Gaspard barsch.

Die Nacht empfing ihn wieder an der Seine. Ich will keine Liebe, dachte er. Doch an der Traurigkeit, die von ihm Besitz ergriff, erkannte er sie. Je beharrlicher der Kampf zu sein pflegt, desto leidenschaftlicher die Unterwerfung.

Haßt du denn die Liebe? Bist du ihr so oft begegnet? Zähle die Male zusammen, Gaspard! Dein Dasein ist wie verdorrtes Land. Käme plötzlich ein heftiges Gewitter, würde es die Wassermassen nicht aufnehmen. Um so gefährlicher das Hochwasser.

Einige Abende vergingen. Die Loge blieb leer.

Am sechsten Tag, als Gaspard das Haus verließ, sprang ein kleiner Junge auf ihn zu, dessen Gesicht ihm bekannt vorkam. Ja, es war Jacques!

»Du lebst noch?« entfuhr es dem überraschten Gaspard.

»Ja, Monsieur«, sagte der Junge fröhlich. »Ich bin gesund geworden. Ich gehe jetzt zur Schule.«

»Hast du keine Schmerzen mehr?«

»Nur manchmal, wenn es sehr kalt ist.«

»Das freut mich. Und deine Mutter?«

»Die schickt mich zu Ihnen.«

»Es ist doch nicht wieder jemand krank?«
»Doch. Mademoiselle Marie.«
»Soll ich ihr auch etwas vorspielen?«
»Ich bin gekommen, Sie darum zu bitten.«
»Sieh mal an!« lachte Gaspard. »Da hat sie sich einen guten Boten ausgesucht. Wo wohnt denn die Dame?«
»Boulevard des Capucines, Nummer vier. Sie ist sehr lieb. Sie hat mir schon viele Spielsachen geschenkt. Mama geht zu ihr nähen.«
»Wer hat dich geschickt? Deine Mama oder Mademoiselle Marie?«
»Mademoiselle Marie sagte, wenn Sie so gut waren, zu mir zu kommen, als ich krank war, und Sie jeden Samstag ins Krankenhaus gehen, kommen Sie vielleicht auch zu ihr... Ich soll Sie darum bitten.«
»Bist ein kluger Junge. Aber ich...«
»Sie ist so traurig. Sie kommen doch, Monsieur Deburau?« Der Junge blickte vertrauensvoll zu ihm hoch.
»Richte ihr aus, daß ich heute nach der Vorstellung komme«, erwiderte Gaspard hastig.
Jacques jauchzte auf, machte kehrt und setzte sich in Trab.
Gaspard winkte ihm nach, doch er war schon auf und davon.
Er hatte zu fragen vergessen, was die Freundin seiner Mutter – Margot – mache.

Nummer vier, Boulevard des Capucines.
Der Kutscher sprang vom Bock und öffnete den Wagenschlag. Gaspard stand eine Zeitlang vor dem Eingang, doch die Tür ging auf, noch ehe er geläutet hatte. Eine ältere Haushälterin führte ihn zu einer weiteren Eingangstür.
Er betrat ein großes Vestibül mit weißen Gittern, an denen sich Pflanzen hochrankten. Der anschließende Salon war mit Eichenholz getäfelt, verziert mit erhabenen, vergoldeten Arabesken. Dem

großen Kamin gegenüber hing ein prächtiger venezianischer Spiegel. Die Vorhänge waren aus purpurnem Samt. In dem Kristallüster brannten Kerzen.
Gaspards Blicke schweiften von einem Gegenstand zum anderen, sein Erstaunen wuchs.
Die Portiere an der gegenüberliegenden Tür bewegte sich.
Sie sah genau so aus, wie er sie in Erinnerung hatte. Jung, schlank, schwarz gekleidet, Brillanten im Haar. Doch ihr Blick war freundlich, herzlich. Die Augen waren das Schönste an ihr; sie vereinten in sich Lebendigkeit, Staunen, Unruhe, Unschuld und Geheimnis.
»Sie sind gar nicht krank?« fragte Gaspard überrascht.
»Ich bin sehr krank«, entgegnete sie mit samtweicher Stimme. »Ich bin krank geworden vor Verlangen, Sie näher kennenzulernen. Wollen Sie Platz nehmen?«
Der Lehnsessel war mit kirschroter chinesischer Seide bezogen.
»Laufen Sie mir nicht davon!«
Sie reichte ihm die weiße Hand. Sie drückte die seine und überließ sich einem Abenteuer.
»Glauben Sie, ich kann heilen?«
»Ich kenne für meine Krankheit nur eine Arznei – Freude und das Bewußtsein, zu leben. In Ihrem Gesicht liegt so viel Leben. Nun möchte ich Sie hören.«
»Das Sprechen liegt mir nicht.«
»Ihr Herz sprechen hören, Freund Pierrot!«
Dann schenkte sie in bereitstehende Kristallgläser Wein ein.
»Den Pierrot nur für mich zu haben – das war mein Wunsch.«
Gaspard nahm den ersten Schluck.
Aus Maries Augen schwand die Unschuld, das Geheimnisvolle blieb. Als sie sich erhob, überflutete Sinnlichkeit ihre Züge. Gaspard wollte sich dem entziehen, stand gleichfalls auf. Doch ihr magischer Blick hielt ihn fest. Und wie ein Windstoß flog sie an seine Brust.
Darum die vielen Entsagungen, Gaspard, darum so viele tote Tage,

daß dir einmal eine Fee mit Diamanten im Haar erscheint? Ihr reines Gesicht duftete, ihr Körper erblühte. Der brennende Kristallleuchter über ihrem Kopf begann sich zu drehen.
Heißer Atem verschmolz miteinander. Plötzlich faßte sich Gaspard mit bebenden Händen an die Stirn.
»Wie konnte das geschehen?« stammelte er. »Ich bin doch nur der Pierrot aus dem Funambules ...«
»Du bist der größte aller Pierrots«, flüsterte die Fee; die Wildheit schwand aus ihrem Gesicht, und sie fand zum Unschuldslächeln zurück.

Charles und Rosine übernachteten jetzt öfter bei den Nachbarn.
Der Vater war ihnen nicht weniger zugetan, brachte ihnen Geschenke mit, sang oft in ihrer Gegenwart, doch war er seltener zu Hause.
»Warum lacht Papa so oft?« fragte das Mädchen Monsieur Hector.
»Weil er glücklich ist.«
Und als Hector, in letzter Zeit schwächer und kränker geworden, sich eines Abends von Gaspard verabschiedete, sagte er:
»Du hast ein Gedicht gefunden. Lebe die Poesie!«
Doch Gaspard war mit sich unzufrieden. Bin ich nicht vom Weg abgekommen? Ich wollte doch das Leben, nicht die Poesie. Nicht nur Glanz und Duft, sondern auch die menschliche Seele, nicht Lust, sondern Freude. Ich wollte keine Fee, sondern eine Frau.
Er hatte bisher so wenig Trunkenheit durchlebt, daß er sie gegen seinen Willen annahm und voll auskostete, als wollte er sich einen Schatz an Erinnerungen schaffen.
Die erste Erinnerung wurde zur eindrucksvollsten, bleibendsten. In ihr tauchten weiße Musselinvorhänge auf, durchwirkt mit silbernen Rosen, ein Himmelbett aus Zitronenholz, Spitzen, Volants, ein großer weißer Teppich, einem beschneiten Rasen mit verstreuten Rosen gleich, eine hohe Wanduhr, deren Ticken die Stille unter-

strich. Und neben seinen Schultern atmete das schönste Geschöpf von Paris.

Gaspard berauschte sich an Luxus und Eitelkeit. Die Liebe hatte ihm lange nur Bitterkeit beschert; nun war er verwundert, wieviel Süße sie barg. Ihm war Glück zuteil geworden, doch nicht das für vier Sous. Ein Glück, um das ihn alle Herzöge von Paris beneideten. Werft nur eure hungrigen Blicke auf sie, wenn sie in der Oper erscheint und mit ihrer Schönheit alles in den Schatten stellt, was dort leuchtet und funkelt! Diese Schönheit gehört mir! Er war zum ersten Mal eingebildet. Ich bin es, der nach der Vorstellung mit ihr auf weißen Kissen vor dem rosa Kamin sitzt – an meiner Schulter ruht ihr Kopf im Schlaf –, und meine Stimme sagt ihr:

»Zum ersten Mal im Leben beginne ich an der Pantomime zu zweifeln. Mit Worten läßt sich so viel mehr an Gefühlen ausdrücken. Leider bin ich darin nicht geübt. Aber ich bin dem Leben dankbar für dich!«

Marie antwortete nicht. Sie verstummte oft gerade dann, wenn er von ihr eine Entgegnung erwartete. Und ihre Augen schweiften in die Ferne, über ihre Lippen huschte ein entrücktes Lächeln. Sie entzog sich ihm. Er mußte sie berühren, um sich zu überzeugen, daß sie nicht zugleich mit ihrer Seele davongeflogen war.

Ein andermal war sie wieder herzlich, lachte über seine Einfälle und Spiele, hörte aufmerksam zu, wenn er von seinem Wanderleben durch ganz Europa erzählte . . .

»Willst du auch etwas aus meiner Vergangenheit hören?« fragte sie.

»Die muß ich nicht kennen. Ich gebe mich mit dem Geheimnis zufrieden.«

»Vielleicht würde dich die Zukunft amüsieren?«

»Nein.« Gaspard zog die Hand zurück. »Laß mir den Glauben, daß manches Glück ewig währt.«

Wieder sagte sie nichts darauf. Sie hob nur die Hand und strich ihm übers Haar, doch ihre Lippen blieben verschlossen.

Warum sollte er die Zukunft herausfordern, da die Gegenwart so unglaublich war?

Wie herrlich war Paris in diesen Tagen! Die Bäume auf der Place d'Italie leuchteten in sattem Grün, der blaue Himmel wölbte sich fröhlich über die Place de la Bastille, in allen Fenstern spiegelte sich der Sonnenschein wider.

Der sonst stumme Pierrot hatte für jeden und jedes ein freundliches Wort.

»Guten Morgen, Paris!« rief er vom Montmartre der Stadt zu, wenn er die frische Luft atmen wollte, die ihm in den Straßen fehlte. »Gute Nacht, ihr Mühlen! Gute Nacht, ihr Cabarets, ihr Weingärten und Parks und all ihr schönen Ausblicke!«

Der Boulevard de Gand war entweder voller Staub oder voller Morast. Dabei war er einer der angenehmsten Plätze der Welt. Bei *Torton* wurde zu Mittag gegessen. Im »Café de Paris« gab es die beste Küche. Mindestens einmal wöchentlich trafen sich dort alle fröhlichen, trinkfreudigen Gefährten, unter denen sich Gaspard plötzlich wohlfühlte, weil ihr Humor und Witz zu seiner überschäumenden Stimmung paßte. Er mußte an nichts denken und konnte sich in den jüngsten Erinnerungen sonnen. Dort saß er mit Doktor Véron zusammen, der mit Rachel befreundet war, mit Eugène Sue, mit Roger de Beauvoir, der von sich sagte, er habe den Lorbeer des Dichters geopfert, um dafür die Rose eines Geliebten einzutauschen. Selbst wenn die Restaurants spät abends schlossen, fand sich immer noch jemand, der sagte: »Wollen Sie mich nicht nach Hause begleiten?« – und die Unterhaltung setzte sich beschwingt und freudig fort.

Gaspard Deburau sagte Nerval und Musset Valet. Er wollte fröhlichere Gesellschaft um sich haben. Roger de Beauvoir wurde sein bevorzugter Gefährte. Seine Bonmots machten im Café de Paris die Runde. Beauvoir hatte einmal ein Schreiben an Doktor Véron, der für seine Vorliebe großer Krawatten bekannt war, wie folgt adressiert: Monsieur Véron mit Krawatte, Paris. Als Balzacs »Père Goriot« erschien und Beauvoir darüber eine Rezension schrieb, beleidigte Balzac ihn in einer Polemik. Beauvoir schickte ihm zwei Sekundanten – einer davon war Deburau; es war Gaspards Verdienst, beide zu versöhnen, worauf Balzac einen vierzig Seiten langen Brief an Beauvoir schrieb. »Gute Nacht, Roger!« wünschte ihm einmal ein schönes Mädchen. »Das liegt ganz in Ihrer Macht«, entgegnete ihr Beauvoir darauf.

Deburau wurde zu Josephine Duplessis eingeladen und lernte dort auch die Rachel kennen, für deren Anerkennung Musset ebenso mutig hatte kämpfen müssen wie einst Janin für Deburau.

»Ich habe gehört«, berichtete Gaspard einmal Marie, »daß Véron sich polizeilich bestätigen läßt, wie sie sich verhält.«

»Der törichte Mensch! Rachel kann nicht treu sein. Sie gehört keinem. Sie liebt nur das Theater und den Ruhm.«

»Wie wenig doch alle haben«, meinte Gaspard, »nur treue oder ungetreue Geliebte. Ich hingegen habe eine Liebe, die mein Lebensatem ist.«

Und Maries Blick wanderte wieder einmal in die Ferne.

Gaspard war im Theater voller Energie. Nach Tagen der Verletzbarkeit und Gereiztheit folgten nun Augenblicke der Geselligkeit, des Verstehens, der Einsichten; für jeden fand er ein ermunterndes Wort. Er wollte so viel Glück wie möglich um sich sehen.

Nur Hector konnte er nicht mehr helfen. Gerade an dem Tag, an dem der arme Dichter zum Bibliothekar ernannt wurde, mußte Deburau ihn ins Krankenhaus bringen, abgemagert bis auf die Knochen.

»Tuberkulose«, murmelte der Arzt. »Bereits im fortgeschrittenen Stadium.«

Hector tat ihm leid. Wie viele arme Teufel in seiner Umgebung mochten einen so vergeblichen Kampf führen, fragte sich Gaspard. Seine Trauer verwandelte sich in Freude, als er abends zum Boulevard des Capucines eilte. Durch die Straßen verbreitete sich die Nachricht von der Aufdeckung einer neuerlichen Verschwörung gegen die Regierung. Die Schuldigen erwartete eine harte Strafe. Wohin läufst du in deiner Verzückung, Gaspard? Ist dein Abenteuer nicht nur der Wunsch nach Vergessen? Die Fragen nahmen zu. Die ersten Augenblicke waren betäubend. Wer in der Dunkelheit steht, ist leicht geblendet. Das erste Lächeln durchschaut man nicht. Aber das zehnte, hundertste? Beauvoir hatte sich einmal über Frauen geäußert, die zwar vom Geld ihrer Liebhaber leben, aber noch andere Männer brauchen, um ihrem Ruf größeren Glanz zu verleihen. Das mache sie, wie er meinte, den anderen Frauen überlegen. So sei nun mal die heutige Gesellschaft, war Rogers Rede, was man früher verbarg, das wird gezeigt, wofür man sich früher schämte, darauf ist man heute stolz.

Er läutete. Die Haushälterin verkündete ihm, Madame sei krank und könne ihn nicht empfangen. In den Fenstern des Salons sah er jedoch Licht. Würde er das Fenster einschlagen, könnte er vermutlich Lachen hören.

Ein anderer Mann hätte vielleicht monatelang eine solche Situation nicht für möglich gehalten. Pierrot aber war gewohnt, schnell zu denken und plötzliche Veränderungen kaltblütig anzunehmen. Er stand am Scheideweg. Sollte er den Eingang erzwingen und einen Skandal machen? Oder zu seinen Kindern gehen und über die Enttäuschung klagen?

Er wanderte am Ufer entlang, sein sarkastisches Lächeln gehörte jetzt nur ihm allein. Er dachte an die schöne Marie. Sie hatte ihm gegeben, was sie geben konnte, und sich genommen, was sie wollte. Der Pierrot aus dem Funambules war ihr Liebhaber gewesen, man mußte es für eine wertvolle Beute halten, da niemand wußte, wie wehrlos und aufrichtig er in dieses Spiel hineingezogen worden war.

Er dachte nicht nur an Marie. Er wollte sich in Erinnerung rufen, welcher Gedanke sein letzter war, ehe er sich von dem Schaumgebilde aus Silber und schwerem Duft, aus Kristall und Musselin hatte betören lassen. Nein, meine Welt des Boulevards habe ich nicht verraten. Das Theater habe ich nicht betrogen. Meinen Kindern bin ich treu geblieben. Und dennoch hatte ich, als ich allein blieb, aufrichtiger zu mir selbst war als früher, einen ganz klaren Gedanken. Wo ist er geblieben? Wem habe ich Unrecht getan?

Eine Woche lang wagte er es nicht, an die vertraute Tür zu klopfen. Als er sich dann doch entschloß, hinzugehen, sah er neben dem Trottoir eine elegante, blaue Kutsche stehen, in der Marie mit einem unbekannten jungen Mann saß. Als sie Gaspard erblickte, beugte sie sich aus dem Wagenfenster.

»Wohin gehen Sie, mein Freund?«

»Zu Bekannten«, erwiderte Gaspard und trat näher an den Wagenschlag. Der schwarzhaarige junge Mann neben ihr wandte sich ab.

»Wie geht es Ihren Kindern? Sind sie gesund?« erkundigte sich Marie liebevoll. Eine Frage, die auch der Mann im Wagen hören durfte. Gaspard blickte in Maries schöne, sprechende Augen, die nun ihr Geheimnis lüfteten und an ihn die Bitte richteten: Freund Pierrot, begreife und geh . . .

»Rosine ist die Beste der ganzen Schule«, entgegnete Pierrot also, »und Charles war gestern zum ersten Mal im Theater.«

»Das war gewiß ein großes Erlebnis für ihn«, sagte Marie lächelnd. »Bitte, bringen Sie ihm dieses Spielzeug von mir!«

Und sie reichte ihm eine wunderschöne Marionette, die innen an der Wagentür befestigt war. »Du erlaubst?« wandte sie sich an den Mann im Wagen. Der junge Mann küßte ihr die Hand. »Fahren Sie!« rief Marie dem Kutscher zu.

Gaspard blieb allein auf dem Gehsteig zurück. Er sah dem abfahrenden Wagen nach. Marie winkte mit einer vagen Geste, die eher so aussah, als werfe sie etwas weg, als daß sie sich verabschiedete . . .

Gaspard kehrte um, lächelnd, als hätte er sich bei einem Versehen ertappt und als freue ihn das. Falls Pierrot auflachen könnte, er hätte es jetzt getan. Doch ohne Vorwurf. Vielleicht hatte er unbedingt auch dieses unechte Juwel gebraucht, um nichts bereuen zu müssen.
Langsam ging er durch den Oktoberabend und den Nebel. Die hereinbrechende Dunkelheit ließ eine Reihe Gaslaternen aufleuchten.
Da entsann er sich, daß er von Hector eine Nachricht erhalten hatte. »Ich bin sehr schwach und habe diesen Brief zehnmal begonnen, ehe es mir gelang, ihn zu beenden ... «
Eilig machte er sich auf den Weg zum Krankenhaus.
»Er liegt in Agonie«, beschied ihn der Arzt.
»Ich höre dich, aber ich sehe dich nicht«, flüsterte Hector.
Tags darauf traf er an dem Lager des toten Freundes den Bildhauer David d'Angers, der gekommen war, um sein Porträt in ein Medaillon für die arme Mutter zu zeichnen. Das Bändchen »Gaspards Nächte« war gerade erschienen. Doch Hector Bertrand bekam es nicht mehr zu sehen.
Mit dem Bildhauer gab Gaspard dem Toten das letzte Geleit.

Ein Verbrechen

Durch die Kriminalstücke, die in einigen Theatern aufgeführt wurden, hatte der Boulevard du Temple längst den Beinamen »Boulevard des Verbrechens« erhalten. Die Juli-Parade im Jahr 1835 gab dieser Bezeichnung den wahren Inhalt.
Seit dem Morgen versammelten und formierten sich hier die Truppen der Nationalgarde. Kurz zuvor war rasch der größte Teil der Straße gepflastert worden, vor den Theatern hatte man Geländer aufgestellt, die fahrenden Händler prunkten mit neuen roten Schirmen. Man feierte den fünften Jahrestag der letzten Revolution.

König Louis Philippe begab sich aus diesem Anlaß mit dem Offizierskorps und dem Hofstaat zu einer Truppenparade aller Pariser Garnisonen, die an den Boulevards Aufstellung genommen hatten.
Die 6. Legion der Nationalgarde, deren Mitglied auch Gaspard Deburau geworden war, wie andere seriöse Kollegen aus den kleinen Theatern, formierte sich vor dem »Türkischen Café«, das mit den Angehörigen der Garde voll besetzt war. Gaspard hatte seine Kinder ebenfalls dorthin gebracht.
»So groß sind sie schon?« fragte eine bekannte Stimme.
Margot mit ihrer Freundin und einigen anderen Frauen saßen an einem der Tische.
Gaspard schämte sich vor ihrem offenen Blick. Wußte sie von seinem selbstgefälligen Abenteuer, von seinem Eigendünkel und seinem Fall? Sicher wußte sie es. Doch ihre braunen Augen sahen ihn ruhig und freundschaftlich an.
»Ich suche unsere Platzanweiserin, ich wollte ihr die Kinder anvertrauen«, sagte er.
»Ich werde auf sie aufpassen«, erbot sich Margot und nahm Charles und Rosine an die Hand. »Habt ihr Durst, Kinder? Von hier werdet ihr alles gut sehen können. Und Charles hat hier einen Gefährten. Wo ist Jacques?«
»Ich danke dir!« Gaspard lächelte sie an. »Ich komme die Kinder dann wieder abholen. Jetzt ist es fünf Jahre her, erinnerst du dich?«
»Wer könnte das vergessen«, sagte Margot leise.
Aus der Ferne dröhnte Trommelwirbel, Gaspard eilte an seinen Platz.
Der König und sein Gefolge näherten sich.
Die Gardisten nahmen Haltung an. Da sie unter sich waren, fiel da und dort eine Bemerkung über den König und sein Gefolge.
»Diese Marschall-Uniform würde gut zu uns ins Theater passen!«
»Still, sonst hört man euch!«
Die offene Karosse des Königs rollte langsam vorbei, er bedachte

die Nationalgardisten in der ersten Reihe mit wohlwollenden Blikken, doch seinem Gesicht konnte man heimliche Angst ablesen. Gerade als er mit seinem Gefolge das Türkische Café passierte, hob er die Hand zum Gruß.

In diesem Augenblick sahen sowohl die Gardisten als auch die Menschen hinter ihnen im Café, wie es direkt gegenüber in den Fenstern des dritten Stockwerks eines alten Hauses hell aufblitzte. Ohrenbetäubende Schüsse peitschten in schneller Folge in den Zug und in die Menschenmenge, Schreckens- und Schmerzensschreie gellten durch die Straße, getroffene Pferde wieherten kläglich, und als sich der Pulverdampf verzogen hatte, sah man verwundete Offiziere, Soldaten, Frauen und Kinder in ihrem Blut liegen. Marschall Mortier, General Lachasse und mit ihnen zehn Offiziere und zwanzig Soldaten starben auf dem Pflaster. Die Gardisten waren sofort aus der Formation gelaufen und trugen Dutzende Verwundeter in das Café, das man eilig in ein Lazarett verwandelte. Der König, zu Tode erschrocken und bleich, war sofort auf den Boden der Karosse gerutscht. Ihm, dem das Attentat gegolten hatte, war nichts geschehen, nur sein Hut war an zwei Stellen durchlöchert.

Das Wehklagen hallte über den ganzen Boulevard, von allen Seiten liefen die Menschen zusammen, drängten sich um die Blutlachen, suchten nach Angehörigen, Freunden, riefen um Hilfe. Während der Rest der königlichen Suite davonjagte, drangen Polizisten und Soldaten in das Haus ein, das neben dem Café »Die Tausend Säulen« lag. Sie fanden eine Art »Höllenmaschine«, bestehend aus fünfundzwanzig gebündelten geladenen Gewehren, Lunte und Schießpulver. Kurz darauf ergriffen sie den Attentäter, den Korsen Fieschi.

Ein Kaufmann namens Morey hatte ihm bei der Konstruktion geholfen und heimlich vier Gewehrläufe beschädigt in der Absicht, Fieschi bei dem Attentat umkommen zu lassen, damit er niemanden verraten könne. Dieser Plan war fehlgeschlagen. Fieschi verriet auch den dritten Helfer, den Fuhrmann Pepin, den alle vor

Eintreffen des Königs im Schritt vor dem Café hatten vorbeireiten gesehen; nach diesem Mann hoch zu Roß hatte Fieschi seine Gewehrläufe ausgerichtet.
Fast alle Gardisten hatten ihre Familien auf der Terrasse des »Türkischen Cafés« plaziert. In den Schreien, die nach den Detonationen ertönten, meinten sie Hilferufe und Stöhnen ihrer Angehörigen zu vernehmen. Voller Entsetzen bahnten sie sich eine Gasse zum Café, um sich Gewißheit zu verschaffen.
Auch Deburau drängte sich durch die Menge zum Café. Niemand wußte, ob das Morden schon ein Ende hatte.
»Gaspard!« hörte er erregt rufen.
Hinter einem umgestürzten Tisch kauerten die Frauen. Margot hielt beide Kinder schützend an sich gedrückt.
»Ist euch nichts geschehen?«
Die Frauen waren bleich, verängstigt.
»Wer hat geschossen? Ein Attentat? Gibt es Tote? Lebt der König?« fragten sie durcheinander.
Deburau setzte sich zu ihnen auf den Fußboden, glücklich, daß den Kindern nichts geschehen war. Doch kaum hatte er ein wenig Atem geschöpft, erhob er sich wieder.
»Es ist alles vorbei. Wir müssen den Verwundeten helfen.«
»Und die Kinder?«
»Bleibst du noch hier bei ihnen? Das wäre am sichersten.«
Rasch herbeigeholte Ärzte leisteten den Verwundeten Erste Hilfe. Durch den überfüllten Saal des Cafés klang Gejammer und Fluchen. Auf Militärfahrzeugen wurden die Toten weggebracht. Nur die dunkelroten Flecken auf dem Pflaster erinnerten daran, was sich auf dem Boulevard des Verbrechens abgespielt hatte.
»Was hat das für einen Sinn?« Laplace hob erregt die geballte Faust. »Kannst du mir sagen, was das für einen Sinn hat? Sie haben dreißig Soldaten und fünf Frauen getötet, Kinder verwundet. Holt der Teufel deswegen die Monarchie?«
»Er hat wohl schlecht gezielt.«

»Selbst wenn es den König getroffen hätte – glaubst du, sie kämen nicht gleich mit einem anderen daher?«

»Vielleicht schüchtert das zumindest den Hof ein, meinst du nicht?«

Als Gaspard auf die Terrasse zurückkehrte, hörte er, wie Margot den erschreckten Kindern heitere Geschichten erzählte. Er blieb eine Weile abseits stehen und beobachtete sie. Margot verhielt sich ein wenig scheu ihm gegenüber, doch war die Art, in der sie mit ihm sprach, herzlich und freundschaftlich.

Ihre Freundin machte sich mit dem kleinen Jacques auf den Weg. Der Junge winkte seinem Pierrot nach.

Das erinnerte ihn an die Botschaft, die er ihm eines Tages überbracht hatte. Damals wollte er ihn noch nach Margot fragen, doch war dazu keine Zeit mehr geblieben, und kurz darauf verschlang ihn ein wahnwitziger Wirbel von Spitzen und Silber. Sein Blick wanderte zurück zu dem brünetten Gesicht Margots, zu ihrer Stirn, einigen Falten, zu ihrem festen und fröhlichen Mund.

Er trat zu den Kindern.

»Kommt, wir gehen nach Hause«, forderte er sie auf.

Margot entließ Rosine aus der Umarmung. Lächelnd sah sie Gaspard an, als wollte sie ihm dafür danken, daß er ihr die Kinder anvertraut hatte.

Die Kinder griffen nach der Hand des Vaters. Unentschlossen blieb er stehen.

»Ein Glück, daß ihnen nichts geschehen ist«, sagte Margot verlegen.

Immer noch rührte er sich nicht vom Fleck, von seinem Gesicht waren die Erinnerungen, Vorwürfe, Schuldgefühle abzulesen. Damals, beim ersten Mal, sagten seine Augen, waren wir beide jung, verstanden es nicht, Verlangen und Leben auseinanderzuhalten. Wir schämten uns voreinander. Vielleicht hat uns das besser gemacht. Schade, daß unsere erste Begegnung nicht später erfolgte.

Margot blickte in sein ausdrucksvolles Gesicht, in die ernst gewordenen Augen.
Doch nein, sagte das Gesicht, es ist noch nicht zu spät. Gewiß sind wir ähnliche Wege gegangen, da wir uns eines Julitags Seite an Seite wiederfanden. Und in seinen Augen spiegelte sich der heiße Tag wider, an dem es um Leben und Tod ging; sie verdunkelten sich in der Erinnerung an die Nacht, als sie mit den anderen Aufständischen nebeneinander auf dem Pflaster lagen, und ihm schien, als habe er sich nie jemandem so nahe gefühlt.
Auch Margot erinnerte sich in diesem Augenblick daran.
Du warst mir seither immer nahe, sagten die bitteren Fältchen um seinen Mund, aber ich kannte den Weg zu dir nicht. Ich hätte es nicht über mich gebracht, den eigenen Wünschen zu folgen und dabei anderen Schmerz zuzufügen. Dann wurde der Weg frei, ich schritt aus, und eine Zeitlang blendete mich ein Glück, das ich bis dahin nicht kennengelernt hatte.
Margot wußte, woran er dachte.
Das ist meine Schuld, bekannten die tiefer gewordenen Falten auf seiner Stirn. Ich hatte mich verirrt. Ich habe mich versündigt. Nur – und seine Augen leuchteten wieder auf – habe ich das damals noch nicht so sicher gewußt. Ich berauschte mich an der neuen Freiheit und wußte nicht, wie schön es ist, in der Frau einen echten Freund zu haben. Das begriff ich erst später.
Margot wartete.
Und Gaspards Gesicht sagte: Ich kann dich nicht einfach verlassen. Der Juli verbindet uns. Bleiben wir zusammen!
Margot verstand, aber sie sagte leise:
»Du mußt es aussprechen, Gaspard.«
»Komm mit uns, Margot«, sagte Gaspard ebenso leise. »Wir sind so allein!«
Margots Augen leuchteten auf. »Meinst du, das ist möglich?«
»Manchmal finden Menschen erst spät zueinander. Aber wenn wir es uns sehr wünschen, werden wir vielleicht sogar glücklich.«

Sie waren nicht mehr jung und in keiner gehobenen Stimmung. Auf beiden lasteten Müdigkeit und Resignation.
Und doch spürten sie in dem Wind, der ihnen entgegenwehte, die Verheißung eines bescheidenen Glücks.
Sie gingen los, die neugierigen und überraschten Kinder zwischen sich, und beschleunigten ihre Schritte, um das restliche Leben einzufangen.

Ein Unglücksfall

Margot war zu Gaspard gezogen. Sie trug die Spuren ihrer zweifelhaften Vergangenheit in sich und wußte das. Deshalb bemühte sich Gaspard so nachdrücklich um seine Scheidung und die neuerliche Heirat. Deshalb machte Margot ihm niemals Vorwürfe, wenn Bemerkungen über sein Leben mit Désirée fielen; sie wußte, daß sich zwei Schiffbrüchige gefunden hatten, doch in ihrer Güte und Tapferkeit bemühte sie sich darum, daß sie auf ihrer Insel glücklich wurden. Anfangs mußte sie das Mißtrauen des kleinen Charles hinnehmen und zu überwinden versuchen, doch Rosine schloß sie gleich ins Herz. Margot verscheuchte die Schatten durch Fröhlichkeit, sie war fest entschlossen, das Leben, das so spät begann, festzuhalten. Eines Tages stellte sie fest, daß sie mit Gaspard ein Kind haben würde.
Gaspard war erfüllt von stillem Glück. Er wurde vierzig, fühlte sich noch nicht alt. Margot war schön. Sein Herz hatte Liebe und Freundschaft gefunden. Seine Dankbarkeit ließ ihn zu jedermann freundlich sein, und ständig war er von dem Wunsch beseelt, seinem Publikum noch mehr zu geben. Obwohl ihm so viele bedeutende Männer und Frauen versichert hatten, wie vollkommen sein Spiel sei, arbeitete er weiter an sich, probierte zu Hause vor dem Spiegel Gesten, die seinen mimischen Ausdruck ergänzen sollten.
»Glaub ja nicht, daß ich mir gefalle«, sagt er in den Spiegel lächelnd

zu Margot. »Kinder müssen auch lange üben, ehe sie eine ausgeschriebene Schrift bekommen. Und ich muß mit dem Gesicht Gefühle und Gedanken schreiben.«
Neben Margot beobachtete ihn oft auch der kleine Charles, und manchmal erwischten sie ihn dabei, wie er die Mimik des Vaters nachmachte.
»Aus ihm wird sicher auch ein Schauspieler«, meinte Margot.
»Das würde ich ihm nicht wünschen. Es ist ein mühseliger Weg. Es gibt doch so viele Handwerksberufe ...«
»Was für ein Handwerk suchst du für mich aus?« wollte Charles wissen.
»Das hat noch Zeit.«
»Schauspielerei ist doch auch ein Handwerk, nicht wahr?« fragte der Junge trotzig.
»Ja, aber es besteht ein großer Unterschied zwischen Handwerk und Kunst. In der Kunst darf das Handwerk nicht mehr zu sehen sein.«
»Und was braucht man, um Künstler zu werden? Was ist das Wichtigste?«
»Das Wichtigste?« wiederholte Deburau, die Frage überdenkend. »Vielleicht – daß man die Menschen und die Kunst wirklich liebt.«
Charles' Fragen mehrten sich. Margot mußte ihm ein kleines Pierrot-Hemd nähen.
»Du solltest diese törichten Einfälle nicht unterstützen.«
»Es sind doch nur Kinderspiele. Er hat solche Freude daran.«
Doch Charles überraschte manchmal mit Fragen, über die der Vater erst nachdenken mußte.
»Papa, wo ist im Gesicht die Güte?«
»In den Augen, Junge, in den Wangen und auf den Lippen.«
»Und Klugheit?«
»Auf der Stirn und in den Augenbrauen.«

Manchmal machte Deburau sonntags nach der Nachmittagsvorstellung mit seiner Frau und den Kindern einen Spaziergang an den Stadtrand von Paris, dann und wann aßen sie in einem kleinen Restaurant zu Abend, und Margot begleitete ihn dann mit den Kindern wieder ins Theater.

Auch am 18. April des Jahres 1836 warteten sie auf ihn. Als er aus dem Theater kam, umringten ihn dankbare Zuschauer mit den gewohnten Zurufen, und eine Schar junger Burschen begleitete ihn noch ein Stück. Deburau war klar, daß er ihre Neugier ertragen mußte, darum antwortete er geduldig und wandte sich erst am Quai Valmy an sie, um ihnen herzlich zu danken.

»Auf Wiedersehen, Freunde!«

Die Familie blieb diesmal jedoch nicht allein. Ein übermütiger Handwerksgeselle, von seinem Meister und dessen Frau noch angestachelt, lief weiter hinter den Deburaus her und ließ sich nicht abweisen. Er wollte sich vor seinem Arbeitgeber aufspielen, den das amüsierte, legte die Hände an den Mund, um gut gehört zu werden, und rief:

»Seht mal, das ist dieser erbärmliche Seiltänzer Pierrot! Schaut ihn nur an, wie er sich mit seiner Margot aufbläst!«

»Er kennt mich«, sagte Margot ängstlich.

»Fürchte dich nicht!« beruhigte sie Gaspard, nahm die Kinder an der Hand und wechselte die Richtung.

Sie wollten dem Geschrei entfliehen, das ihnen aus der Ferne nachhallte.

»Jetzt rasch nach Hause!« drängte Margot. »Ich werde nicht mehr mit dir spazierengehen.«

Auch Deburau war erregt, doch beherrschte er sich und wollte Margot und die Kinder, die sich erschrocken umgedreht hatten, besänftigen.

Sie kehrten in einem Café ein, um sich zu erfrischen, setzten dann ihren Spaziergang fort und gelangten in die Rue de Bagnolet.

Es zeigte sich jedoch, daß ihnen die Radaubrüder gefolgt waren,

gewiß in der Absicht, sich erneut mit ihnen anzulegen. Denn nach zwei Stunden, am Ende des Spaziergangs, tauchten sie wieder hinter ihnen auf.
»Da habt ihr diesen Possenreißer!« brüllte der betrunkene Bursche aus voller Kehle. »Wer ihn nicht kennt, soll herschaun! Da führt dieser miserable Spaßmacher seine Hure Margot spazieren! Schaut nur her, bald wird er mit ihr einen Harlekin-Bankert haben!«
Gaspard schaute seine bleich gewordene Frau von der Seite an, gab jedoch vor, nichts gehört zu haben.
Der kleine Charles blieb stehen:
»Papa, hier ist wieder der Kerl, der dich beschimpft!«
Gaspard schubste seinen Sohn und bedeutete ihm, den Mund zu halten. Das Geschrei hörte jedoch nicht auf, so daß die Leute sich umzudrehen begannen und näherkamen. Da wandte Deburau sich um und sagte mit ausdrucksvollem Gesicht: »Ich bitte Sie, lassen Sie uns in Ruhe!«
»Trag deine Nase nur nicht so hoch!« keifte der Bursche. »Worauf bist du stolz? Doch nicht etwa auf deine . . .«
Da trat Deburau an ihn heran und fragte leise:
»Was wollen Sie von mir? Habe ich Ihnen etwas getan?«
»Verzieh dich!« gab der Bursche barsch zurück. »Ich pfeif auf dich und deine Hure!«
Alle Umstehenden hatten das mitgehört. Einige lachten. Gaspard war tief verletzt und wußte sich keinen Rat.
Drohend hob er seinen Stock, den er in der Mitte hielt. Der Bursche schien zu erschrecken und wegzugehen. Doch sein Meister, nicht weniger betrunken, hetzte ihn auf. Da stürzte sich der Bursche mit geballten Fäusten auf Gaspard. Der holte mit dem Stock aus. Als Margot das sah, sprang sie zu ihm und hängte sich an seinen Hals. Dennoch sauste der Stock herunter.
Der Bursche stürzte zu Boden. Dann erhob er sich wieder, machte einige schwankende Schritte, stützte sich an eine Mauer, rutschte wieder auf den Gehsteig und fiel auf einen Steinhaufen.

Die Leute, die die Szene beobachtet hatten, umringten ihn. Sie riefen nach einem Arzt.
Deburau ging niedergeschlagen weg. Margot stützte ihn. Sie trösteten sich gegenseitig, daß diesem Unglücksmenschen nichts passiert war.
Gaspard vergegenwärtigte sich immer wieder die Szene. Er machte sich Vorwürfe, nicht auf Margot gehört zu haben, bezichtigte sich der Unbeherrschtheit, versicherte sich, ohne böse Absicht gehandelt zu haben.
Er meldete sich umgehend beim Kommissar seines Bezirks.
Gaspard hatte eine schlimme Nacht.
Am nächsten Tag erfuhr er, daß der Handwerksbursche Viélin den Kopfverletzungen erlegen war. Am Nachmittag kamen Polizisten in Deburaus Wohnung und legten ihm den Haftbefehl des Untersuchungsrichters Jourdain vor. Sie durchsuchten die Wohnung und beschlagnahmten den Stock.
Gaspard verließ sein Heim, niedergeschlagen wie nie zuvor. Er hatte sich eine schreckliche Tat zuschulden kommen lassen. Was erwartete ihn? Was erwartete ihn gerade in dem Augenblick, da er von neuem zu leben begonnen hatte, da seine Kunst den Menschen so viel geben konnte, da ihn die Kinder brauchten und da bald ein weiteres Kind zur Welt kommen sollte? War dies das Ende?
Die Nacht verbrachte Gaspard bereits im Gefängnis.

Niemand wollte der Nachricht in den Zeitungen Glauben schenken. Der liebe, gutmütige Pierrot ein Mörder? Er, der allen nur Fröhlichkeit, Lachen und gute Laune schenkte, sollte jemanden erschlagen haben?
Doch die Einzelheiten bestätigten die Tat.
Der Boulevard schied sich in pro und contra.
Die Neider schmiedeten das glühende Eisen und wollten den bösen Zufall in einem anderen Licht sehen. Sie schmähten ihn, sprachen von seinem Jähzorn, seiner Empfindlichkeit, seinem

schlechten Charakter. Hatte er einen Menschen erschlagen, so gewiß aus gekränkter Eitelkeit, aus Rachsucht. Andere verteidigten ihn tapfer: Musset, Gautier, George Sand. Der Verleger Bourdin gab schnell eine Neuauflage der Kurzbiographie Deburaus zu vier Sous heraus und verkaufte sie auch sofort. Deburaus Unglück wurde überdies Anlaß zu literarischen Kontroversen; man fiel über Janin her, er habe einen Ausländer mit Lob überhäuft, dem Schauspieler warf man vor, sich als Franzose auszugeben. Janin verteidigte Deburau und sich selbst.

Das Theater trauerte. Vergeblich schickte Monsieur Cot d'Ordan seine Freundin zu Minister Thiers. Diesmal war die Angelegenheit ernster, der Gerechtigkeit mußte Genüge getan werden.

Bertrand hatte die Rolle des Pierrot versuchsweise Henri anvertraut, einem Leichenbestatter, der sich danach sehnte, die vielen Tränen, denen er tagsüber ausgesetzt war, abends durch Heiterkeit auszugleichen. Nach ihm probierte Bertrand es mit den besten und beliebtesten Komikern, doch das Publikum blieb aus.

Gaspard war im Gefängnis von tiefer Trauer erfüllt.

»Ich hatte nicht die geringste Ahnung, daß ich ihn verletzte«, wiederholte er vor dem Richter fast weinend. »Ich habe niemals jemandem absichtlich wehgetan. Hätte ich gewußt, wie das ausgeht, hätte ich mich lieber schlagen lassen. Ich schwang den Stock aufs Geratewohl und traf ihn unbeabsichtigt.«

»Darüber wird das Gericht entscheiden.«

»Ich weiß, Herr Richter. Aber ich selbst kann mir das nie verzeihen. Dieser Bursche hatte gewiß Eltern, eine Geliebte ... Das ganze Leben lang werden sie mich verfluchen!«

»Er hatte niemanden, und er war schon ein paarmal wegen Diebstahl hinter Gittern.«

»Das macht mir nichts aus, aber es freut mich, daß er allein war und meine Schuld nicht durch fremde Trauer noch größer wird. Es klebt doch Blut an meinen Händen – und für jemanden, der die Menschen mag, ist das ein schreckliches Gefühl.«

»Sie haben unbesonnen gehandelt.«

Deburau, in diesen wenigen Tagen um zehn Jahre gealtert, senkte den Kopf.

Margot konnte ihn nicht besuchen. Die Aufregungen hatten zu einer Frühgeburt geführt, es war ein Mädchen – Magdalène. Gaspards Schauspielerkollegen überbrachten ihm die Nachricht, doch verheimlichten sie ihm, wie kränklich das Mädchen war.

»Wie leben sie? Hungern sie nicht?« sorgte sich Gaspard; er wußte, daß Bertrand Schauspielern keine Gage zahlte, wenn sie nicht spielten.

»Hab keine Angst! Wir helfen ihnen!«

»Wird im Funambules gespielt?«

»Es wird gespielt.«

»Ohne mich? Wer spielt den Pierrot?«

»Zuletzt Clément.«

»Wie oft habe ich Bertrand gesagt, daß er kein Pierrot ist!«

»Sorg dich nicht!« munterten ihn seine Freunde auf. »Das Theater ist sowieso leer. Sie warten auf dich.«

»Auf mich? Du lieber Himmel, wann wird das sein?«

Traurig nahm er von den Kollegen Abschied. Die Tage in der Zelle schleppten sich langsam dahin, während vor den Gefängnismauern das Leben pulsierte, Kinder lachten, Theater gespielt wurde. Ihn, ausgerechnet ihn, hatte ein solches Unglück treffen müssen! Woche um Woche verstrich. Die Untersuchungshaft dauerte bereits einen Monat. Paris ging dem Sommer entgegen.

Endlich nahte der Tag der Gerichtsverhandlung.

Auch der Staatsanwalt glaubte nicht, daß Deburau die Tat absichtlich begangen hatte. Doch nach Paragraph 309 des Strafgesetzbuches standen selbst auf fahrlässiger Tötung zwanzig Jahre Zwangsarbeit, und selbst unter Berücksichtigung mildernder Umstände mindestens zwei Jahre Gefängnis.

Der »Gerichtsanzeiger« brachte am 22. Mai einen interessanten Artikel vom Beginn der Verhandlung.

»Deburau wird hereingeführt; er geht unsicheren Schritts. Er scheint ergriffen. Ja, in der Tat, er hat Tränen in den Augen. Das allein hätte ihm gewiß die Zuneigung des Publikums eingebracht, wenn er sie nicht längst besäße. Er sieht zuerst erstaunt auf das elegante Publikum im Gerichtssaal, wo sich, ohne Rücksicht auf ihre neuen Toiletten, vornehme Damen drängen. Aber das ist nicht die Welt, die Deburau sucht. Weiter schweift sein Blick in die Tiefe des Gerichtssaals. Dort sitzt sein wahres Publikum, in Westen, hochgekrempelten Hemdsärmeln – das Vier-Sous-Publikum, das heute ausnahmsweise nicht bezahlen mußte. Seht nur, was für Blicke sie tauschen, diese Menschen und ihr Bajazzo! Achtet darauf, welche Freude sich plötzlich auf den schmutzigen und dennoch strahlenden Gesichtern, auf dem blassen und traurigen Gesicht des unglücklichen Tschechen widerspiegelt!«
Der Berichterstatter mußte scharfe Augen gehabt haben. Er erinnerte an Janin und fügte die Meinung eines bekannten Malers hinzu, der sich angeblich einmal so geäußert hatte:
»Die Tänzerinnen der Oper führen das Gebärdenspiel in der Sprache der großen Welt auf, eine flache, farblose Sprache; doch Deburau spielt seine Pantomime in einer volksnahen Sprache.«
Die »Pantomime im Jargon« erkläre nach seiner Meinung den magischen Einfluß dieses Schauspielers auf das Publikum in Lumpen. Und er schrieb weiter:
»Noch etwas anderes brachte heute diese Versammlung in den Gerichtssaal. Das Publikum kennt Pierrot aus dem Funambules, doch es kennt Deburau nicht. Es hat bisher die wahren Gesichtszüge seines teuren Spaßmachers nie anders als hinter der weiß geschminkten Maske gesehen, ohne die er sich bisher nie auf der Bühne gezeigt hat. Nie hat es ihn reden gehört! Es kennt seine ausdrucksvollen, witzigen und drolligen Gesten, den immer wieder sich verwandelnden Gesichtsausdruck, doch seine Stimme hat es nie zu hören bekommen. Begreifen Sie nun diese Neugier, dieses Interesse?

Nun, wir, die das Glück haben, diesen großen Künstler aus der Nähe zu sehen, können Ihnen verraten, daß er kastanienbraunes Haar hat, daß sein Aussehen freundlich und bescheiden ist, seine Bewegungen beherrscht. Er scheint jünger, als er in Wirklichkeit ist, er trägt einen dunklen Anzug wie Sie und ich. Und ich kann Ihnen gleichfalls versichern, daß er spricht wie andere Leute auch, da ich gerade vor wenigen Augenblicken ihn deutlich einige Worte zu seinem Verteidiger habe sagen hören. Doch still! – Die Gerichtsverhandlung beginnt!«

Im Saal herrschte tatsächlich die Atmosphäre einer Premiere. Doch Gaspard hatte diesmal eine schwere und traurige Rolle zu spielen.
Unter den Anwesenden herrschte Ungewißheit, wie dieses Stück ausgehen würde.
»Er muß verurteilt werden, er hat doch einen Tod verschuldet«, meinten die einen.
»Nein, er hat in Notwehr gehandelt«, beteuerten andere.
Der Vorsitzende begann mit seinem Verhör.
»Angeklagter, wie heißen Sie?«
»Jean Baptiste Gaspard Deburau.«
»Wo sind Sie geboren?«
»In Nové Kolín, Böhmen.«
»Wie alt sind Sie?«
»Ich werde vierzig.«
»Sie sind im Ausland geboren. Wie lange leben Sie schon in Frankreich?«
»Ich war acht, als ich Böhmen verließ. In Frankreich lebe ich seit zweiunddreißig Jahren.«
»Was sind Sie von Beruf?«
»Bühnendarsteller.«
»Erzählen Sie uns, wie sich die Szene am 18. April abgespielt hat!«

Deburau, der öfter eine Pause machte, beschrieb die unglückliche Exkursion, die Beschimpfungen des jungen Burschen, den Zusammenstoß mit ihm. Er stellte nichts in Abrede, wiederholte nur, daß er den jungen Viélin nicht verletzen wollte.

Der Vorsitzende verfügte die Anhörung der Zeugen.

Zuerst trat das Ehepaar Léger, das Viélin begleitet hatte, in den Zeugenstand.

Und der Zeuge Marolis, der den Auftritt aus der Nähe miterlebt hatte, sagte aus:

»Als das Unglück geschehen war, habe ich Monsieur Léger vorgehalten, warum er seinem Angestellten erlaubt hat, den Angeklagten so zu beleidigen. Monsieur Léger sagte mir darauf, er habe es ihm verboten. Doch der Angeklagte erklärte sofort, dies sei nicht wahr, Monsieur Léger habe im Gegenteil die ganze Zeit seinen Gesellen aufgestachelt. Dazu hat Léger dann geschwiegen.«

Der Staatsanwalt protestierte, aus diesem Sachverhalt Folgerungen zu ziehen, doch der Vorsitzende versicherte, seine Pflichten zu kennen.

In ähnlicher Weise sagten alle übrigen Zeugen aus.

»Ich habe Monsieur Léger noch an Ort und Stelle gesagt, daß er ein Lump ist und das Unglück verschuldet hat«, gab Monsieur Scartelet, ein anderer Tatzeuge, zu Protokoll. »Und ich habe Monsieur Deburau gleich meine Adresse gegeben, falls er uns brauchen sollte. Ich sagte zu ihm: Sie haben Glück, daß wir dabei waren und die Wahrheit bezeugen können. Doch er antwortete mir: Es ist ein Glück und zugleich ein Unglück. Wäre ich hier allein gewesen, hätte ich die Beleidigungen weiter hingenommen. Aber vor so vielen Leuten mußte ich mich gegen diese demütigenden Beschimpfungen wehren, deshalb blieb ich stehen.«

Diese einfache Zeugenaussage machte auf alle tiefen Eindruck.

Direktor Bertrand, den man vorgeladen hatte, um sich über den Charakter des Angeklagten zu äußern, berichtete von seiner Friedfertigkeit und Liebenswürdigkeit.

Monsieur Dessmousseaux, ein Beamter des Kriegsministeriums, der im selben Haus wohnte wie Deburau, gab zu Protokoll, daß die ganze Umgebung an seine Unschuld glaube, und daß man, als sich die traurige Nachricht verbreitete, den Eindruck gewann, jede Familie habe einen schweren Verlust erlitten.
Der Polizeikommissar Haymont bezeugte, er kenne den Angeklagten seit zehn Jahren und habe immer seine Menschlichkeit und Güte hoch geschätzt.
Staatsanwalt Tardif wiederholte die Anklage.
Deburaus Verteidiger war der Advokat Delangle, der später zum Justizminister ernannt wurde.
»Beinahe könnte man an Schicksal glauben«, führte er aus. »Deburau, der Grundpfeiler des Theaters Funambules, spielt jeden Sonntag. Nachmittags bekam er frei, sozusagen zum ersten Mal seit seiner Verheiratung. Und Sie wissen, was geschehen ist.«
Er betonte, mit was für unflätigen Beleidigungen der unglückliche Viélin den Angeklagten gereizt und beleidigt hatte, und durch welch verhängnisvolle Umstände es zu jenem Unfall gekommen war.
»Jedermann lobt hier Deburaus Charakter. Er ist ein guter Ehemann, ein vorbildlicher Vater, und heutzutage rechnet man es ihm gewiß als Verdienst an, daß er auch ein gewissenhafter Nationalgardist ist.«
Im Auditorium machte sich Fröhlichkeit breit, doch der Vorsitzende griff ein:
»Wer in der Garde gewissenhaft seinen Dienst erfüllt, ist ein ehrenwerter Bürger. Wir haben hier ein Gesuch vorliegen, das von dreihundertneun Offizieren und Soldaten des 2. Bataillons der 6. Legion unterzeichnet ist. Sie alle verbürgen sich für die Unschuld des Angeklagten.«
»Ich darf abschließend sagen«, meldete sich wieder der Verteidiger zu Wort: »Deburau hat sein ganzes Leben andere Menschen zum Lachen gebracht. Verurteilen wir jetzt nicht diesen ehrenhaften

Menschen zu Tränen, und mit ihm seine Frau, die junge Familie, denen seine Arbeit den Lebensunterhalt sichert.«
Die Beratung des Gerichts dauerte nur wenige Minuten. Deburau wurde für nicht schuldig befunden und freigesprochen.
Deburau stand während der Urteilsverkündung bewegungslos da, gespannt und doch in Gedanken versunken. Es schien, das hätte er das Urteil nicht begriffen.
Erst als sich die Freunde vom Theater zu ihm drängten, zeigte sich auf seinem Gesicht maßlose Freude.
Margot fiel ihm um den Hals. Er drückte sie mit verzweifelter Zärtlichkeit an sich.
»Es lebe Deburau!« riefen einige Stimmen aus dem Publikum.
Die unglückselige, ungewohnte Premiere hatte ein gutes Ende gefunden.
Vor dem Justizpalast warteten einige tausend Menschen auf den geliebten Schauspieler, um ihn zu begrüßen.
Gaspard ging langsam zu dem Wagen, den Bertrand bestellt hatte. Ein Monat banger Qualen war zu Ende.

Müdigkeit

Daß er wieder auf der Bühne stehen durfte, daß sie ihn aufnahmen, lachten und klatschten, das erschien Gaspard nur während der ersten Schritte nach seiner Rückkehr das Wichtigste. Doch die quälenden Erinnerungen an die Geschehnisse machten ihm bewußt, worauf es viel mehr ankam: daß sie an ihn glaubten und ihm verziehen.
Er stürzte sich wie besessen in die ersten Vorstellungen, ausgehungert nach dem Spielen, das ihm das Leben bedeutete. Nur einen Monat hatte er in einer Zelle verbracht, wo ihn der scharlachrote Widerschein der untergehenden Sonne an der Wand in den Schlaf begleitete, und dennoch ließ ihn diese Zeit eine noch tiefere Liebe

zu jeder Kreatur empfinden, auch wenn er dies für unmöglich gehalten hatte. Nun machte er sich Vorwürfe, er sei gleichgültig geworden, sei ergraut, habe sein Lebensgefühl nicht mit neuem Mut gestärkt. Einen Monat lang war er täglich in kalter Einsamkeit erwacht, immer wieder erschreckt von der Stille des Gefängnisses. Wenn er jetzt nach der Vorstellung nach Hause kam, wehrte er sich gegen den Schlaf, um mit vollem Bewußtsein das Atmen neben sich vernehmen zu können, Atemzüge, die er gut voneinander unterscheiden konnte, die ihn beruhigten.
Doch dieser stille Akkord zerfiel bald. Das Leben der kleinen Magdalène erlosch kurz nach Gaspards Rückkehr. Dies war ein neuer grausamer Schlag, nicht nur für ihn, sondern auch für Margot. Es erschien ihm wie ein böses Omen für ihr gemeinsames Leben, wie ein Fluch, der sie verfolgte. Doch Margot wußte, daß Gaspard ihres Beistands, ihres Mutes bedurfte; sie verbarg den eigenen Schmerz und verhielt sich so, als hätte sie sich rasch über den Verlust hinweggetröstet. Sie lächelte; sie war für ihn stärker als für sich selbst.
»Warum lächeln Sie nicht, Monsieur Pierrot?«
»Ich hebe mir die Fröhlichkeit für den Abend auf«, gab Gaspard ernst zur Antwort. In die Trauer über den Tod des Kindes drangen erneut Worte, die in der Gerichtsverhandlung gefallen waren, Worte des Richters, der Zeugen, der Zuhörer. Auf der Straße blieb er plötzlich stehen, weil er meinte, Viélin in der Menge zu erkennen. Oft schreckte er aus dem Schlaf hoch, weil er die Glocke des Gerichtsvorsitzenden gehört hatte. Erschrocken lauschte er in die Dunkelheit und beruhigte sich erst, als er die Stimme seiner Frau vernahm:
»Alles Schlimme ist nun vorbei.«
»Warum habe ich dann den Mut verloren?« fragte er.
»Auf der Bühne hast du genug Mut.«
»Habe ich nicht, Margot. Vielleicht kannst du dir das nicht vorstellen, weil du nie auf der Bühne gestanden hast und so etwas nicht durchgemacht hast... Wenn ich einen Stock anfasse, ist es, als wür-

de ich mir die Finger verbrennen. Mir beginnt sich der Kopf zu drehen und das Herz zu stocken. Dieser Tod wird für immer zwischen mir und dem Publikum stehen.«

»Sicherlich nicht«, beruhigte ihn Margot. »Sie haben alle geglaubt, daß du unschuldig bist und dich freigelassen.«

»Aber sag selbst«, und er ergriff ihre Hand, »wenn du im Zuschauerraum sitzt, und ich hebe beispielsweise Harlekins Pritsche, wirst du nicht sofort an Pierrot als Mörder denken? Wird dir nicht dein Lächeln gefrieren?«

»Die Zeit heilt alles«, tröstete sie ihn und streichelte ihn zärtlich. Und mit einer Stimme, die fest, nahezu vorwurfsvoll war, ermahnte sie ihn: »Du mußt dich eben an Menschen anlehnen, die dir Sicherheit geben, die dich kennen und dir vertrauen.«

»Wer ist das?«

»Ich und deine Kinder, Gaspard. Mit mir brauchst du keine Angst zu haben.«

»Und unser Kind?«

»Unsere Liebe muß stärker sein als alle Verluste und Schmerzen. Deshalb ist sie zur Welt gekommen.«

Er flüchtete in ihre Umarmung, als fände er darin Vergebung für alle seine Schwächen. An ihre Schulter geschmiegt schlief er ein.

Und am Morgen, als die Sonne auf das Fensterbrett schien, erwachte er durch Kindergeflüster. Manchmal stand er auf, um sich bei einer Unterhaltung mit Charles und Rosine aufzuheitern. Manchmal hielt er absichtlich die Augen geschlossen und freute sich an ihrer Rücksichtnahme, an ihren Stimmchen, an der Eile, mit der sie frühstückten. Doch Margot kannte sein kleines Geheimnis – ihm schien, als kenne sie sie alle –, und als die Kinder aus dem Haus waren, begann sie leise zu singen, weil sie wußte, er war längst wach.

»Cäsar«, befahl sie manchmal der kleinen Bulldogge, die die Kinder dem Vater abgebettelt hatten, »geh deinen Herrn wecken!«

Der Hund legte die Vorderpfoten auf Gaspards Schultern.

»Ich bin ein Faulpelz, stimmt's?«
»Wer die Nächte durchwacht, muß ausschlafen.«
»Cäsar, hol die Zeitung!«
Der Hund, der jeden Blick, jede Regung im Gesicht seines Herrn verstand, sprang herunter und schaute Margot auffordernd an, damit sie ihm Geld in den Halsbeutel tat.
»Nichts bekommt er«, sagte Margot, »er hat schon dreimal statt der Zeitung Semmel für sich gekauft.«
»Vielleicht weiß er, daß die nahrhafter sind«, lachte Gaspard und zwinkerte dem Hund aufmunternd zu; er würde ihn schon nicht um den morgendlichen Spaziergang bringen, hieß das.
»Weißt du noch, was du heute nacht geträumt hast?« fragte Margot.
»Daß ich die beste Frau der Welt habe. Einen richtigen Schutzengel.«
»Du gibst mir eine schwere Rolle.«
»Die nicht jeder spielen kann. Vielleicht habe ich mir dich verdient, mit all den Qualen, die ich durchgestanden habe.«
»Lästere nicht! Du Liebling des Ruhms!«
»Der Teufel weiß«, sagte er nachdenklich, »warum das zugleich so viele Sorgen mit sich bringt!«
Margot begleitete ihn lächelnd hinaus, er hörte ihr leises Lied auch noch, als er die Treppen hinunterging.
Wenn er sich umwandte und zum Fenster hinaufsah, fand er dort immer ihr Gesicht und ihre winkende Hand.
Als Margot allein war, verstummte sie für eine Weile. Auch für sie war es nicht leicht. Sie hatte bis jetzt Gaspard nichts davon gesagt, daß Désirée kürzlich zurückgekommen war und wieder in ihr ehemaliges Heim einziehen wollte. Es war ein mühsames Gespräch gewesen, anfangs den Tränen, zuletzt einer Rauferei nahe. Doch Margot war viel stärker – wie jedes selbstlose Herz. Sie wollte in diesem Haus bleiben, da sie es war, die hier mehr gebraucht wurde.

Vielleicht würde sie es Gaspard einmal sagen, bei einer günstigeren Gelegenheit, wenn er seine Trauer überwunden hätte.
Sie zog eine Schachtel mit bunten Papierstreifen und Drähten unter dem Schrank hervor und machte sich an die Arbeit. Unter ihren geschickten Händen entstanden Kornblumen, Mohn, Margeriten; zwar waren sie künstlich, doch schön.
Margot begann wieder zu singen.

Der Sohn des Königs brachte Napoleons Asche aus St. Helena nach Paris.
Der König gestattete seiner Popularität zuliebe, Traditionen Napoleons fortzusetzen. So erlaubte er den kleinen Theatern, die Leute zu unterhalten, um sie von der Politik abzulenken. Ein Luftzug der Adlerschwingen wehte durch die Theater. »Rückkehr aus St. Helena« und »Die Asche des großen Mannes« füllten die Häuser. Der Hof war jedoch zufrieden.
Die Wurzeln großer Ereignisse reichen meist tief in die Vergangenheit zurück. In jener Zeit keimte die Saat, die nach dreißig Jahren blutig aufgehen sollte. Von der deutschen Grenze ertönte warnend die »Wacht am Rhein«. Und Prinz Napoleon versuchte, nach dem Tod des Herzogs von Reichstadt, des »kleinen Adlers«, der letzte Verwandte des Kaisers und einziger Thronprätendent, die Legende der Vergangenheit für sich zu nützen. Keine Gesellschaft war ihm zu gut oder zu schlecht, um nicht auf sich aufmerksam zu machen. Er fühlte sich ebenso wohl auf der Rennbahn von Longchamp wie im »Kaukasischen Café«, wo Kellnerinnen in hohen Stiefeln die Halbwelt bedienten. Er wollte beweisen, daß er durch und durch Demokrat war. Deshalb blieb er im Bewußtsein der Menschen, auch wenn man ihn des Landes verwiesen hatte.
Im Funambules wurde das Stück »Napoleon am Triumphbogen« aufgeführt. »Es ist unglaublich«, bemerkte Deburau, als er das begeisterte Echo im Zuschauerraum erlebte. »Frankreich ist viel mehr für Napoleon als für Louis-Philippe.«

»Würde zufälligerweise Napoleon regieren, wäre es entschieden für Louis-Philippe«, entgegnete Laplace. »Das ist der Geist Frankreichs.«

Die Leute klatschten einfach deshalb, um ihre Ablehnung zum Ausdruck zu bringen. Sie waren gegen Thiers. Als er stürzte und Guizot an seine Stelle trat, waren sie gegen Guizot.

Pierrots Beliebtheit blieb jedoch unverändert, hatte mit den Jahren nicht nachgelassen. Nur Pierrot hatten die Jahre zugesetzt.

Er war jetzt öfter krank. Deshalb hatte Bertrand einmal Paul Legrand die Rolle des Pierrot anvertraut. Zwar blieb der Erfolg beim Publikum aus, weil alle Deburau die Treue hielten, aber er stand es tapfer durch. Gaspard wurde dann rasch gesund, und seither nannte man Legrand scherzhaft »Deburaus Leibarzt«. Doch Gaspard fühlte sich tatsächlich oft nicht wohl, und seine Freunde beobachteten mit Sorge, wie er wiederholt aus der Garderobe durch den Gang auf die Straße lief, um frische Luft zu schöpfen. Er litt auch an einer Erkrankung der Milz; wenn er über ein gelungenes Extempore eines seiner Kollegen lachte, mußte er sich mit der Faust die linke Seite halten, um den Schmerz zu mildern.

Die Menschen im Saal ahnten nicht, wie schwer erkauft ihr Lachen war. In dem Stück »Orang Utan Jack« hatte Pierrot Kolombine an einen Baum zu binden, um sie umarmen und küssen zu können. Der Orang-Utan, der zusah, ahmte es nach; nur griff er sich Pierrot, band ihn an den Baum und begann ihn zu kitzeln, zu beschnüffeln, liebkoste ihn. Deburau hatte dabei Unaussprechliches auszustehen, aber er wußte, daß das Publikum auf diese Szene wartete und kürzte sie darum nicht um eine Sekunde. Nicht einmal sein Improvisationstalent, mit dem er auf Zurufe aus dem Publikum, auf Schnitzer eines Kollegen oder auf andere unvorhergesehene Ereignisse so schnell zu reagieren vermochte, ließ nach. Er setzte sich prompt mit jedem auseinander, der mutwillig oder selbstgefällig gegen die Ordnung verstieß. Wenn manchmal aufgeblasene Stutzer aus der ersten Reihe ostentativ ihre Hüte und Handschuhe auf der

Rampe ablegten, um ihre Mißachtung für diese Art von Unterhaltung kundzutun, warnte sie niemand, und die Galerie wartete mit schadenfroher Ungeduld darauf, welche Strafe sich Pierrot für sie ausdenken werde. Einmal traf es einen Diplomaten. Es war sein letzter Abend in Paris, und er hatte den Komödianten noch nicht gesehen, von dem jedermann sprach. Der Botschaftssekretär führte ihn ins Funambules. Es war jedoch total ausverkauft. Bertrand konnte dem hohen Besuch nichts anderes als den Platz im Souffleurkasten anbieten, der während der Pantomimen leerblieb. Der Diplomat akzeptierte. Sein Zylinder, der an einen Schornstein erinnerte, thronte neben der Muschel des Souffleurkastens. Es wurde wieder einmal »Der rasende Stier« gespielt, ein Stück, in dem der arme Pierrot eine Suppe kocht. Er hat nichts, was er in das Wasser hineintun könnte; so wirft er alles in den Topf hinein, was sich nach seiner Meinung auskochen läßt: eine Zeitung, eine Mütze, ein altes Paar Schuhe. Als die Suppe fertig ist, schaut er sich nach einem Gefäß um, in das er sie schütten könnte. Wie hätte er eine so herausfordernde Form, die ihn schon zu Beginn der Vorstellung gereizt hatte, nicht bemerken sollen? Zur Freude der Burschen vom »Paradies« schüttete er eine ordentliche Portion in den Zylinder. Der Diplomat lachte wohl oder übel darüber. Erst später wurde ihm bewußt, daß er eigentlich beleidigt worden war, und er wollte den Komödianten zum Duell fordern. Als der Sekretär ihm versicherte, das sei hier nicht Usus, lud er Deburau zum Abendessen ein.
Viele Begebenheiten dieser Art bereicherten die Geschichte des Funambules und den Ruhm seines Pierrot. Die Oper wiederholte ihren Versuch, ihn für ihr Ballett zu gewinnen und bot ihm 500 Francs monatlich. Doch Gaspard lehnte ab und spürte, wie der Applaus seines Publikums noch herzlicher wurde.
Ein Jahr löste das andere ab.
Doch manchmal, wenn Deburau ganz allein war, wenn sich ihm die schwere Faust der Atemnot auf die Brust legte und ihn zu ersticken drohte, wenn nicht einmal Margot ahnte, wie sehr er sie in diesem

Augenblick brauchte und sie sich ihm entfernte, wenn sich auf den Straßen der regnerische Herbst niederließ und der Nebel durch die Fenster drang, erkannte er deutlich, daß der schwarze Gedanke an das von ihm verursachte Unglück ihn nicht verlassen hatte. Dann bedrängten ihn die traurigen Erinnerungen an das Ende des Vaters und der Mutter, an die entsetzlich schweren Jahre des Anfangs, und er mußte auch an das eigene Ende denken, an die verwaisten Kinder, an die verlassene Bühne – und so verfiel er, der Tausenden Lachen schenkte, in tiefe Schwermut.

In dieser Zeit bemühte er sich, etwas über seine Geschwister in Erfahrung zu bringen. Dorothée hatte sich nicht mehr gemeldet, blieb verschollen; Étienne war nach England gegangen, Cathérine teilte ihm mit, daß sie in Tours lebte, vom Theater nichts mehr wissen und irgendwann kommen wollte, sobald sie die Kinder allein lassen könnte. Nur François Neumensek, den Stiefbruder, fand er; er hatte bereits drei Kinder und trainierte sie für die Artistenlaufbahn. In ihrer Jugend hatten sie sich nicht besonders gemocht; als Erwachsene, gealterte Männer waren sie sich fremd geworden.

»Geh zum Arzt«, bat Margot ihren Mann. »Deine düsteren Gedanken kommen sicher von irgendeiner Krankheit. Tu's mir zuliebe!«

Deshalb klopfte er eines Novemberabends im Jahre 1840 an die Tür der Ordination von Doktor Ricorda.

Der Arzt hatte wenige Tage zuvor eine Vorstellung im Funambules besucht; doch in dem ernsten, blassen, melancholisch wirkenden Mann, der ihm gegenüberstand, erkannte er den Künstler nicht. Er gab dem Patienten den Rat, sich Deburau anzusehen.

Als Gaspard sich vorstellte, war der Arzt verdutzt. Mit um so größerer Neugier knüpfte er mit dem Patienten ein Gespräch an.

»Ist nicht die Schwermut das Los aller, die für andere leben?« gab er zu bedenken. »Vermutlich verausgaben Sie sich zu sehr und Ihnen bleibt zu wenig Kraft für sich selbst.«

Er verordnete Gaspard Ruhe, gute Kost, Spaziergänge und Schlafmittel.
»Sie müssen dem Arzt helfen«, forderte er ihn zum Abschied auf. »Suchen Sie in sich, was Sie schmerzt, und wenn Sie es entdecken, haben Sie keine Angst und zeigen Sie darauf!«
Als Deburau wegging, dachte er über den Rat des Arztes ernsthafter nach als jeder andere Patient.
Während der nächsten Tage überdachte er einen Einfall, den er nicht einmal seiner Frau gegenüber erwähnte; er glaubte, sie würde ihm davon abraten, doch er war überzeugt, daß er sich dieser ungewöhnlichen Therapie unterziehen müsse.
Er wußte, was ihn schmerzte, und er würde darauf zeigen. Er faßte den Entschluß, seine Geschichte auf der Bühne darzustellen.
Er würde seine Tat wiederholen. Er würde allen die Gewissensbisse aufzeigen, die ihn quälten. Und er würde seine Tat auf der Bühne büßen.
Hatten nicht seine Freunde einmal davon gesprochen, daß ein Schriftsteller, von einem verhängnisvollen Verlangen verfolgt, es sich von der Seele schreiben muß, um sich davon zu befreien? Und erwähnten sie nicht auch einen deutschen Dichter, der ein Buch über einen Selbstmörder schrieb, um den ihn bedrängenden Gedanken an den eigenen Selbstmord zu entrinnen?
Es würde eine harte Therapie. Aber es gab keinen anderen Ausweg.
Und Gaspard Deburau sprach darüber mit Cot d'Ordan.

»Der Lumpensammler«

GROSSES THEATER

FUNAMBULES

Auf Grund behördlicher Sondergenehmigung
findet heute,
den 1. September 1842,
die Premiere
des außergewöhnlichen Stücks

DER LUMPENSAMMLER

statt.

Eine Pantomime in vier Bildern
von M. Cot d'Ordan
mit Jean Gaspard Deburau

Pierrot	Deburau
Lumpensammler	Paul
Cassandre	Laplace
Marquis	Clément
Herzogin	Mme Rébard
Kolombine	Justine
Zofe	Claire

Der Zuschauerraum war brechend voll. Durch den Saal schallte Lachen, die Rufe der Verkäuferinnen, Gesang.
Die Zuschauer studierten das Programm des Stückes, dem aufregende Gerüchte vorausgegangen waren.

Der Beleuchter entzündete das Rampenlicht. Im Saal blieb es dunkel.
Drei Schläge. Das Parterre verstummte.
Das Orchester, bestehend aus zwei Geigen, einer Baßgeige, einigen Hörnern, einer Tuba, einer Pauke und einem Piano, begann mit Mozart. Vorhang.
Der Juwelier Cassandre nimmt aus der Hand der schönen Herzogin ein Schmuckstück zur Reparatur entgegen. Sein Gehilfe und Diener Pierrot macht ihr den Hof; er wird jedoch verspottet. Der arme Kerl! Er besitzt nichts, weder Liebe noch sonst etwas, er kennt nur Schläge von dem herzlosen Cassandre. Als er sich beschwert, wirft er ihn hinaus.
Das Publikum lacht. Die Zuschauer, die Deburau gut kennen, haben möglicherweise schon bemerkt, daß ihr Pierrot diesmal ernster, aggressiver ist. Seine Verbitterung läßt ihn den Entschluß fassen, nicht wegen einiger Schläge von seinem Verlangen abzulassen.
Die Gesellschaft in den Logen tauschte während des Szenenwechsels Meinungen aus, das kleine Orchester spielte Haydn.
In diesem Augenblick kam Theophile Gautier in den Zuschauerraum, der sich schon lange nicht mehr im Funambules hatte blicken lassen. Nachdem er das erste Bild versäumt hatte, verfolgte er das weitere Spiel mit um so größerem Interesse.
Drei Tage später schrieb er über diese Vorstellung im Feuilleton der *Revue de Paris* eine ausführliche Rezension, die sich auf höchstem Niveau mit der Handlung des Stücks, Pierrots Rolle und Deburaus Darstellung auseinandersetzte.
Der Autor Cot d'Ordan wunderte sich, nachdem er die Besprechung gelesen hatte, wieviel Tiefe er seinem Stück gegeben hatte, ohne sich dessen bewußt gewesen zu sein.
Es war das Verdienst von Gaspard Deburau. Die Handlung, zwischen groteskem Märchen und menschlicher Schauerballade angesiedelt – die meisten szenischen Einfälle stammten von Deburau –,

enthielt maßlose Übertreibungen und erinnerte nur entfernt und sehr geschickt an seine eigene Geschichte. So legte er auf der Bühne die Beichte seines tiefen Kummers ab. Er konnte dies nur in der Ausdrucksform vollbringen, die seine Anhänger kannten: im ständigen Wechsel von bestürzender Wahrhaftigkeit und der Komik menschlicher Hilflosigkeit.

Auch wenn viele Leute nicht begriffen, worum es in diesem Stück eigentlich ging, erkannten alle, daß es sich in seinem ganzen Charakter von allem, was Deburau bisher gespielt hatte, wesentlich unterschied.

Und Gaspard wartete ab.

Nach der siebten Aufführung wandte Gaspard sich an Bertrand:

»Wir können den ›Lumpensammler‹ absetzen. Nimm ihn jetzt aus dem Repertoire.«

»Aber warum denn?« fragte der alte Direktor entgeistert. »Die Vorstellungen sind ausverkauft.«

»Mir tut das Bein weh, ich hab mich verletzt. Ich kann den Galopp nicht mehr tanzen.«

»Dann laß den Galopp aus! Ein Walzer genügt!«

»Ich schaff nicht mal einen Walzer«, entgegnete Deburau ungehalten.

»Aber was wird mein Sohn dazu sagen? Und was der Autor, Cot d'Ordan?«

»Keine Ahnung. Aber ich spiel's nicht gern.«

»Wurmt dich vielleicht, was da und dort die Leute reden ...? Du wirst dir doch nichts aus dem Klatsch machen!«

»Du hast sogar recht, auch das macht mir etwas aus.« Deburau klammerte sich an die Einwände. »Es könnte dem Theater schaden.«

Bertrand rief seinen Gesellschafter und seinen Sohn zu sich, um sich mit ihnen zu beraten. Alle drei wußten jedoch, daß das Stück abgesetzt werden mußte, wenn Deburau es nicht mehr spielen wollte.

In Wahrheit verhielt es sich auch so, daß das tragische Thema auf der

Bühne des Funambules einiges an Böswilligkeit und Neid nach sich zog und Pierrot mit Schmutz beworfen wurde. Man wärmte die Geschichte vom Davonlaufen seiner Frau auf, die er angeblich hinausgeworfen hatte. Die Leute, die ihn zuvor beschuldigten, er hätte nur deshalb bei der Pantomime Zuflucht gesucht, weil er nicht Französisch konnte, warfen ihm nun vor, nicht einmal seine Pantomime sei französisch.

In diesen Tagen fanden sich nicht viele Stimmen, die für ihn eintraten. Einige seiner früheren Bewunderer unter den Literaten waren so rasch zu Ruhm gelangt, daß sie keine Zeit für anderes fanden. Andere hatten für ihn nur ein flüchtiges Wort und einen zerstreuten Blick übrig. Wieder andere wichen ihm ganz aus.

Gérard de Nerval nannte ihn bis zuletzt einen unersetzlichen Künstler der Pantomime. Doch als sie sich trafen, kam Gaspard mit Nervals verschrobenen Ideen nicht mehr mit; er träumte beispielsweise von einem Flug zum Mond und verfiel bald darauf dem Wahnsinn. Alfred de Musset hatte seinem labilen Zustand den Todesstoß versetzt. Die Romantiker nannten ihn einen Verräter, obgleich er sie an Gefühlsreichtum weit übertraf. Das *Mal de siècle* zehrte an allen, die schwach waren, weil sie isoliert blieben.

Doch Gaspard machte ihre Teilnahmslosigkeit nichts aus.

Den »Lumpensammler« zu spielen, lehnte er nicht deshalb ab, weil er darunter litt. Er brauchte ihn ganz einfach nicht mehr. Die Therapie, die er für sich erdacht hatte, wirkte. Was ihm das Leben nicht bieten konnte, gab ihm wieder die Bühne.

Die letzte Vorstellung

Der Zeuge von Gaspards Anfängerzeit, Direktor Bertrand, zog sich aus Altersgründen langsam vom Theater zurück. Er war immer ein Verehrer Napoleons gewesen, und so ließ er zuletzt noch von Charton innerhalb von drei Tagen das Stück »Der Märtyrer von St. Helena« schreiben. Die Vorankündigung lautete: »Wir laden Sie zu einer vaterländischen Vorstellung ein, die aus der Hand des Feindes rettet, was von einem großen Mann übriggeblieben ist.« Mit dem Erlös wollte er ein Bündel Briefe erwerben, die auf der Insel entdeckt worden waren. Die Versteigerung trieb jedoch den Preis so hoch, daß die Einnahmen der Vorstellung nicht ausreichten; und gleich darauf untersagte das Ministerium der Schönen Künste die Aufführung des Stückes.

»Heutzutage läßt sich kein gutes Theater mehr machen«, sagte Bertrand bedauernd.

Da seinen Sohn die Bühne nicht übermäßig interessierte, nahm er seinen Neffen Billion in die Geschäftsführung auf. Er war ein Mann der neuen Zeit. Bertrand wollte zwar immer verdienen, er hatte auch eine ganze Reihe von Untugenden, doch liebte er die Welt des Theaters aufrichtig, und sofern es ihn nicht allzuviel kostete, hatte er für seine Schauspieler immer ein Herz; der junge Billion sah auf eine derart simple Einstellung verächtlich herab. Er war kalt, fleißig, ehrgeizig. Er suchte sich im Bobineau die schönste Fee aus und nahm Madame Lefèbre als neue Kolombine ins Ensemble. Für die Rolle der Kobolde und Erdgeister engagierte er die Zwerge Carolin. Er schätzte die Anziehungskraft, die Deburau auf das Publikum hatte, doch entging ihm nicht, daß Pierrot unter Asthma litt. Nur Legrand erhielt eine höhere Gage, weil er ihn halten wollte. Unbeirrbar lief er jedem Sou hinterher. Als er die Geschichte von dem ausländischen Diplomaten im Souffleurkasten hörte, machte er aus der spaßigen Begebenheit eine feste Einrichtung; die kleine Kabine wurde zum teuersten Platz im Theater. Er genierte sich nicht, ein eigenes Stück unter dem Namen seiner Köchin herauszubringen, weil er sich davon etwas versprach. Sie hieß nämlich Victorine Hugo.

Der alte Bertrand räumte Schritt für Schritt das Feld, seine häufigen Erkrankungen erforderten den Ruhestand. Eines Tages verkaufte er Billion das Theater mit dem gesamten Ensemble für achtzehntausend Francs.

Pierrot bekam also eine neue Kolombine, schöner als alle ihre Vorgängerinnen, eine Dunkelhaarige mit schwarzen Augen; doch ihr sinnlicher Mund, nach dem sich alle jungen Männer im Parterre verzehrten, war von trügerischer Verheißung. Paulette liebte nur ihren Mann, den Sergeanten Lefèbre.
Trotz ihrer Anmut, ihres tänzerischen Könnens, ihrer Gewandtheit im Fechten war es immer Pierrot, der den größeren Erfolg hatte. Billion, der die Tradition des Theaters nicht kannte, konnte das nicht begreifen.
»Er muß Claqueure haben!« entrüstete er sich, wenn er den jubelnden Applaus nach Gaspards Auftritten vernahm.
»Sehen Sie sich ihn mal richtig an, Direktor«, riet Laplace.
»Von Ihnen lasse ich mich nicht belehren, was man unter Theater versteht«, knurrte Billion und sah ihn verächtlich an.
Gaspards Beliebtheit bei seinen Kollegen hinderte Billion daran, das Theater mit fester Hand nach seinen eigenen Vorstellungen zu leiten. Er befolgte jedoch den Rat von Laplace und sah sich Deburau genauer an. Fast freute es ihn, wenn er gelegentlich bemerkte, daß der große Pierrot auch Gegner im Publikum hatte.
Elegante Handlungsgehilfen aus großen Geschäften, denen Pierrot einmal die Hüte von der Bühne gefegt hatte, wollten ihm eins auswischen. Wieder tauchten auf der Rampe provokatorisch Hüte auf. Doch Laplace entdeckte, daß einer dieser Halunken dort ein Klappmesser als Falle ausgelegt hatte. Und Clément hielt sich nicht zurück, sprang nach dem Hut und zeigte dem Publikum, welchen Anschlag man auf Pierrot vorhatte.
»Du bist doch betrunken!« rief ihm der hinterhältige Kerl aus dem Zuschauerraum zu.
»Möglich«, gab Clément zurück, »aber du bist ein Schuft! Und paß auf, ungeschoren kommst du nicht davon!«
Das treue Publikum, in dem inzwischen Söhne ihre Väter abgelöst hatten, das jedoch stolz auf seine Traditionen war, verfuhr mit dem Übeltäter, wie es sich gehörte: Es warf ihn kurzerhand hinaus.

Billion mußte sich bei jedem Schritt davon überzeugen, daß er mit Deburau als der wichtigsten Stütze des Theaters zu rechnen hatte. Wenn sich die Schauspieler auf Deburau beriefen, konnte er nichts dagegen tun. Kein Theaterdirektor der Welt hätte da nicht klein beigegeben, wenn sein Pierrot jedes Publikum, vor dem er auftrat, für sich gewann.
Doch Deburau streckte die Krankheit nieder. Die Asthmaanfälle wiederholten sich immer öfter. Deburau kämpfte tapfer, aber es häuften sich die Tage, an denen Margot das Theater benachrichtigen mußte, daß ihr Mann nicht auftreten könne.
Billion ließ Paul Legrand den Pierrot spielen. Als guter Schüler Deburaus sollte er die Rolle schaffen. Doch er war jünger und konnte daher den Pierrot nicht so kaltblütig, so verwegen und so schlagfertig darstellen; er war eher wie ein Kind, das leicht lachte und ebenso leicht in Tränen ausbrach. Deburau hatte als Pierrot nie geweint.
Während seiner Krankheit wartete er immer gespannt auf den Besuch von Aimée oder von einem der Kollegen, um zu erfahren, wie die Vorstellungen liefen. Er mochte Legrand, und dennoch war er unwillkürlich eifersüchtig auf seinen Erfolg, da er schmerzlich spürte, daß in dem Applaus für Legrand langsam sein eigenes Leben dahinging.
»Warum wartet er nicht, bis ich tot bin?« versuchte er scherzhaft seinen Mißmut zu kaschieren.
»Billion wollte die Vorstellungen retten.«
»Ich werde doch morgen wieder spielen. Mir fehlt nichts.«
Aber immer wieder erkundigte er sich bei seinen Besuchern, wie Legrand diese oder jene Szene gespielt hatte, wie sie ihm gelungen war.
Paul Legrand war nicht nur ein begabter Schauspieler, sondern auch ein hochanständiger Mensch. Er schätzte Deburaus Interesse und trug schwer daran, daß der kranke Schauspieler seinetwegen litt.

»Herr Direktor«, bat er Billion. »Erlauben Sie mir, einige Auftritte auszulassen. Mich freut dieser Erfolg nicht. Sobald Deburau gesund sein wird, ist es etwas anderes.«
»Ich verbiete Ihnen«, entgegnete Billion trocken, »solche Ideen. Und befehle Ihnen, alles, was in Ihren Kräften steht, zum Wohl des Theaters einzusetzen!«
»Aber Deburau...»
»Der hat das Seine schon geleistet. Die Zeit geht weiter.«

Und so war es auch, die Zeit stand nicht still. Die Krankheit war eine schwierige Rolle und hinterließ böse Spuren.
Nur in Margots Augen erkannte sich Gaspard noch. Der Spiegel zeigte ihm einen veränderten Menschen; die Stirn von tiefen Falten durchfurcht, die Wangen eingefallen, die Augen in dunklen Höhlen eingesunken.
Als er aufstehen und spazierengehen durfte, suchte er vertraute Plätze auf wie andere Menschen Gräber. Einmal ging er zur Pont d'Austerlitz. Doch die Hütten über dem Wasser gab es nicht mehr. Wo waren wohl seine einstigen Retter? Ob sie wohl noch lebten? Manchmal geriet er in die verschlungenen, engen und krummen Gäßchen zwischen Justizpalast und Notre Dame. Gaspard schaute den Menschen ins Gesicht, immer mit der Hoffnung, daß jemand Bekanntes darunter war. Gegen Abend lauschte er dem Knarren der Laternen. Und er lauschte der Stille.
Dann kehrte er nach Hause zurück.
Charles war jetzt siebzehn. Wenn Margot und Rosine unermüdlich ihre künstlichen Blumen anfertigten, legte der Vater das Handwerkszeug, mit dem er sich jetzt gern beschäftigte, zur Seite und forderte den Sohn zu einer Partie Domino auf.
Domino ist ein trauriges Spiel. Da legt man in Richtung auf sich selbst kleine Särge auf den Tisch, nach feststehenden Regeln entsprechend der Augenzahl werden die Steine aneinandergereiht, als reihe man die Augenblicke des Lebens nach feststehenden Regeln

des Schicksals aneinander. Die Fünf zur Fünf, die Drei zur Drei, so liegen die kleinen Särge unverrückbar verbunden. Nichts, was sich widersetzt, nichts, was sich ändern läßt.

»Was hast du heute in der Werkstatt gemacht?« erkundigte sich der Vater.

Charles hatte zuerst in der väterlichen Werkstatt der Platzanweiserin Aimée das Uhrmacherhandwerk erlernt. Sie selbst hatte Gaspard jedoch von diesem Beruf für Charles abgeraten; sie wußte von ihrem Vater, daß er sich damit quälte. So hatte er für ihn eine Lehrstelle bei einem Porzellanmaler gefunden.

»Heute?« Charles lächelte ein wenig. Er sah dem Vater ähnlich, hatte jedoch die feineren Züge von der Mutter. »Ich habe einen Pierrot und eine Kolombine gemalt.«

»Darfst du denn solche Figuren malen?«

»Die mache ich am liebsten.«

Über dem eintönigen Spiel kreisten die Gedanken. Warum nicht plötzlich ganz andere Steine zusammenlegen, die Sechs zur Drei, warum sollte das Spiel nicht anders weitergehen?

»Meinetwegen«, sagte der Vater. »Wenn der Meister es dir erlaubt!«

Charles überlegte, wie er am besten anfangen sollte, damit das Gewitter nicht zu heftig losbrach.

»Weißt du, daß Billion Alexandre ins Ensemble des Funambules aufgenommen hat?«

Alexandre Guyon war ein gleichaltriger Freund, Ziselierer in der benachbarten Werkstatt.

»Ich hab's gehört. Billion gibt ihm nicht mehr als sechs Francs. Dafür kann er sich kaum einmal die Woche sattessen.«

»Und weißt du, warum Alexandre das gemacht hat?« Charles war dabei, den Boden vorzubereiten. »Um dir nahe zu sein! Er könnte als Maschinist das Doppelte verdienen. Aber du hast keine Ahnung, wie hingerissen er ist, wenn er von dir spricht.«

»Mach weiter«, forderte ihn der Vater auf, »du vergißt deine Steine!«

Margot hob den Kopf von ihren Blumen. Sie bemerkte die Unruhe in den Stimmen der beiden.
»Hier«, sagte Charles und legte einen Stein.
»Du paßt nicht auf«, tadelte ihn der Vater. »Die Sechs auf die Drei?«
»Papa«, begann Charles erregt, doch entschlossen. »Fremde dürfen dir nahe sein – und ich nicht. Würdest du erlauben, daß auch ich zum Theater gehe?«
»Ich glaube, wir haben darüber schon oft genug gesprochen«, antwortete Gaspard ruhig. »Du weißt doch, daß ich das nicht möchte. Du kannst nicht etwas machen, das du nicht gelernt hast.«
»Ich lerne.«
»Wo? Wie?«
»In Theatern. Im Funambules. Ich beobachte die Menschen, wie du es früher gemacht hast. Willst du, daß ich dir etwas vorspiele?«
»Das alles reicht nicht.«
»Nein? Gerade darum wollte ich dich bitten, daß du mir erlaubst, aufs Konservatorium zu gehen.«
Vater Deburau erhob sich. Er begann im Zimmer auf und ab zu wandern. Er beherrschte sich, bemühte sich um einen ruhigen Ton.
»Wie kommst du nur auf die Idee? Unentwegt habe ich versucht, dich vor dieser Welt zu bewahren, die so viel Kummer mit sich bringt, so wenig Freude.«
»Aber du bist doch berühmt geworden!«
»Du ahnst ja überhaupt nicht, wie teuer mein Ruhm erkauft ist! Wenn aus dir ein guter Handwerker würde, könntest du angesehen und gut leben. Weißt du denn, was es heißt, ein umherziehender Schauspieler zu sein? Die Leute lachen manchmal über ihn, aber sie lachen genauso über einen dressierten Affen. Schauspieler zu sein, ist noch heute ein Schandmal. Nur wenigen gelingt es, ein bißchen Anerkennung und bürgerliches Ansehen zu erringen. Im

Gegenteil, jedermann darf dich beleidigen, kann dir die schlimmsten Schimpfnamen geben – und die Welt wird ihn loben und dich verdammen. Verstehst du, was ich dir damit sagen will?«

Er schaute seinen Sohn forschend an. Der Junge saß mit traurigem Gesicht über die Dominosteine gebeugt.

»Wie kannst du so reden?« sagte er leise. »Du selbst hast doch deinen Beruf so gern.«

»Das stimmt«, nickte der Vater. »Aber gerade darum weiß ich, welche Schmerzen er einem zufügt. Davor will ich dich bewahren. Ich glaube nicht, daß du das Theater einmal ebenso lieben könntest. Und ich will nicht, daß sich die Leute später über dich lustig machen.«

Der Vater setzte sich. Als er nach einer Weile den Sohn anschaute, sah er, daß ihm zwei große Tränen über die Wangen rannen.

Er seufzte tief. Wenn seine Kinder weinten, zerriß es ihm immer das Herz. Er rückte ein Stück ab. Wieder stand er auf, ging zu Charles und legte ihm die Hand auf die Schulter.

»Wir müssen das gut überlegen.« Und wieder brauste er auf: »Wenn ich wenigstens wüßte, daß du Talent hast!«

Charles' tränenfeuchte Augen leuchteten auf.

»Das würden sie doch am Konservatorium beurteilen!«

»Möglich«, beruhigte Gaspard ihn und sich. »Du mußt nun öfter ins Theater gehen, mußt alle Schauspieler studieren. Ehe du dein Gedächtnis schulst, mußt du dir aufschreiben, was du gesehen hast. Und dann übe es, wiederhole es!«

»Am liebsten sehe ich dir zu, Papa. Du hast oft gar nichts davon gewußt. Schade, daß du krank bist. Legrand ist gut, aber mit dir kann er sich nicht messen. Das sagen alle.«

Der Vater winkte ab, doch er hörte das Lob aus dem Mund des Sohnes nur allzu gern.

»Ich hab ja noch nicht aufgehört!«

»Weißt du, was dein Name für alle bedeutet?« begeisterte sich Charles. »Und möchtest du denn nicht, daß er weiterlebt?«

Wer hätte nicht den Wunsch, in seinen Kindern fortzuleben? Wie könnte Gaspard Deburau nicht danach verlangen? Aber durfte er ihm das sagen? Wie konnte er sich davon überzeugen, ob in seinem Sohn so viel Kraft der Liebe steckte, wie die Kunst braucht, ob er genügend Leidensfähigkeit besaß, die Ausdauer im Suchen?

Er antwortete nicht auf die Frage, aber als sei plötzlich Eile und fieberhafte Ungeduld in ihn gefahren, versicherte er dem Sohn:

»Du wirst jeden Abend mit mir ins Theater gehen! Du wirst bei mir in der Garderobe sein, hinter den Kulissen stehen! Warum nicht? Wenn du stark bist und bescheiden dazu, warum nicht? Wir werden zusammen noch etwas erreichen, du wirst sehen! Hörst du, Margot?«

Und nachts fand vor freudiger Ungeduld keiner von ihnen Schlaf.

»Ruhe, viel Ruhe«, wiederholte der Arzt bei jedem Besuch.

Doch Ruhe bedeutete Abgang vom Theater. Im Sommer lief sein Zehnjahresvertrag aus. Was, wenn Billion ihn nicht erneuern würde?

Er mußte spielen, wenn er auch wußte, daß Asthma ein Todesurteil war, bei dem nur das Datum noch nicht feststand.

Er kämpfte jedoch wie ein Held.

Er spielte, und das Publikum konnte sich wirklich nicht beschweren, daß er ihm etwas schuldig blieb.

In der Garderobe wartete der Sohn auf ihn. Charles hatte vom Vater Zähigkeit, Willensstärke und auch eine Portion Pfiffigkeit des Pierrots geerbt. Er wußte, daß er den Vater mit zu viel Selbstvertrauen kränken würde. Zuerst wollte er in alle Geheimnisse seiner Kunst eindringen. So tat er manchmal absichtlich so, als habe er nicht verstanden, und der Vater erklärte dann eine bestimmte Geste oder einen Bewegungsablauf noch einmal. Charles wiederholte oft vorsätzlich das Gezeigte etwas unbeholfen, um den Vater zur Gründlichkeit zu zwingen.

»Falsch!« korrigierte ihn Gaspard. »Der Arm muß sich der Bewegung des Beines anpassen! Und du schneidest nur Grimassen! Doch auf dem Gesicht soll keine Grimasse erscheinen, sondern ein Ausdruck! Wichtig ist, daß du immer denkst, was du tust, Charles! Denke vor allem, während du spielst! Willst du zum Ausdruck bringen, daß dir etwas leid tut, dann bedauere! Wenn du Freude ausdrücken willst, dann freu dich! Liebe, verzweifle, klage! Sobald du einen Gedanken faßt, von dem du selbst überzeugt bist, drückst du dich auch am überzeugendsten aus ...«

Er wiederholte es für ihn im Theater, auf dem Heimweg, zu Hause.

»Bist du denn immer sicher, wenn du etwas Neues probst?« fragte Charles vorsichtig.

»Wenn ich die Wahrheit sagen soll – nein! Doch ohne Unsicherheit entsteht keine wahre Kunst. Wenn das Suchen fehlt, herrscht nur der Zufall, und der mündet in Unverfrorenheit und Eigendünkel. Wer von sich selbst überzeugt ist, alles zu können, der ist gewiß kein Künstler. Bei jedem ehrlichen Künstler muß es Augenblicke geben, in denen er an sich zweifelt, seine Schwächen haßt, und es ihn bestürzt, wie unzulänglich seine Leistung ist gemessen an dem, was er erzielen wollte.«

Charles hörte aufmerksam zu, nahm jedes Wort des Vaters in sich auf. Sie waren nun eins miteinander. Nie umarmten sie sich, nie tauschten sie ein herzliches Wort, dennoch wußten sie, wie gern sie sich hatten.

Deburau überforderte jedoch seine Kräfte.

Während einer Vorstellung im Februar 1846 hatte er einen Unfall. Als er am Ende der Pantomime in der Versenkung verschwinden sollte, lief die Mechanik, die die Platte im Bühnenboden in Bewegung setzte, nur stockend, blieb plötzlich ganz stehen, um dann jäh herunterzukrachen. Der übermüdete Pierrot verlor das Gleichgewicht, kippte nach hinten und stieß mit dem Kopf an die Kante.

Während man die Wunde versorgte, unterrichtete der Regisseur das Publikum von dem Unfall.
Deburau kam jedoch bald wieder zu sich und erschien auf der Bühne. Er wollte weiterspielen.
»Nein! Nein! Aufhören!« verlangte das Publikum, das ihn schonen wollte. Doch Deburau erklärte den Zuschauern mit sprechenden Gesten, daß er genug Kraft und Mut habe, und begann zu tanzen.
Billion erschrak, weil er befürchtete, daß ihm das Publikum in seiner Begeisterung das Haus einreißen würde.
Alle sprachen davon, was für ein großartiger Abend das gewesen war, nur Gaspard konnte das nicht von sich sagen. Als er in der Nacht nach Hause zurückkehrte, glaubte er, den vierten Stock nicht mehr zu erreichen, er mußte stehenbleiben, da ihm der Husten fast die Brust zu zerreißen drohte.
George Sand, die treueste aus der ehemaligen Verehrerschar, hatte zufällig diese Vorstellung besucht und widmete Deburau einen ergreifenden Artikel, in dem sie ihn als den letzten Pierrot im Sinne der Theatergeschichte, doch als den ersten im Sinne der Kunst bezeichnete.
Deburau, über den gewisse Neider verbreitet hatten, er könne weder lesen noch schreiben, antwortete ihr mit diesem schönen Brief:

Madame,
gestatten Sie, daß ich Ihnen meinen doppelten Dank ausspreche, einmal für Ihr liebenswürdiges Interesse an meinem Mißgeschick, das glücklicherweise keine unangenehmen Folgen für mich hatte, wie für Ihren schönen Artikel im Constitutionel, in dem Sie in Sorge um meine Zukunft mein bescheidenes Talent mit solcher Kraft und wirklich ergreifender Glut schildern.
Ich weiß nicht, wie ich Ihnen meinen Dank aussprechen könnte. Meine Feder schweigt wie meine Stimme auf der Bühne; aber mein

Herz spricht wie mein Gesicht, und ich bitte Sie, diese aufrichtige Versicherung entgegenzunehmen.
Gern hätte ich Ihnen meinen Dank persönlich gesagt. Doch die Theaterproben hinderten mich daran. Verzeihen Sie, bitte.

Mit den ergebensten Grüßen
Ihr
Deburau

Paris, 9. Februar 1846

Er hatte wieder zu proben begonnen, den Willen für das Unmögliche eingespannt. Doch sein Körper schaffte diese ungeheure Anstrengung nicht.
Gaspard mußte für lange Wochen das Bett hüten.

Der Zuschauerraum war bereits den dritten Tag überfüllt.
Nach langer Krankheit war Deburau auf die Bühne zurückgekehrt. Alle, die um ihn gebangt hatten, wollten ihn sehen. Es waren auch Leute gekommen, die sich jahrelang nicht hatten blicken lassen. Wer keinen Platz im Saal fand, stand auf den Treppen, an den Türen und applaudierte mit dem übrigen Publikum, selbst wenn er keinen freien Blick zur Bühne hatte.
Nach »Pierrots Hochzeit« spielte er an diesem dritten Abend seine beliebte Pantomime »Schmucke Soldaten«.
Die Neugier im Zuschauerraum mischte sich mit Bewunderung. Eine so schwere Rolle hatte er sich ausgesucht, um zu zeigen, daß sein Stern am Theaterhimmel noch nicht erloschen war! Sein Name war in aller Munde.
Der Vorhang hob sich. Die Leute hielten den Atem an.
Ja, das war ihr vertrauter Pierrot. Der Gang, der aufrechte Körper, die Maske. Nichts hatte ihn verändert, weder die Lebensjahre noch die Monate der Krankheit.
Erst als er zu laufen begann, ging ein leises Raunen durch den Saal.

Pierrot sah sehr schlank und zerbrechlich aus, fast jugendlich. Doch plötzlich zeigte sich in seinen Bewegungen Schwere, Erschöpfung.
Nein, das war nicht mehr er.
Der sensible Schauspieler bemerkte es selbst. Der Geist hatte sich erhoben, doch der Körper gehorchte ihm nicht. Er spürte, daß er nicht mehr Herr seiner Bewegungen war. Ein Publikum läßt sich bis zu einem gewissen Grad täuschen. Aber sich selbst betrügen kann man nicht. Er atmete heftig, hielt die Luft an, um den Husten zu unterdrücken, der Schmerz schnürte ihm die Brust zu, Müdigkeit lähmte ihn.
Nein, er spürte es selbst, daß das nicht mehr Pierrot war. Er fürchtete zu stürzen, wagte nicht mehr zu springen. Scham erfaßte ihn.
Als das Bild zu Ende war und der Vorhang sich senkte, drückte er die Hände an die Brust, Schmerz stand ihm im Gesicht.
»Papa, schone dich, ich bitte dich!« beschwor ihn Charles.
Zwischen dem Szenenumbau bat Deburau den Dirigenten, den Cancan auszulassen.
Es folgte der nächste Auftritt. Pierrot ließ den Tanz aus und setzte gleich mit der Handlung ein. Doch das Publikum kannte die Stücke auswendig.
»Was ist mit dem Cancan? Wo bleibt der Tanz?« wurde gerufen.
Sie hielten es für einen Irrtum und wollten sich nicht um die Freude bringen lassen, Pierrot applaudieren zu können.
In Pierrot entbrannte ein Kampf. Sollte er weiterspielen – oder von der Bühne flüchten? Eine Weile weigerte er sich noch, er schämte sich, so unrühmlich von einem Feldzug zurückzukehren, den er so mutig unternommen hatte – doch dann verließen ihn die letzten Kräfte, und er spürte, es wäre besser und mutiger, eine Niederlage einzugestehen.
Und so blieb er mitten im Stück stehen und ließ die Arme hängen. Er konnte nicht tanzen. Er wußte jedoch, daß er verpflichtet war, es dem Publikum zu erklären. Langsam ging er an die Rampe. Er sah

die Menschen vor sich, für die er so oft gespielt hatte, um ihnen Glück und Freude zu schenken. Wie sollte er es ihnen begreiflich machen? Er wollte sprechen, öffnete den Mund – doch seine Brust war wie zugeschnürt. So verzichtete er auf die verräterischen Worte und begann in seiner eigenen Sprache.
Ich wollte spielen, sagte das Gesicht, die Hände. Ich bin zurückgekommen. Ich gehöre doch zu euch, fühlte mich unter euch immer wohl. Aber ich habe mich verrechnet. Ich habe ein krankes Herz, und ich bin zu schwach. Ich kann nicht tanzen. Bitte, verzeiht mir!
Er stand an der Rampe, rührte nicht eine Hand, schaute nur – und dennoch begriffen etliche hundert Menschen, als hätte er ihnen das alles Wort für Wort gesagt.
Alte und junge Arbeiter, Handwerker, Schneiderinnen, Halbwüchsige aus den Fabriken, sie alle begriffen; hätte er zu tanzen begonnen, wie sie es wollten, wäre ihr geliebter Pierrot auf der Bühne tot umgefallen.
Und da kam von den rückwärtigen Bänken ein Zuruf, der sich ausbreitete, bis der ganze Zuschauerraum davon überschwemmt war und wie eine aufgewühlte See donnerte:
»Nein! Nein! Wir wollen keinen Tanz! Tanz nicht, Pierrot!«
Und ein mächtiges, ständig sich wiederholendes »Nein!« verjagte den unüberlegten Wunsch, beschwor Pierrot, gebot ihm, verbot ihm.
Hätte in diesem Augenblick der Dirigent den Taktstock zum Cancan erhoben, die Leute hätten ihn in der Luft zerrissen.
Der arme Gaspard Deburau verneigte sich tief vor seinen Zuschauern, so tief wie nie zuvor. Sie glaubten, es geschähe aus Dankbarkeit, doch wer aus den Kulissen zusah, wußte, daß der Grund ein anderer war.
Pierrot Deburau weinte.
»Vorhang!« bat Charles stammelnd hinter den Kulissen. Der Regisseur willigte ein. Man mußte Deburau eine Pause gönnen.
Sie führten ihn in die Garderobe. Gaspard atmete schwer; traurig

betrachtete er den Strohhut aus dem »Salatverkäufer«, die hellblonde Perücke aus der »Kleinen Schelmin«, chinesische Holzschuhe aus der »Verzauberten Pagode« – Zeugnisse seiner größten Erfolge. Er bat um ein wenig Kraft, um zumindest diese Vorstellung zu Ende spielen zu können.

Als nach kurzer Pause weitergespielt wurde, empfing man Pierrot wieder mit Applaus, doch diesmal war es, als läge ein Dämpfer darüber. Es war ein Applaus ohne Jubel, ein Achtungsapplaus, leise Dankbarkeit, Verständnis.

Und Abschied.

Jeder im Zuschauerraum begriff, daß der Zufall sie zu Zeugen eines seltenen und überaus traurigen Schauspiels gemacht hatte. Sie hatten den letzten Auftritt Gaspard Deburaus miterlebt.

Im Saal und ebenso auf der Bühne war die Stimmung wie am Lager eines Sterbenden.

Als Gaspard schließlich zu Ende gespielt hatte, verbeugte er sich nicht mehr. Er stand mit herabhängenden Armen da, das Gesicht in Grabestrauer.

Die Leute erhoben sich.

Pierrot trat einige Schritte zurück, reckte den Kopf – dann fiel plötzlich der Vorhang.

Leise verließen die Leute den Saal. So mancher wischte sich die Augen.

Im April besuchte Alexandre Dumas den kranken Deburau und machte das Angebot, ihm das Zehnfache seiner bisherigen Gage zu zahlen, wenn er sich bereit finden könnte, ins Théatre Historique einzutreten, das er zu bauen beabsichtigte. Er hatte vor, für Deburau eine Rolle im Zwischenspiel eines historischen Dramas zu schreiben.

»Man sagt, daß an der Stelle, wo ich bauen will, ein Schatz vergraben liegt. Wir werden ihn zusammen ausgraben, Monsieur Deburau!«

Gaspard war geschmeichelt von dem Angebot eines so berühmten Autors und konnte sich vorstellen, was dies bedeuten würde: neuen Ruhm, Geld – zugleich aber den Verrat an seinem bisherigen treuen Publikum.
Doch er fragte sich, ob es ihm überhaupt vergönnt sein würde, eine Entscheidung zu treffen. Erwartete ihn nicht der dritte Weg, der dunkelste von allen?

Ein weiter Weg

Der Boulevard du Temple strahlt in den hereinbrechenden Abend.
Die Sterne der Gaslaternen locken das Publikum an, das unter den dichtbelaubten Kastanien flaniert. Staub und der Duft von Parfüm wirbeln durch die Luft.
Aus dem Türkischen Garten ist das Orchester Julien zu hören. Fröhliches Stimmengewirr schwirrt über die Tische, und begehrliche Blicke umschwärmen die Limonadenverkäuferinnen.
Doch all das verlockt den alten, hageren Mann mit den herabhängenden Schultern, der über die Sträucher hinwegblickt, nicht. Er sucht niemanden, obgleich er so verlangend in das aufwogende Gelächter schaut. Er geht weiter. Die beleuchteten Fassaden der Theater sind es, die ihn magisch anziehen. Bei jedem Eingang bleibt er stehen, doch jedesmal gibt es ihm einen Stich ins Herz.
Ein Kreuzweg.
»Geheimnisse von Passy«. Hier werden blutrünstige Stücke aufgeführt. Durch die Fensterritzen dringt rotes, bengalisches Licht, das die drastischen Szenen noch schauriger erscheinen läßt.
»Folie Dramatique«. Was wird hier gespielt? »Zwei Paar Hosenträger«. Einst so gutes Vorstadttheater, das sich von der großstädtischen Komödie anstecken ließ und nun anstelle von gesundem Humor belanglose Schlüpfrigkeiten bringt. Sicher spielt man recht schamlos. Bilder von Schauspielerinnen: die himmlische Blondine

Legros, Florentine in einem Dekolleté bis zum Nabel, Schauspieler, von denen der Pilger viele kennt.
»La Gaieté«. Und dennoch bringt dieses »Theater der Fröhlichkeit« Stücke, bei denen die Tränen fließen.
Und hier ist es plötzlich dunkel. Was gab es früher hier zu sehen? Madame Moreau, die sich auf der Brust Steine zertrümmern ließ. Die auf ihren Schultern eine ganze Pyramide ihrer Brüder im Gleichgewicht hielt, und auf dem Kopf, mit Haaren rot wie die der Königin von Saba, die schwersten Gewichte balancierte. Sie war der Traum aller jungen Studenten. Ist auch sie schon entschwunden? So tritt die alte Garde einer nach dem anderen ab.
Nur Madame Saqui zeigt noch immer ihre Künste auf dem Seil. Wie alt mag sie sein? Siebzig? Im Funambules mochte man sie nicht. Doch wer konnte schon, wie sie, sich inmitten eines Feuerwerks auf dem Seil halten? Sie gehört zu der großen Familie der Komödianten. In ihr lebt ein Stück Vergangenheit.
Und jetzt reiß dich zusammen, abendlicher Wanderer – Nummer 54, das »Funambules«. Nein, hier schaust du nicht einmal, was heute gespielt wird, gehst lieber ein paar Schritte hinüber in die Dunkelheit, damit dich der Ausrufer nicht sieht.
Da ist noch der Zirkus. Ein Stück weiter sieht es traurig aus. Dort standen einst die Buden der Schausteller. Vielleicht würdest du irgendwo da hinten, wo es kein Licht mehr gibt und sich kein Mensch hinverirrt, in irgendeiner Ecke das eigene Bild finden. Kehr um! Und da es dich zu sehr schmerzt, andere spielen zu sehen, geh lieber in den Zirkus. Dort kannst du zwei Elefanten und Affen bewundern, die bessere Schauspieler sind, als es früher die dressierten Hunde waren. Es gibt dort einen Affen, der, als Postillion kostümiert, auf einem Hasen reitet, und einen anderen, der sich im Tanz wiegt.
Und dann gehst du auf der anderen Seite zurück – und wieder bleibst du bei jedem Licht, bei jedem Ausrufer stehen, und überall saugst du die Luft dieser Atmosphäre ein, die wie Champagner

riecht, doch sobald du davon kostest, mußt du erkennen, daß es bitterer Wermut war.
Solltest du in die Seitengasse einbiegen, findet du dort das kleine Café »Chez Deburau«. Dorthin gehen die Leute, die dich noch heute mögen, die sich bei deinem Namen wohl fühlen, bei einem Namen von redlichem Ruf und Ruhm, aus Menschenliebe geboren.
Der Pilger hat seine Wallfahrt beendet. Hinter ihm, vor ihm und um ihn braust der Theaterboulevard, Sterne leuchten, neue tauchen auf, Musik ertönt von allen Seiten, und eine Wolke aus Düften schwebt über den Köpfen.
Das war der Kreuzweg Gaspard Deburaus. Es ist ein schwerer Weg, Schauspieler zu sein. Deshalb muß man am Anfang des Weges wissen, daß es auch ein Ende gibt.

Margot, grau im Gesicht, der Mund wie ausgedörrt, beugt sich über das Lager ihres kranken Mannes. Rosine bringt Umschläge, setzt sich ans Bett des Vaters.
Charles geht von Zeit zu Zeit um das Lager. Er scheut sich, dem Vater ins Gesicht zu sehen, dennoch erfaßt er jede seiner Regungen, jeden Zug.
Ab und zu klopfen alte Kollegen aus dem Theater an, fragen an der Tür nach seinem Befinden: Laplace, Legrand, Vautier, Guyon.
Dann scheint Gaspard wieder zu Bewußtsein zu kommen. Doch die Nachricht von seiner schweren Krankheit hat sich rasch verbreitet, Befürchtungen, Vermutungen werden ausgesprochen, Gerüchte kursieren, ohne daß man eine Bestätigung abwartet. Ein Journalist hat es besonders eilig und veröffentlicht die Nachricht, Deburau aus dem Funambules sei gestorben. Durch einen unglücklichen Zufall gelangt die Meldung zu Gaspard. Das erschüttert ihn zutiefst. Seine Phantasie, die seine Stärke war, schwächt ihn jetzt.
Menschen, die zu ihm kommen und für eine Weile bei ihm sitzen-

bleiben, versuchen ihn aufzumuntern. Doch er weiß, was ihn erwartet.

Gaspards Augen in dem unbewegten Gesicht beobachten die Gäste, belohnen sie mit stummer Dankbarkeit. Er ringt nach Luft. Die Lungen strengen sich an. Der Körper ist erschöpft, kraftlos. Doch die Blicke seiner sanften Augen fliegen wie Schmetterlinge von Gesicht zu Gesicht, in ihnen ist alles ausgedrückt, was das Herz sagen will. Bitte, Verzeihen, Mitleid, Dank.

Nachts, wenn jeder Kranke allein ist, kommen ganz andere Gestalten an sein Lager, durchsichtige Schatten, die sich über ihn beugen, die ihn mit einem traurigen Lächeln willkommen heißen.

So sieht er den Vater, die Mutter, wie sie sich mit ihrem schweren, kummervollen Leben abplagen. Er sieht seine Brüder und Schwestern. Und an sein Bett treten die Schatten der Freunde, die er verloren hat, von denen er nicht einmal weiß, ob sie noch leben. Sein ganzes Leben zieht in diesen Fiebernächten an seinem Lager vorbei, als erweise es ihm die letzte Ehre.

Und wenn es um ihn am stillsten ist, erscheinen die Frauen. Eine große Anzahl schöner, strahlender Mädchen, denen er nur flüchtig begegnet ist, die ihm jedoch im Gedächtnis geblieben sind; viele von ihnen haben sein Herz höher schlagen lassen, ohne daß sie es ahnten. In ihren Augen liegt kein Stolz, keine Fremdheit mehr, sondern Mitgefühl und Freundschaft. Und aus ihren Gesichtern, die sich zu ihm herunterbeugen, liest der alte Pierrot Zärtlichkeit und Liebe.

Margot taucht mit ihren kirschroten Strümpfen auf, Désirée erscheint, die Désirée ihres ersten gemeinsamen Spaziergangs durch den Jardin du Luxembourg, Aimée mit ihren fröhlichen Augen. Auch die Fee in silbernem Musselin tritt an sein Lager, Mitleid und Demut im Blick.

Dank für euren Besuch, ihr lieblichen Trugbilder!

Wenn euch nicht der Regen vertreibt, der auf das Fensterblech trommelt, oder die Wetterfahne, die auf dem Dach knattert, kommt bald das Tageslicht, und ich muß von euch Abschied nehmen. Am Morgen ist wieder der Arzt mit seinen Pillen und nutzlosen Ratschlägen da, und wieder beginnt das ganze elende Leben, bittere Latwerge, endlose Hustenanfälle, die Ohnmacht eines vorzeitig gealterten, kranken Menschen.

»Stell dir vor, Vater, es gibt schon wieder ein neues Theater, das mit einem Schwank eröffnet hat. Die Gassenhauer sind auf dem ganzen Boulevard zu hören.«

»Das Ende der alten, guten Kunst«, flüstert Gaspard.

»Das Funambules hält das gewiß aus.«

»Vielleicht wirst du einmal dort spielen«, und er drückt dem Sohn leicht die Hand. »Unser Name über dem Eingang... Aber laß dich nicht von billigem Erfolg verführen! Halt dich immer an die Kunst!«

»Keine Sorge, Vater!«

»Ob sich denn je einer erinnern wird, daß ich den Pierrot hab wiederauferstehen lassen?«

»Du hast ihn doch nicht auferstehen lassen. Du hast ihn geschaffen! Weißt du, wie dich die Schauspieler nennen? König der Pantomime! Pierrot der Erste!«

Er sinnt nach, gönnt seinem matten Atem eine Pause, schöpft neue Kraft und sagt dann:

»Heute nacht ist mir eingefallen, was ihr mir auf meinen Grabstein schreiben könntet.«

»Warum denkst du an solche Dinge?« sagt Charles vorwurfsvoll, und Rosine, die es gehört hat, beginnt zu weinen.

»Es könnte so heißen: ›Hier ruht, der alles gesagt hat und der doch niemals sprach.‹ – Was meinst du? Ist das nicht zu eingebildet?«

»Es entspricht der Wahrheit. Aber warum machst du dir und uns überflüssigen Kummer? Ich habe heute Alexandre und Paul gesagt, daß es dir viel besser geht. Der Direktor mußte am Theater ein Bulletin anbringen.«

»Schon gut, mein Sohn.«

Dann kommt Margot, setzt sich an sein Bett, und Gaspard ist zumute, als setze sich die eigene Seele zu ihm. Nun fühlt er sich ganz geborgen. Diese Liebe ist sein Zuhause.
»Weißt du, was ich am meisten bedauere, Margot?«
»Was, Gaspard?«
»Daß ich meine Heimat nie wiedergesehen habe.«
»Kannst du dich noch an sie erinnern?«
»Jetzt in der Erinnerung erscheinen mir diese Bilder lebendiger. Ich sehe eine Landstraße vor mir – von hohen Pappeln gesäumt einen Weg, der in weite Ferne führt...«
Margot legt den Finger an die Lippen, um ihn an die Anordnung des Arztes zu erinnern.
»Keine Angst, mir geht's viel besser«, flüstert Gaspard, und über sein Gesicht huscht ein Lächeln, wie sie es schon lange nicht mehr gesehen hat. »Die Nächte dort waren feucht. In der Nähe unseres Hauses – gab es Wiesen... Die Pferde blieben – auch über Nacht dort... Ich konnte abends – vor dem Einschlafen ihre Glöckchen hören...«
Margot beugt sich ängstlich über ihn und berührt leicht seine Hand.
»Mittags blies der Hirte ins Horn – und die Herde ging friedlich nach Hause...«
Eine Weile bleibt es still.
»Schlaf jetzt ein wenig«, bittet Margot.
Gaspard antwortet mit den Augen, es sei noch Zeit.
»Ich erinnere mich, daß es sonntags immer still war am Fluß – und im Schilf sang ein Vogel. Ich wartete immer auf die Glöckchen der braunen und weißen Pferde...«
Es klopft.
»Und diese Landstraße mit Pappeln – ging so weit... weit...«
Margot steht auf und geht an die Tür. Ein Bote überreicht ihr einen Blumenstrauß mit einer silbernen Schleife und einem Kärtchen. Margot nimmt gehorsam den Strauß entgegen. Sie bestaunt die

wunderbaren Blumen, wie ihre harten Finger sie nie hervorzaubern könnten, und kehrt damit an das Krankenlager zurück.
Doch Gaspard liegt unnatürlich da, als sei ihm der Körper plötzlich willenlos entglitten. Der Kopf ist nach hinten gesunken, eine Hand hat im letzten Augenblick an den Hals gefaßt, als wolle sie die erstikkende Umklammerung wegreißen. Margot muß diese vertraute Hand nicht erst berühren, um zu erkennen, daß das Leben aus ihr gewichen ist. Und sein sprechendes Gesicht sagt ihr mit dem letzten Ausdruck: Schau, Margot, wie weit mich mein Weg geführt hat – wie weit . . .
Margot, der in diesem Augenblick das Herz fast bricht, kniet sich an das Bett, drückt die Stirn und die tränennassen Augen auf die reglose Hand des Toten, die Blumen mit der Silberschleife und der Karte daneben. Auf der Karte steht: *Dem größten der Pierrots.*

Epilog

Es war die Nacht des 16. Juni 1846, als der Tod den Pierrot in der weißen Bluse in seine schwarze Umarmung nahm.
Die traurige Nachricht verbreitete sich wie ein Lauffeuer über den Arbeiter-Boulevard; sie beugte sich zu den Menschen, die auf ihren Bänkchen saßen, sie ließ das Lächeln der Zuschauer vor dem Panoptikum gefrieren, sie setzte sich zu den Männern in den Cafés, denen ihr Getränk bitter schmeckte. Sie suchte die Theater auf. Unser bester Gefährte ist von uns gegangen, sagte sie allen Schauspielern. Ihr habt einen hingebungsvollen Freund verloren, ließ sie die Dichter wissen. Menschen begegneten einander, sahen sich in die Augen – weißt du schon? – und nickten stumm. Kinder, denen die Eltern die traurige Nachricht überbrachten, liefen an die Fenster und schauten schweigend in die Dunkelheit. Die Lichter auf den Straßen schienen sich zu verdunkeln, und es war, als wehe von den Fassaden aller Theater eine schwarze Fahne.
Die größte Trauer herrschte im Funambules. Solange Deburau krank war, wußten sie ihn zu Hause. Sobald er gestorben war, kehrte er in ihre Mitte zurück. Er war in der Garderobe, im Gang, hinter den Kulissen, und am gegenwärtigsten auf der Bühne.
»Ich kann nicht spielen!« Der Pierrot Legrand schmierte sich rote Schminke ins Gesicht. »Er hat ein Recht auf unser Gedanken, und wir haben ein Recht auf unsere Trauer!«
Alle Kollegen pflichteten ihm bei.
Direktor Billion fühlte sich jedoch endlich befreit von Deburaus belastender Autorität. Erbarmungslos befahl er den Schauspielern,

auf die Bühne zu gehen, und als Legrand dies ablehnte, drohte er ihm mit der Polizei. Sie mußten also spielen, doch sie glichen Wachsfiguren, waren wie aus Blei.

Der Tag der Beerdigung brachte eine tausendköpfige Menschenmenge zum Trauerhaus.

»Er war der Stolz unserer Vorstadt«, betonten die feiertäglich gekleideten Arbeiter und Handwerker, in der Hand eine mit einem Trauerflor verhüllte Ähre.

»Er war der beste Kollege«, hörte man wiederholt die Schauspieler aller Theater sagen, die ihn bei seinem letzten Abgang von der Szene begleiteten. Sie fühlten sich wie Schiffbrüchige ohne ihren Kapitän.

»Er war ein guter Mensch«, war rundum zu hören, als der Trauerzug die Kirche der hl. Elisabeth verließ, in der Deburau getraut worden war.

»Was hat er alles durchgemacht«, erinnerten seine nächsten Gefährten, »und dennoch hat sich sein Herz nicht verhärtet!«

»Wie hat er es verstanden, uns aufzurichten, wenn wir den Mut verloren!« Alexandre, Paul und die übrigen jungen Schauspieler waren zutiefst betroffen.

»So einen Lehrer wie ihn finden wir nie wieder!«

Bühnenarbeiter verschiedener Theater ließen es sich nicht nehmen, selbst den Sarg auf ihren Schultern langsam durch die Straßen zu tragen.

Ihnen folgte Margot mit den Kindern, François Neumensek mit seiner Familie, die Charignis, die Harlekine, Leander, Kolombinen, und alle hatten rotgeweinte Augen.

Auf Gehsteigen, an Fenstern und Balkonen drängten sich die Menschen. Und alle trauerten aufrichtig; hier verließ sie ein Freund, der sie verstanden hatte wie kein anderer, der sie beglückt und ihnen zu kämpfen geholfen hatte.

Sie zogen die Hüte, verneigten sich, grüßten und murmelten immer wieder den Namen »Deburau!«

Der Zug erreichte den Friedhof Père-Lachaise, wo unweit des Eingangs das frisch geschaufelte Grab wartete.
Gedämpft klangen die Worte über dem Sarg des Mannes, der es verstanden hatte, alle menschlichen Sehnsüchte wortlos auszusprechen. Paris trug seine Fröhlichkeit zu Grabe.

Janin und andere Verehrer Deburaus widmeten Pierrots Tod herzergreifende Nekrologe. Die Öffentlichkeit nahm sie mit großer Anteilnahme auf, auch wenn das allgemeine Interesse damals dem Algerienkrieg, der Papstwahl und der Eröffnung der Eisenbahnlinie von Paris nach Brüssel galt. So mancher Salon-Journalist nahm die Gelegenheit wahr, literarische Lorbeeren zu erringen. Der tote Pierrot wurde zum Opfer einiger Ehrgeizlinge.
Der Boulevard du Temple mit seinen Nebengassen kümmerte sich nicht darum, mit welchen Beschimpfungen sich die Herren in den Cafés an der Oper traktierten, ahnte nicht einmal, wie oft auf das Grab ihres geliebten Schauspielers Geifer fiel. Doch als der ärgste Feind des Andenkens an ihn erwies sich der Direktor des Funambules. Billion, der von der Witwe zwei Francs für die von ihm bezahlten Totengräber einforderte, gab bereits wenige Tage nach Deburaus Beerdigung die Parole aus »Pierrot ist tot, es lebe Pierrot!« – und ließ verbreiten, Legrand übertreffe den verstorbenen Deburau an Frische und Fröhlichkeit. In seiner Beschränktheit begriff er nicht, daß nur der Geist von Deburaus Kunst das Theater halten konnte.
Denn Deburau zu ersetzen war unmöglich. Er war nicht nur die Hauptfigur der Stücke gewesen, sondern zugleich ihr schöpferischer Geist, der Angelpunkt ihrer Konflikte, ihre Botschaft. Nach Pierrot konnten nur noch Pierrot-Imitationen folgen.
Seine Gestalt war unter den Menschen lebendig geblieben und hatte nicht das Feld geräumt. »Deburau auf dem Olymp!« riefen Zeitungsverkäufer vor den Türen des Funambules und verkauften für zehn Centimes ein Lied, das bald in jedem kleinen Laden, in

jedem Haushalt zu finden war. Darin wurde erzählt, wie Gaspard Deburau den ganzen kranken Olymp durch seine Fröhlichkeit gesund machte. Billion tobte, da er befürchtete, die Zeichen permanenter Erinnerung an Deburau könnten sich nachteilig auf die Besucherzahl auswirken; er hetzte die Polizei auf die Zeitungsverkäufer, versuchte sogar, sie zu bestechen. Doch sie hielten Deburau die Treue, und sein Name lebte zumindest vor der Tür seines Theaters weiter.

Dem ersten Lied folgte ein zweites, noch angriffslustigeres. Der Name des berühmten Pierrots erscholl an allen Ecken des Boulevards, die Lieder über ihn wurden selbst auf den Hinterbühnen gesungen.

Gaspard Deburau blieb der Held seines Theaters.

Ein vertrauensseliger Nachbar ernannte ausgerechnet Direktor Billion zum Vormund des minderjährigen Charles. Billion hatte es zwar abgelehnt, für die Inschrift auf dem Grabstein etwas zu spenden, kam jedoch Charles' Bitten entgegen und ließ ihn nach einer Weile ein paar unbedeutende Rollen spielen.

In einem der Stücke sollte es zu einem Gefecht zwischen Polizisten und einigen Pierrots kommen. Einen der Pierrots durfte Charles Deburau spielen. Als er mit den anderen Statisten geschminkt auf der Bühne erschien, erstarrten alle, da der Sohn dem Vater zum Verwechseln ähnlich sah, im Gesicht, im Lächeln unter der weißen Maske, im ironischen Blick.

Charles spielte neben Legrand. Mit Argusaugen verfolgte Charles jede seiner Bewegungen, denn er erinnerte sich an das, was der Vater ihm gesagt hatte. Legrand bemühte sich, das Publikum zum Lachen zu bringen und schnitt viele Grimassen. So hätte Vater das nicht gespielt, dachte Charles, und er probte zu Hause Szene für Szene.

Drei Tage vor der Premiere »Die drei Planeten« erhielt Legrand ein glänzendes Angebot aus London und reiste umgehend ab. Billion raufte sich das schüttere Haar, aus dem Büro war seine hohe, kreischende Stimme zu vernehmen.

»Verschwinde! Was willst du hier?« brüllte er Charles an, der es gewagt hatte, hereinzukommen.
»Ich möchte Ihnen anbieten, den Pierrot zu spielen!«
»Kannst du das denn in drei Tagen schaffen?«
»In drei Stunden!«
Billion glaubte nicht an Charles' schauspielerisches Talent; doch wußte er, daß der bekannte Name das Publikum anziehen würde.
»Die drei Planeten« wurde ein unerwarteter Erfolg. Nunmehr konnten sich nicht nur die Kollegen, sondern auch die erfahrenen Zuschauer, unter ihnen viele Schriftsteller, davon überzeugen, daß der Sohn die Inkarnation des Vaters war. Der schnelle Wechsel vom boshaften zum zärtlichen Blick, der spöttische Mund, der Ausdruck von Enttäuschung und die plötzliche Veränderung in Lebenslust. »Er ist nicht gestorben! Er lebt!« sagten die Leute erst leise, doch allmählich immer lauter, bis es zuletzt der ganze Saal rief. Ja, so ging er, so sprang, so tanzte er! So sprachen seine Hände, seine Beine, so blickten seine Augen!
Dankbar für diese Wiedergeburt, überhäuften sie Charles mit Pomeranzen, Blumen, Süßigkeiten.
Zeugen dieses Abends berichteten, daß das Publikum nicht nur mit Applaus reagierte, sondern mit Sturm und Donnergetöse, mit einem Orkan. Selbst die Musiker im Orchestergraben standen auf und schlossen sich den Ovationen des Publikums an.
»Dieser Abend war das ganze Leben wert«, sagte Deburaus Sohn, als er wie betäubt von der Bühne abging.
Am nächsten Tag brachte er einen Strauß Immortellen an das Grab des Vaters. Er ging oft auf den Friedhof, hielt Zwiesprache mit dem Vater, dem Vorbild.
Auch auf der Bühne verscheuchte Charles Deburau seine Angstgefühle, indem er das Gesicht des Vaters herbeirief. Die beiden lebten weiter zusammen, jeder schenkte dem anderen Leben. Die Namen Funambules und Deburau verschmolzen wieder zu einem Begriff.

Im Jahr 1848 führte Deburaus Geist die Schauspieler in den Streik und dann in den Kampf. Auch wenn Cavaignac mit seinen Kanonen alle Hoffnungen der Unterdrückten zerstörte, blieben die Schauspieler vom Boulevard du Temple bei ihren Leuten: auf den Barrikaden und im Lazarett, das sie im Zuschauerraum und auf der Bühne für die Verwundeten eingerichtet hatten.

Doch nicht einmal danach verzichtete das Parterre im Funambules auf seinen Freund und Ratgeber, den von Deburau verkörperten Pierrot. Die Leute, vorzeitig gealtert, abgearbeitet, enttäuscht und verhärtet durch die vielen blutigen Opfer, wollten, daß die Figur für sie weiterlebte, die das große Können Gaspard Deburaus mit Leben gefüllt hatte, und die nun sein Sohn wieder auferstehen ließ. Der Streit mit dem Direktor endete mit dem Sieg des Publikums. Auch als Legrand zurückkehrte und nach ihm noch Guyon kam, durfte Deburaus Pierrot nicht von der Bühne verschwinden. Deshalb kam das Stück »Zwei Pierrots« und später sogar »Drei Pierrots« heraus. Das Funambules leuchtete, solange das Publikum es steuerte.

Der Bruch zwischen Charles Deburau und dem Direktor bedeutete den Niedergang des Theaters. Billion zog es vor, das Funambules zu verkaufen, und unter einer Reihe weiterer Direktoren fristete es ein kümmerliches Dasein, bis es zuletzt schließen mußte.

Direktor Dechaume, der sich des Theaters schließlich annahm, wußte nur einen einzigen Ausweg: sich wieder mit dem Namen Deburau zu verbinden. Er forschte nach Gaspard Deburaus Brüdern; doch Étiennes Spuren hatten sich verloren, und François Neumensek war kurz zuvor mit seinen beiden Söhnen während einer Vorführung auf dem Hochseil abgestürzt; nur eine Tochter war mit dem Leben davongekommen. Und wiederum war es Charles Deburau, der das Theater rettete. Wie gerufen war er gerade ruhmbekränzt von seiner Tournee aus Kairo zurückgekehrt.

Und so füllte sich eines Märzabends des Jahres 1862 wieder der alte Saal.

Im Textbuch für das dritte Bild stand die einfache Bemerkung: »Pierrot tritt auf.« Doch was war das für ein Auftritt! In einem Regen von Blumen und Kränzen, in einer Flut aus Jubelschreien und begeistertem Applaus. Erst jetzt, nach Jahren, war die Ähnlichkeit zwischen Vater und Sohn noch frappanter, auch wenn Charles mehr Anmut besaß. »Der goldene Sproß« hatte einen beispiellosen Erfolg. Paris begann wieder zu Deburau zu gehen.

Eine Neuinszenierung war in Vorbereitung – »Pierrot zum Gedächtnis«. Deburau mußte darin vierundzwanzigmal das Kostüm wechseln, denn er spielte alle Figuren, mit denen der Vater berühmt geworden war. Pierrot als Diener, Soldat, Maurer, Kutscher, Marquis, Konditor, Galeerensträfling, Bäcker, Räuber und – natürlich – Pierrot in Weiß.

Die Premiere fand im Mai statt. Ihre Ankündigung fiel mit der Schreckensmeldung zusammen, daß die Regierung beschlossen hatte, den Boulevard du Temple niederzureißen.

Vergebens revoltierte ein Völkchen von Schauspielern und Artisten gegen diese Entscheidung. Der 14. Juli wurde als letzter Spieltag festgelegt.

»Wie die sich den Tag ausgesucht haben!« erbosten sich die Künstler. »Vor siebzig Jahren hat das Volk die Bastille der Tyrannei zerstört, aus Rache zerstört jetzt die Tyrannei die Bastille unserer Freude.«

»Damals gab es Tote«, beschwichtigten die ruhigeren Gemüter. »Diesmal wird es ohne Menschenopfer abgehen.«

»Wie das? Was soll denn aus uns werden? Wer wird sich um uns kümmern?«

Das ganze Viertel trauerte mit ihnen. Die Menschen konnten sich nicht einmal vorstellen, daß es möglich war, die kleinen Theater vom Erdboden verschwinden zu lassen, die seit jeher zu ihnen gehört hatten, daß all die kleinen Läden, Buden, die Karren mit ihren Glöckchen, die unzähligen Cafés, die ganze, fröhliche, phantastische Welt ihres Boulevards einfach hinweggefegt würde.

Am 14. Juli hob sich im Funambules das letzte Mal der Vorhang.
Auf der Bühne hatten sich alle versammelt, die zum Theater gehörten: Schauspieler, Beleuchter, Perückenmacher, Arbeiter, Schneider, Garderobenfrauen, Platzanweiserinnen. Und in ihrer Mitte – über einem Modell des Funambules in Trümmern – ein ganz ungewohnter Pierrot in Trauer, zum ersten Mal ganz in Schwarz.
Bis zuletzt beherrschte sein Lächeln die Bühne.
Dieses Mal wurde nicht geklatscht.
Nach der Vorstellung begann man mit dem Ausräumen, Schachteln mit Schminke und Kostümen wurden weggetragen, Kulissen und Requisiten abtransportiert, Manuskripte, verkauft nach Gewicht, weggekarrt. Die Schauspieler wiegten sich noch in der Hoffnung, ein neues Theater zu finden, wie die Figur des Fortschritts aus dem letzten Bild ihnen suggerieren sollte. Doch der neue Herrscher – wieder ein Kaiser, wieder ein Napoleon – erfüllte diese Hoffnung nie. Und so forderte auch der Fall dieser Bastille menschlicher Fröhlichkeit seine Opfer, die jahrelang ohne Bühne, ohne Unterstützung, in Not und Hunger ihr Dasein fristen mußten.
Viele Schauspieler mit ihren Freunden und Anhängern durchwachten die Nacht bis zum frühen Morgen, als dem berühmten Boulevard die letzte Stunde schlug. Als die Spitzhacke auf eine der Mauern niedersauste, hörte man vom Gehsteig Schluchzen. Hier ging vor ihren Augen eine ganze Welt zu Bruch. Adieu, ihr anmutigen Kolombinen und Zauberfeen, Adieu ihr Harlekine, Leander, Cassandres, Gestalten, die wir liebten, ein letztes Adieu, treuester Gefährte, bleicher Pierrot, der du die Verkörperung unserer Seele warst!
Die wahre Heimat Pierrots sank in Trümmer. Eine unendliche Staubwolke, die von den niedergerissenen Theatern aufstieg, war die letzte Apotheose seines klugen und mitfühlenden Gesichts.
Jetzt wird es nur noch in Erinnerungen, in Legenden, in Büchern weiterleben.